Une tendre thérapie

*

Deux semaines avec lui

*

Un si brûlant secret

ALISON ROBERTS

Une tendre thérapie

Traduction française de
ELISA MARTREUIL

BLANCHE

HARLEQUIN

Collection : Blanche

Titre original :
THERAPY PUP TO HEAL THE SURGEON

HARPERCOLLINS FRANCE
83-85, boulevard Vincent-Auriol, 75646 PARIS CEDEX 13
Service Clients — https://www.harlequin.fr/contenu/contactez-nous
ISBN 978-2-2805-1690-7 — ISSN 0223-5056

Édité par HarperCollins France.
Composition et mise en pages Nord Compo.
Imprimé en juillet 2025 par CPI Black Print (Barcelone)
en utilisant 100% d'électricité renouvelable.
Dépôt légal : août 2025.

MIXTE
Papier
FSC FSC® C159065

Pour limiter l'empreinte environnementale de ses livres, HarperCollins France s'engage à n'utiliser que du papier fabriqué à partir de bois provenant de forêts gérées durablement et de manière responsable.

1

Il y a des journées comme ça.

Des journées où l'on n'a pas une minute à soi, où l'on ne doit pas perdre la moindre seconde sans pour autant confondre vitesse et précipitation et compromettre la qualité du travail.

Des journées que Hugh Ashcroft affectionnait tout particulièrement car sa vie prenait alors la tournure qu'il s'était tant appliqué à lui donner. Et il appréciait d'autant plus cette pression après son congé annuel. Non qu'il se soit prélassé pendant ses vacances, qui avaient consisté en réalité en une tournée trépidante de conférences données dans plusieurs grandes agglomérations américaines à des années-lumière de Christchurch en Nouvelle-Zélande – où il était rentré la veille –, dans des hôpitaux pour enfants très différents de celui où il exerçait.

Ce matin, il avait en outre eu la satisfaction d'apprendre qu'on avait adjoint à son équipe un certain Matthew, chef de clinique en fin de formation qui aspirait à devenir chirurgien en orthopédie pédiatrique lui aussi et, cerise sur le gâteau, dans sa propre sous-spécialité : l'oncologie.

— En fait, je n'ai rencontré qu'hier cette fillette de sept ans, dit Hugh à Matthew en arrachant le masque qui pendait à son cou.

Tous deux sortaient du bloc où ils venaient de poser des broches à un adolescent victime d'une grave fracture lors d'acrobaties mal contrôlées sur son skate-board.

— Elle est tombée dans la cour de récréation et a été amenée ici tard hier parce que sa jambe continuait à lui faire mal. La radio n'a décelé aucune fracture mais les urgences m'ont appelé en catastrophe.

Hugh ne mentionna pas qu'à 22 heures il n'avait toujours pas quitté son bureau où il tentait de rattraper le retard pris pendant son absence. Si son travail occupait presque entièrement sa vie, cela ne regardait personne.

Il enfila une tenue propre et accrocha son stéthoscope autour de son cou.

— Je n'ai obtenu un rendez-vous pour une tomodensitométrie et un PET scan que demain matin, et demain après-midi pour une IRM. En revanche, j'ai réussi à avoir un créneau en échographie pour une biopsie osseuse aujourd'hui. On nous y attend tout de suite.

— Donc, tu penses à un ostéosarcome ?

— Ça en a en effet toutes les apparences. Lésion de la taille d'une orange, juste au-dessus du genou. C'est étonnant qu'elle n'ait pas eu de problèmes avant.

— J'imagine que ses parents sont atterrés. Comment s'appelle la fillette ?

— Sophie Jacobs. Et oui, bien sûr, ses parents sont extrêmement inquiets.

Au lieu d'attendre l'ascenseur, Hugh poussa la lourde porte coupe-feu de l'escalier.

— Et c'est pour cette raison que nous nous devons de leur fournir un diagnostic le plus rapidement possible.

À son grand dam, les paroles de la mère de Sophie, la veille, s'insinuèrent dans sa tête.

« Mais… mais elle vient de réussir son premier examen de danse classique. C'est toute sa vie. »

Oui… « Atterrés » et même « terrifiés » qualifiait parfaitement la réaction des parents la nuit précédente. Mais jamais Hugh n'utiliserait un vocabulaire à aussi forte teneur émotionnelle. Il ne savait que trop ce que la découverte d'un cancer provoquait chez un enfant et ses proches.

Comme il savait que, s'il n'y prenait garde, il pourrait être happé par le souvenir de cette autre fillette touchée par le même mal. Il avait compris à cette occasion pourquoi on parlait de « bataille » pour la vie, et il avait vécu la terrible épreuve physique et morale qu'elle représentait pendant des mois, voire des années, pour la personne concernée et son entourage. Qui disait bataille ne disait pas nécessairement victoire et, s'il ne se montrait pas vigilant, il pourrait aussi être entraîné vers le souvenir le plus épouvantable de tous, celui de la défaite.

Mais cela n'arriverait pas. Parce que Hugh avait aussi compris que sa compétence professionnelle, reconnue internationalement comme le prouvaient les nombreuses invitations à donner des conférences partout dans le monde, il la devait à son refus de céder aux émotions.

De toute façon, les personnes capables d'apporter le soutien psychologique incontestablement indispensable aux malades ne manquaient pas. Mais ce dont la petite Sophie Jacobs et ses parents avaient avant tout besoin était de spécialistes comme lui et ses collègues de l'équipe d'oncologie pédiatrique ; leurs connaissances et leur savoir-faire leur permettaient de prendre des décisions difficiles et d'assurer aux enfants une qualité de vie aussi bonne que possible, et parfois même la guérison.

Hugh marchait toujours à grands pas, Matthew sur ses talons, quand il parvint à la salle d'examen du service de radiologie où l'attendait sa petite patiente, avec son père et sa mère. Il entra dans la pièce et s'arrêta si brusquement que son assistant faillit le percuter.

— Quelqu'un peut-il m'expliquer...

Hugh Ashcroft s'efforça de garder son calme et de parler lentement, pour que tout le monde saisisse bien sa question.

— ... ce que fait un *chien* dans cette pièce ?

Molly Holmes jeta un coup d'œil à Oreo, sa border collie noire et blanche assise à ses pieds. Mais le ton menaçant du nouveau venu n'inquiéta visiblement pas la chienne, dressée à gérer tous les événements possibles d'un environnement médical. Les brusques sonnettes d'alarme, les pas pressés dans les couloirs, les hurlements d'enfants, rien de tout cela ne la détournait de sa mission : réconforter les jeunes malades. D'ailleurs, la chienne ne retira pas son menton de la serviette posée sur le bord de la table d'examen, à l'endroit idéal pour qu'une menotte puisse jouer avec son oreille.

Molly, elle, n'affichait pas la même sérénité. C'était la première fois qu'elle amenait Oreo dans cet hôpital, et il était capital que cette visite ne tourne pas à la catastrophe. Par chance, Vivien Pryce, la directrice des services cliniques de tout l'établissement, était venue en observation. Elle s'approcha en souriant de Hugh Ashcroft et, à la grande surprise de Molly, toucha familièrement le bras de cet iceberg.

— Oreo est ici pour aider Sophie pendant sa biopsie, dit-elle avec douceur. Laisse-nous rester, s'il te plaît, Hugh. Après, je te mettrai au courant.

Ainsi, il s'agissait de Hugh Ashcroft, le chirurgien orthopédiste considéré comme le meilleur de Nouvelle-Zélande, voire du monde, dans le domaine des tumeurs osseuses. Molly avait aussi entendu dire que, contrairement à ses collègues, il insistait pour effectuer en personne les biopsies de ses patients. Quand Molly était revenue quelques semaines plus tôt d'un séjour professionnel de plusieurs années en Australie et avait commencé à exercer ici, dans l'hôpital pour enfants de sa ville natale de Christchurch, M. Ashcroft était alors en congé. Apparemment, personne ne l'avait prévenu que le programme de zoothérapie à destination des enfants, resté trop longtemps dans les tiroirs, avait enfin été approuvé, grâce peut-être à l'arrivée de Molly et d'Oreo.

La petite Sophie, tout occupée à caresser l'oreille soyeuse d'Oreo, ne remarqua pas que la radiologue préparait le cathéter pour l'administration du sédatif et que l'infirmière décollait le pansement sur le dos de sa main droite où on avait étalé de la pommade anesthésiante pour rendre indolore la pénétration de l'aiguille.

— Elle est trop belle, ta chienne ! murmura Sophie.

— Elle te trouve très belle, toi aussi, répondit Molly, à mi-voix également. Regarde, elle te sourit.

— Comment tu sais qu'elle me sourit ?

— À la façon dont elle rabat ses oreilles.

Le fait de parler aidait également à détourner l'attention de Sophie des préparatifs.

— Tu vois sa langue qui pend par-dessus ses dents ? C'est la manière qu'ont les chiens de montrer qu'ils sont contents, et ça veut dire qu'elle t'aime bien.

Sophie aussi souriait. De même que la radiologue lorsqu'elle inséra la canule dans une des minuscules veines de la fillette.

— Tu vas t'endormir, Sophie, prévint-elle. Mais ça ne durera pas longtemps. OK ?

— Oreo sera encore là quand je me réveillerai ? demanda Sophie avec un regard suppliant à Molly. Tu me l'avais dit, tu te rappelles ?

Molly craignait de ne plus être en mesure de tenir parole après l'accueil de Hugh Ashcroft. Mais elle décida d'ignorer les ondes hostiles émises par le chirurgien qui, lui tournant le dos, se récurait les ongles au lavabo pendant qu'une infirmière attendait avec la blouse et les gants stériles qu'il devrait porter pour l'intervention.

— Oui, répondit-elle avec fermeté en élevant un peu la voix. Nous avons donné notre parole. Nous ne partirons donc pas d'ici.

Elle vit alors les paupières de Sophie se fermer lentement sous l'effet du sédatif.

— Fais de beaux rêves, ma puce.

Oreo ne bougea pas lorsque la main de Sophie glissa de son oreille. Elle serait restée parfaitement immobile au chevet de Sophie pendant la biopsie mais, sa maîtresse s'étant reculée, elle la suivit instantanément.

Molly s'était réfugiée dans un coin de la pièce au milieu des gros appareils de radiographie pour faire accepter sa présence et avec l'espoir qu'elle pourrait honorer la promesse faite à Sophie.

Le signe de tête approbateur de Vivien lui réchauffa le cœur… contrairement au regard noir de Hugh qui, dirigé vers Oreo, l'épargna malgré tout en partie.

— Nous en discuterons plus tard, déclara-t-il avec hauteur.

C'est d'une voix nettement plus chaleureuse qu'il s'adressa à la maman de Sophie.

— Bonjour, Joanne. Je suis désolé de ne pas avoir pu être là plus tôt.

— Ce n'est pas grave, assura Joanne en caressant les boucles blondes de sa fille. C'est incroyable comme la présence d'Oreo a facilité l'hospitalisation pour Sophie. Elle adore les chiens. Et la danse. Ce sont ses deux passions dans la vie.

— Mmm.

Ce marmonnement de Hugh ne présageait rien de bon sur la façon dont allait se dérouler la discussion annoncée, qui inclurait très certainement Molly.

Comme Hugh s'avançait vers la table d'opération, Molly jeta un coup d'œil vers Vivien et fut rassurée par son expression. Un soulagement de courte durée car le pager de la directrice bipa et elle s'éclipsa en s'excusant du regard auprès de Molly qui, sans sa promesse à Sophie, l'aurait volontiers suivie.

Molly savait pouvoir compter sur le soutien de Vivien. C'était en effet cette dernière qui lui avait signé l'autorisation d'intervenir avec sa chienne au-delà des seules parties communes de l'hôpital. Beaucoup d'autres pays recouraient de plus en plus fréquemment à des assistants médicaux canins – les *dogtors*, « médechiens », comme on les appelait affectueusement –, mais Oreo était l'un des premiers en Nouvelle-Zélande à avoir reçu un agrément pour pénétrer dans des zones médicales comme les salles d'examen, les salles de réveil et même les unités de soins intensifs. Molly avait fabriqué pour sa chienne une « blouse » et des surchaussures fermées par un élastique, une version miniature de l'uniforme porté par le personnel.

Une infirmière préparait à présent la partie supérieure de la jambe de Sophie tandis que le technicien localisait par échographie la lésion.

— Je ne vais pas regarder, murmura la maman de Sophie alors que l'aiguille de biopsie apparaissait à l'écran. Mais j'aimerais rester à côté de Sophie pour le cas où elle aurait conscience de ma présence.

Sur ces mots, elle se pencha au-dessus de sa fille, les lèvres sur ses cheveux, comme pour l'envelopper dans un cocon protecteur.

— Maman est là, ma chérie. Tout va bien... Je suis là...

Molly chassa une larme tout en encourageant Joanne d'un hochement de tête à continuer son câlin. Même endormie, Sophie le sentait peut-être. Pendant les dernières étapes du dressage d'Oreo en Australie, Molly avait vu des enfants réagir à la présence de la chienne alors même qu'ils étaient inconscients et sous assistance respiratoire. Leur rythme cardiaque et leur tension artérielle avaient baissé peu de temps après qu'ils avaient touché la fourrure de la chienne.

L'écran où s'affichaient les constantes étant caché à Sophie, elle décida en désespoir de cause d'observer Hugh. Il était tellement concentré sur sa tâche qu'il avait complètement oublié leur présence, à Oreo et à elle. Avec des gestes calmes et assurés, il effectua une petite incision sur la jambe de Sophie et inséra une canule jusqu'au niveau de l'os.

— Perceuse, s'il vous plaît. Merci.

Les yeux rivés sur l'écran, il pratiqua alors un petit trou dans l'os.

— Il n'y en a plus pour longtemps, maintenant, annonça-t-il à Joanne. Je n'ai plus qu'à récupérer des échantillons. Aiguille de biopsie calibre onze, s'il vous plaît, ajouta-t-il à l'adresse de l'infirmière de bloc.

Molly admira le soin avec lequel il effectua les différents prélèvements et les déposa dans les flacons à des fins d'analyses qui permettraient de connaître rapidement le degré de gravité de la tumeur, si elle s'avérait maligne. De nouveau Molly sentit son cœur se serrer et ses yeux s'embuer. Même si elle n'était pas mère, elle avait des neveux et des nièces qu'elle adorait et c'était son amour des enfants qui l'avait incitée à devenir infirmière en pédiatrie. Elle ne connaissait rien de plus exaltant que de mener avec eux la bataille contre la maladie et de les assister pendant les soins souvent terriblement lourds auxquels ils étaient soumis. Elle se sentait privilégiée de pouvoir participer à cette lutte, dont hélas l'issue était parfois douloureusement dramatique.

Elle sentit le chatouillis d'une larme le long de son nez. Par réflexe elle l'essuya, très discrètement, sans faire le moindre bruit. Ce fut donc par une malheureuse coïncidence que Hugh Ashcroft, quand il recula après avoir terminé l'intervention, tourna la tête vers elle à ce moment précis.

Dans ses yeux – la seule partie visible de son visage –, Molly lut qu'il était encore plus contrarié que lorsqu'il avait découvert Oreo dans la salle.

Sophie commençait déjà à reprendre connaissance et elle demanda aussitôt, alors qu'une infirmière posait un pansement sur la plaie de sa jambe :

— Où est Oreo ?

— Ici, ma puce...

Molly s'approcha de la table d'opération, Oreo collée à elle.

— Nous viendrons avec toi quand on te ramènera à ta chambre.

Oreo posa de nouveau son menton sur le lit et agita doucement sa queue en panache quand elle sentit la main de Sophie sur son crâne.

— Elle pourra dormir avec moi cette nuit ?

Une espèce de grognement se fit entendre du côté de Hugh.

À contrecœur, Molly secoua la tête.

— Je suis désolée, Sophie. La présence des chiens à l'hôpital est strictement réglementée, et Oreo doit rentrer dormir à la maison.

Elle entendit derrière elle Hugh donner à Joanne l'heure de l'IRM et du PET scan le lendemain, et de nouveau son cœur se serra. Le chirurgien était déjà sûr du diagnostic s'il ne déprogrammait pas les examens qui détermineraient à quel stade en était le cancer et s'il s'était diffusé vers d'autres parties du corps comme le foie ou les poumons.

Molly s'obligea à prendre un ton enjoué pour demander :

— Dis-moi, Sophie. Il paraît que tu adores danser ?

La fillette, encore somnolente, hocha mollement la tête.

— Figure-toi qu'Oreo aussi.

— Les chiens ne savent pas danser, répondit la petite en ouvrant péniblement les paupières.

— Oreo, si. Nous te montrerons lors d'une de nos prochaines visites.

— Promis ?

La conversation avec la maman de Sophie avait pris fin et Molly sentit le regard du chirurgien, maintenant attentif à ce qu'elle disait, se diriger vers elle.

Hugh Ashcroft n'aimait ni la race canine ni les femmes qui

pleuraient, c'était un fait acquis pour Molly. Et il ne serait pas le premier chirurgien qu'elle rencontrerait à se montrer incapable de la moindre empathie. Peut-être que, leurs patients étant inconscients pendant la majeure partie du temps, ils ne les voyaient que comme des actes chirurgicaux à réaliser et ne se compliquaient pas la tâche en s'intéressant à leur vie et à leur famille, ou à leurs rêves et à leurs peurs. Heureusement donc, il existait des gens comme elle, Molly, pour rétablir l'équilibre.

— Promis, murmura-t-elle à Sophie.

Le bip d'un pager lui fit lever la tête juste à temps pour voir Hugh Ashcroft quitter la salle d'examen.

Il la repéra dans le foyer de l'hôpital alors qu'elle se dirigeait vers la sortie. Elle passait difficilement inaperçue avec ce gros chien noir et blanc à ses côtés qui, à la place de la ridicule imitation d'une tenue de bloc, portait à présent un manteau rouge avec des inscriptions blanches qui le signalaient comme chien d'assistance et le logo médical d'un cœur coupé en deux par le tracé stylisé d'un électrocardiogramme.

— Excusez-moi, l'interpella Hugh sur un ton qui ressemblait davantage à un ordre qu'à une demande.

Molly se retourna. Hugh ne l'avait jamais vue sans masque et sans charlotte, et la première chose qu'il remarqua fut une avalanche de boucles noires qui tombaient sur ses épaules.

— Hugh Ashcroft, se présenta-t-il en approchant.

— Oui, je sais.

Dans les yeux noisette de Molly, il décela une lueur de méfiance. Normal après l'hostilité qu'il avait témoignée à son chien un peu plus tôt.

— Comme je l'ai annoncé tout à l'heure, je vais dans le bureau de Vivien Pryce pour discuter avec elle et, en vous voyant, je me suis aperçu que j'ignorais votre nom.

— Molly. Molly Holmes. La Dr Pryce n'est pas disponible. Je devais moi-même la rencontrer pour que nous évaluions la première séance avec un médechien.

— Un quoi ?

— Un chien d'assistance médicale. Le terme de « médechien » les différencie des chiens de simple assistance qui n'ont pas été dressés pour pénétrer dans un environnement médicalisé.

Le chien aux pieds de Molly agitait lentement la queue en levant les yeux vers Hugh qui eut l'impression bizarre que l'animal l'acceptait. Qu'il lui souriait, même. Peut-être cette sensation venait-elle de ce que ses oreilles rabattues vers l'arrière lui faisaient plisser les yeux. Mais Hugh ne sourit pas et détourna le regard qu'il fixa plutôt sur la maîtresse.

« Médechiens ! » Un surnom ridicule qui ne l'étonnait pas de la part de gens qui s'impliquaient dans un tel organisme. Des gens qui faisaient insulte à ceux qui avaient étudié pendant des années pour mériter le titre de « médecin ».

— Première… et dernière séance, s'entendit-il grommeler.

— Pardon ?

Molly était beaucoup plus petite que Hugh, mais sous le coup de l'indignation elle paraissait avoir grandi de plusieurs centimètres.

— La Dr Pryce a son mot à dire, il me semble. Elle m'a assuré que les chefs de service approuvent cette initiative. L'hôpital pour enfants de Christchurch est maintenant inscrit à un programme international d'évaluation sur les bénéfices des visites des chiens de thérapie auprès des enfants malades.

— Effectivement, nous avions donné notre accord pour des visites seulement. Dans les salles de jeux, ou dans d'autres espaces ouverts à tous. Mais certainement pas dans des lieux qui doivent être le plus stériles possible et préservés de toute contamination.

— La biopsie ne se déroulait pas dans un lieu stérile, je vous rappelle, rétorqua-t-elle sèchement.

Cette femme avait manifestement du répondant… et ne se laissait pas marcher sur les pieds.

— Et de toute façon, nous respectons des protocoles stricts pour l'hygiène, poursuivait Molly. Les « visites », comme vous dites, sont incontestablement utiles pour les enfants malades, mais des chiens comme Oreo peuvent adoucir ce que vivent les gamins gravement atteints. Pendant une biopsie, par exemple.

Comme pour Sophie, aujourd'hui. Ou durant une induction anesthésique. Ou quand ils sont en salle de réveil, ou en soins intensifs.

— Salle de réveil ? Soins intensifs ? Bloc opératoire, pendant que vous y êtes !

— Non, la salle de préparation seulement. En fait, là où la présence des parents est aussi autorisée.

— Stop ! dit Hugh en levant la main. J'en ai assez entendu. Je ne vais pas continuer à discuter de cette question avec vous, madame Holmes. Vivien Pryce ne manquera certainement pas de vous faire part de mes inquiétudes en temps utile.

— J'ai hâte. Bonne soirée, docteur Ashcroft.

Elle tourna les talons puis jeta un coup d'œil derrière elle.

— Vous profiteriez peut-être davantage de la vie si vous vous décoinciez un peu et par la même occasion preniez un peu plus en considération le point de vue des autres. Vous êtes corseté, docteur Ashcroft.

Là-dessus, femme et chien reprirent leur chemin vers la sortie, laissant Hugh les regarder s'éloigner.

Indigné, il l'était incontestablement, mais davantage par la forme que par le fond. Il savait que les gens le cataloguaient comme un bourreau de travail pour qui seul l'hôpital comptait, comme un solitaire quasiment asocial qu'on ne perdait plus son temps à inviter aux réunions entre amis, comme un égoïste n'écoutant que lui-même. Mais peu lui importait ce qu'on pensait de lui sur un plan personnel tant qu'on le considérait comme le meilleur dans sa spécialité.

Et c'était le cas.

Cela dit, jamais personne ne l'avait remis à sa place aussi vertement et en prenant aussi peu de gants. Mais il était sur son territoire et il pèserait de tout son poids pour que la décision validée par la directrice des services cliniques en son absence soit annulée.

Finalement, Molly n'était peut-être pas aussi intelligente qu'il l'avait cru. Ne voyait-elle pas que sa remarque cinglante avait probablement scellé leur sort, à elle et son chien ?

Avec un peu de chance, il ne les verrait plus ni l'une ni l'autre. Et bon vent !

2

Sous un ciel que les premières lueurs de l'aube commençaient tout juste à pâlir, Molly, au volant de sa camionnette Morris Minor Classic de 1960, roulait à travers les collines sur une route sinueuse qui offrait un panorama extraordinaire sur le port.

— Il va faire un temps superbe aujourd'hui, dit-elle à Oreo. Comme je travaille le matin cette semaine, je pourrai t'emmener sur la plage après mon service. C'est chouette, non ?

À son retour d'Australie, Molly avait emménagé dans la maison de vacances familiale située à quelques minutes de marche de la plage de Taylors Mistake – littéralement « la bourde de Taylor » –, le lieu de promenade favori d'Oreo. Ou peut-être le second après les sentiers qui sillonnaient les collines sur des kilomètres et des kilomètres et étaient plus exigeants physiquement.

En fait, à en juger par l'empressement avec lequel la chienne avait bondi de la camionnette devant la villa d'âge respectable dominant le port où Jillian – la mère de Molly – habitait à présent, la chienne ne dédaignait pas non plus cet endroit. Rien d'étonnant puisque Milo, le jeune chien de Jillian, était devenu son meilleur ami. Malheureusement, ce matin, Molly était trop pressée pour s'attendrir sur les effusions entre les deux animaux ou aller caresser Bella, la golden retriever de Jillian, qui observait la scène depuis la véranda.

— J'y vais, dit-elle à sa mère. Je n'ai pas le temps de rester.

Molly tenait à arriver en avance au changement d'équipe, qui avait lieu tous les jours à 6 h 45. Pour faire bonne impression en tant que nouvelle, mais aussi parce que son statut d'infirmière praticienne l'y obligeait un peu. La formation de plusieurs années qu'elle avait suivie après l'obtention de son diplôme classique l'habilitait à rédiger des ordonnances, à interpréter les résultats d'analyses, à établir des diagnostics, à suggérer des opérations et des traitements. Elle travaillait ainsi en étroite collaboration avec les spécialistes et chirurgiens de son domaine, les accompagnant dans les visites aux patients et participant aux réunions avec les familles. Parfois même, en cas d'urgence ou d'afflux d'hospitalisations, elle était la seule soignante disponible.

Elle occupait donc un poste à lourde responsabilité et elle mettait un point d'honneur à s'en montrer digne.

Quelque chose la motivait encore un peu plus aujourd'hui : elle allait inévitablement croiser Hugh Ashcroft à un moment ou un autre de la journée.

— Pas de problème, répondit Jillian en fouillant dans sa poche à la recherche des gâteries qu'elle y gardait en permanence.

Oreo et Milo accoururent s'asseoir bien sagement devant elle.

— Tu as vu comme Milo imite Oreo ? cria-t-elle à Molly qui fermait le portail derrière elle. Je suis sûre qu'il va devenir médechien lui aussi.

— Je continuerai son entraînement pendant mes prochains jours de congé. À plus tard, maman. Et merci encore.

— Tu sais bien que c'est un plaisir pour moi de m'occuper des chiens. Au fait, comment ça s'est passé avec Oreo, hier ?

— Elle a été impeccable. Et la petite fille sur qui on pratiquait la biopsie l'a adorée. Le chirurgien en revanche…

— Ah bon ? Et pourquoi donc ?

— Je crois qu'il ne s'attendait pas à nous trouver là. Ou bien, c'est un psychorigide incapable de faire la moindre entorse aux règles.

Molly se mordilla la lèvre avant d'avouer :

— Je lui ai dit qu'il ferait bien de se décoincer.

— Oh ! Molly ! Tu n'as pas fait ça !

— Ça aurait pu être pire, s'esclaffa Molly. Je ne lui ai pas dit de retirer le balai qu'il avait dans le derrière !

Jillian éclata de rire et fit signe à sa fille de filer. Molly obéit et ouvrit la portière de sa camionnette dont le vert olive de la carrosserie lui rappela quelque chose…

Oh ! Non ! La couleur des yeux de Hugh Ashcroft, en un peu plus foncé ! Un vert inhabituel chez un être humain.

— Comment l'a-t-il pris, ton chirurgien ? ne put s'empêcher d'ajouter d'un ton inquiet sa mère, qui avait recouvré son sérieux.

— En fait, je ne sais pas trop. A priori, je ne vais pas tarder à l'apprendre.

Mais Molly n'éprouvait aucun remords. Hugh Ashcroft avait mérité qu'on lui dise ses quatre vérités.

Sachant qu'il était trop tôt pour espérer trouver la directrice des services cliniques à son poste, Hugh avait envoyé un courriel à son secrétariat avec ses disponibilités de la matinée pour une réunion urgente avec elle, dans le bureau de l'un ou de l'autre. Mais l'heure de sa première opération du jour arriva sans qu'il ait reçu de réponse.

Hugh entra dans la salle d'induction, où une mère désemparée tenait dans ses bras un bébé en pleurs. L'anesthésique n'avait de toute évidence pas encore calmé le petit Benji, treize mois.

— Il va s'endormir dans une ou deux minutes, Susan, assura Hugh à la mère. Avez-vous pensé à d'autres questions depuis notre entretien ?

— Non. Je veux juste que ce soit terminé. Chuuut, Benji. Tu ne vas rien sentir.

Mais le bébé se mit à redoubler de cris et à se débattre quand l'anesthésiste voulut lui poser un masque sur le visage.

— C'est dur, dit Susan au bord des larmes en serrant son fils contre elle.

Hugh sentit qu'il n'allait plus supporter très longtemps la tension émotionnelle croissante et les hurlements. De toute façon, il était largement l'heure d'aller se mettre en tenue.

— Essayez de vous détendre, Susan, dit-il avec brusquerie. Nous allons bien nous occuper de Benji. Je viendrai vous voir dès que l'opération sera terminée.

Matthew était déjà en train de se laver les mains et tendait l'oreille vers la salle d'induction où, heureusement, le vacarme diminuait.

— Pas très content le petit, commenta-t-il.

Hugh répondit par un « pfff » agacé et entreprit de se désinfecter bras, mains et ongles avec l'éponge imprégnée de savon, en un rituel tellement automatique et familier qu'il constituait presque un temps de repos. Pour ne pas dire de relaxation.

Quoique...

— Il aurait peut-être été plus calme avec le chien à côté de lui, observa Matthew qui se frottait consciencieusement les bras. La biopsie d'hier s'est bien passée, non ?

Hugh ne prit pas la peine de répondre et se concentra sur le nettoyage méthodique de ses doigts. Il n'avait pas la moindre intention de discuter d'un sujet qui lui avait déjà beaucoup trop envahi le cerveau. Des visions de cette jeune impertinente et de son chien hirsute étaient venues l'importuner la veille au moment où il allait s'endormir !

— Bien. Que peux-tu me dire sur notre premier cas ?

Matthew lança la serviette dans le sac de linge sale et enfila les bras dans les manches de la blouse stérile qu'un assistant lui tendait.

— Quand Benji avait quatre mois, ses parents ont remarqué au niveau de sa clavicule une bosse qui a grossi régulièrement. Les images ont révélé une pseudarthrose congénitale.

— C'est-à-dire ?

— Une « fausse articulation » qui se crée quand un os, comme la clavicule ou le tibia, se développe en deux parties séparées.

— Cause ?

— Probablement un accident à la naissance.

— Et pourquoi est-ce un problème ?

— La bosse peut grossir au point de devenir inesthétique mais, plus important, elle peut provoquer des douleurs et affecter la mobilité de l'épaule, comme dans le cas de Benji. Il se déplace en rampant bizarrement parce qu'il évite de se servir de son bras droit.

Hugh opina de la tête.

— Et qu'allons-nous faire ?

— Débrider les extrémités des excroissances osseuses, que nous fixerons ensuite à la clavicule par des plaques.

— Très bien, approuva Hugh en se séchant soigneusement dans une serviette stérile. Je te laisserai surveiller la pose de l'attelle et du plâtre après l'intervention. Je dois passer voir Vivien Pryce avant l'opération suivante. Je n'en aurai pas pour longtemps. Je pense être de retour pour le transfert de Benji en salle de réveil.

La petite Chloe riait aux éclats.

— Quel joli sourire elle a ! s'exclama Molly qui chatouillait avec une peluche le ventre du bébé. Cela ne semble pas la gêner d'avoir les jambes en traction et à la verticale.

Le dispositif permettait d'étirer progressivement les ligaments chez les enfants souffrant d'une luxation congénitale de la hanche et, une fois la tête du fémur réinsérée dans le bassin, on maintenait l'articulation en place par un plâtre qui devait être porté pendant des mois.

— J'espère que je vais pouvoir continuer à l'allaiter.

— Ce ne sera pas facile mais pas impossible si vous parvenez à vous faufiler sous les cordes et les poulies pour vous allonger à côté d'elle, sourit Molly à la maman. J'ai vu des mères le faire. C'est incroyable la capacité qu'on a à trouver des solutions pour ce qui est vraiment important.

— Il faudra l'opérer si la traction ne donne pas de résultats, n'est-ce pas ? Et c'est pour cette raison qu'elle a été admise dans ce service ?

— C'est effectivement une possibilité, reconnut Molly en consultant le dossier du bébé. Elle doit passer une radio demain. Nous devrions alors avoir une idée plus précise de la suite des événements. Voulez-vous que je demande au chirurgien de venir discuter avec vous d'ici là ?

— Oh oui, volontiers. Merci. J'essaye toujours de rester optimiste, mais se préparer au pire est une sorte de contrat d'assurance, non ?

— Entièrement d'accord. Je vais laisser un petit mot au chirurgien pour qu'il passe vous voir le plus rapidement possible.

Elle eut soudain un hoquet de surprise alors qu'elle continuait à parcourir le dossier de Chloe et sentit son ventre se nouer étrangement.

— Chloe est suivie par le Dr Ashcroft ?

— Oui. Mais pour le moment, je n'ai vu que son adjoint. Apparemment, il donnait des conférences aux États-Unis. Il devrait quand même être de retour à temps pour opérer Chloe si cela s'avère nécessaire.

— Il est rentré. Moi-même, je n'ai fait sa connaissance qu'hier.

— Comment est-il ? Il doit être très bon si on l'invite à donner des conférences dans d'autres pays.

Molly éluda la question en émettant un son qui pouvait passer pour une approbation. Ou peut-être un encouragement.

Elle se remit à chatouiller la petite Chloe avec la peluche, et le rire joyeux du bébé l'accompagna pendant qu'elle rédigeait le message pour Hugh Ashcroft. Plutôt que de demander au responsable administratif du service de le lui remettre ou de le glisser dans son casier, elle décida de profiter de sa pause pour le déposer elle-même puisque, en allant prendre l'air dans le petit jardin sur lequel donnait le foyer, elle passerait juste à côté des bureaux des médecins.

Quelques minutes donc après avoir quitté Chloe et sa mère, elle frappa à la porte du Dr Ashcroft pour la forme, parce qu'elle le savait au bloc, et entra sans attendre de réponse. Aussi demeura-t-elle bouche bée en le découvrant debout derrière son bureau en train de regarder l'écran de son ordinateur.

— Oh ! s'exclama-t-elle. Vous n'êtes pas censé être ici.

— Je pourrais vous retourner la pareille, rétorqua-t-il, tout aussi surpris que Molly. Vous n'êtes absolument pas censée être dans *mon* bureau.

Il la dévisagea alors : tenue médicale, cheveux qu'elle s'efforçait – sans succès – de discipliner avec des barrettes... et, autour de son cou, un stéthoscope et un cordon avec le logo de l'hôpital. Pas de doute, elle faisait partie du personnel.

— Qui donc êtes-vous ? demanda-t-il en la fixant droit dans les yeux à présent.

L'intensité de ce regard vert olive à la fois méfiant et furibond déconcerta – un euphémisme – Molly. Elle sentit son ventre se nouer de plus en plus à la perspective de ce qui l'attendait : un savon bien mérité pour avoir manqué de respect à un chirurgien, la veille. Elle préféra prendre les devants :

— Je suis infirmière praticienne et j'ai commencé à travailler ici la semaine dernière, dit-elle en relevant le menton dans une attitude de défi.

— Mais... que faisiez-vous ici avec ce chien, hier ?

— Je me forme à la zoothérapie depuis des années. Je mets cela en pratique quand je ne suis pas de service.

Durant le moment de silence qui suivit, Molly remarqua un changement dans le regard qui la clouait sur place. Le Dr Ashcroft s'amadouait-il ? Parce qu'il la voyait comme une collègue et non comme une illuminée qui amenait son chien à l'hôpital ? À moins qu'il n'ait été un petit peu impressionné d'apprendre qu'elle passait ses jours de congé sur son lieu de travail et qu'elle se souciait suffisamment de ses patients pour venir à l'hôpital bénévolement ?

Être impressionné, même un petit peu, c'était probablement trop lui demander. Malgré tout, il ne paraissait pas aussi remonté contre elle. Il paraissait...

Perplexe... ? Intrigué ? Comme si la curiosité commençait à l'emporter sur la colère...

Molly se sentait un peu moins nerveuse à présent. Étrangement cependant, le nœud dans son ventre ne se desserrait pas. Au contraire, même.

Bien sûr qu'il se montrait impoli en fixant Molly de la sorte, se reprocha Hugh. Mais il ne pouvait s'en empêcher, comme s'il n'avait pas trouvé d'autre moyen de garder l'équilibre.

Lui qui se laissait difficilement déstabiliser l'avait été par l'apparition de Molly dans son bureau. En quittant l'hôpital hier, il avait cru qu'il ne la reverrait plus – et son chien non plus – et pourtant... elle était là. Dans son espace de travail. Là où il se sentait bien. Pour couronner le tout, elle était infirmière praticienne et donc qualifiée pour prendre son relais auprès de ses patients à lui, peut-être mieux que certains de ses jeunes assistants.

Par conséquent, elle se révélait être une collègue avec qui il devrait travailler en étroite collaboration.

Quant à Vivien Pryce, qui lui annonçait par courriel son arrivée imminente pour l'entretien qu'il avait sollicité, à bien y réfléchir elle n'apprécierait peut-être pas qu'il lui dise tout le mal qu'il pensait de la présence d'un chien dans sa salle d'examen.

— À propos d'hier... commença-t-il après s'être éclairci la voix. Concernant votre chien...

Et il s'arrêta là, faute de savoir comment continuer.

Il la dévisageait toujours. Elle avait des yeux marron bordés de cils aussi noirs que ses cheveux. Elle était bronzée, ce qui laissait penser qu'elle passait beaucoup de temps au grand air. Et elle...

... elle lui souriait.

— Oreo, dit-elle pour rompre le silence. Vous lui avez plu, docteur Ashcroft, ajouta-t-elle sans cacher son étonnement. Et ma chienne juge bien les gens en général.

Effectivement le chien l'avait regardé en agitant la queue, se souvint Hugh. Il avait même eu l'impression qu'il lui avait souri...

Il secoua la tête pour évacuer l'image de ces yeux marron, doux comme du chocolat fondu, fixés sur lui. Des yeux assez semblables à ceux de sa maîtresse, en fait.

Et les objections qu'il s'était préparé à présenter à Vivien commencèrent à perdre de leur évidence.

— Bien sûr, j'étais au courant du projet de zoothérapie dans le service, dit-il un peu sèchement. Mais il n'avait jamais été question d'autoriser l'accès d'animaux dans les unités de soins intensifs, ou même les salles d'examen. J'ai été... surpris, c'est le moins que l'on puisse dire.

— Oui. Je suis désolée de cette situation et j'en assume l'entière responsabilité. La semaine dernière, avant votre retour, j'ai été invitée à faire entrer Oreo à l'hôpital parce que j'avais participé à un programme similaire en Australie. Au départ, ce devait être une simple prise de contact, mais le service de radiologie nous a parlé du rendez-vous de Sophie, et Vivien m'a proposé d'aller voir la petite avec Oreo. Ensuite les événements se sont enchaînés. Sophie s'est immédiatement prise d'affection pour Oreo et a demandé si la chienne pourrait l'accompagner pour la biopsie. Avec l'accord du Dr Pryce, j'ai accepté. Bref. Je vous présente mes excuses. Sincèrement. Je peux essayer de faire en sorte que tout le monde soit averti de la présence d'Oreo la prochaine fois.

La prochaine fois... ? Ça m'étonnerait qu'il y en ait une...

Hugh ne comprit qu'il avait parlé tout haut qu'en voyant Molly changer d'expression et ses yeux s'allumer d'une lueur farouche. Impossible de s'y tromper, cette femme était une guerrière prête à se battre pour ce qui lui tenait à cœur.

— Des articles ont été écrits sur le sujet, qui pourraient vous intéresser quand vous aurez une minute pour les lire, docteur Ashcroft. Il existe encore assez peu d'études scientifiques, mais les témoignages s'accumulent. Nous espérons que l'expérimentation dans laquelle le Dr Pryce nous a engagées, Oreo et moi, donnera les mêmes résultats encourageants qu'à l'étranger, où l'on rapporte les effets extrêmement positifs de la présence d'un animal auprès des enfants soumis à des traitements pénibles. Des effets positifs et mesurables, car la baisse de la tension artérielle et du rythme cardiaque indiquent de façon indiscutable une diminution de la douleur et du stress et...

Elle fut interrompue par des coups frappés à la porte et Hugh vit les yeux de Molly s'écarquiller de stupeur quand Vivien Pryce entra. Il y vit aussi un éclat... de peur, lui sembla-t-il et il éprouva brusquement de la honte à l'idée qu'il aurait pu causer de sérieux ennuis professionnels à Molly en présentant à Vivien ses doléances comme il l'avait prévu.

De la honte et aussi le besoin impérieux et très étrange de protéger Molly. Une pulsion aussi inattendue que malvenue.

Molly interpréta mal l'expression désolée de la directrice des services cliniques quand celle-ci entra dans le bureau de Hugh Ashcroft et s'affola. À tort.

— Excuse-moi, Hugh. Depuis ce matin je passe mon temps à

éteindre des incendies et je n'ai pas fini. Mais, d'après ma secrétaire, tu veux me parler de quelque chose d'urgent.

Elle jeta un bref regard surpris vers Molly en la découvrant là.

— Est-ce à propos de la première consultation de notre médechien, hier ? Est-ce pour cela que Molly est ici ?

— Non, répondit Molly en essayant de s'esquiver. Je suis juste venue pour remettre un message à M. Ashcroft.

Là-dessus, elle déposa en toute hâte sur le bord du bureau de Hugh le morceau de papier maintenant chiffonné où elle demandait au chirurgien d'aller parler à la mère de Chloe.

— Je vais vous laisser à présent.

— Ne partez pas, dit ou plutôt ordonna Hugh. Il est normal que vous entendiez ce que je veux dire à Vivien.

Molly grimaça intérieurement. Si le Dr Ashcroft décidait finalement de ne pas protester auprès de Vivien contre la présence d'Oreo dans sa salle d'examen, alors il allait se plaindre – et à juste titre – du manque de respect inacceptable que leur nouvelle infirmière praticienne avait manifesté envers un chirurgien.

— Oui, Vivien. C'est bien ce que nous évoquions avec Mme Holmes avant ton arrivée.

Molly retenait son souffle.

— Je lui expliquais que, lors de la réunion initiale du département sur le sujet, je n'avais pas compris qu'il était question d'admettre des animaux dans des lieux que la plupart des praticiens ne considéreraient pas comme ne serait-ce que vaguement adaptés à cette pratique.

— Il n'en avait en effet pas été question, reconnut Vivien Pryce. Personnellement, je n'ai appris l'existence des récentes publications sur les bienfaits de la zoothérapie dans ces zones réservées qu'en discutant avec Molly après son entretien d'embauche. J'avoue qu'il aurait fallu débattre de cette extension du programme avant de la mettre en œuvre.

Hugh émit un son qui était un mélange d'approbation et d'agacement.

— Ce n'est peut-être pas trop tard. Tu peux m'envoyer les liens vers ces publications quand tu auras une minute ?

De nouveau, Vivien jeta un coup d'œil à Molly. Elle était

apparemment surprise que l'infirmière ait réussi à désamorcer la bombe que Hugh s'était apprêté à lancer.

— D'accord, Hugh. Mais si tu tiens à être davantage informé sur le sujet, interroge directement Molly. Elle a une expérience dans ce domaine beaucoup plus vaste que n'importe qui d'autre ici. Je t'enverrai aussi le relevé des constantes de Sophie que m'a communiqué le technicien hier. Si tu les compares à celles du cas témoin la semaine dernière, tu constateras des différences notables. Bien sûr, il ne faut pas tirer des conclusions hâtives. Il n'empêche que je trouve passionnant de participer à cette expérimentation. Et remercions notre récente recrue de l'avoir mise en œuvre ici, conclut-elle avec un sourire à Molly.

Ce n'était pas parce qu'il avait gardé pour lui ses critiques acerbes afin d'éviter des ennuis à Molly qu'il allait maintenant la couvrir de compliments, fulmina Hugh intérieurement tout en lisant la note que Molly avait posée sur son bureau.

— Dites-lui que je viendrai vers 16 heures quand j'aurai terminé mes opérations de la journée.

— Entendu. Je vais lui transmettre le message.

— Enfin... S'il n'y a ni urgences ni complications imprévues, bien sûr. Et si je ne suis pas retardé par des réunions impromptues.

Hugh consulta la pendule sur le mur.

— Ce qui veut dire en l'occurrence qu'il ne me reste que cinq minutes pour me mettre en tenue.

D'un hochement de tête il signifia la fin de sa « réunion impromptue » avec Molly et s'avança vers la porte, suivi par Vivien.

— Tiens-moi au courant pour Sophie, s'il te plaît, Hugh. Hier soir, je réfléchissais au drame que vit cette famille. Tu savais que Sophie est la vedette dans son cours de danse classique ? Son papa venait de lui installer une barre dans sa chambre pour qu'elle s'entraîne.

Évidemment que ce chirurgien hautain ignorait un détail aussi personnel, songea Molly.

— Je te ferai suivre les résultats du PET scan qu'elle doit passer aujourd'hui, Vivien, promit Hugh avec un détachement qui conforta Molly dans son opinion.

Elle aurait terminé son service bien avant que Hugh ne soit sorti du bloc. Peu de risques donc qu'ils se croisent de nouveau aujourd'hui, ce qui soulagerait probablement M. Ashcroft.

Et elle aussi, car elle était persuadée de l'avoir échappé belle.

Mais en même temps, elle était un peu déçue à la pensée de ne plus revoir Hugh Ashcroft de la journée. Une réaction incompréhensible et pourtant bien réelle. Bref… Elle n'avait pas le temps de s'attarder sur la question car elle avait encore quelques heures bien chargées avant la fin de son service. Des problèmes surgissaient immanquablement dans un service de chirurgie pédiatrique. D'ailleurs, son pager se mit à biper, le signal probable d'une urgence.

Effectivement on l'appelait pour remettre en place une perfusion qu'un petit garçon de deux ans avait réussi à arracher. Elle entendait ses cris alors qu'elle longeait le couloir au pas de course et elle regretta que sa chienne ne soit pas là pour l'aider à le calmer.

Mais à 16 heures, elle rejoindrait chez sa mère Oreo, son compagnon chéri. Elle ferait un peu travailler Milo avant de regagner ses pénates et, maintenant que les jours rallongeaient avec l'approche de l'été, il lui resterait du temps avant la nuit pour emmener la chienne à la plage.

3

Il restait assez de temps avant la tombée de la nuit pour aller s'ébattre sur la plage, qui n'était séparée de la maison que par le jardin et une dune couverte de touffes d'oyat.

Arrivée près de l'eau, Molly se débarrassa de ses sandales et laissa les vagues lui lécher les pieds. Elle lança le frisbee et regarda avec bonheur Oreo s'élancer en aboyant de joie à la poursuite du disque puis sauter pour l'attraper et le lui rapporter. Ces séances récréatives au grand air avec la chienne permettaient à Molly d'évacuer le stress du travail car, contrairement aux sessions quotidiennes de dressage – auxquelles participaient les deux chiens maintenant –, elles n'exigeaient ni concentration ni rigueur. C'étaient donc des moments de pur plaisir.

Elle n'était pas la seule à profiter des derniers rayons de soleil pour se détendre. Au loin, un surfeur attendait une vague favorable.

L'espace d'un instant, Molly eut l'impression dérangeante de revivre l'époque de son adolescence quand, amoureuse pour la première fois, elle avait passé des heures à admirer son petit ami prendre des vagues. Elle ne s'était jamais sentie aussi heureuse. Aussi n'avait-elle jamais oublié sa douleur et sa stupeur quand, quelques mois plus tard, son amoureux l'avait laissée tomber. Son premier désastre sentimental.

Heureusement, aucune des ruptures suivantes – et elle en avait hélas vécu un certain nombre – ne l'avait plus traumatisée à ce point.

Parfois, mais rarement, c'était elle qui avait mis fin à une relation qu'elle estimait n'aller nulle part. En général, ils se séparaient à l'amiable, en amis qu'ils étaient. Mais les garçons attendaient davantage que de l'amitié d'une liaison sérieuse et s'en allaient, ravivant chaque fois chez Molly la blessure de son premier échec.

Molly avait renoncé à comprendre pourquoi il en allait ainsi. Certes, elle n'était pas blonde aux yeux bleus et avait le corps vigoureux et robuste d'une fille qui avait grandi dans une ferme. Malgré tout, elle plaisait aux garçons. Et puis, elle était sociable, intelligente et tenait son rang dans les conversations.

Aucune raison donc qu'elle ne finisse pas par dénicher le bon candidat, se répétait-elle depuis des années.

Après son dernier échec cuisant en Australie, qui l'avait persuadée de rentrer en Nouvelle-Zélande, son installation à Christchurch et son nouveau travail lui fournissaient des excuses idéales pour ne pas se mettre en quête d'un compagnon. Mais à vrai dire, elle avait accepté l'idée de rester célibataire pour l'instant en espérant que, si elle ne le cherchait pas, « le bon candidat » surgirait un jour à l'improviste pour la prendre par la main. Dans le cas contraire, ce ne serait pas la fin du monde. Après tout, elle était loin d'être seule et de toute façon elle ne s'accommoderait pas de n'importe qui.

Elle se pencha pour ramasser le frisbee qu'Oreo avait posé à ses pieds et le lança de nouveau.

L'aboiement joyeux de la chienne la fit sourire. Sur ce bonheur-là au moins, elle pouvait compter sans réserve.

Quand elle se redressa, elle aperçut le surfeur qui se mettait debout sur sa planche pour prendre la vague tant attendue. Elle ralentit le pas pour le regarder et ne remarqua même pas qu'Oreo avait rapporté le frisbee.

Il était vraiment excellent ! Et Molly s'y connaissait pour avoir si souvent assisté aux séances d'entraînement de son petit ami.

Elle était hypnotisée. Même à cette distance, elle sentait la puissance et la détermination de cet homme et en éprouvait une sensation très particulière. Lui en revanche était inconscient de toute présence extérieure. Entièrement à ce qu'il faisait, il vivait pleinement l'instant, avec passion et bonheur.

En quelques secondes il exécuta un aérial : il décolla en prenant appui sur la crête de la vague puis atterrit dans le tube et continua à surfer. Alors que le rouleau perdait en force et en hauteur, il effectua un virage à cent quatre-vingts degrés pour piquer de nouveau vers le large. Il s'allongea alors sur sa planche et se mit à ramer frénétiquement avec ses bras, manifestement mû par le besoin irrépressible de s'attaquer à une nouvelle vague. Comme si sa vie en dépendait, comme si...

L'aboiement d'Oreo ramena Molly sur terre et elle reprit le jeu avec la chienne.

Alors qu'arrivée au bout de la plage elle rebroussait chemin, elle aperçut de nouveau le surfeur, tache sombre sur un ciel de plus en plus flamboyant. Cette fois, il se tenait juste debout sur sa planche, ne faisant qu'un avec l'étendue infinie de l'océan, et se laissait porter jusqu'au bord de l'eau. Là il descendit, coinça sa planche sous le bras et sortit des vagues... dans la direction de Molly.

Habituellement, Oreo se méfiait des inconnus et restait collée aux jambes de sa maîtresse pour la protéger. Aussi Molly s'étonna-t-elle de la voir non seulement s'élancer avec le frisbee vers le surfeur, mais se coucher devant lui arrière-train en l'air et gueule sur les pattes avant pour l'inviter à jouer. Cependant il passa à côté d'elle sans lui accorder la moindre attention. Après un moment d'incompréhension, Oreo se saisit du disque et courut lui bloquer le chemin. Molly hâta le pas pour aller s'excuser... et s'arrêta net, bouche bée.

Jamais, non, vraiment jamais, elle n'aurait imaginé que l'homme qui évoluait avec autant de souplesse et d'adresse sur les vagues puisse en même temps manquer d'humanité au point d'être incapable de réconforter un enfant terrorisé.

Hugh Ashcroft aurait-il un frère jumeau ?

Ou bien avait-elle pénétré par hasard dans la vie privée d'un homme qui était en réalité l'opposé de son image publique ?

Comment – et surtout pourquoi – un individu pouvait-il montrer ainsi deux visages ? s'interrogea-t-elle, réellement intriguée.

— Molly.

Il n'avait donc pas de jumeau.

— Docteur Ashcroft.

Quand il la salua de la tête, des gouttes d'eau tombèrent de ses cheveux. Des cheveux à la coupe soignée mais dans l'immédiat si mouillés et saturés de sel qu'ils étaient hérissés sur son crâne. Même sa coiffure avait changé !

— Trêve de mondanités. Appelle-moi Hugh et tutoie-moi. C'est valable au travail également.

Il la fixait avec la même intensité que lorsqu'il lui avait demandé qui elle était à l'hôpital. Mais le contexte avait changé et le ressenti de Molly aussi. Au lieu de sa blouse, il portait à présent une combinaison intégrale moulante presque aussi sexy qu'une tenue d'Adam.

À bien y réfléchir, la situation n'était peut-être pas aussi différente qu'elle y paraissait au premier abord. En effet, comme à l'hôpital, Molly sentit une sensation étrange lui étreindre le ventre. Un peu comme si des vagues s'y brisaient. Et cette fois, ce phénomène n'avait rien à voir avec une quelconque nervosité. Ni avec de la curiosité. Ni avec sa perplexité face à cette double personnalité dont elle se demandait laquelle était celle du vrai Hugh Ashcroft.

Non, il s'agissait de carrément autre chose. Quelque chose de plus puissant.

C'était de l'attirance.

De l'attirance sexuelle.

Quoi ? Pour quelqu'un avec qui elle allait travailler ? Pour quelqu'un qui avait ouvertement désapprouvé la présence d'Oreo dans les zones sanctuarisées de l'hôpital ? Quelqu'un qui avait paru comme écœuré quand il l'avait surprise à pleurer ?

— Entendu… Hugh, répondit Molly avec une désinvolture dont elle se félicita, tout en se baissant pour ramasser le frisbee, qu'elle lança vers la mer.

Aussitôt, Oreo bondit dans l'écume.

— J'ai oublié comment s'appelle ton chien, dit Hugh en marchant vers la serviette soigneusement pliée sur le sable.

— Oreo.

— Comme les petits gâteaux ? Bien sûr ! Il est noir et blanc. Joli nom.

— Elle… C'est une femelle, rectifia-t-elle sur un ton de réprimande.

Mais Hugh ne releva pas. Il ne s'intéressait pas à Oreo. Ni à elle. Et tant mieux. Ainsi, elle pourrait effacer de son esprit ce déplorable moment d'attirance. L'effacer définitivement.

Quand Oreo revint, Molly voulut lui prendre le frisbee mais la chienne le laissa tomber juste à côté des pieds nus de Hugh. Ce dernier se baissa… pour ramasser sa serviette et commença à s'éloigner vers le parking, où était installé un bloc sanitaire.

— Je vais me doucher avant de me transformer en glaçon.

— Je vais par là moi aussi, répondit Molly décidant d'interpréter le regard que Hugh lui avait lancé par-dessus son épaule comme une invitation à le suivre.

— Je ne vois pas d'autre voiture que la mienne, observa-t-il après quelques pas. Où t'es-tu garée ?

— J'habite ici. Dans la petite maison blanche là-haut. Celle avec le toit rouge et la grande cheminée.

— Tu vis près de la plage ? Veinarde !

— Ce n'est pas vraiment chez moi. C'est une maison familiale. J'ai grandi dans une ferme et nous venions ici pour les vacances.

— Alors, si tu connais le coin, tu dois avoir une explication pour le nom de Taylors Mistake donné à la plage. Quelqu'un m'a dit qu'un bateau s'était échoué là et que c'était ça la « bourde ».

— Je crois que ce naufrage était la seconde bourde du capitaine Taylor, s'esclaffa Molly. La première était d'avoir cru qu'il entrait dans le port de Lyttleton. L'événement remonte au milieu du XIXe siècle, au moment de l'arrivée des premiers colons.

Quelle mouche la piquait de donner un cours d'histoire à Hugh ? Pour qui se prenait-elle ? N'osant le regarder, elle tourna la tête vers l'océan et changea de sujet.

— Mon grand frère, Jack, s'est mis au surf quand il était gamin et, à l'adolescence, il a commencé les compétitions. Mais il n'est pas aussi bon que toi.

Un brusque silence suivit cette déclaration, et Molly ne put s'empêcher de glisser un regard vers Hugh. Il semblait surpris par le compliment. Mais très vite il se perdit lui aussi dans la contemplation des vagues.

— Et toi, tu as pratiqué ?

— Non. Moi, ce sont les animaux qui m'ont toujours passionnée. J'ai fait de l'équitation et j'ai entraîné des chiens de berger à gérer les troupeaux de moutons. J'ai même participé à des concours.

Oreo, résignée à ne plus jouer, marchait à côté d'eux ou plus exactement – et bizarrement – à côté de Hugh.

— Je crois que tu as une admiratrice.

— Pardon ?

Zut ! Pensait-il qu'elle parlait d'elle après qu'elle l'avait complimenté sur ses talents de surfeur ?

Du regard elle indiqua Oreo qui levait la tête vers lui en frétillant de la queue.

— Vivien m'a envoyé les liens, dit-il rompant un silence de nouveau gêné. J'ai eu le temps de parcourir un des articles quand je suis retourné dans le service pour parler à la mère de Chloe cet après-midi.

— Et… ?

— J'ignorais que les animaux pouvaient être intégrés à un éventail aussi large de thérapies. Ils sont même présents en kiné !

Molly hocha la tête. La bifurcation vers sa maison n'était plus très loin mais elle ne voulait pas en rester là de leur conversation et rater l'occasion de plaider pour ce qui pourrait grandement améliorer ses conditions de travail.

— J'aime beaucoup travailler avec les physiothérapeutes, dit-elle. C'est fou comme le simple fait de tendre le bras pour caresser un chien ou de marcher avec lui, ne serait-ce que jusqu'à la porte de la chambre, aide les patients à surmonter la douleur après une opération. Oreo est très bonne actrice, aussi. Elle sait faire semblant de prendre des médicaments avec les enfants. Elle boit le liquide dans une seringue ou avale une « pilule » qui est en fait une friandise. Et les chiens apportent aussi beaucoup de réconfort et de joie au personnel, aux familles, parents et fratries…

Molly reprit son souffle. Elle manquait de temps. Elle avait tellement d'arguments à faire valoir !

— Qu'est-ce qui pourrait plus aider une personne qui traverse un moment difficile que de pouvoir câliner un chien ?

— Je l'ignore.

Hugh avait répondu distraitement, le regard tourné par-dessus la tête de Molly vers la maison où elle habitait. Il allait inévitablement remarquer le chemin qui y montait, s'inquiéta Molly, et se demander pourquoi elle continuait à marcher avec lui. Allait-il en déduire qu'elle le considérait comme davantage qu'un simple collègue ? Voire qu'elle le draguait ?

— À demain, Hugh, s'empressa-t-elle de dire en s'éloignant, aussitôt suivie par Oreo.

— Bonne soirée, Molly.

Comme en écho à la façon dont elle l'avait salué – mais oui, hier seulement – juste avant de lui conseiller de se décoincer. Rétrospectivement, maintenant qu'elle l'avait vu évoluer avec autant d'agilité contre la force des vagues, son reproche ne tenait vraiment pas la route. Pire encore, le souvenir des acrobaties de Hugh sur sa planche rappela à Molly sa propre réaction physique lorsqu'elle l'avait vu devant elle, ruisselant d'eau, dans la combinaison qui lui collait au corps. À cette seule image tout son corps frémit de nouveau.

Elle en fut si troublée qu'elle s'abstint de lui adresser un dernier regard tandis qu'elle s'éloignait. Contrairement à Oreo.

Quand la chienne leva de nouveau les yeux vers sa maîtresse, cette dernière y lut la même question qu'elle se posait elle-même.

— Je ne sais pas, s'entendit-elle répondre à voix haute. Nous allons devoir attendre pour en avoir le cœur net.

Il ne restait plus de chaises libres dans la salle de réunion où avaient pris place des représentants des services d'oncologie, de radiologie et de chirurgie, le directeur du département de physiothérapie, une responsable administrative, une pharmacienne, une infirmière, Molly, une psychologue pour enfants et une conseillère familiale.

Oh ! Et Oreo, couchée par terre aux pieds de Molly, parfaitement immobile le museau sur ses pattes. Étrangement, il paraissait parfaitement normal que la chienne et sa maîtresse, qui étaient là depuis le début de l'hospitalisation de Sophie, participent à cette concertation.

Le silence n'était troublé que par la respiration saccadée de Joanne, la mère de Sophie Jacobs, qui essayait de retenir ses larmes. Son mari, Simon, dents serrées, regardait le plafond. Lui aussi s'efforçait de ne pas s'effondrer. La grand-mère de Sophie avait également été invitée à la discussion sur le cas de leur petit trésor de sept ans, et elle se tamponnait les yeux avec un mouchoir.

Hugh lança un regard à l'oncologue pour qu'il prenne la parole. Ce dernier annonça que les analyses avaient hélas confirmé que Sophie souffrait d'un ostéosarcome et qu'elle allait devoir suivre une chimiothérapie néoadjuvante intensive afin de réduire la tumeur avant qu'elle ne soit enlevée chirurgicalement. La pharmacienne décrivit les médicaments qui seraient utilisés et répondit aux questions sur les moyens existants pour pallier leurs effets secondaires, comme les nausées et la chute des cheveux.

Puis l'oncologue, d'un discret mouvement de tête, passa le relais à Hugh pour qu'il parle de l'opération à venir.

Hugh cliqua avec la souris sur son ordinateur portable et une radio s'afficha sur le grand écran accroché au mur de la salle.

— Nous avons ici le premier cliché de la jambe de Sophie, dit-il calmement. Il montrait déjà l'existence d'une anomalie à l'extrémité distale du fémur, c'est-à-dire juste au-dessus du genou. Nous disposons à présent de davantage d'informations après tous les examens – biopsie, IRM, PET scan, tomodensitométrie – auxquels Sophie s'est soumise au cours des deux dernières semaines avec beaucoup de courage.

— Grâce à Oreo, intervint Joanne après s'être mouchée.

Elle sourit alors à Molly de l'autre côté de la table.

— Je ne sais pas comment nous aurions fait face sans vous.

— Ça a été un plaisir pour nous. Je vais amener Oreo voir Sophie dans quelques minutes pendant que vous discuterez avec tout le monde. Je voulais simplement que vous sachiez que nous nous considérons comme membres à part entière de cette équipe et qu'Oreo et moi serons là chaque fois que j'ai un jour de libre.

Le père de Sophie opina de la tête avec raideur. Il était de toute évidence incapable de proférer un mot.

— Le bon côté des choses, reprit Hugh imperturbablement

en faisant défiler à l'écran les radios au fur et à mesure de son exposé – si l'on peut parler de bon côté des choses dans ces circonstances –, c'est qu'il s'agit d'un ostéosarcome primitif, c'est-à-dire qu'il n'est pas le résultat de métastases échappées d'une autre tumeur dans le corps. Mieux encore, il est à un stade clinique précoce et ne s'est pas encore étendu au périoste, la membrane conjonctive qui enveloppe l'os. Les ganglions lymphatiques sont normaux, et il n'y a aucun signe de dissémination, ni dans les poumons ni dans le squelette – qui sont les premières cibles des métastases.

Hugh s'arrêta pour laisser à l'assistance le temps d'assimiler cette nouvelle positive. Il vit le regard qu'échangèrent les parents de Sophie et, s'il s'y était autorisé, il aurait senti l'onde d'espoir qui traversa la pièce. Mais il n'avait pas encore abordé la partie la plus difficile de la réunion.

— Il est cependant nécessaire de traiter ce cancer suffisamment agressivement pour éliminer tout risque de récidive ou de métastases. Ce qui veut dire que Sophie doit être partiellement amputée. La procédure que nous recommandons est celle dont j'ai évoqué la possibilité l'autre jour en cas de tumeur maligne : la plastie de rotation.

— Non !

Joanne étouffa un cri de désespoir et son mari lui entoura les épaules.

Alors qu'il passait à l'image suivante, Hugh aperçut Molly qui posait la main sur le crâne d'Oreo. Parce qu'elle avait elle aussi besoin de soutien ? Bien sûr, une amputation était dramatique, il le comprenait. Mais c'était indiscutablement la meilleure solution pour Sophie.

— Comme je l'ai expliqué à la famille, l'opération consiste à enlever l'extrémité inférieure du fémur – où se situe la tumeur –, toute l'articulation du genou et le haut du tibia. On fait ensuite pivoter à cent quatre-vingts degrés la partie restante de la jambe et on l'attache au fémur.

Joanne Jacobs n'avait toujours pas levé les yeux vers l'écran où s'affichait la photo d'un garçon qui avait subi cette intervention.

— La cheville sert alors de genou, poursuivit calmement

Hugh. On fabrique une prothèse spéciale dans laquelle le pied, qui est désormais dirigé vers l'arrière, peut s'insérer. Ce procédé permet une plus grande mobilité et une meilleure stabilité qu'une amputation pure et simple au-dessus du genou. En outre, il diminue le risque de douleurs fantômes.

Il montra une nouvelle photo du garçon avec son pied à présent dissimulé à l'intérieur de sa jambe artificielle et, peut-être encouragée par son mari, Joanne finit par regarder.

Sur la photo suivante, le petit garçon, radieux, jouait au football.

— Bien sûr, chez un enfant, la prothèse est réajustée au fur et à mesure de la croissance des os.

Hugh ferma son ordinateur tout en poursuivant :

— Les jeunes ont cette chance que leur cerveau apprend plus facilement à utiliser la cheville comme un genou, et par conséquent ils adaptent leur marche plus rapidement.

La physiothérapeute, qui avait opiné de la tête aux propos de Hugh, prit la parole pour s'adresser directement aux parents :

— Je suis à votre disposition pour répondre à toutes vos questions quand vous serez prêts à en parler.

Joanne secoua la tête. Elle n'était pas prête. Elle se recroquevilla entre les bras de son mari et, à en juger par les soubresauts qui agitaient ses épaules, elle sanglotait.

À ce stade, Hugh jugea inutile de rassurer davantage les malheureux. Du regard, il interrogea la psychologue, qui lui fit comprendre qu'elle resterait avec eux mais qu'il était préférable de les laisser gérer leurs premières émotions sans témoins. Tout le monde, y compris Hugh, suivit ce conseil et s'en alla.

Quand Hugh repassa peu après devant la salle de réunion, Joanne et Simon n'y étaient plus, mais il les vit ensuite quitter le bureau de la psychologue et il la héla avant qu'elle ne ferme sa porte.

— Je leur ai conseillé de sortir prendre l'air et de marcher un peu avant d'aller voir Sophie afin qu'elle ne remarque pas leur détresse, lui expliqua-t-elle. Avant, nous nous sommes mis d'accord sur la manière et le moment de lui parler de son amputation. Je vais essayer d'organiser une rencontre avec les parents du petit garçon de tes photos. Je suis sûre qu'ils n'hésiteront pas à apporter leur aide et cela pourrait changer la donne pour tout le monde. Et le gamin, qui est un petit peu plus âgé que Sophie, accepterait peut-être de venir lui montrer sa jambe.

— Bonne idée, répondit Hugh... sèchement.

Chaque membre de l'équipe qui suivait Sophie avait un rôle bien défini et, au grand soulagement de Hugh, certains prenaient en charge les répercussions sociales, psychologiques et émotionnelles d'un diagnostic aussi dramatique que celui qui allait bouleverser la vie de Sophie. À lui, il revenait de donner à la petite toutes les chances de guérir, en extirpant la totalité de la tumeur, mais aussi de préconiser la seule option qui lui permettrait de continuer sa vie dans les meilleures conditions possibles. Son rôle, il le jouerait essentiellement dans le bloc opératoire, avec une patiente profondément endormie, à l'abri de la famille, physiquement et affectivement.

Il avait d'ailleurs besoin de récupérer de l'atmosphère émotionnellement très lourde de la réunion en s'accordant un moment rien que pour lui dans la paix et le calme de son bureau... dont il veillerait à fermer la porte à clé cette fois !

Entre le service d'orthopédie pédiatrique et les bureaux des médecins se trouvait un jardin-terrasse sur lequel donnait le hall. Il n'était pas gigantesque mais offrait un espace à l'air libre joliment aménagé, avec des plantes et des sièges.

Comme Hugh passait devant les grandes baies vitrées du jardin, il remarqua un fauteuil roulant sur l'espace pavé au centre. Et dedans, il vit Sophie Jacobs. La large porte donnant accès à la terrasse étant restée entrouverte, de la musique lui parvint aux oreilles. Une vieille chanson datant de ses années de lycée et de l'époque où il sortait en boîte : « Dancing Queen », du groupe Abba.

Sophie arborait un large sourire et agitait les bras en l'air comme si elle dansait. Et elle n'était pas seule. Molly et Oreo lui tenaient compagnie !

Hugh ralentit, puis s'arrêta, sidéré.

Molly sautillait d'un pied sur l'autre. Pourquoi pas... Mais *Oreo* levait en mesure une patte puis l'autre et, soudain, sur un signe de

Molly, se dressa sur son train arrière et se mit à tourner en rond, imitée par sa maîtresse, sous les applaudissements de Sophie.

Molly se déplaça ensuite en diagonale sur le carré central du jardin, pile vers là où se tenait Hugh, qu'elle ne remarqua pas car elle regardait Oreo qui, les yeux braqués sur sa maîtresse, décrivait à présent des huit.

Ce n'est que lorsque la chienne et Molly s'arrêtèrent un court instant avant de repartir en sens inverse, toujours en rythme, qu'il se rappela que Molly avait mentionné le fait qu'Oreo adorait danser.

Et c'était exactement ce qu'elles faisaient ! Elles dansaient ! Et elles y prenaient beaucoup de plaisir, autant que Sophie à les regarder.

C'était assez touchant, reconnut-il.

Et… fascinant ?

En tout cas, il était cloué sur place, hypnotisé par les expressions changeantes du visage de Molly, par les mouvements de ses mains qui étaient un langage à eux seuls, par son corps qui se pliait, qui se balançait, qui se déhanchait, qui ondulait.

C'était… Eh bien oui ! C'était érotique en diable.

Hugh fut envahi par un fourmillement de sensations à la fois physiques et mentales qu'il identifia parfaitement.

De l'attirance…

Du désir, même ?

Quoi qu'il en soit, une pulsion assez puissante pour être irrésistible.

Le choc causé par cette brutale prise de conscience rompit le charme sous lequel il était tombé. Recouvrant l'usage de ses jambes, il se sauva pour échapper à cette découverte dérangeante : la nouvelle infirmière l'attirait sexuellement.

Non que cela pose problème. Il était parfaitement capable de maîtriser ses pulsions comme de s'arranger pour qu'un incident aussi embarrassant sur le plan professionnel ne se produise plus.

En attendant, il avait réellement besoin de retrouver la solitude et le calme de son bureau.

4

— Ça ne marchera jamais.

La femme d'un certain âge, qui était en train d'observer Molly montrant à la mère d'un jeune patient les gestes à accomplir, secouait la tête.

— Ça ne restera jamais propre, insista-t-elle.

— Ne sois pas si négative, maman. Pourquoi crois-tu que je m'entraîne avant le retour de Benji à la maison cet après-midi ?

— En effet, ce ne sera pas toujours évident, confirma Molly avec un sourire à la grand-mère. Surtout au début. Et votre aide sera certainement très appréciée, Louise. Mais Susan est une maman compétente. Regardez comme elle se débrouille bien pour changer Benji.

Un plâtre lourd et encombrant emprisonnait le torse et un bras de Benji, qui venait d'être opéré de sa pseudarthrose de la clavicule. Le changement de couche ne semblait lui poser aucun problème à lui, entièrement occupé à essayer d'attraper de son bras libre le collier de sa mère quand elle se pencha sur lui.

— Bravo, Susan ! la félicita Molly. Coincez maintenant sous le plâtre les bords de la première couche, un peu plus petite que normale. Ensuite, nous mettrons la seconde par-dessus, celle à la bonne taille. Il faut éviter dans la mesure du possible que le corset se salisse ou se mouille.

— Et si ça arrive malgré tout ?

— Vous nettoierez les salissures avec un gant humide. Et si le plâtre est vraiment mouillé, utilisez un sèche-cheveux en le réglant à la température la plus basse. Pour limiter les risques, je vous conseille de mettre à Benji une serviette en guise de bavoir quand il a de la nourriture ou un verre dans les mains.

— Il doit peser son poids avec ce plâtre, soupira Louise.

— Oui, et il sera même trop lourd pour s'asseoir tout seul et rester dans cette position. Il faudra le caler avec des oreillers et des coussins. Et surtout, veillez à ce qu'il ne tente pas de marcher sans aide. Une chute serait très ennuyeuse. Vous allez malheureusement devoir le porter à chaque déplacement.

— Tss, tss, fit la grand-mère. Il ne faudrait pas que tu te casses de nouveau le dos, Susan. Combien de temps va-t-il rester plâtré ?

Molly allait répondre quand elle vit Hugh Ashcroft, le chirurgien de Benji, entrer dans la chambre. Il était en blouse et un masque pendait encore à son cou.

Hugh salua Molly d'un bref signe de tête et dirigea son regard vers Susan.

— Les papiers pour la sortie de Benji sont signés. J'ai regardé la radio prise hier. La clavicule est en place et devrait se cicatriser rapidement. Il n'y a donc aucune raison de le garder ici plus longtemps. Pour répondre à votre question, madame, poursuivit-il à l'adresse de la grand-mère, il devra porter le plâtre cinq ou six semaines. Benji viendra en consultation d'ici là pour que nous examinions l'évolution des choses.

Alors qu'il se tournait pour partir, il ajouta :

— Dans le dossier qui vous sera remis à la sortie, vous trouverez un numéro de téléphone à appeler en cas de problème. N'hésitez pas à l'utiliser si vous avez des doutes.

— Merci pour tout ce que vous avez fait, docteur Ashcroft, dit Susan.

— Ashcroft… répéta Louise d'un air ébahi. Seriez-vous le fils de Claire Ashcroft ?

Hugh s'arrêta net.

— Ma mère s'appelait Claire, oui.

— Vous ne vous souvenez probablement pas de moi. Je travaillais dans la même entreprise de ménage qu'elle. « Nickel-Chrome ». Ça doit faire plus de vingt-cinq ans. Susan était encore à la maternelle mais vous, vous deviez être en primaire.

Hugh émit un hoquet de stupéfaction, et Molly eut l'impression qu'il se serait volontiers éclipsé. Malheureusement, la grand-mère continuait à discourir.

— Bien sûr, nous n'avons plus travaillé ensemble quand votre pauvre sœur est tombée malade. Nous avons toutes compris pourquoi Claire avait été obligée d'arrêter et de demander l'aide sociale pour s'occuper d'elle. Tss, tss. Quel drame ! Votre maman ne s'en est jamais remise, n'est-ce pas ? Et pour vous, c'était dur aussi. Vous étiez si jeune !

Molly observait Hugh pendant que Louise déroulait ses souvenirs mais, quand elle le vit pivoter la tête vers elle comme s'il s'inquiétait de sa réaction, elle s'empressa de porter son attention sur Benji et sa mère.

À en juger par l'expression d'horreur de Hugh et le brusque raidissement de son corps, la grand-mère avait abordé un sujet extrêmement sensible, au point de potentiellement provoquer une crise d'angoisse.

Le cœur de Molly se serrait à lui faire mal et elle était gagnée par le besoin irrépressible de protéger Hugh Ashcroft.

— Attendez, Susan, je vais vous aider à habiller Benji, dit-elle un peu plus fort que nécessaire. À moins que votre mère ne veuille le faire.

Elle espérait que Louise comprendrait le message et s'arrêterait de jacasser. Mais l'appel du pied resta sans effet. Aussi alla-t-elle droit au but cette fois :

— Louise ! dit-elle avec fermeté. Vous voulez bien nous aider avec Benji, s'il vous plaît ?

— Oh... Oui... Naturellement...

Quand Louise tourna de nouveau la tête vers Hugh, prête à reprendre l'évocation de ses souvenirs, il avait disparu.

— C'était il y a longtemps, soupira-t-elle dans un haussement d'épaules. Peut-être ne veut-il pas en parler.

Le visage fermé de Molly indiquait clairement qu'elle non plus ne souhaitait pas poursuivre sur ce sujet, mais Louise ne sembla pas le remarquer.

— Une adorable petite puce, Michelle, sa sœur. Jolie comme

un cœur avec ses boucles blondes. Qu'elle a évidemment perdues pendant sa chimio...

— Vous pouvez me passer la veste à capuche de Benji, s'il vous plaît, Louise ? l'interrompit Molly dans une nouvelle tentative pour la faire taire. Elle lui tiendra chaud et sera facile à mettre et à enlever.

— Elle avait un cancer, poursuivit imperturbablement Louise en allant chercher le vêtement dans le berceau. La pauvre petite n'avait que trois ans quand il a été diagnostiqué. Je ne me rappelle plus quelle sorte c'était. En tout cas, pendant des années et des années elle a fait des séjours réguliers à l'hôpital. Et puis, elle est morte. Après ça, j'ai perdu Claire de vue.

Elle tendit la veste à Molly, qui montrait à Susan comment placer les mains pour soulever le bébé malgré son poids. Benji s'était mis à hurler et Susan semblait sur le point d'éclater en sanglots elle aussi.

— Claire n'a pas survécu très longtemps à sa fille. Selon certaines rumeurs, elle aurait pris une trop grande quantité de médicaments. Mais à mon avis, c'est le chagrin qui l'a emportée.

Louise sembla enfin s'apercevoir que personne ne l'écoutait car elle s'arrêta brusquement.

— Allez, Benji. Mamie va t'aider à mettre ta veste. Tu rentres à la maison, tu sais ?

Molly laissa alors les deux femmes ranger le reste des affaires dans une valise en attendant que le père de Benji vienne les chercher.

En bonne professionnelle, Molly ne s'intéressait pas aux ragots. En l'occurrence cependant, elle n'avait pas perdu une miette de ce qu'avait raconté la grand-mère de Benji. Cette histoire expliquait tellement d'aspects de la personnalité de Hugh.

Sa froideur, déjà. Et aussi sa capacité à offrir une image de lui complètement différente lorsqu'il se croyait seul et qu'il était pris par une activité, comme le surf, qui lui permettait de s'échapper du monde réel.

À présent qu'elle connaissait son passé, elle lui pardonnait de toujours contrôler ses émotions et de garder ses distances avec ses congénères. Quoi de plus normal en effet qu'il ait appris à se protéger en ne s'impliquant pas affectivement ?

Tout en se dirigeant vers la chambre de son prochain patient, Molly réfléchissait encore à ce qu'elle venait d'entendre. Elle imaginait le jeune Hugh Ashcroft confronté à un drame épouvantable.

Bien sûr, ce récit aurait ému n'importe qui. Mais Molly Holmes était particulièrement sensible aux tragédies humaines. Et celle-ci s'était déjà entièrement emparée de son cœur.

Hugh ne remit pas les pieds dans le service de chirurgie orthopédique avant d'être certain que la grand-mère de Benji avait définitivement quitté l'hôpital.

Son emploi du temps chargé – matinée au bloc, après-midi en consultations externes – l'aida à ne pas s'appesantir sur le désagréable voyage vers le passé qu'il avait effectué dans la chambre de Benji. Le nombre de cas complexes qu'il eut à traiter ne lui en laissa en effet ni le temps ni le loisir. Et son dernier patient ne fit pas exception.

Michael, un adolescent de quatorze ans, était suivi par Hugh depuis plusieurs années maintenant.

— Tu as eu une poussée de croissance, on dirait, Michael.

— Il a pris plus de huit centimètres, dit fièrement son père. Il va finir par me dépasser, à ce rythme.

— De ce fait, sa scoliose s'aggrave, n'est-ce pas ? intervint la mère de Michael, dont la pâleur trahissait l'inquiétude. Est-ce pour cette raison qu'il est essoufflé ces derniers temps ?

— Oui. Les poumons fonctionnent mal parce que le diaphragme et les muscles de la paroi thoracique ne peuvent pas bouger normalement et les compriment. Ce problème respiratoire te handicape-t-il dans tes activités, Michael ?

— Oui. Je ne peux pas aller à la salle de sport… ni faire du skate avec mes potes… Même la marche me pose problème.

La difficulté évidente de Michael à parler indiquait l'étendue de la détérioration de sa fonction pulmonaire depuis la dernière consultation.

— En plus, son corset lui fait mal, ajouta la mère.

— Cela ne me surprend pas, murmura Hugh.

Il cliqua sur le clavier de son ordinateur et les images du scan datant de seulement quelques jours apparurent à l'écran. La colonne vertébrale était tellement déformée qu'elle dessinait un S.

— Tu vois ? demanda Hugh en s'adressant directement à Michael. Le haut du rachis est dévié de soixante-cinq degrés et le bas de presque quatre-vingts. On recommande une chirurgie à partir de cinquante degrés et, étant donné les répercussions sur ta respiration, elle devient urgente.

— Vous m'aviez prévenu qu'une intervention serait peut-être nécessaire un jour, répondit Michael avec gravité. Je suis prêt. Vous allez me mettre des tiges et des vis dans le dos, c'est ça ?

— Oui, et faire une greffe osseuse, peut-être. Cela s'appelle une fusion vertébrale. L'opération redressera suffisamment ton dos pour libérer ta cage thoracique et tes poumons. Après, tu pourras retourner à la salle de sport et remonter sur ton skateboard. Mais attention, il faudra te montrer patient le temps que ta colonne se consolide. D'accord ?

— Oui, assura Michael d'un ton qui sonna un peu faux et en fuyant le regard de Hugh Ashcroft. Quand est-ce que vous pouvez m'opérer ?

Michael avait manifestement peur mais ne voulait le montrer à personne – ni à ses amis, ni à ses parents, ni même à son chirurgien. Il était assez petit pour avoir envie d'être réconforté mais assez grand pour désirer se comporter en adulte capable d'affronter des épreuves.

Pendant une fraction de seconde, Hugh se revit à quatorze ans. Il avait été terrorisé, comme Michael, quoique pour des raisons différentes. Et en même temps, il s'était senti terriblement seul.

Stop !

C'était la faute de la grand-mère de Benji si ces souvenirs remontaient. Elle s'était immiscée dans sa vie privée et avait révélé publiquement qu'il avait perdu sa petite sœur d'un cancer et que sa mère n'avait jamais surmonté ce séisme. Que savait-elle d'autre ? Et parce que ces événements appartenaient au passé, s'estimait-elle en droit de les raconter à tout le monde ?

À Molly Holmes notamment...

Il avait été pris de court. Comment aurait-il pu prévoir ce qui allait arriver ?

Hugh se força à chasser ces pensées importunes.

— Laisse-moi regarder mon planning, dit-il à Michael. L'opération dure entre quatre et six heures. Nous ne te garderons que quelques jours à l'hôpital, mais tu ne pourras pas retourner tout de suite en cours. Tu connais la date du début des vacances d'été ?

— Dans la première semaine de décembre. Mais je termine mes examens en novembre.

— Parfait. Que dirais-tu d'être rentré chez toi et en bonne voie de guérison à Noël ?

— Nous ne pourrions espérer plus beau cadeau ! s'exclama la mère de Michael en prenant la main de son mari.

Il était presque 17 heures quand Hugh déposa les dossiers de la journée sur le comptoir des consultations externes pour que les secrétaires les trient.

Benji devait être sorti depuis longtemps, et Molly avait dû terminer son service à peu près en même temps. Il ne risquait donc plus que qui que ce soit lui rappelle ce qu'il s'était évertué à oublier pendant tout l'après-midi. Il pouvait sans crainte passer voir les patients qu'il avait opérés le matin.

Ce qu'il fit.

À présent, il pouvait rentrer chez lui. Il aurait même peut-être le temps d'aller surfer avant la tombée de la nuit. Évidemment pas à la plage de la « bourde de Taylor ». Il ne comptait pas y retourner de sitôt !

Peut-être parce qu'il pensait à Molly, il tourna la tête vers le jardin-terrasse en passant devant les baies vitrées. Elle ne s'y trouvait pas, bien sûr, mais l'image d'elle en train de danser avec sa chienne surgit dans la tête de Hugh.

Et en même temps, le souvenir du frisson sensuel qui l'avait parcouru à ce spectacle.

Décidément non, il ne retournerait pas à cette plage. Il ne

voulait plus rencontrer Molly en dehors des heures de travail. Et le moins possible pendant.

Quelle surprise – désagréable – donc de voir Molly se diriger droit vers lui ! Comme si son souvenir l'avait fait apparaître par magie.

Ce n'était pas tant l'attirance qu'il avait ressentie pour elle qui le dérangeait que le fait qu'elle ait découvert un pan de son histoire. Quelque chose de très personnel qui ne regardait que lui.

— Qu'est-ce que tu fabriques ici ? demanda-t-il sans aménité, considérant que la meilleure défense était l'attaque. Je croyais que tu avais terminé ta journée depuis longtemps.

— Je suis restée un peu pour parler avec Joanne Jacobs. Tu sais ? La mère de Sophie.

— Je sais qui est Joanne Jacobs, merci.

Hugh avait beau scruter Molly, il ne décela aucun signe laissant à penser qu'elle avait la moindre intention d'évoquer ce qu'elle avait appris sur lui. Elle se cantonnait à un terrain exclusivement professionnel.

— Je retourne la voir de ce pas. Son mari et elle ont du mal à accepter l'idée de la plastie de rotation.

— C'est ce que j'ai entendu dire, répondit Hugh la mine sombre.

— Écoute… J'ai pensé à quelque chose qui pourrait les aider. En particulier quand ils en discuteront avec Sophie. En Australie, j'ai travaillé avec une gamine qui a subi cette opération et qui adorait danser elle aussi.

— Ah… ?

Une petite vidéo secrète surgit de nouveau dans l'esprit de Hugh. Celle de Molly, les bras formant un cerceau au-dessus de sa tête, se penchant gracieusement pour que la chienne saute à travers.

— Alors, je suis allée imprimer un document, poursuivit Molly en fouillant dans la poche de sa tunique. Mais je ne voudrais pas sortir du cadre de mes fonctions. Je ne veux empiéter sur le territoire de personne. Sophie est ta patiente. Je peux te le montrer quand même ?

Hugh n'en revenait pas. Molly avait forcément entendu les révélations de la grand-mère. Allait-elle vraiment faire comme si de rien n'était ? Comme si leur relation professionnelle n'allait pas en être affectée ?

Tant mieux, après tout.

— Qu'est-ce que c'est ? demanda-t-il, laissant sa curiosité l'emporter.

Molly avait roulé la photocopie pour qu'elle ne se froisse pas. Quand elle la déroula, les yeux de Hugh s'agrandirent de stupéfaction.

C'était une photo. Hallucinante. Celle d'une gamine de onze ou douze ans effectuant un grand jeté, ce saut de danse classique où, bras étendus et jambes en grand écart, la danseuse semble en suspension dans les airs. Elle regardait l'objectif et un large sourire illuminait son visage. Mais le plus extraordinaire était qu'elle avait une jambe artificielle.

La cicatrice sur sa cuisse indiqua instantanément à Hugh qu'elle avait été opérée d'une plastie de rotation. Détail touchant : une ballerine rose couvrait le pied artificiel, la même que sur le valide.

— Elle s'appelle Amber, annonça Molly. Je ne pense pas violer sa vie privée parce que ses parents et elle sont si fiers de ce cliché qu'ils ont autorisé son affichage dans les services d'orthopédie et de prothétique, et même sa publication sur le site web de l'hôpital où je travaillais en Australie.

— Ce qui veut dire que les parents de Sophie pourraient le trouver par eux-mêmes sur Internet ?

— Oui... mais Sophie n'a que sept ans et j'ai pensé qu'elle serait contente de l'avoir sur papier pour pouvoir le regarder tout à loisir.

Une nouvelle fois, Hugh eut l'étrange impression d'être happé par le passé. Avec Michael, il avait été ramené à son adolescence. Là, il fut projeté encore plus loin en arrière, à l'époque où sa petite sœur malade avait perdu tous ses cheveux. Sa gorge se noua. Michelle aussi avait été férue de danse classique et avait dû arrêter ses cours. Cela l'aurait-il aidée de voir l'image d'une petite fille au crâne rasé, exécutant un grand jeté avec un sourire épanoui ? Probablement. Elle aurait certainement dormi avec la photo sous son oreiller et l'aurait accrochée au mur à l'hôpital, à côté de celle de Fudge, le labrador chocolat de la famille.

Et lui, le grand frère, cela l'aurait-il aidé de pouvoir dire à Michelle qu'on prendrait la même photo d'elle dans quelque temps ?

Et cela aiderait-il Molly d'apporter un peu de bonheur à Sophie ? Elle verserait probablement une larme, comme il l'avait vue faire pendant la biopsie, mais une larme de joie cette fois-ci.

— Tu ne violes la vie privée de personne. Mais montre d'abord la photo à Joanne. Ou plutôt à la psychologue qui les suit.

— D'accord, dit-elle en roulant le document. Merci, Hugh.

— Non… Merci à toi.

Elle le regarda, les yeux écarquillés de stupeur.

— De quoi ?

De quoi, au fait ? s'interrogea Hugh.

D'aller au-delà de ce qu'on attendait d'elle en effectuant des heures supplémentaires non rémunérées après une journée de travail déjà longue pour aider ses patients sur un plan très personnel ?

De passer ses journées libres comme maître-chien dans un programme de zoothérapie ?

Ou pour des raisons plus profondes ? La remerciait-il de respecter sa vie privée ? De lui signifier clairement qu'elle ne se livrerait à aucune indiscrétion et qu'elle essayerait encore moins de lui soutirer d'autres révélations sur son passé ?

Peut-être que, plus profondément encore, il remerciait Molly de lui donner l'impression qu'il pouvait lui accorder sa confiance au-delà du simple cadre professionnel, ce qui lui était rarement arrivé dans sa vie.

Pour ne pas dire jamais.

Ce qui rendait Molly unique.

Oh ! Bien sûr, il garderait ces réflexions pour lui. Mais il lui sourit. Un sourire venu d'un lieu où il n'avait pas pénétré depuis une éternité : de son cœur.

— D'essayer d'améliorer les choses, se contenta-t-il de répondre. Bravo, Molly.

5

Les consultations externes étaient terminées depuis longtemps et la quasi-totalité du personnel avait fini sa journée et quitté les lieux.

Julie, l'infirmière cheffe, passa la tête par la porte du cabinet où Hugh s'octroyait quelques minutes de calme.

— Tu n'as pas de chez-toi, Hugh ?

— Je dois mettre à jour mon dernier dossier. Celui de Benji.

— Ah oui ! Benji ! Il progresse drôlement bien, tu ne trouves pas ? Il ne se déplace plus sur les fesses pour ménager son épaule. Il rampe, à présent.

— Oui, une belle histoire.

— Et la mère a bien géré. Ce n'est pas évident de s'occuper d'un bébé dans le plâtre.

Hugh se tourna alors vers l'écran de son ordinateur, histoire de signifier qu'il avait mieux à faire que de s'extasier sur les prouesses de la famille de Benji pendant sa convalescence.

Julie saisit le message et s'en alla, sans que Hugh se remette au travail pour autant. Il continua à penser à la consultation avec Benji, mais pas sur un plan médical. La grand-mère avait eu beau ne pas être présente à ce dernier rendez-vous, Hugh ne pouvait s'empêcher de se passer encore et encore le film de sa rencontre avec elle le jour de la sortie du petit.

Et comme d'habitude, il en vint à penser à Molly Holmes.

Pourtant, il la voyait en permanence quand elle travaillait dans son service et assez souvent dans l'hôpital quand elle amenait sa chienne pour des séances d'entraînement pendant ses jours de congé. Il l'avait même vue au bloc avec Oreo auprès d'un enfant lors d'une induction d'anesthésie et cela ne l'avait pas choqué. Il se réjouissait vraiment de l'amélioration de leur relation depuis leur première rencontre. Simplement...

Simplement cela le perturbait qu'elle s'invite dans son cerveau quand elle n'était pas physiquement présente. Qu'un détail vienne lui rappeler que, parce qu'elle lui avait donné l'impression qu'elle méritait sa confiance, il l'avait laissée s'immiscer dans un espace dont il avait interdit l'entrée à quiconque jusque-là. Et les dernières semaines avaient renforcé cette impression, car pas une seule fois elle n'avait laissé planer le moindre doute sur son intention de respecter sa vie privée. Elle ne lui avait même jamais lancé un de ces regards entendus dont certaines femmes ont le secret.

Cela dit, il était de moins en moins perturbé par les images de Molly qui surgissaient à l'improviste. La force de l'habitude ? Rien qu'hier, par exemple, lorsqu'il était passé voir comment Sophie Jacobs supportait sa dernière séance de chimiothérapie préopératoire et qu'il avait découvert accrochée au-dessus du lit de la petite la photo au format A4 du saut de la ballerine à la prothèse, lui étaient immédiatement revenues à l'esprit sa conversation avec Molly à ce sujet et – surtout ? – la danse de Molly avec sa chienne.

Il s'empressa de fermer la porte à ces souvenirs avant que n'émerge celui de l'attirance physique qui l'avait saisi et qu'il avait réussi jusque-là à garder sous contrôle.

Et de peur que ce contrôle ne lui échappe, il se remit à entrer dans l'ordinateur le compte rendu de ses visites.

Quand il eut terminé, il se déconnecta et éteignit l'appareil.

Alors qu'il fermait la porte du cabinet, du vacarme en provenance de la réception le fit sursauter. Les femmes de ménage ? Aurait-il travaillé toute la nuit ?

Puis il entendit un bruit qu'il ne parvint pas à identifier.

Une quinte de toux ?

Des aboiements ?

Et voilà que Molly Holmes s'invitait de nouveau dans sa tête !

Il passa devant le bureau de la réception et se dirigea vers la salle d'attente où il ne fut même pas surpris de la découvrir en chair et en os.

Avec son chien.

Non, avec *deux* chiens.

Milo semblait sur ses gardes.

Il aboya de nouveau avant de s'aplatir sur le sol en grognant. Parce que les rayons du fauteuil roulant l'effrayaient ? À moins que ce ne soit l'environnement hospitalier avec ses odeurs et ses appareils bizarres ?

— Tout va bien, Milo, dit Molly en sortant une gourmandise du petit sac attaché à sa ceinture. Regarde ! Oreo n'a pas peur, elle.

Mais étonnamment Oreo avait déserté son poste au bout d'une rangée de chaises et se dirigeait droit vers le visiteur. Intelligemment, elle ne sauta pas sur lui. Elle se contenta de s'arrêter devant lui et de le saluer poliment d'un battement de queue. Ce qui n'empêcha pas Hugh d'afficher la même mine que lorsqu'il avait découvert Molly et Oreo lors de la biopsie de Sophie Jacobs.

La détente de leur relation depuis quelques semaines, éventuellement annonciatrice d'une amitié, allait-elle être remise en cause ? s'interrogea Molly.

Ces derniers temps, quand Hugh lui avait souri en passant ou, mieux encore, quand il avait délibérément cherché son regard, elle s'était même laissée aller à rêver à la possibilité que naisse entre eux un sentiment plus qu'amical. Mais en voyant la façon dont il la considérait à cet instant, elle comprit que ce n'était qu'un rêve.

— Je suis vraiment désolée, Hugh. Julie m'avait dit que je pouvais venir faire travailler Milo dans le département après le départ du personnel et avant l'arrivée de l'équipe de nettoyage. Je croyais que les consultations externes étaient terminées depuis plus d'une heure.

— Tu ne t'es pas trompée, mais je suis resté plus tard, dit

Hugh en contournant Oreo dont il ignora les salutations. Tu as deux chiens ?

— Je te présente Milo. Il appartient à ma mère mais comme elle va avoir beaucoup de travail avec la portée que vient d'avoir sa golden retriever, Bella, surtout lorsque les chiots vont commencer à courir partout, je vais adopter Milo, au moins temporairement. Elle avait gardé Milo de la portée précédente parce qu'elle pensait qu'il pourrait devenir un bon chien d'assistance, et je crois qu'elle a raison. Il a juste besoin de s'habituer à l'univers médical et je savais qu'ici les fauteuils roulants, les déambulateurs et autres béquilles ne manqueraient pas.

Pendant que Molly parlait, Milo s'était aventuré bravement vers le fauteuil, qu'il reniflait avec circonspection. Brusquement, il battit en retraite. Ce qui donna une idée à Molly.

— Tu as une minute, Hugh ? demanda-t-elle en se mordillant la lèvre.

— Pourquoi ?

— Je pense que le fauteuil l'effraierait moins si quelqu'un y était assis.

— Et tu veux que ce quelqu'un, ce soit moi ?

— Milo ne te connaît pas. Les conditions seraient plus réalistes. Je vais sortir et rentrer avec lui. Avec quelques encouragements de ta part, il s'approchera peut-être et s'apercevra que le fauteuil ne mord pas. Ça ne prendra pas plus d'une minute. S'il te plaît...

Elle remarqua évidemment l'hésitation de Hugh mais continua à le regarder sans ciller, parce qu'elle sentait instinctivement que se présentait là l'occasion d'ajouter une touche beaucoup plus personnelle à leur relation professionnelle, la seule façon de la faire évoluer vers une vraie amitié.

— Pourquoi pas ? finit par répondre Hugh dans un haussement d'épaules. Je te le dois bien.

— Comment ça ?

— Les parents de Sophie Jacobs ont signé aujourd'hui le consentement pour la plastie de rotation. Nous programmerons son opération quand elle se sera remise de sa dernière chimio.

Molly en oublia momentanément le dressage de Milo et se mordilla de nouveau la lèvre.

— Excellente nouvelle ! Elle va donc revenir dans le service de chirurgie orthopédique pour un petit moment. J'amènerai Oreo la voir.

— Oui, c'est une bonne nouvelle. La visite d'un gamin qui a subi la même opération il y a quelques années les a aidés à prendre la décision, mais c'est la photo que tu as donnée à Sophie qui a vraiment pesé dans la balance. Figure-toi que Sophie a déclaré qu'elle voulait faire pareil que la petite danseuse.

— Oui, je sais. J'étais là.

Voyant Hugh se diriger vers le fauteuil, Molly se tapota la cuisse et aussitôt Milo la suivit docilement dans le couloir. Oreo, elle, ne quittait pas Hugh des yeux.

— Couchée, Oreo, ordonna Molly. Pas bouger.

Oreo se laissa tomber par terre avec un bruit sourd et posa son museau sur ses pattes. Hugh prit place dans le fauteuil et, quand Molly revint et s'approcha nonchalamment de lui, il claqua des doigts en direction de Milo.

— Salut, toi ! Tu es un gentil chien.

Milo s'avança vers lui, ravi qu'on lui prête attention. Il ne remarqua même pas la friandise que lui tendait Molly, trop occupé à chercher la main de Hugh pour se faire câliner.

Contre toute attente, Hugh se mit à sourire au chien et à lui caresser la tête, puis les oreilles, puis le cou.

— Tu vois, Milo, tu n'as rien à craindre, dit-il avant de s'adresser à Molly. Tu veux que je me déplace dans la salle ?

— Si tu as le temps, ce serait génial.

Hugh se mit donc à rouler. Milo bondit en arrière et Molly lui laissa un temps d'observation. Oreo, elle, se redressa lorsque Hugh passa devant elle et se mit à marcher à côté de lui. Molly ne l'en empêcha pas cette fois parce qu'il lui semblait que la chienne voulait montrer l'exemple à Milo. Et effectivement, lorsque Molly donna du mou à la longue laisse de Milo, il rejoignit sa compagne de jeu et l'imita.

— Vraiment merci, Hugh, dit Molly quelques minutes plus tard tout en récompensant les deux chiens avec une douceur. Cet exercice aurait été impossible sans toi.

Puis elle ajouta avec un sourire :

— Ne t'inquiète pas, je ne vais pas te demander de sautiller avec des béquilles ou de marcher avec un déambulateur.

Le « pfff » de Hugh sonna comme un rire.

— Si tu n'y vois pas d'inconvénient, je vais remettre à plus tard l'épreuve du déambulateur, plaisanta-t-il en se levant. Autre chose. Il se trouve que je sais où est entreposé le matériel orthopédique quand il est obsolète ou abîmé. Cela t'intéresserait-il d'avoir chez toi des béquilles rouillées ou un vieux fauteuil roulant pour entraîner tes chiens ?

— Ce serait top ! Je peux venir les chercher avec ma camionnette. Décidément, Oreo t'aime bien, ajouta Molly quand elle vit la chienne suivre Hugh vers le hall d'entrée de l'hôpital. Oh pardon... J'oubliais que ce n'est pas réciproque.

Aïe ! Hugh allait-il y voir une allusion à leur propre relation ? Non ! Fausse alerte, apparemment.

— Je ne déteste pas les chiens, dit-il en tapotant le crâne d'Oreo. J'en avais un quand j'étais enfant. Il s'appelait Fudge. C'était un labrador marron, un peu obèse. Il a vécu jusqu'à quatorze ans, l'âge que j'avais quand il est mort.

— Tu as dû être affreusement triste, dit Molly avec une compassion qui se lisait aussi sur son visage. Tu l'avais toujours connu.

Hugh la fixait de nouveau et Molly s'alarma. Elle avait franchi une ligne blanche. Elle avait pénétré dans son jardin secret sans y avoir été invitée. Peut-être était-ce moins grave que si elle avait posé des questions sur sa petite sœur, mais guère moins car son chien avait certainement occupé une place très importante dans sa vie. Aussi importante qu'un frère ou une sœur, ou même... ?

Mais le regard de Hugh s'était de nouveau porté sur Oreo. Molly baissa les yeux vers la chienne et observa la douceur avec laquelle les doigts de Hugh se promenaient sur sa tête et l'expression extatique d'Oreo.

Elle eut l'impression de ressentir elle-même ces caresses, et son corps en frémit.

— Suffisamment triste pour ne plus jamais vouloir revivre ça, avoua Hugh pensivement.

Molly acquiesça, la gorge nouée :

— Oui, c'est vraiment dur de perdre un chien.

Hugh retira brusquement sa main des oreilles d'Oreo comme s'il venait de s'apercevoir de ce qu'il faisait.

D'un simple regard Molly ordonna à la chienne de revenir à côté d'elle et elle attacha le mousqueton de la laisse à son harnais.

— Mais personnellement, ajouta-t-elle, ce serait encore plus dur de vivre sans.

Hugh répondit par une espèce de grognement avant de reprendre son chemin.

— Je te préviendrai s'il y a du matériel qui ne sert plus.

— Merci. Et merci aussi pour ton aide. Tu ne me dois plus rien, maintenant. D'ailleurs, cela n'a jamais été le cas.

L'avait-il entendue avant que les portes ne se referment sur lui ?

Nous sommes vraiment quittes, et elle n'a nul besoin de mon aide pour transporter des objets encombrants, réfléchissait Hugh.

Pourtant, en ce moment même, il roulait vers la maison de Molly, le coffre de son SUV chargé d'un fauteuil roulant, d'un vieux déambulateur et de béquilles hors d'usage.

Il avait longtemps hésité. Mais son envie de rendre ce service à Molly l'avait emporté.

C'était une chaude soirée de fin de printemps et, comme d'habitude, la plage exerçait son magnétisme sur Hugh. Il était trop tard pour aller surfer mais la simple odeur de l'océan l'animait du désir de plonger dans la mer ou, mieux encore, de glisser à l'intérieur d'un rouleau pour atteindre un espace où plus rien d'autre ne comptait que le pur bonheur de se sentir libre.

Si Molly travaillait cet après-midi, elle ne serait pas encore rentrée, mais peu importe. Il laisserait les articles sur le pas de sa porte. Ce qui serait probablement préférable de toute façon parce qu'une des craintes de Hugh – et non des moindres – était que Molly interprète sa visite à l'improviste comme une tentative d'approche de sa part.

Était-ce le cas ? Continuait-elle à l'attirer ?

Bien sûr que non, se répondit avec fermeté Hugh alors qu'il s'engageait sur la route pentue et sinueuse qui franchissait la dernière colline avant Taylors Mistake. Il ne voulait à aucun prix d'une relation qui désorganiserait son quotidien et il était certain que Molly était dans le même état d'esprit. Même si elle était célibataire, elle avait bien assez d'occupations dans sa vie. De toute façon, elle le jugeait trop coincé pour s'intéresser à lui.

Une pensée qui le rassura complètement.

Cela dit... il ne dédaignerait pas d'avoir une amie.

Quelqu'un en qui placer sa confiance.

Bizarrement, il fut déçu de ne pas obtenir de réponse lorsqu'il frappa à la porte de la petite maison au toit rouge et à la grande cheminée. Il se résigna à décharger sa voiture et décida qu'en guise de consolation il irait marcher un peu sur la plage avant de rentrer chez lui.

Mais alors qu'il calait les béquilles dans le déambulateur, il entendit la voix de Molly.

— Oui... Gentille fille, Oreo... Allez... Vas-y, vas-y...

C'était une voix joyeuse. Accompagnée d'applaudissements, lui sembla-t-il. Et d'un aboiement enthousiaste, indiscutable, lui.

Après s'être persuadé qu'il agissait par simple politesse – quoi de plus normal que de prévenir Molly qu'il avait apporté le matériel ? – et non par curiosité, Hugh longea le côté de la maison et s'arrêta en découvrant un grand jardin qui se terminait dans les dunes de sable tapissées d'oyats qui séparaient les maisons de la mer.

Une sorte de parcours du combattant avait été installé parmi les graminées de la « pelouse ».

Molly criait toujours.

— Saute ! C'est bien !... Par-dessus le tape-cul, maintenant... Oui !

Le premier obstacle du parcours, la barre, était fabriqué avec une branche rapportée par la mer posée entre deux caisses en bois. Quant au tape-cul, il consistait en une longue planche en équilibre sur un gros tonneau probablement récupéré dans une ferme. Comme avait dû l'être le pneu de tracteur suspendu au-dessus du sol et à travers lequel Oreo sautait quand Hugh était arrivé. Ni la chienne ni la maître-chien ne l'avaient remarqué.

Oreo escalada la planche en courant, s'arrêta au niveau du tonneau pour la laisser basculer de l'autre côté et s'élança de nouveau pour sauter en sens inverse par-dessus la barre avant de s'engouffrer dans un tunnel sinueux – le seul élément du parcours à avoir été acheté apparemment – puis de slalomer entre des piquets plantés dans le sol.

Molly était aussi concentrée qu'Oreo et prenait visiblement autant de plaisir qu'elle. Elle courait à côté de la chienne, lui donnant des indications d'un geste de la main, applaudissant quand l'exercice était réussi et voûtant même les épaules en même temps qu'Oreo s'aplatissait pour entrer dans le tunnel.

Elle portait un vieux short aux ourlets effilochés qu'elle avait dû couper dans un jean, et un T-shirt qu'elle avait noué sur le côté pour qu'il n'entrave pas ses mouvements. Elle avait lâché la masse indisciplinée de ses boucles noires et ses joues étaient rosies par l'effort. À bout de souffle, elle finit par s'arrêter et ouvrit les bras à Oreo pour un câlin.

Elle riait aux éclats quand elle reposa la chienne et se redressa. C'est alors qu'elle s'aperçut de la présence de Hugh.

Et... Hugh se sentit soudain aussi heureux que lorsqu'il surfait sur une vague particulièrement belle.

Il eut l'impression de voler.

D'être délivré de tout problème.

D'être libre...

— Ça alors ! Hugh ! s'exclama Molly tandis qu'Oreo allait s'asseoir devant le visiteur.

— Désolé d'interrompre la séance. Je t'ai apporté du vieux matériel, dont le fauteuil roulant qui te plaisait. J'ai tout mis devant ta porte.

— Oh ! Merci ! C'est super !

Molly repoussait des boucles humides de sueur échappées de sa crinière pour dégager un visage sans la moindre trace de maquillage.

Elle était tout bonnement sublime.

Oreo se mit à aboyer comme pour couper le fil des pensées de Hugh qui, par gratitude, sourit à la chienne et se pencha pour lui caresser la tête.

— Elle veut jouer, lui expliqua Molly. Elle veut que tu fasses le parcours d'agilité avec elle.

— Je ne saurais pas comment m'y prendre, répondit Hugh en secouant la tête.

— Elle te montrera, assura Molly avec un sourire amusé. Tu vas adorer, je te le promets. C'est plus sympa que le surf.

— Impossible.

— Comment le sais-tu puisque tu n'as pas essayé ? Allez ! Chiche !

Hugh se mit à réfléchir à toute allure. N'était-ce pas l'occasion, peut-être unique, de prouver à Molly qu'il n'était pas aussi coincé qu'elle le croyait ? L'occasion de se livrer à une activité ludique… entre amis. Et puis…

… et puis son sourire était tout simplement irrésistible.

— D'accord. Allez, viens, Oreo, lança-t-il, après avoir enlevé sa cravate et retroussé les manches de sa chemise.

Molly lançait les ordres… dont seul Hugh avait besoin.

— Par-dessus la barre. Suis Oreo jusqu'au cadre en A… Maintenant dépasse-la, et dirige-toi vers le tape-cul…

Oreo connaissait le parcours par cœur et était si contente de frimer devant Hugh qu'elle aboyait sans arrêt, même quand elle disparut dans le tunnel et zigzagua à toute vitesse entre les piquets, aller et retour.

Bien qu'essoufflé, Hugh lui-même riait quand il revint près de Molly.

— Ouvre les bras, ordonna Molly. L'exercice n'est pas terminé tant qu'Oreo n'a pas eu son câlin.

Sans réfléchir, Hugh obéit et tout d'un coup il se trouva enveloppé par la chaleur et la fourrure d'un gros chien… qui se mit à lui lécher le cou. Et de nouveau, il fut envahi de bonheur. Il n'avait jamais eu un chien dans les bras depuis la dernière fois qu'il avait serré Fudge contre lui avant de partir à l'école.

C'était le jour où en rentrant le soir il n'avait pas trouvé Fudge qui l'attendait au portail avec sa balle entre les pattes, prêt à jouer. Le jour où il avait compris qu'il ne le verrait plus jamais.

Hugh s'accroupit pour laisser Oreo glisser jusqu'à terre. Pour la première fois depuis des années, il pensait à Fudge, et le souvenir du bonheur que ce compagnon lui avait donné l'emportait sur la tristesse de l'avoir perdu.

— Je reconnais que c'était sympa, dit-il. Mais ça ne vaut pas le surf.

— Je n'en reviens pas que tu te sois vraiment plié à l'exercice.

Molly se mordait la lèvre pour retenir son rire.

— Je me suis trompée sur toi, déclara-t-elle en reprenant son sérieux.

Quand Hugh lut l'approbation dans les yeux de Molly, il fut pris de l'envie de recommencer le parcours d'obstacles avec Oreo.

Menteur ! Non. De l'envie d'embrasser Molly.

Le temps sembla se figer et Hugh s'arrêta de respirer, le regard rivé sur les yeux marron doré de Molly. Le moment ne dura qu'une seconde, deux au maximum, mais suffisamment longtemps pour qu'un nuage si noir qu'il occultait la lumière du soleil ait le temps de se frayer un chemin dans sa tête.

De la peur... ?

Il arracha littéralement son regard de Molly et consulta ostensiblement sa montre.

— Il faut que j'y aille. J'ai du travail de préparation à faire ce soir.

— Ah bon ? s'exclama Molly, visiblement un peu déconcertée.

— Oui. Sophie est opérée dans deux jours, et demain toute l'équipe se réunit pour préciser le déroulement de l'intervention. Alors, il faut que je sois au point.

— C'est un sacré truc. Y a-t-il un chirurgien vasculaire dans ton équipe ? Et un neurochirurgien ?

Ouf ! La conversation prenait un tour professionnel.

— Oui, c'est une grosse opération, longue et assez peu courante, qui suscite beaucoup d'intérêt. Elle aura d'ailleurs lieu dans le bloc principal, celui avec la galerie d'observation.

Au fur et à mesure qu'il approchait de sa voiture, Hugh sentait le danger s'écarter. Mais il avait un peu honte de se sauver comme un voleur. Qu'allait penser Molly ?

— Si tu ne travailles pas, pourquoi ne viens-tu pas regarder ?

— C'est vrai ? s'étrangla de joie Molly. Je peux ? Justement, c'est mon jour de congé après-demain.

— Tu fais partie de l'équipe élargie qui suit Sophie et sans toi il n'y aurait probablement pas d'opération. Je vais te réserver une place au premier rang.

Voilà. Tout était de nouveau normal. Le temps avait repris son cours. Si Molly avait deviné les pensées déplacées de Hugh tout à l'heure et remarqué son regard concupiscent digne d'un adolescent, elle avait tout oublié à présent.

Elle se mordillait de nouveau la lèvre et ses yeux brillaient d'excitation.

— J'ai hâte !

6

Incroyable ! Hugh Ashcroft avait été à deux doigts de l'embrasser !

Voilà ce qui obnubilait Molly comme elle se glissait sur un des sièges du premier rang dans la galerie d'observation du bloc opératoire principal, alors qu'elle n'aurait dû penser qu'à la chance inestimable qu'elle avait d'assister à une intervention orthopédique rare.

— Nous allons commencer par ouvrir la cuisse en descendant à partir de l'aine pour accéder à l'artère et à la veine fémorales. Scalpel, s'il vous plaît.

Et la voix professionnelle, *impersonnelle* de Hugh, diffusée par les haut-parleurs aurait dû finir de l'inciter, à l'instar de l'assistance qui retenait son souffle autour d'elle, à ne s'intéresser qu'aux écrans accrochés aux murs qui montraient en gros plan ce qui se passait à l'étage en dessous, comme si on opérait soi-même. Pourtant, la seule pensée de Molly était que le chirurgien qui se tenait à côté de la petite silhouette couverte d'un drap sur la table d'opération avait été si près de l'embrasser deux jours plus tôt qu'elle sentait encore le frisson d'excitation qui l'avait parcourue.

— Je clampe l'artère fémorale pour stopper le saignement pendant l'intervention.

Que n'avait-elle un clamp pour ses pensées !

— Maintenant, poursuivait Hugh, nous allons élargir l'ouverture et la chirurgienne vasculaire prendra le relais.

Quelques instants plus tard en effet, la chirurgienne entreprenait de dégager avec beaucoup de précaution les gros vaisseaux sanguins et les nerfs, dont le sciatique, qui devaient être conservés intacts pendant l'amputation de la partie médiane de la jambe.

Au total, l'opération devait durer entre six et huit heures.

Malgré elle, Molly continuait à se détourner de l'écran pour regarder Hugh « en vrai ». Il était couvert de la tête aux pieds d'une tenue stérile et seule une petite parcelle de peau apparaissait sur sa nuque quand il penchait la tête. À sa vue, Molly éprouva une curieuse sensation dans le ventre et, de nouveau, le souvenir de ce « presque baiser » s'imposa.

Avait-elle espéré que Hugh l'embrasserait ?

Son corps répondit instantanément par l'affirmative. Oui, rétrospectivement, Molly regrettait en effet que Hugh n'ait pas cédé à sa pulsion.

Ridicule, non ?

Car même si elle était prête à se mettre en quête d'un partenaire sérieux, Hugh Ashcroft ne pouvait être candidat.

Et pourquoi ?

Molly étouffa cette petite voix intérieure et se recentra sur l'écran.

Les minutes s'égrenèrent, puis les heures. Contrairement aux autres spectateurs, pour la plupart des membres du personnel qui devaient vaquer à leurs occupations ou répondre à une urgence, Molly ne bougea pas de sa place. Elle était fascinée.

Son attention faiblissait par moments, malgré tout. Suffisamment pour que la petite voix tente de nouveau sa chance.

Pourquoi Hugh Ashcroft ne peut-il être candidat ? Pourtant tu répètes sans arrêt qu'un jour tu tomberas par hasard sur l'homme qu'il te faut. Hugh n'est-il même pas sur la liste des présélectionnés ?

Non.

Donne-moi une seule bonne raison.

Je peux t'en donner plus d'une. La première est que nous travaillons ensemble et tu sais comme moi que ma dernière histoire sentimentale, celle avec Jonathan, un collègue lui aussi, a tourné au désastre le plus retentissant de tous ceux que j'ai connus. J'en ai quitté mon travail et l'Australie. J'étais persuadée que ma vie était fichue.

Peut-être parce que tu avais cru qu'en refusant Oreo dans votre vie, il te faisait comprendre qu'il ne voudrait pas d'enfants, alors qu'en réalité c'est une relation exclusive qu'il rejetait. Tu faisais juste partie d'un harem...

Molly coupa la conversation.

Comme si elle avait besoin qu'on lui rappelle cette liaison !

Comme si elle avait oublié qu'elle était rentrée près de sa famille et dans un lieu qu'elle aimait pour essayer de se reconstruire !

Comme si elle avait oublié combien son cœur était facile à conquérir !

Facile à briser !

Alors, vivre encore un cauchemar qui risquerait de lui porter le coup de grâce ? Non, merci.

Oui, elle avait peur d'un nouvel échec et de ses conséquences. Aussi était-elle résolue à réduire au silence toute petite voix qui suggérerait qu'elle aimerait que Hugh l'embrasse.

De toute façon, l'opération arrivait à son moment le plus prenant.

— Bien... Je vais marquer avec un fil de suture tressé l'endroit exact où je vais couper les os.

Hugh se tourna vers l'infirmière de bloc.

— Pince à amygdales, s'il vous plaît, et préparez le fil.

La concentration de Hugh était extrême et visible dans chacun de ses muscles. Molly retenait son souffle, subjuguée par la précision et la méticulosité des gestes de Hugh lorsqu'il sectionna le tibia et le fémur avec la scie oscillante.

Vint alors l'étape la plus spectaculaire de l'intervention : celle de l'extraction de la partie médiane de la jambe. Dans l'espace vide, les artères, les veines et les nerfs qui avaient demandé tant d'efforts à être disséqués et préservés reliaient toujours le fémur à la cheville.

— Et à présent, nous arrivons à la partie de l'intervention déterminante pour sa réussite, annonça Hugh d'une voix grave mais calme. Nous allons effectuer une rotation du pied de cent quatre-vingts degrés vers l'extérieur, puis nous fixerons le tibia résiduel au fémur par une plaque à compression dynamique. Je laisserai alors à mes collègues de microchirurgie le soin de coudre les vaisseaux sanguins et les nerfs entre la cuisse et la jambe.

Les points de suture étant trop petits pour être visibles, Molly relâcha son attention et ses pensées dérivèrent de nouveau vers Hugh.

La deuxième raison pour ne pas présélectionner Hugh comme potentiel compagnon s'imposa soudain avec clarté. Hugh n'aimait pas davantage les chiens que Jonathan.

Vraiment ? Il n'a pourtant pas boudé son plaisir pendant le parcours d'agilité avec Oreo.

Molly ne pouvait le nier.

À cette occasion, elle avait en fait entrevu un Hugh Ashcroft très différent. Le même qui semblait en harmonie parfaite avec la mer sur sa planche de surf.

Elle commençait à penser que c'était le vrai Hugh Ashcroft qu'elle avait eu à deux reprises la chance d'apercevoir derrière le personnage qu'il affichait en public.

Et puis il y avait Fudge, ce compagnon de toujours qu'il avait perdu à une période particulièrement vulnérable de son adolescence. Ce drame l'avait affecté si profondément qu'il avait décidé de ne jamais le revivre. Au point de même refuser de s'attacher au chien de quelqu'un d'autre. Oreo l'avait-elle senti ? Cela expliquait-il pourquoi elle avait abordé Hugh avec tant de douceur et de respect ? Pourquoi elle était restée parfaitement immobile quand il lui avait distraitement caressé les oreilles pendant qu'il parlait de Fudge ?

Quoi qu'il en soit, le parcours d'agilité avait abattu les barrières entre Hugh et Oreo.

Était-ce pour cette raison que Hugh s'était presque laissé aller, de façon totalement inattendue, à l'embrasser, elle, Molly ?

Et voilà que ce seul souvenir ressuscitait la délicieuse attirance qu'elle avait ressentie et qui résistait à ses efforts – du moins ceux de la Molly raisonnable – pour l'étouffer.

Il est marié, si ça se trouve. Tout le monde ne porte pas d'alliance. Qui te dit qu'il n'a pas d'enfants, même ?

L'autre Molly ne prit même pas la peine de répondre. Toutes les deux savaient que c'était plus qu'improbable. Vu le temps et l'énergie qu'il consacrait à l'hôpital, tout portait à croire qu'il n'était marié qu'à son métier.

Hugh s'étonnait que Molly assiste à la totalité de l'intervention et se demandait d'ailleurs si elle n'exagérait pas son intérêt. Toujours est-il que pas une seconde ne s'était écoulée depuis qu'il l'avait aperçue au premier rang en entrant au bloc sans qu'il ait conscience de sa présence. Il ne se laissa pas distraire pour autant. Seul un léger bourdonnement à l'arrière de son cerveau la lui rappelait, qui ajoutait une touche spéciale à cette opération pour laquelle, comme d'habitude, il se donnait à fond afin d'obtenir les meilleurs résultats possibles. Il ne pouvait en outre oublier qu'il œuvrait devant une femme qui avait poussé le professionnalisme jusqu'à offrir à sa patiente une photo d'une petite danseuse équipée d'une prothèse après une plastie de rotation. Jusqu'à trouver le temps et l'énergie d'amener son chien pour qu'il danse devant elle.

Molly n'était toujours pas partie quand Hugh vérifia la vascularisation du pied retourné, cherchant un pouls, notant la couleur de la peau. Mais elle avait disparu quand il leva la tête vers la galerie une fois l'incision suturée.

Il resta pour surveiller l'ultime étape, celle de la pose du plâtre avec sa doublure en laine orthopédique destinée à alléger la pression pendant la cicatrisation des vaisseaux et des nerfs. Et il était dans la salle de réveil quand Sophie reprit suffisamment conscience pour qu'il puisse tester le fonctionnement du nerf. Quelle satisfaction quand la fillette, encore somnolente, réussit à bouger sa cheville-genou ! Oh ! Un mouvement infime, mais un mouvement tout de même !

Hugh s'empressa donc d'aller rassurer les parents.

— Sophie va bientôt être montée en soins intensifs où nous la garderons entre vingt-quatre et quarante-huit heures.

— Nous pourrons la voir ? demandèrent en chœur Joanne et son mari.

— Oui, bien sûr. Une infirmière vous emmènera. Le spécialiste qui s'occupera de Sophie dans le service est à son chevet en ce moment même.

— Merci, docteur Ashcroft. Merci beaucoup. Vous devez être exténué après une opération aussi longue.

— C'est mon métier, répondit simplement Hugh. Et quand tout se passe bien comme aujourd'hui, c'est le plus beau du monde.

Cela dit, il était effectivement exténué. Aussi, après être passé voir ses autres patients, il irait se reposer une heure ou deux, décida-t-il.

L'idée d'aller recharger les batteries dans son appartement en ville ne le tentait guère. Il avait besoin de respirer au grand air et de profiter de ce qui restait de jour. Dans le grand parc du centre-ville, par exemple. Mais les roues de sa voiture le conduisirent vers les collines au sud de l'agglomération et, au lieu de bifurquer à gauche pour se rendre à la plage la plus proche de l'hôpital, elles tournèrent à droite vers sa préférée, où il n'était pas retourné depuis sa rencontre inopinée avec Molly et où il n'avait pas pensé revenir un jour. Car il savait tenir compte d'une alerte, surtout lorsqu'il en connaissait exactement la cause.

Non que Hugh ait réfléchi à la question depuis, mais il ne se voilait pas la face : s'il ne s'était pas repris à temps, il aurait embrassé Molly Holmes. Avec passion.

Parce qu'il soupçonnait qu'elle l'avait espéré ?

Peu importait à présent, puisqu'il s'était maîtrisé. De toute façon, l'intervention marathon sur Sophie l'avait trop vidé pour qu'il ait la moindre envie de s'appesantir sur un sujet qui le déstabiliserait.

L'idéal pour lui aurait été de prendre quelques vagues. Malheureusement, il devait rester à côté de son téléphone au cas où l'hôpital l'appellerait pour Sophie.

Une petite marche pieds nus dans le sable en respirant à pleins poumons l'air marin ferait très bien l'affaire. Il aurait récupéré en un rien de temps.

Les longues heures dans la galerie d'observation avaient-elles produit le même effet sur Molly ? s'interrogea Hugh en découvrant Oreo en train de gambader dans l'écume.

En revanche, aucune femme munie d'un frisbee à l'horizon.

Oreo aboyait, à présent, et Hugh suivit la direction de son regard. Et alors, derrière la première série de vagues… Ma parole…

Était-ce vraiment Molly qui nageait ? Sans combinaison dans une eau sans aucun doute glaciale à cette époque de l'année.

Quelques instants plus tard, quand elle se redressa pour gagner le bord et courir vers sa serviette roulée en boule sur le sable, Hugh s'aperçut qu'elle ne portait qu'un minuscule bikini qui laissait apparaître toutes ses formes.

Toutes ses très agréables formes…

— Salut ! appela-t-il. Quel courage ! Tu dois être frigorifiée.

Molly arrêta de se frotter la tête. Elle avait la chair de poule et Hugh la vit frissonner.

— Qu'est-ce que tu fabriques ici ? lança-t-elle en s'enroulant dans sa serviette.

— J'avais besoin de souffler et de prendre l'air.

— Tu m'étonnes ! Le seul fait de te regarder m'a épuisée. Si tu veux vraiment faire le vide, va donc piquer une tête, le provoqua-t-elle dans un sourire. C'est génial.

— Je n'ai pas de maillot.

— Quoi ? feignit-elle de s'offusquer. Vous voulez dire que vous ne portez pas de sous-vêtements, docteur Ashcroft ?

Personne ne se permettait de le taquiner d'habitude. Probablement parce qu'il donnait l'image d'un être totalement dénué d'humour.

Hugh réprima un sourire. Cette mise en boîte évacuait les tensions plus efficacement que le grand air et le soleil. Mais les vieilles habitudes ont la vie dure, n'est-ce pas ?

— Il est hors de question que j'exhibe mes sous-vêtements en public.

Houlà… Réaction typique de quelqu'un de coincé et de prude, se fustigea-t-il.

— Et je n'ai pas de serviette, ajouta-t-il en comprenant au moment même où il formulait cette nouvelle excuse qu'il aggravait son cas.

— Je te prêterai la mienne, promit Molly sans se départir de son petit sourire. Allez ! Vas-y ! Tu en meurs d'envie.

Et elle avait raison.

Oui, il avait envie de se débarrasser de la tension accumulée pendant une journée exceptionnellement intense par un geste un peu fou.

Il continua cependant à s'obstiner.

— Je ne peux pas m'éloigner de mon téléphone. On doit m'appeler si des complications surviennent pour Sophie.

Comme d'habitude, son travail passait avant tout, songea Molly.

— Tu penses qu'il y en aura ?

— Non. Elle allait très bien quand j'ai quitté la salle de réveil. Elle a même réussi à bouger sa cheville quand je le lui ai demandé.

— Incroyable ! s'extasia Molly avec stupéfaction. Je suis vraiment contente pour elle. Écoute… je peux rester à côté de ton téléphone et répondre le cas échéant. Je t'assure que soixante secondes dans cette mer te suffiront à récupérer complètement.

Le Hugh qui n'avait pas encore rencontré Molly et ses chiens aurait inventé un autre prétexte pour se soustraire à un exercice aussi peu conventionnel et potentiellement aussi humiliant que de courir dans les vagues en caleçon. Mais voilà, Hugh n'était plus le même homme depuis deux mois.

Il confia son portable à Molly et se déshabilla. Après un instant de surprise, Oreo s'élança avec lui dans l'eau en aboyant son approbation et le regarda plonger dans une vague. Et là encore Molly avait raison. Soixante secondes auraient suffi à faire disparaître sa fatigue mentale et physique mais, par prudence, il resta le double de temps.

Il aurait même probablement fini par s'acclimater suffisamment à la température de l'eau pour nager pour de bon, mais l'idée de demeurer longtemps hors de portée de son téléphone le stressait trop.

Quand il sortit, la brise de mer, pourtant légère, le glaça et il s'empressa d'attraper la serviette que Molly lui tendait.

— Aucun appel. Qu'est-ce que je t'avais dit ? Tu ne regrettes pas ce petit bain ?

— Oh que non !

— Mieux que le surf ?

— Non. Et je te dirai plus tard si ça valait vraiment la peine de risquer une hypothermie.

La serviette humide de Molly ne réussit pas à sécher Hugh, qui se mit bientôt à grelotter et à claquer des dents. Molly, qui avait enfilé un grand pull-over par-dessus son bikini, se mordillait la lèvre d'un air… repentant ?

Craquant, en tout cas.

— Viens donc prendre une douche chaude chez moi, dit-elle. Sinon, tu ne te réchaufferas jamais. Allez…

Sans lui donner le temps de répondre, elle attrapa la chemise et le pantalon de Hugh et partit en courant vers les dunes et les maisons, presque aussitôt imitée par Oreo qui avait marqué un temps d'hésitation.

Et elle avait toujours son téléphone ! pesta Hugh.

Quel autre choix pour lui que de ramasser ses chaussures et de les suivre ?

Quand il entra dans la maisonnette, la douche coulait déjà.

— Fais comme chez toi, dit-elle. Je t'apporte une serviette propre.

La douche était installée dans une ancienne baignoire en fonte à pattes de lion. Avant d'enlever son caleçon trempé, Hugh attendit d'être caché par le mince rideau qui protégeait la pièce des éclaboussures. Il resta un long moment sous le jet d'eau qui le brûlait presque tant son corps était froid.

— Non, ne ferme pas le robinet, l'arrêta Molly en revenant dans la salle de bains. Je vais me doucher, moi aussi. Je mets ta serviette à côté du lavabo, d'accord ?

— Merci, dit Hugh en passant juste la tête de derrière le rideau.

Il vit alors sur le lavabo un gobelet contenant une brosse à dents et un tube de dentifrice, sa brosse à dents et son dentifrice à elle.

Brusquement, il s'imagina Molly, dans un simple peignoir, en train de se laver les dents devant le miroir avant d'aller se coucher.

Et il prit conscience de deux choses : Molly ne portait toujours que son minuscule bikini sous son chandail et lui-même était nu comme un ver à quelques centimètres d'elle.

Non, de trois choses, en fait. Car Hugh se remémora les courbes du corps de Molly et la perfection – malgré la chair de poule – de sa peau hâlée. Rétrospectivement, il s'avoua qu'il aurait aimé y laisser courir ses doigts.

Aurait-elle de nouveau la chair de poule s'il l'aidait à retirer son pull-over ?

Au moment même où il se posait la question, s'exerça sur lui la même force magnétique qui l'avait poussé à vouloir embrasser Molly l'autre jour. Lui qui se vantait de contrôler ses pulsions...

Pour couronner le tout, il s'aperçut que Molly l'observait dans le miroir.

Quand elle se retourna et que leurs regards se croisèrent, il crut entendre l'air crépiter autour d'eux. Elle tenait toujours la serviette à la main et, au lieu de la poser, la lui tendit.

Avant de sortir de la baignoire, il s'empressa de nouer la serviette autour de sa taille pour cacher son érection, la plus puissante qu'il ait jamais connue.

Molly était tétanisée. Incapable de respirer. L'univers lui-même semblait s'être figé tandis qu'elle restait là à soutenir le regard de Hugh, jusqu'à ce qu'enfin il s'approche d'un pas et, plongeant les doigts dans ses boucles pleines de sel, se penche pour couvrir sa bouche de la sienne.

Parce que, lors de ce long contact visuel, il avait compris que c'était ce qu'elle attendait.

Elle l'en avait même un peu supplié.

La douche continuait à couler, emplissant la pièce de chaleur et de buée. Mais plus palpable encore était la puissance de ce qui submergeait Molly tout entière.

Hugh...

Sa saveur.

La pression de ses lèvres.

La danse de sa langue contre la sienne.

Elle sentit la main de Hugh se glisser sous son pull-over et elle dégrafa son soutien-gorge pour lui libérer le passage avant qu'il ne change d'avis et disparaisse comme la dernière fois.

— Tu as un goût d'iode, susurra Hugh quelques instants plus tard tandis qu'il promenait ses lèvres et sa langue sur le cou et les épaules de Molly.

Molly frissonna. Sous un assaut de désir mais aussi parce qu'elle avait si froid dans son bikini encore mouillé que les caresses de Hugh étaient comme des flammes lui léchant la peau.

— Tu es transie... Viens...

La serviette de Hugh tomba par terre quand il prit la main de Molly pour l'aider à monter dans la baignoire sous la douche chaude. Il la débarrassa alors de son maillot de bain et l'embrassa de nouveau.

Un baiser enfiévré.

Un désir d'une force inconnue de Molly jusque-là l'embrasa physiquement et mentalement. Bien que consciente du danger auquel elle s'exposait, loin de faire machine arrière, elle se serra contre Hugh.

S'apprêtait-il à mettre un terme à leur étreinte parce qu'il en comprenait lui aussi la dangerosité ? s'affola-t-elle, interprétant comme de la frustration le soupir de Hugh.

— Non ! explosa-t-elle dans un cri où perçait l'urgence.

Et elle laissa ses mains descendre le long du dos de Hugh jusqu'à ses fesses musclées, qu'elle serra l'une contre l'autre.

Le soupir qui échappa alors à Hugh ressemblait à présent à un aveu de défaite. Ou de soumission ?

Lui aussi attrapa le fessier de Molly et la souleva suffisamment pour qu'elle lui entoure la taille de ses jambes. Il la maintint dans cette position jusqu'à ce que, ayant trouvé leur équilibre et leur rythme, ils s'abandonnent aux vagues de plaisir qui les emportèrent vers un orgasme d'une intensité unique. Mais qui arriva trop vite, juste avant que, la réserve d'eau chaude étant épuisée, la douche ne devienne froide.

Au moins ce désagrément interrompit-il un moment de gêne.

Hugh reposa Molly sur la surface émaillée de la baignoire et ils évitèrent même de se regarder le temps que Hugh ferme le robinet, que Molly descende, qu'elle lui tende sa serviette et attrape la sienne sur la patère.

Lorsque enfin ils osèrent tourner les yeux l'un vers l'autre, Molly leva les sourcils et demanda pour alléger une atmosphère qui menaçait de devenir trop pesante :

— Plus sympa que le surf ?

Elle avait parlé d'une voix rauque et Hugh dut lui aussi se racler la gorge.

— Peut-être..., répondit-il avec un sourire qui suggérait qu'il aurait besoin de renouveler l'expérience pour s'en assurer.

Molly lui retourna son sourire : elle ne s'y opposerait pas.

Et ils auraient pu passer à l'acte sur-le-champ, dans un lit cette fois, si le téléphone de Hugh n'avait sonné et changé le cours des événements.

— C'est un texto. Il ne s'agit donc probablement pas d'une urgence, dit Hugh, soulagé.

Quelques instants plus tard, il leva la tête de l'écran et expliqua :

— Sophie est complètement réveillée maintenant. Elle vient de remuer les orteils de son pied retourné.

Ils étaient revenus sur un terrain professionnel.

Exclusivement professionnel, au grand dam de Molly.

— Je vais te laisser te rhabiller, dit-elle posément. Je suppose que tu veux aller la voir.

Elle croisa son regard avant de se glisser hors de la salle de bains pour prendre ses propres vêtements. Un échange silencieux qui ne dura qu'une fraction de seconde mais qui suffit pour que Molly comprenne que Hugh la remerciait de sa réaction.

Son travail passait toujours en premier.

7

À force de se passer en boucle l'incroyable scène de la douche, Molly n'avait quasiment pas fermé l'œil de la nuit.

Mais le Hugh Ashcroft qu'elle découvrit en amenant Oreo à l'hôpital le lendemain après-midi n'avait rien de commun avec l'homme qui lui avait procuré l'expérience sexuelle la plus torride de sa vie moins de vingt-quatre heures plus tôt.

En face d'elle se tenait de nouveau le même chirurgien distant et critique qu'elle avait rencontré pour la première fois dans une salle d'examen.

Regrettait-il ce qui s'était passé entre eux ?

Son long baiser langoureux au moment où il était parti la veille n'accréditait certainement pas cette hypothèse.

Craignait-il que la nouvelle ne parvienne aux oreilles des affamés de ragots, comme il l'avait redouté lorsque Molly avait eu connaissance d'un pan de son histoire personnelle ?

Non… Il semblait avoir compris qu'il pouvait lui faire confiance.

Si quelqu'un devait s'inquiéter, c'était plutôt elle, Molly. Car elle avait laissé cet homme sublime mais complexe conquérir son cœur et à présent son corps, les deux étapes avant de tomber éperdument amoureux de quelqu'un. Et elle n'était pas sûre de pouvoir arrêter le processus s'il devenait – ou quand il deviendrait – une question de survie.

Si elle devait connaître une nouvelle déroute sentimentale si tôt après la dernière, elle risquait de ne plus jamais trouver le courage d'ouvrir aussi grand sa porte à quelqu'un d'autre.

Peut-être avait-il voulu lui signifier par le regard glacial qu'il lui avait lancé qu'elle dépassait les bornes en amenant Oreo aux soins intensifs pédiatriques, où Sophie Jacobs venait d'être transférée après son opération. Pourtant, le personnel du service avait été consulté et avait donné son accord. En outre, Oreo se comportait de façon exemplaire. À un signe de sa maîtresse, elle avait compris qu'il ne fallait pas déranger les autres malades et leurs familles.

Alors, peut-être Hugh se rappelait-il tout simplement la première fois qu'il avait vu un médechien près de l'un de ses patients et était-il perturbé par l'évolution de sa relation avec Molly depuis ce jour.

Sophie était allongée dans un nid d'oreillers, sa jambe bien soutenue, un oxymètre sur le gros orteil de son pied retourné. Des électrodes contrôlaient son cœur et un brassard automatique sa tension artérielle. Les médicaments, y compris les antidouleurs, lui étaient administrés par perfusion, et d'autres tuyaux sortaient de dessous une petite couverture aux couleurs vives. Avec son crâne chauve qu'aucun bonnet ne dissimulait, Sophie paraissait tellement vulnérable qu'on comprenait l'opposition farouche de certains à la présence d'un animal susceptible de semer la pagaille dans un environnement technique complexe et fragile.

De certains, mais pas de la mère de Sophie.

— Vous n'imaginez pas combien je suis soulagée que vous ayez pu venir, s'écria-t-elle en voyant Molly et sa chienne. Sophie m'avait fait promettre qu'Oreo serait là à son réveil. Je n'étais pourtant pas sûre que vous auriez l'autorisation, mais c'était tellement important pour elle.

— Nous ne pouvons rester que quelques minutes.

Molly jeta un coup d'œil derrière elle. Les membres du personnel, y compris Hugh – qui parlait avec un des médecins du service –, les observaient.

— C'est la première fois que cette expérience est menée aux soins intensifs dans cet établissement, expliqua-t-elle.

Elle tenait Oreo par son harnais et veillait à ce que la chienne ne s'approche d'aucun tuyau. De sa main libre, elle étala une serviette sur le bord du matelas de la petite malade et la tapota pour inviter Oreo à y poser son museau.

— Sophie ? appela doucement Joanne de l'autre côté du lit en caressant le crâne de sa fille. Tu es réveillée, ma chérie ? Devine qui est là…

Les cils de Sophie frémirent mais elle tendit le bras avant même d'ouvrir les paupières et un sourire étira ses lèvres.

— Oreo !

La menotte avait trouvé la truffe de la chienne et elle remonta à tâtons jusqu'aux oreilles, mettant accidentellement ses doigts dans les yeux de l'animal qui ne bougea pas d'un iota. Oreo agitait à peine la queue et ne quittait pas le visage de Sophie du regard.

Molly, débordant de fierté pour sa chienne, dut retenir ses larmes, tandis que Joanne, elle, laissait libre cours à son émotion. Même l'infirmière chargée des soins auprès de Sophie, qui prenait des photos de la visite, se tamponnait les yeux avec un mouchoir.

Hugh avait-il remarqué le bonheur qu'Oreo apportait ? Difficile à savoir car, quand Molly quitta le service de soins intensifs quelques minutes plus tard avec la chienne, il avait disparu et elle ignorait depuis quand.

La visite à Sophie ayant été très brève, avant de rentrer chez elle Molly décida de passer voir si les services d'Oreo n'étaient pas requis en orthopédie auprès d'un autre petit malade. Quand les portes de l'ascenseur s'ouvrirent, elle aperçut Hugh qui sortait de son bureau et se dirigeait vers elle, en compagnie d'une femme visiblement bouleversée.

Oreo refusa d'avancer tant que Hugh ne les eut pas rejointes.

Ce fut avec un immense soulagement que Hugh accueillit ce dérivatif, qui arracha au moins temporairement la femme qui marchait à côté de lui à la détresse dans laquelle leur entretien l'avait plongée.

Lui-même fut sauvé de ce moment pénible par le brusque souvenir de la veille au soir lorsqu'il s'était trouvé – trop brièvement – avec Molly Holmes dans un univers parallèle.

— Oh ! que tu es beau ! s'exclama la femme, les yeux encore embués de larmes, en pressant le pas vers Oreo. Je peux le caresser ?

— Bien sûr, lui sourit Molly.

— C'est une femelle, corrigea… Hugh. Elle s'appelle Oreo. Elle appartient à Molly, que voici, et elle est dressée comme chienne d'assistance auprès des enfants.

Tout en parlant, il fixait Molly et, lorsqu'elle le regarda enfin, il ressentit un bizarre pincement dans la poitrine, qu'il ignora aussitôt. Ce n'était absolument pas le moment de se laisser entraîner sur ce terrain-là.

— Je te présente Annabelle Finch, la maman de Sam, un de mes patients.

Annabelle s'était à présent agenouillée à côté d'Oreo et lui enlaçait le cou, la joue posée sur sa tête.

— Sam t'adorerait. Il me réclame un chiot depuis des mois et… et je comptais lui en offrir un après la fin de sa chimio. Pour Noël…

Elle enfouit sa tête dans l'épaisse fourrure d'Oreo pour y étouffer un sanglot.

Hugh se raidit. Une tentative pour se protéger de la douleur de la mère. Mais ce bouclier se révéla moins efficace que d'habitude parce que Molly se tenait tout près de lui et qu'il aspirait à une proximité encore plus grande.

Il s'éclaircit la voix.

— Peut-être Molly a-t-elle le temps d'amener Oreo près de Sam ?

— Oui, absolument. C'est pour ça que je suis passée ici. Nous n'avons pu rester aux soins intensifs que quelques minutes. Alors nous serions toutes les deux ravies de voir un autre malade.

— C'est vrai ? demanda Annabelle en levant la tête.

— Allez voir Sam, d'abord, suggéra Hugh. Et revenez nous dire s'il est réveillé et si sa douleur est mieux maîtrisée. Sinon, il faudra attendre. Voyez aussi avec son infirmière ce qu'elle en pense.

Annabelle hocha la tête. Elle ne pleurait plus et une ébauche de sourire lui éclairait le visage.

— Et je vous trouverai où ?

Hugh réfléchit à toute allure.

— Je suis sûr qu'Oreo prendrait volontiers l'air. Nous serons dans le jardin.

Nous… ?

Voulait-il vraiment être seul avec Molly et annihiler toute chance d'oublier la soirée de la veille et de la passer sous silence ?

Non.

Si.

— J'ai pensé que tu voudrais en apprendre un peu plus sur Sam, dit-il à Molly en lui tenant la porte.

Le lieu étant désert, Molly détacha Oreo avant d'aller s'asseoir sur un banc. Hugh prit place à côté d'elle, suffisamment près pour que leurs cuisses se touchent. Inévitablement, un kaléidoscope d'images et de sensations surgit, lui coupant la respiration.

Le sentiment de révélation qu'il avait ressenti ne s'était pas limité aux moments de leurs ébats. Il n'avait jamais rien éprouvé de tel *après* non plus. Son corps avait littéralement brûlé du désir de rééditer l'expérience.

Molly semblait éviter son regard. Elle avait fermé les yeux et respirait lentement, profondément. Aimerait-elle, elle aussi, renouveler ce qui s'était passé la veille ? Une raison de plus de ne pas l'évoquer, décréta Hugh.

— Bien, dit-il dans une longue expiration qui suivit celle de Molly. Sam a quatre ans. Je l'ai vu pour la première fois il y a environ dix-huit mois. Il avait fait une chute à trottinette et s'était fracturé l'humérus. Comme pour Sophie, la radio avait laissé soupçonner quelque chose de grave.

Le visage parfaitement immobile, Molly écoutait Hugh avec une extrême attention.

— Un ostéosarcome ? murmura-t-elle.

— Non. Un sarcome d'Ewing. Un cancer plus rare et incroyablement virulent. Il a suivi une chimiothérapie et une radiothérapie également très agressives. J'ai aussi pratiqué une chirurgie de conservation du membre en enlevant la partie atteinte de l'os et en comblant le vide avec un greffon prélevé sur le péroné.

Molly ne dit rien quand il s'arrêta pour reprendre son souffle mais Hugh sentait qu'elle retenait elle-même sa respiration.

— Il paraissait bien récupérer et nous le pensions tiré d'affaire. Annabelle ne vivait plus dans l'anxiété. Elle vient d'avoir quarante ans. Elle est mère célibataire – par choix – et se consacre entièrement à son fils.

Hugh s'interrompit pour toussoter.

— Les premières métastases sont apparues il y a quelques mois et la dernière chimio n'a produit aucun effet. Les tumeurs sont disséminées dans tout son corps. Poumons, os, colonne vertébrale, cerveau...

Hugh ne jugea pas utile de continuer la liste.

— À ce stade, une opération ne peut être que palliative. Sam a été transféré dans mon équipe parce que son fémur s'est brisé net hier à cause d'une tumeur fulgurante. On l'a plâtré mais, pour stabiliser correctement la fracture, la chirurgie est indispensable. On m'a donc consulté pour savoir si on améliorerait de façon significative son degré de confort en enlevant la lésion et en vissant des plaques. Je pense que oui mais, vu son état, l'opération comporte de gros risques. Par conséquent, c'est à Annabelle de prendre la décision. Nous gardons un créneau au bloc pour aujourd'hui, au cas où.

Tandis qu'il exposait ainsi la situation, Hugh n'avait pas quitté Oreo des yeux. Pour se protéger instinctivement d'un échange de regards avec Molly ? Peut-être car, quand il tourna la tête vers elle, il lut sur son visage, et dans ses yeux, un niveau d'émotion qu'il ne s'autoriserait jamais à éprouver pour un patient.

C'était en effet une histoire excessivement triste qui se dirigeait vers un dénouement encore plus triste. Mais c'était précisément pour cela qu'il était vital pour Hugh de ne pas être aspiré dans une spirale affective. Il devait prendre suffisamment de recul pour être en mesure de décider ce qui était le mieux pour Sam, et pour sa mère.

— Bien...

Le ton était sec à présent. Déterminé.

— Si vous pouvez intervenir, Oreo et toi... ce serait peut-être... tu sais...

Il n'eut pas le courage de terminer sa phrase. La pensée d'un petit gamin trouvant un moment de bonheur pendant ce qui était peut-être ses derniers jours à vivre – ce qui créerait un souvenir précieux et indélébile pour sa mère – était trop poignante.

— Je sais, murmura Molly.

Elle clignait désespérément des paupières et finit par lever le menton.

— C'est précisément ce genre d'histoire qui m'a poussée dans cette voie au départ. Oreo est la meilleure avec des enfants comme Sam. Mon travail consiste à la mettre au bon endroit au bon moment.

Peut-être parce qu'elle avait entendu son nom ou peut-être parce qu'elle avait remarqué le changement de ton de Hugh, toujours est-il qu'Oreo cessa son exploration pour venir se coucher à leurs pieds. Lorsque Annabelle vint les trouver, la chienne leva la tête vers Molly dans l'attente de ses ordres.

Ce fut un moment de communication silencieuse durant lequel Molly sembla annoncer à sa compagne à poils qu'elles allaient effectuer une mission difficile mais qu'elles réussiraient parce qu'elles agiraient ensemble.

Un message porté par... par l'amour. Un amour si fort qu'il en était palpable.

Qui ne concernait que Molly et Oreo mais, l'espace d'un instant, Hugh eut l'impression d'y être inclus.

À moins qu'il ne s'agisse que d'un vœu pieux ?

Les moments d'émotion étaient incontournables quand on travaillait avec des enfants malades et leurs parents. Mais le fait d'accompagner une mère confrontée à la mort imminente de son fils en augmentait dramatiquement l'intensité. Et quand s'ajoutaient ceux que la présence d'un chien pouvait engendrer, la situation devenait carrément déchirante.

Si seulement elle savait comment ériger un mur pour se protéger, comme Hugh semblait y parvenir si aisément ! songea Molly. Elle n'avait pas entendu le plus petit tremblement dans sa voix lorsqu'il lui avait exposé le cas de Sam dans le jardin tout à l'heure. Son seul problème avait semblé consister à peser le pour et le contre d'une opération et de s'assurer que la mère dispose des informations suffisantes pour prendre sa décision.

Certes, le fait de savoir que la petite sœur de Hugh avait été emportée par un cancer aidait Molly à expliquer l'attitude de ce dernier. Elle était malgré tout dépassée par son comportement depuis qu'elle avait découvert que derrière le personnage froid du chirurgien se cachait un être humain doué de sensibilité.

D'une très grande sensibilité...

Aussi bien lors de situations attendues – lorsqu'il sauvait un enfant ou lui assurait un meilleur avenir par exemple –, que moins prévisibles, lorsqu'il entrait en communion avec l'océan sur sa planche.

Ou lors d'ébats sexuels.

Molly s'était sentie étonnamment blessée qu'il l'ait de nouveau repoussée. Aussi, lorsqu'elle aperçut Hugh en train de sortir de son bureau et de se diriger vers les ascenseurs, elle accéléra le pas pour le rattraper.

— Hugh ? Tu as une minute ?

Il leva la tête de son téléphone et le cœur de Molly se serra.

— C'est important ? demanda-t-il, visiblement mécontent de les voir, Oreo et elle.

— Je le crois, répondit Molly d'une voix qu'elle s'efforça de maintenir posée. Je reviens de voir Sam, en présence de sa mère.

— Quoi ? s'étonna-t-il en consultant sa montre. Tu es vraiment restée plus d'une heure ?

— Sam était tellement content que la chienne soit là ! Nous avons autorisé Oreo à s'allonger à côté de lui sur le lit et il s'est endormi avec son bras autour d'elle. Nous ne voulions pas qu'il se réveille et découvre qu'elle avait disparu.

Parce qu'il se serait mis aussitôt à pleurer, avait prévenu Annabelle.

— Nous avons pris de jolies photos, ajouta Molly en sortant son téléphone. Tu veux les voir ?

— Pas maintenant, répondit-il en obliquant vers l'ascenseur. J'ai du travail.

— Ton emploi du temps va se charger encore plus. Annabelle a opté pour une opération pour Sam.

— Merci pour l'info, dit Hugh en fronçant les sourcils.

Parce qu'il réfléchissait déjà aux détails de cette intervention particulièrement délicate ?

— Elle est absolument sûre ?

— Oui. Elle s'est dit que, si la chirurgie pouvait soulager Sam et lui permettre de manger ce qu'il aime, ou d'écouter des histoires ou même de câliner Oreo, alors elle valait la peine.

Hugh se tenait de profil et Molly l'observait tout en parlant.

— J'ai promis d'amener ma chienne tous les jours où mes horaires m'en laisseront le loisir. Soit ici, soit chez eux quand ils rentreront.

— S'ils rentrent chez eux.

Hugh avait parlé trop bas pour qu'elle entende ce qu'il avait dit. En revanche, son ton désapprobateur quand il poursuivit n'échappa pas à Molly.

— Ce n'est pas une bonne idée.

Molly en resta sidérée. Il ne voulait pas voir les photos ? Très bien. Elle comprenait que l'image d'un petit garçon frêle et chauve, avec des perfusions dans les bras et des tuyaux d'oxygène dans le nez, pouvait être perturbante en dehors d'un contexte médical. Mais refuser à cet enfant des moments de bonheur, des moments où il oublierait que la vie pouvait se révéler affreusement dure… eh bien c'était… tout bonnement inacceptable.

— Et pourquoi ?

Évidemment, le ton de défi de Molly fit se retourner l'assistant de Hugh qui entrait dans l'ascenseur. Et bien sûr, l'agacement, voire la colère de Hugh, était tangible.

— Pas ici, répondit-il avec froideur. Viens avec moi.

Puis, se tournant vers Matthew qui lui tenait la porte de l'ascenseur :

— Ne m'attends pas. Je n'en ai que pour quelques minutes.

Il regagna son bureau, s'effaça pour laisser entrer Molly et Oreo, et ferma rageusement la porte derrière eux.

— Il n'est pas sûr que Sam survive à l'opération, déclara-t-il de but en blanc. Et s'il survit, ses douleurs seront certes diminuées, mais son espérance de vie ne sera pas prolongée. Il est actuellement en soins palliatifs et Annabelle a conscience qu'il a peu de chances de rentrer à la maison.

— Je sais.

— Et tu sais aussi que tu es en train de trop t'impliquer dans cette histoire ? Sur un plan personnel.

— Je sais ce que je fais. Ce n'est pas la première fois que je travaille avec un enfant en phase terminale, Hugh.

Il la regardait comme si elle était une extraterrestre.

— Pourquoi ? Je ne comprends pas comment, ou surtout pourquoi, tu peux choisir de t'engager à ce point dans un cas comme celui-ci.

— Et moi, je ne comprends pas comment tu peux t'y refuser, rétorqua-t-elle posément.

Peut-être ces dernières répliques résumaient-elles ce qui les séparait irrémédiablement, quels que soient les sentiments de Molly pour Hugh.

— J'ai appris à le refuser. Pour être en mesure d'exercer mon métier correctement, sans que mes décisions soient influencées par des liens affectifs parasites avec mes patients ou leurs familles.

Hugh la regardait droit dans les yeux, avec dureté, comme un maître réprimandant une élève. Attendait-il d'elle qu'elle acquière le même détachement que lui ?

— Professionnellement, il est préférable de garder ses distances, conclut-il comme s'il avait rallié Molly à sa cause.

— Ses distances avec quoi ? Ou avec qui ? Juste avec les patients et leurs parents ? Avec les collègues ?

Et donc avec elle ?

— Avec la vie ?

Molly avait oublié qu'elle parlait à un supérieur. Et également qu'ils devaient travailler dans une entente cordiale, indépendamment de ce qui s'était passé entre eux à l'extérieur de l'hôpital. Peut-être sa colère venait-elle de la prise de conscience douloureuse que ces moments passés en dehors du service ne représentaient rien pour lui. Qu'il pouvait coucher avec elle et ensuite la repousser au nom de ses précieuses distances.

Hugh voulut répondre mais se ravisa, manifestement incapable de trouver les mots justes.

— C'est préférable pour qui, Hugh ? s'acharna Molly. Ce ne sera jamais bénéfique pour l'autre ou les autres personnes de l'équation. Alors laisse-moi donner la réponse à ta place au cas où tu ne l'aurais pas déjà trouvée par toi-même.

Elle plissa les yeux.

— C'est préférable pour toi. Uniquement pour toi. Moi, je continuerai à faire savoir aux gens combien je me soucie d'eux parce que, au bout du compte, c'est ce qu'il y a de mieux pour moi.

Sans laisser à Hugh le temps de riposter, elle tourna les talons et sortit du bureau, Oreo collée à elle.

Elle avait poussé le bouchon trop loin, bien sûr, mais les mots avaient jailli de son cœur. Elle n'avait rien dit qu'elle ne pensait pas. Garder ses distances ne serait jamais préférable pour quelqu'un comme Sophie Jacobs et ses parents. Ou pour Sam et sa mère.

Et ce ne serait jamais le cas pour elle non plus. Ni pour Oreo, qui, même alors qu'elles atteignaient l'escalier, continuait à jeter des coups d'œil derrière elle vers le bureau de l'homme pour qui, pour une raison incompréhensible, elle s'était prise d'affection.

Bon… Peut-être n'était-ce pas complètement incompréhensible. Molly n'avait-elle pas elle aussi laissé son cœur tomber dans le piège ?

Finalement, à bien y réfléchir, peut-être qu'en l'occurrence, il valait mieux que Hugh garde ses distances.

C'était préférable pour lui… et pour elle.

8

— Raconte-moi exactement ce qui s'est passé, Tane.

Le jeune adolescent dégingandé pour qui le service des urgences avait appelé Hugh fit une grimace à la mesure de la catastrophe que l'accident représentait pour lui.

— C'était à la fin de la partie. Nous étions à égalité. J'avais le ballon et c'était notre dernière chance de nous départager avant le coup de sifflet final. Je réalise le plus haut tir en suspension de ma vie... le ballon entre dans le panier... le public se déchaîne... mais quand j'atterris après mon saut...

— As-tu entendu ou senti un craquement ?

— C'était comme si quelqu'un m'avait tiré une balle dans le talon, vous voyez ? répondit Tane qui s'était pris la tête dans les mains à présent. Je n'ai pas pu quitter le terrain tout seul.

Tane portait toujours son short de sport et le maillot marqué de son numéro et du nom de son équipe.

— Allonge-toi sur le ventre, s'il te plaît. Laisse tes pieds dépasser de l'extrémité de la table... Voilà, comme ça. Et maintenant, relâche-les complètement. Tes mollets aussi.

Hugh saisit alors le muscle juste au-dessus de la cheville sur la jambe valide de Tane, le pinça fermement. Le pied se fléchit. La même manœuvre sur l'autre jambe ne produisit aucune réaction.

— Ton talon d'Achille est rompu, Tane.

— Oh non ! Et pendant combien de temps je ne vais pas pouvoir jouer ?

— Nous ne le saurons qu'après l'échographie et l'IRM. S'il

s'agit d'une déchirure partielle, tu auras un plâtre ou une botte de marche pendant six à huit semaines. Si c'est une rupture totale, il faudra opérer et la guérison prendra beaucoup plus de temps.

— Mais le tournoi des sponsors a lieu le mois prochain. Et il fait partie des sélections pour les équipes nationales...

Tane était au bord des larmes, et Hugh ne lui révéla pas que sa blessure appartenait très vraisemblablement à la seconde catégorie. Il serait bien temps quand le résultat des examens serait arrivé. Dans l'immédiat, Hugh ne pensait qu'à partir, avant que le jeune ne se mette à pleurer pour de bon.

— Je reviendrai te voir dès que tu auras passé l'IRM et l'échographie. Et nous parlerons de la suite à ce moment-là.

Parfois, dans l'intérêt même des malades, il valait mieux leur laisser le temps de se préparer à une mauvaise nouvelle. Mais s'il s'avérait que Tane devait subir une intervention chirurgicale, l'immobilisation durerait au moins six mois et Hugh ne le lui cacherait pas. Et ni les larmes ni la colère de l'adolescent ne l'affecteraient ou le dissuaderaient de poursuivre la procédure qu'il estimait indispensable.

Voilà à quoi lui servait sa prise de distance affective. Et oui, cela était préférable pour Tane et pour lui-même. Qui aiderait-il en restant à côté du gamin à lui tenir la main et à compatir au désastre que sa blessure représentait pour ses espoirs sportifs ? Ou pire, en optant pour une approche conservatrice ne requérant que quelques semaines de plâtre et s'apercevoir en fin de compte qu'il fallait réparer chirurgicalement mais avec un résultat moins bon que si l'opération avait eu lieu au départ ?

Molly se trompait.

En fait, elle soutenait des thèses diamétralement opposées aux siennes.

Alors, pourquoi avait-il donc été attiré par elle ?

Heureusement, la situation n'allait pas se compliquer davantage maintenant qu'il avait décidé de garder ses distances avec elle.

Ses distances sur le plan affectif... et physique.

L'autre jour, lorsqu'il avait appris qu'elle resterait avec Oreo auprès de Sam pendant l'anesthésie, il ne s'était pas rendu dans la salle d'induction. Et nul doute que de son côté aussi elle l'évitait maintenant qu'il sautait aux yeux qu'ils n'avaient quasiment rien en commun tous les deux. Il ne l'avait pas croisée dans le service depuis l'opération de Sam.

Hugh aurait dû se réjouir. Il oublierait ainsi plus aisément ses lâcher-prise malheureux qui l'avaient amené à des conduites aussi extravagantes que participer à un parcours d'agilité avec un chien.

Ou faire l'amour sous une douche.

Pourtant il n'était pas satisfait, et ses difficultés à chasser complètement Molly de son esprit créaient autour de lui un bruit de fond désagréable, une espèce de grondement de colère qui ajoutait à sa frustration.

C'était un Hugh Ashcroft apparemment fâché – carrément furieux, même – que Molly vit passer à grandes enjambées devant les baies vitrées du jardin où elle avait emmené Oreo pour une pause toilettes.

Il ne la remarqua pas et tant mieux, car cela n'aurait vraisemblablement pas amélioré son humeur. Ils ne s'étaient pas parlé depuis qu'elle lui avait reproché vertement son manque d'empathie envers ses patients. Ils n'avaient même pas échangé un regard. Et...

... Molly en ressentait un grand vide.

Certes, ils n'étaient pas faits l'un pour l'autre. Il n'empêche que Hugh avait bel et bien pris son cœur dans ses filets et ce avant même qu'ils n'aient partagé l'expérience sexuelle la plus fantastique qu'elle ait jamais connue.

Derrière cet homme à la haute taille et à la mine renfrognée qui longeait le couloir devant le jardin, elle décelait un jeune garçon solitaire qui avait perdu sa petite sœur et son chien. C'est tout juste si elle ne voyait pas les barrières qu'il avait dressées autour de lui pour ne plus jamais connaître la douleur qui l'avait terrassé. Et elle le plaignait, car elle savait qu'il se privait ainsi des joies de la vie.

Mais elle était allée trop loin. Elle avait perdu toute chance avec lui et cela l'attristait.

Presque autant que ses visites à Sam avec Oreo. L'adorable petit bonhomme ne souffrait quasiment plus mais, en raison de complications pulmonaires et cardiaques, il était impossible de le renvoyer chez lui.

Annabelle savait qu'elle allait devoir faire ses adieux à son fils à l'hôpital et elle profitait à plein de chaque instant qu'il lui restait avec lui.

Le petit affichait un visage si radieux dès qu'il prenait conscience qu'Oreo était là, que Molly avait décidé de s'organiser pour venir quotidiennement. Un jour où elle était de service, elle avait même sollicité sa mère pour qu'elle lui amène Oreo pendant sa pause déjeuner, et un autre jour elle était revenue le soir après sa journée de travail.

Bien sûr, Sam n'était pas le seul petit malade à requérir son attention.

Sophie Jacobs était rentrée chez elle une semaine après sa plastie de rotation. Malgré toutes les contraintes qui l'attendaient – béquilles et fauteuil roulant pendant la cicatrisation puis longue rééducation avec la prothèse –, elle avait quitté le service avec un grand sourire et la photo de la petite danseuse à la prothèse pliée dans une de ses poches. Elle avait offert à Molly un double de la photographie prise par une infirmière lors d'une visite d'Oreo à l'unité de soins intensifs après l'opération. Sophie venait de se réveiller et la façon dont son visage s'était illuminé lorsqu'elle avait pu toucher la tête d'Oreo aurait fait fondre n'importe qui.

Peut-être même l'homme qui l'avait opérée, qui sait ?

Molly et Oreo devenaient de plus en plus partie intégrante de l'hôpital et personne, hormis Hugh, ne remettait en cause l'intérêt de leurs fréquentes visites à un petit garçon mourant.

Molly avait d'ailleurs été invitée à une funeste réunion pour discuter de la prise en charge de la fin de vie de Sam. La présence de Hugh, qui se trouvait au bloc à ce moment-là, n'avait pas été jugée indispensable puisque Sam ne devait plus subir d'intervention chirurgicale. Assistaient à la réunion l'oncologue, le cardiologue, Molly en tant que représentante du personnel infirmier et, pour soutenir Annabelle, la grand-mère et la tante de Sam. À la fin de la réunion, après avoir signé son accord pour qu'il n'y ait pas d'acharnement thérapeutique, Annabelle énonça la requête suivante – formulée pour la toute première fois dans cet hôpital :

— Je sais que c'est beaucoup demander, commença-t-elle d'une voix étranglée. Et que ce sera peut-être impossible mais... Sam croit qu'Oreo est son chien, maintenant. Si elle pouvait être là... à la fin...

Là-dessus elle s'effondra et Molly fut la première à se lever pour aller la prendre dans ses bras. Elle savait que le réconfort que pourrait apporter Oreo serait valable autant pour Sam que pour sa mère.

— Si c'est possible, nous le ferons, promit-elle très doucement.

Mais Molly en doutait, non pas parce qu'elle ne voulait pas être éventuellement dérangée au milieu de la nuit, mais parce que les fonctions respiratoires et cardiaques de Sam s'arrêteraient probablement sans prévenir, avant qu'elle n'ait le temps d'arriver.

Finalement, Sam s'éteignit doucement, son petit corps abandonnant progressivement la lutte. Sa tension artérielle diminua et sa température fluctua. Sa peau se marbra et sa circulation sanguine ralentit. Il arrêta de manger, même ses plats préférés confectionnés par sa mère.

Molly amena Oreo l'après-midi. Selon le protocole, elle devait rester dans la chambre avec Annabelle, la grand-mère et la tante mais, après avoir positionné Oreo sur le lit à côté de Sam, que sa mère tenait dans ses bras, elle se recula dans un coin de la pièce pour se faire oublier. Oreo paraissait dormir, avec la main de Sam posée sur elle et celle d'Annabelle qui la caressait distraitement mais, de temps à autre, elle ouvrait les yeux et cherchait sa maîtresse du regard comme pour s'assurer qu'elle faisait ce qu'il fallait en restant là, immobile, heure après heure. Molly lui souriait ou lui murmurait des félicitations en lui recommandant de demeurer ainsi.

Même quand, après un long soupir, Sam ne reprit pas sa respiration, Oreo ne bougea pas. Molly attendit que la mère et la sœur d'Annabelle se regroupent autour de Sam pour faire un signe à Oreo, qui descendit du lit si discrètement que les trois femmes ne la remarquèrent pas.

L'infirmière responsable, qui se trouvait dans la chambre, suivit Molly et sa chienne dans le couloir.

— Ça va ? demanda-t-elle à Molly.

De peur que sa voix ne se brise, Molly se contenta de hocher la tête.

— Ramène Oreo chez toi, dit l'infirmière en la serrant brièvement dans les bras. Et prends soin de toi. Vous êtes des héroïnes toutes les deux. Tu le sais, n'est-ce pas ?

Molly essaya de sourire. En vain.

Il était l'heure pour elle de rentrer à la maison avec Oreo. Annabelle et ses deux parentes seraient bien entourées et seraient autorisées à rester avec Sam aussi longtemps qu'elles le souhaitaient, Molly n'avait aucune inquiétude à ce sujet.

Les larmes lui brouillaient la vue mais Oreo, qui connaissait bien le chemin maintenant, la guida vers l'escalier à côté des ascenseurs. Dans quelques minutes elles seraient toutes les deux dans l'intimité familière de la vieille camionnette et Molly pourrait pleurer tout son soûl.

Elle ne le vit pas.

De toute façon, aveuglée par ses larmes, elle ne l'aurait probablement pas reconnu.

Et inutile d'être devin pour comprendre la cause de sa détresse.

Lui-même était au courant de la mort du petit Sam Finch. Un collègue venait de l'arrêter dans le couloir pour la lui annoncer. Et c'est au moment où il remerciait le messager d'un signe de tête qu'il aperçut Molly et Oreo en train de quitter le service.

Ne voyant aucune raison qui s'y opposait, il poursuivit son chemin vers son bureau. Il devait rédiger un rapport pour une revue spécialisée sur un article publié par un confrère.

Oui, la nouvelle était triste mais elle faisait partie du travail d'un chirurgien orthopédique qui s'occupait d'enfants atteints d'un cancer des os, même si heureusement la bataille était de plus en plus souvent gagnée. Hugh avait appris depuis longtemps à ne pas se laisser ébranler par un cas comme celui de Sam.

Molly non, manifestement.

Quelques minutes plus tard, Hugh dut se rendre à l'évidence : l'image de Molly s'efforçant de faire bonne figure alors qu'elle sortait de l'hôpital l'empêchait de se concentrer sur son article.

Où était-elle partie ? Était-elle seule dans cette maisonnette en bord de mer ? Comment allait-elle ? Avait-elle quelqu'un à qui parler ? Quelqu'un qui l'aiderait à ne pas s'engluer dans l'émotion et à surmonter l'épreuve.

Quelqu'un comme lui... ?

Hugh s'empressa de chasser l'idée et redoubla d'efforts pour s'intéresser aux avancées en matière de biomatériaux et d'augmentation osseuse, mais ses pensées dérivaient systématiquement vers Molly.

Il ne parvenait pas à stopper cette sensation d'oppression, si inhabituelle qu'il craignit un instant une crise cardiaque.

Mais non. Il s'inquiétait simplement pour Molly. Il l'avait pourtant avertie du danger qu'elle courait à s'impliquer autant pour Sam. Dommage qu'elle doive découvrir à ses dépens qu'il avait raison !

Il n'allait certainement pas la narguer avec un « je te l'avais dit » et il n'avait aucun espoir de la voir faire amende honorable en revenant sur les accusations d'égoïsme qu'elle avait portées à son encontre ni sur ses reproches sur sa prétendue incapacité à profiter de la vie.

En fait, il n'avait pas la moindre idée de ce qu'il allait dire à Molly. Il savait en revanche qu'il avait besoin de la voir.

Il éteignit son ordinateur et attrapa ses clés de voiture.

Molly se sentait mieux.

Elle avait pleuré toutes les larmes de son corps tout en jouant au frisbee avec Oreo. Le ressac des vagues l'apaisait et la brise vespérale séchait ses larmes. Quand Oreo, haletante, arrêta de courir après le disque pour aller se rafraîchir dans l'eau, Molly s'assit pour la regarder. Ce lieu qu'elle aimait et la compagnie de sa chienne adorée atténuaient sa tristesse.

Bizarrement, c'est sans réelle surprise qu'en levant la tête elle découvrit Hugh qui marchait vers elle. Il savait évidemment, pour Sam, et il l'avait prévenue du coup qu'allait lui porter la mort du petit après la façon dont elle s'était investie. Mais s'il avait voulu pontifier, il l'aurait fait à l'hôpital. Il ne serait pas venu ici. D'ailleurs, il paraissait inquiet.

Pour elle ?

N'était-ce pas une façon de s'impliquer émotionnellement ?

Il ne gardait donc pas ses distances autant qu'il le croyait. Une pensée qui alluma en Molly une étincelle de… d'espoir… ?

— Je m'attendais à te trouver là.

Molly hocha la tête et Hugh s'assit sur le sable à côté d'elle. Pendant une ou deux minutes, ils restèrent là, hypnotisés par le va-et-vient incessant des vagues. Puis Hugh brisa le silence.

— Ça va ? demanda-t-il avec une difficulté audible.

Normal, songea Molly. Sa question entamait une conversation qui pourrait fort bien se charger d'émotion et s'engager sur un terrain personnel, très loin de sa zone de confort.

Pour le rassurer, elle se força à lui sourire.

— Ça va. Je suis triste, bien sûr, et malheureuse pour Annabelle et sa famille, mais je ne regrette rien de ce que j'ai fait. Et Oreo a été formidable. Un vrai petit ange. Très réconfortante.

Molly dut essuyer quelques larmes résiduelles. Elle sentait le regard de Hugh sur son visage et le raidissement de son corps.

— Je vais bien, je t'assure. C'est normal d'être triste parfois, tu sais. Et c'est normal de pleurer…

Oreo jouait toujours dans l'eau. Ils avaient toute la plage pour eux et seul le clapotis des vagues mourant sur le sable troublait le silence.

— J'avais quatorze ans la dernière fois que j'ai pleuré.

Un aveu tout juste murmuré et que Molly était la première à recevoir, elle en était certaine.

— Quand tu as perdu ta sœur ?

Hugh se tut pendant si longtemps qu'elle crut avoir une nouvelle fois dépassé les limites, mais il finit par répondre d'une voix blanche.

— Et Fudge.

Était-il lui-même au bord des larmes ? se demanda Molly en l'entendant toussoter.

— Ma mère l'a fait piquer quelques jours après la mort de Michelle.

— Quoi ? s'étrangla Molly. Que lui était-il arrivé ?

— Rien, répondit Hugh le regard toujours perdu sur l'océan. Ma mère a simplement décrété qu'il était vieux. Un jour, je suis rentré du lycée et... il n'était plus là...

Molly regardait Hugh avec des yeux horrifiés. Elle imaginait ce jeune adolescent déjà profondément affecté par la mort de sa petite sœur découvrant que son compagnon de toujours, qui aurait pu mieux que quiconque le consoler un peu, lui avait été arraché sans aucune raison. La pensée de ce jeune de quatorze ans lui déchirait le cœur. Autant que celle de l'homme assis à côté d'elle.

Cet homme qui avait délibérément renoncé à aimer ses congénères – et les chiens – par peur de les perdre et de voir son monde s'écrouler.

Molly n'avait qu'une envie : serrer Hugh dans ses bras pour lui offrir, très tardivement certes, toute la compréhension et tout le soutien dont il avait besoin.

Intelligemment, elle se retint. Hugh s'était engagé sur une corde raide en lui révélant quelque chose d'aussi personnel et, au moindre contact physique, à la moindre parole, il risquait de chuter et de ne plus jamais la laisser approcher.

Et cela elle ne le voulait à aucun prix.

Parce qu'elle venait de prendre conscience qu'elle était tombée éperdument amoureuse de Hugh Ashcroft.

Malheureusement, elle savait que lui ne partagerait jamais ses sentiments et que, par conséquent, si elle n'arrêtait pas tout sur-le-champ, un terrible et douloureux déboire sentimental l'attendait au bout du chemin. Simplement, avait-elle le choix ? Pas plus qu'avec Annabelle et Sam aujourd'hui. Elle était animée par une conviction suffisamment puissante pour que ce niveau de souffrance vaille la peine d'être vécu.

La conviction qu'Oreo et elle servaient à quelque chose.

— De mon jardin, on peut voir le soleil se coucher sur la mer, dit-elle comme si elle lui confiait un secret.

À moins qu'elle ne cherche à changer de sujet ?

— Et j'ai une bouteille de vin au frais. Je t'avoue que j'aimerais bien en prendre un verre. Mais tu sais qu'il est déconseillé de boire seul.

— Oui, je sais, répondit Hugh dans un froncement de sourcils circonspect.

— D'accord, je ne suis pas vraiment seule puisque j'ai Oreo.

Molly se mordilla la lèvre puis sourit. Un vrai sourire cette fois.

— Malheureusement, elle déteste le vin.

Le léger rire émis par Hugh prit Molly par surprise. Une heureuse surprise et une petite victoire, incontestablement.

— En fait, je suis venu précisément parce que je pensais que tu aurais peut-être besoin de compagnie, déclara Hugh en se mettant debout et en proposant sa main à Molly pour l'aider à se lever. Je n'avais pas prévu que nous boirions ensemble mais... D'accord... j'accepte.

Molly lui donna la main, savourant sa poigne vigoureuse et sa force quand il la tira et qu'elle se trouva tout près de lui.

Il aurait été facile de se serrer contre lui et de s'offrir à un baiser.

Mais Molly n'en fit rien. Parce que, si l'occasion qu'elle donnait à Hugh de construire avec elle un lien d'amitié, voire une relation amoureuse, avait une chance de se concrétiser, c'était uniquement à lui qu'il revenait de décider jusqu'à quel point il voulait réduire la distance entre eux.

En confiance. Oui, Hugh se sentait en confiance.

Molly avait certainement appris par la grand-mère de Benji les détails de la tragédie familiale qu'il avait vécue, mais personne n'avait été au courant pour Fudge. Et en voyant l'expression de Molly lorsqu'il avait lâché cette bombe, il s'était aperçu que, pour la première fois de sa vie, quelqu'un comprenait parfaitement ce qu'il avait traversé.

Il avait l'impression que Molly était la seule personne au monde à en être capable. Davantage, même : à le ressentir dans sa chair.

Et il lui était reconnaissant de ne pas avoir dit quoi que ce soit. Il lui suffisait de savoir qu'elle avait compris. Et il n'avait aucune envie de revenir en détail sur le passé. Et cela aussi Molly l'avait deviné.

Alors oui. Il se sentait en confiance et en sécurité, assis dans la lumière du crépuscule dans un confortable fauteuil en osier avec Oreo couchée dans l'herbe à ses pieds, un verre d'un excellent pinot noir de Central Otago à la main, bercé par le ressac au loin. Il commençait à se détendre comme cela ne lui était pas arrivé depuis... depuis... de toute sa vie, en fait.

Peut-être était-ce pour cela qu'il n'objectait pas face à la présence du museau d'Oreo sur son pied. Que, lorsqu'il s'aperçut que la chienne le regardait avec ses yeux limpides, il sentit fondre quelque chose tout au fond de sa poitrine. Il n'osa pas tourner la tête vers Molly, assise juste à côté de lui dans un fauteuil identique au sien, de peur de découvrir qu'elle aussi l'observait.

— J'avais neuf ans lorsqu'on a découvert que Shelly... Michelle... avait une tumeur au cerveau. Elle n'avait que trois ans. Si bien qu'elle n'avait pas le souvenir de ne pas avoir été malade quand elle est morte. À la maison. À huit ans. Ce jour-là, Fudge est resté sur le lit à côté d'elle. Il a refusé d'en descendre même quand j'ai essayé de l'emmener dehors pour qu'il fasse pipi. Je crois qu'il savait...

Le seul fait d'évoquer cette dernière journée emmenait Hugh trop près d'un territoire sur lequel il avait pendant si longtemps réussi à ne pas s'aventurer. Y compris quand il avait voulu prévenir Molly qu'en assistant Sam jusqu'au bout elle risquait de provoquer chez elle un traumatisme qui la poursuivrait jusqu'à la fin de sa vie.

— Les chiens sont des animaux incroyables, murmura Molly dans le silence en évitant judicieusement de s'appesantir sur le sujet de Michelle. Ils comprennent beaucoup plus de choses qu'on ne le croit et ils ont cette étonnante capacité à aimer sans limites et d'un amour inconditionnel...

Elle laissa sa voix mourir comme si elle craignait d'en avoir trop dit. Quand Hugh leva la tête vers elle, il vit que ses yeux étaient humides.

— Le chagrin est le pire sentiment qui existe, tu ne trouves pas ? observa-t-elle dans un souffle. J'ai entendu quelqu'un dire un jour que c'est de l'amour qui ne sait pas où aller.

Perdu dans ce qu'il lisait dans les yeux de Molly, Hugh ne savait quoi répondre. Ils étaient assis si près l'un de l'autre qu'il n'aurait eu qu'à lever la main pour lui toucher la joue et à se pencher un peu pour l'embrasser.

Ce fut elle qui s'inclina imperceptiblement vers lui. Il lui prit alors doucement le visage entre les mains et tendit ses lèvres vers les siennes.

Les paroles étaient vraiment superflues, songea-t-il.

Y compris pour dire à Molly combien elle avait changé son monde simplement en étant là pour l'écouter parler de sa chère petite sœur, même brièvement. Et de son précieux chien. Pour comprendre comment leur mort à tous les deux l'avait dévasté, mais sans lui demander de détails. Peut-être un jour lui raconterait-il comment sa mère avait sombré petit à petit dans la dépression qui avait fini par l'emporter dans la tombe. Et comment lui-même avait progressivement cessé d'exister pour cette mère qui ne s'était plus intéressée qu'à sa fille.

Mais ce n'était pas le moment. Dans l'immédiat, il souhaitait remercier Molly pour sa présence.

Pour sa compréhension.

Et pour cela, il n'avait pas besoin de mots.

Parce qu'il pouvait lui tenir le visage pendant qu'il l'embrassait à perdre haleine. Il pouvait lui prendre la main et l'entraîner jusqu'à la petite maison et jusqu'à la chambre.

Il pouvait la toucher tout entière, avec ses mains, ses lèvres, sa langue. Sentir sa peau contre la sienne. Les combler tous les deux. Et il prit son temps parce que ce qu'il ressentait dépassait une simple – quoique violente – attirance physique.

Tout reposait sur la confiance dans un monde qu'eux seuls pouvaient habiter. Parce que Molly comprenait pourquoi il était tellement différent.

9

Avant d'accompagner les médecins et les chefs de service dans la « tournée des chambres », comme son statut d'infirmière praticienne le requérait, Molly devait rassembler les dossiers mis à jour de tous les patients et se tenir prête pour le « conseil » durant lequel l'équipe décidait de l'ordre de priorité des visites : les malades les plus gravement atteints d'abord, ensuite ceux qui sortaient dans la journée et enfin tous les autres.

Ce matin, c'était Hugh, Matthew et deux internes qui le dirigeaient et, depuis le changement d'équipes, Molly avait été entièrement absorbée par sa préparation. Jusqu'à ce que Hugh et ses collègues la rejoignent.

Son estomac se serra bizarrement et elle s'efforça de stopper net la brusque succession d'images de la nuit précédente qui se mirent à défiler comme dans un film en accéléré. Des images de Hugh… comment dire… la vénérant ?

En tout cas, c'était le meilleur terme qu'elle avait trouvé pour décrire ce qu'elle avait ressenti et celui qui correspondait le mieux à l'attention que Hugh lui avait prodiguée. Comme s'il n'avait cherché qu'à lui offrir une expérience sexuelle unique.

En fait, ce ne furent pas tant des images qui lui traversèrent l'esprit qu'un rappel de sensations physiques inconnues d'elle jusque-là. Le pur plaisir des doigts de Hugh effleurant sa peau. Les délicieux assauts du désir. L'impatience douloureuse avant l'éblouissement de l'extase.

Non… C'était davantage encore. C'était comme la matérialisation d'émotions si intenses et inhabituelles qu'elle échouait à les définir. Et le moment serait mal choisi pour essayer.

Elle était au travail, et le travail avait priorité sur tout le reste pour ce chirurgien. Cherchait-elle à ce que leur nuit d'amour de la veille soit la dernière ? Rien de plus simple. Il lui suffisait de laisser ses souvenirs interférer avec l'exercice de leur métier. Ou bien de mettre la pression sur Hugh pour qu'il construise quelque chose avec elle. Cette dernière hypothèse étant, elle, facile à écarter puisque Molly elle-même ne se sentait pas prête à entamer une nouvelle relation. Elle revint donc à la réunion.

En espérant que personne, et surtout pas Hugh, n'ait remarqué sa brève escapade mentale, elle respira profondément et ouvrit le carnet où elle avait noté les informations qui lui permettraient de répondre aux questions de l'équipe.

Le premier cas préoccupant concernait Gemma, une fillette de douze ans, qui avait été opérée deux jours plus tôt ; elle souffrait d'une épiphysiolyse fémorale supérieure, c'est-à-dire du déboîtement de la tête du fémur de l'articulation de la hanche dû à une fracture du cartilage de croissance lors d'une collision suivie d'une chute durant une partie de football.

— Gemma devait sortir aujourd'hui, mais sa température est brusquement montée cette nuit et elle ne se sent pas bien ce matin, expliqua Molly. Des rougeurs sont apparues et elle se plaint d'une douleur accrue au niveau de la cicatrice. Dès ma prise de service, j'ai prescrit une analyse de sang et des tissus de la plaie. Les résultats devraient arriver d'une minute à l'autre.

— Merci, Molly, dit Hugh avec un regard reconnaissant.

Il était visiblement impressionné par son initiative.

C'était aussi l'indication qu'ils étaient tous les deux revenus sur un terrain rassurant car exclusivement professionnel, et qu'il n'avait pas remarqué sa distraction momentanée de tout à l'heure. Peut-être n'avait-il pas eu entièrement tort de lui recommander de tenir les autres à distance. Dans certains cas.

Pendant la suite de la tournée des chambres, par exemple.

L'équipe ne chôma pas jusqu'à la pause du matin. Là, au lieu de venir boire un café dans la salle du personnel avec tout le monde, Hugh et ses assistants s'éclipsèrent vers le service de radiologie pour pratiquer une biopsie, puis vers celui d'oncologie pour une entrevue avec la famille d'un patient chez qui un cancer osseux venait d'être diagnostiqué. Hugh devait ensuite assurer les consultations externes qui, au vu du planning des rendez-vous, l'occuperaient jusqu'au soir.

— Bien sûr, je compte sur toi pour ne nous envoyer un SMS qu'en cas d'urgence, Molly, lança Hugh avant de partir.

Elle aurait pu juger le sourire qu'il lui adressa aussi froid que Hugh semblait l'être au premier abord, mais elle avait appris maintenant à dépasser cette façade qui lui servait de défense. À moins qu'elle n'ait vu quelque chose de nouveau dans ce contact visuel : l'aveu qu'il ne comptait pas sur elle uniquement pour veiller sur les patients pendant le reste de son service mais aussi pour ne pas franchir certaines lignes.

En particulier à l'hôpital, là où il se sentait en sécurité.

— Bien sûr, murmura-t-elle avec un sourire poli mais froid, la réplique de celui de Hugh.

Il pouvait compter sur elle sans aucun problème. À titre professionnel… et personnel.

Il ne saurait jamais qu'elle eut une pensée très peu professionnelle quand elle le regarda s'éloigner. Que, lorsqu'elle sortit dans le jardin boire son café au calme, lui revint étrangement en mémoire un stage d'équitation auquel elle avait participé quand elle était adolescente.

Au début, Molly ne comprit pas pourquoi son cerveau avait déterré cette histoire ancienne.

« Les chevaux sont comme des êtres humains souffrant de stress post-traumatique, avait expliqué l'instructeur debout au centre de l'enclos autour duquel le cheval tournait. Comme ils ont toujours été des proies, jamais des prédateurs, ils sont hyper vigilants, éternellement sur le qui-vive… »

Molly s'assit sur un banc et posa sa tasse à côté d'elle. Cette description correspondait exactement à Hugh en ce qui concernait ses rapports avec ses congénères. Hyper vigilant. Une proie lui aussi en quelque sorte, puisqu'il considérait toute relation comme potentiellement dangereuse, susceptible de le blesser, voire de le détruire.

Le traumatisme qu'il avait vécu dans son enfance avait indubitablement laissé d'énormes cicatrices. En se remémorant son récit des dernières heures de sa petite sœur, Molly sentit sa gorge se nouer douloureusement. Quel cauchemar pour un jeune garçon !

Et les cinq années qui avaient précédé ce jour avaient certainement été terribles elles aussi. Au début, la petite malade avait dû concentrer sur elle toute l'attention de son entourage. Était-ce devenu une habitude ? Hugh s'était-il senti abandonné ? Molly fut saisie de l'envie folle de remonter le temps pour serrer dans ses bras cet adolescent afin qu'il sache que lui aussi comptait. Que lui aussi était aimé.

En outre, avant même qu'il ait commencé à faire le deuil de Michelle, il avait perdu Fudge. La douleur qu'il avait dû ressentir dépassait l'imagination.

Alors, oui, il n'était pas absurde de comparer Hugh au cheval qui courait à bonne distance de l'instructeur et de penser que, tel le cheval du moniteur, Hugh avait appris à se tenir éloigné de toute forme de relation personnelle.

Cela dit, Hugh s'était rapproché de Molly. Suffisamment pour lui révéler quelques bribes de son enfance. Et pour lui faire l'amour.

Exactement comme le cheval avait resserré les cercles une fois qu'il avait compris les signaux qu'il recevait et avait acquis la certitude que l'homme ne représentait pas une menace. Il l'avait alors accepté dans sa vie.

« À ce stade-là, vous pouvez tourner les talons et vous éloigner, le cheval vous suivra. »

L'instructeur avait ralenti, puis s'était arrêté, et le cheval lui avait donné un petit coup de museau sur l'épaule.

« Vous voyez ? Il est juste derrière moi. Il a choisi de rester avec moi... »

Bon... Il était temps d'arrêter ces analogies avant qu'elles ne deviennent du grand n'importe quoi, s'admonesta Molly. Avant qu'elle n'imagine Hugh la suivre partout comme un toutou énamouré. De toute façon, il était l'heure de retourner travailler.

Elle se sentait plus sereine. Instinctivement elle avait toujours su qu'il fallait laisser du temps et de l'espace à Hugh pour qu'il opère ses propres choix. Il s'était déjà rapproché de façon significative.

Si leur relation était amenée à se développer, cela valait la peine de patienter.

Le fait qu'ils travaillaient ensemble facilitait grandement les choses.

Si Hugh n'avait pas vu Molly à l'hôpital, que ce soit lorsqu'elle était de service, ou lorsqu'elle amenait Oreo auprès des petits malades ou qu'elle venait entraîner Milo, il aurait peut-être mal supporté la pression.

Il aurait en effet été impardonnable de ne pas chercher à prendre contact avec elle après la nuit qui avait suivi la mort du petit Sam. Cette nuit où il avait entrebâillé une porte qu'il n'avait jamais ouverte à personne – même pas à lui-même la plupart du temps –, celle de sa vie privée. Cette nuit où leurs ébats amoureux avaient atteint un degré d'intimité troublant.

Non que cela ait semblé poser problème à Molly. En effet, lorsqu'ils s'étaient revus à l'hôpital le lendemain matin, elle s'était comportée comme si elle avait simplement passé avec un ami une soirée qui s'était terminée au lit, un peu par hasard. Elle n'avait pas donné l'impression qu'elle espérait la renouveler et, en tout cas, il était clair qu'elle ne laisserait pas cette nuit influer sur leur relation professionnelle.

Gemma avait finalement été libérée la veille avec une ordonnance d'antibiotiques. Et c'était lors de la visite de sortie, que Hugh s'était aperçu combien tout était facile.

Molly et lui étaient des amis à présent et, mieux encore, tous les deux se satisfaisaient parfaitement de ce statut. Hugh en particulier parce qu'il était dispensé d'organiser les « rendez-vous en amoureux » de rigueur au restaurant ou ailleurs. Un immense soulagement pour lui.

Il pouvait en outre retourner surfer à sa plage préférée, là où il échappait le mieux à… eh bien… à tout, en fait.

Enfin… Une chose surpassait peut-être le surf.

Au fil des jours, comme les sourires et les quelques mots

échangés avec Molly lorsque leurs chemins se croisaient devenaient de plus en plus naturels et agréables, Hugh en vint à se demander si Molly objecterait à l'idée de passer de nouveau un peu plus de son temps libre avec lui.

Il n'osait pas le proposer, de peur qu'elle ne se fasse des idées. Et de toute façon, jusque-là, aucun de leurs moments ensemble n'avait été planifié. Que ce soit quand il l'avait découverte dans les bureaux des consultations externes après les heures de service en train de faire travailler Milo et qu'elle l'avait « embauché ». Ou quand il avait apporté chez elle le matériel usager et qu'elle l'avait persuadé d'effectuer avec Oreo le parcours d'agilité. Ou quand il était allé décompresser sur la plage et s'était baigné dans une mer si froide qu'il avait dû prendre cette douche chaude et que...

Il s'arrêta net. À la fois pour ne pas se laisser emporter par une vague de désir et parce que quelque chose venait de lui sauter aux yeux : l'importance de la plage dans leur histoire.

C'était là qu'il était venu chercher Molly le jour de la mort de Sam.

Là qu'il l'avait rencontrée pour la première fois à l'extérieur de l'hôpital.

Dans ces conditions, pourquoi ne pas retourner à Taylors Mistake pour découvrir ce que le destin lui réservait ?

Pour savoir si Molly désirait renouveler ce qu'ils avaient vécu la dernière fois qu'il s'y était rendu ? Sans aucune pression, évidemment. Ni pour l'un ni pour l'autre. Et bien sûr, sans préjuger de l'avenir.

Non, impossible !

Une dénégation d'autant plus ridicule que Milo et Oreo se précipitaient vers l'apparition et que c'était précisément là que Molly s'était à plusieurs reprises trouvée nez à nez avec Hugh Ashcroft.

Comme la toute première fois, il portait sa combinaison moulante. Aussitôt, Molly se remémora l'attirance que cet homme avait exercée sur elle ce jour-là. Une attirance si forte qu'elle lui avait chaviré l'estomac et fait flageoler les jambes.

Mais ce qui troubla Molly cette fois ressemblait moins à de l'attirance qu'à de l'appréhension.

Car elle eut l'impression que Hugh pénétrait carrément dans sa vie.

Ce qui était la réalité, d'une certaine façon. En effet, les Holmes fêtaient les huit ans de la nièce de Molly, Neve. Avec la température estivale de cette soirée de printemps, toute la famille, chiens compris, s'était rendue sur la plage. Tout ce petit monde remonterait plus tard à la maison pour un barbecue.

Molly, assise sur le sable, construisait des châteaux avec la plus jeune de ses nièces. Elle s'arrêta en voyant Hugh reconnaître les chiens puis s'apercevoir qu'elle faisait partie de cette sortie familiale.

Même de là où elle se trouvait, elle sentit son regard. Et son hésitation aussi, qui rendait cet instant décisif.

L'instant où tout se jouait ?

De toute évidence, Hugh était venu faire du surf mais peut-être – probablement ? – avec l'espoir de la trouver ici. Le moment qu'elle attendait si patiemment, celui où Hugh se sentirait suffisamment en sécurité pour décider de vivre une vraie histoire avec elle, était-il arrivé ? se demanda-t-elle le cœur battant.

Mais les conditions d'aujourd'hui n'allaient-elles pas réduire à néant cet espoir ? La présence de toute une famille n'allait-elle pas le plonger dans son pire cauchemar, lui qu'une relation à deux inquiétait déjà ? Molly ne comprenait que trop bien sa surprise. Il était certainement très tenté de prendre ses jambes à son cou. Mais elle savait qu'il ne le ferait pas.

À quatorze ans, Hugh avait fait preuve d'un courage exceptionnel en réussissant à se relever après les coups terribles que la vie lui avait portés.

Il avait appris à traverser n'importe quelle épreuve, aussi effroyable soit-elle.

Et à le faire par ses propres moyens.

Pauvre Hugh ! Molly le plaignait à double titre. Parce qu'il ignorait qu'il valait nettement mieux ne pas être seul face à un coup dur, et aussi parce qu'il ignorait dans quoi il allait mettre les pieds dans quelques instants. Il ne savait pas que la nièce de Molly fêtait son anniversaire.

Le huitième.

Neve avait aujourd'hui le même âge que Michelle quand cette dernière était morte.

Molly se leva, renversant dans sa précipitation le seau à moitié rempli de sable.

— Enco... protesta la nièce en agitant sa petite pelle. Tata 'olly... Enco...

Mais « tata 'olly » marchait vers Hugh.

— Oreo ! Milo ! Ça suffit ! Laissez Hugh tranquille ! ordonna-t-elle.

Jack, son frère, interrompit sa partie de cricket avec son fils.

— Tu le connais ?

— C'est un ami de l'hôpital. Et un super surfeur. Il va t'impressionner. Hugh, je te présente Jack, mon frère. Je crois t'avoir dit qu'il était passionné de surf quand il était plus jeune.

— Je serais bien venu avec toi, sourit Jack. Les vagues ont l'air géniales aujourd'hui, mais nous n'avons même pas fini nos premiers tours de batte avec Liam.

Il rejoignit le gamin qui s'impatientait devant les guichets en plastique fichés dans le sable.

— Viens donc boire une bière avec nous quand tu auras terminé, Hugh, lança Jack en même temps que la mère de Molly arrivait pour récupérer Milo.

— Je suis Jill, la maman de Molly, dit-elle sans attendre les présentations. Et voici Neve. C'est son anniversaire aujourd'hui.

— J'ai huit ans, annonça fièrement Neve.

Hugh tourna avec vivacité la tête vers Molly comme pour vérifier qu'elle se rappelait ce que cela ravivait chez lui. Elle lui envoya un message silencieux.

Je sais, Hugh... Je sais ce que cela représente pour toi et je suis désolée...

Mais Hugh rompit le contact visuel avant que Molly n'exprime la partie la plus importante de ce qu'elle voulait lui dire.

Tu n'es pas seul. Je suis là... et... je t'aime...

Hugh ne lui prêtait plus attention. Il souriait à Neve, de ce sourire un peu froid qu'il adressait à ses jeunes patients, qui ne signifiait pas qu'il était indifférent mais qu'il savait combien il était dangereux de ne pas l'être assez.

— Joyeux anniversaire, Neve. J'espère que tu vas passer une super journée. Peut-être que je verrai les bougies sur ton gâteau de là-bas, sur les vagues.

Là-dessus il s'excusa, toujours en souriant, et entra dans l'eau.

Les vagues étaient effectivement géniales.

La marée était presque haute et, comme souvent au lever ou au coucher du soleil, la brise du large lissait la surface de la houle, bien formée aujourd'hui. Cerise sur le gâteau, les rouleaux déferlaient en glissant au lieu de se briser d'un coup sur toute leur longueur.

Il n'y avait foule ni dans l'eau ni sur le sable, la famille de Molly formant le groupe le plus important. Chaque fois que Hugh arrivait au bord de la plage avant de repartir vers le large, il avait une conscience aiguë de leur présence.

Il voyait Jack jouer au cricket avec Liam et entendait même ce dernier narguer son père lorsqu'il l'avait évincé. Il voyait Molly construire des châteaux de sable qu'une toute petite gamine s'empressait de détruire avec sa pelle dans des éclats de rire. À un moment, il vit Neve rejoindre Molly qui avait emmené sa plus jeune nièce se rincer au bord de l'eau. Neve et sa tante prirent alors chacune une main de la toute-petite et la soulevèrent pour la faire sauter au-dessus de l'écume.

Hugh entendait les cris de plaisir du bébé, et il reconnut le rire de Molly et les aboiements d'Oreo.

Il les vit bientôt rassembler jouets et serviettes et prendre le chemin de la maison de vacances familiale. Il savait qu'il serait accueilli à bras ouverts s'il décidait d'accepter l'invitation de Jack. Ils allaient bientôt lancer le barbecue et puis, à un moment, apparaîtrait un gâteau garni de bougies que Neve soufflerait en faisant un vœu.

Hugh rama vers le large pour prendre une nouvelle vague.

Et une nouvelle encore.

Les autres surfeurs partirent. La nuit était presque tombée et, malgré sa combinaison, Hugh commençait à souffrir du froid.

À chaque vague, il se promettait donc que c'était la dernière… et ne tenait jamais parole.

Parce qu'il attendait qu'il fasse suffisamment noir pour que Molly ne remarque pas son départ.

Elle en savait trop sur lui. Il ne voulait pas assister à l'anniversaire et sentir sa compassion. Il devait prendre ses distances.

Et Molly aussi en avait besoin, même si elle n'en avait pas conscience.

Elle se trouvait là où elle devait être. Avec les gens – et les animaux – qui lui étaient chers. Avec toute sa famille, adultes et enfants, qui l'aimait. Et c'était là l'avenir qui lui était destiné. Être le cœur et l'âme d'une nouvelle branche de l'arbre généalogique, au milieu de gamins, de chiens, d'anniversaires et de Noëls.

Ce ne serait jamais celui de Hugh.

Cette irruption dans une fête familiale l'avait fortement secoué. Molly avait su qu'en apprenant que Neve fêtait ses huit ans, il recevrait un gros choc qui porterait un coup supplémentaire aux défenses dont il s'entourait.

Car il s'était inévitablement rappelé Michelle. Un voyage vers le passé qu'Oreo avait déjà amorcé en faisant surgir l'époque où Fudge et lui avaient été inséparables. Tous les deux avaient adoré Michelle et l'avaient protégée. Ils s'étaient réconfortés mutuellement dans les jours sombres.

Des éclaboussures d'eau de mer brouillaient la vue de Hugh tandis qu'allongé sur sa planche, il ramait vers le large. À moins que ce ne soient des larmes ?

Peut-être. En revanche, il était sûr qu'à la vue de Molly au milieu de ses neveux et nièces et du reste de sa famille, il avait senti le bouclier qu'il s'était confectionné à grand-peine depuis la disparition de Michelle se fendre. Un signal d'alarme qu'il ne pouvait prendre à la légère. Il lui restait une dernière chance d'éviter d'autres résurgences d'une douleur qu'il ne voulait plus jamais connaître et de réparer son armure. Devait-il la saisir ?

Quitte à ne jamais connaître une vie pleinement épanouissante, comme l'avait prédit Molly ?

Peut-être n'était-ce préférable que pour lui.

Car Molly avait été claire : jamais elle ne voudrait d'une vie comme la sienne.

Ils étaient diamétralement opposés et, comme il l'avait toujours pressenti, tout rapprochement avec elle lui ferait prendre des risques. Des risques qu'il avait été – presque – prêt à accepter. Mais il venait brusquement de comprendre que Molly aussi courrait un danger et cela, il ne le voulait à aucun prix.

Parce qu'il tenait à elle.

Un jour, elle le remercierait de les avoir protégés tous les deux.

10

La même mais différente.

C'était en ces termes que Molly décrivait sa relation avec Hugh Ashcroft après le jour de l'anniversaire de Neve.

Ce jour qu'elle aurait aimé voir se terminer bien autrement.

Si seulement ils s'étaient trouvés seuls sur la plage, loin de la famille ! Ou si Hugh était venu frapper à sa porte après sa séance de surf. Ils seraient alors allés se promener dans les collines avec Oreo ou bien ils auraient bu un verre de vin en admirant le coucher du soleil.

Le film de cette soirée imaginaire qu'elle se repassait sans fin se concluait toujours par une réédition de leur dernière scène d'amour ; une nuit où l'ardeur sans précédent de leurs étreintes lui avait fait prendre conscience qu'elle aspirait de toute son âme à passer à l'étape suivante d'une relation susceptible de changer leur vie à tous les deux et de leur ouvrir un avenir. Un avenir ensemble.

Mais rien de tout cela ne s'était produit. Hugh avait décidé de battre en retraite et elle connaissait la cause de sa fuite : sa famille à elle.

Jusque-là, il ne l'avait vue avec des enfants que dans le cadre de l'hôpital, c'est-à-dire dans leur quotidien professionnel commun, jamais en compagnie de ceux qui faisaient partie – et feraient toujours partie – de sa vie personnelle. En avait-il déduit qu'elle n'imaginait pas un avenir où elle ne deviendrait pas mère ? Hugh avait-il rayé de la carte la possibilité de nouer une relation sérieuse et de fonder une famille, de la même façon qu'il avait décrété qu'il ne prendrait plus jamais de chien ?

Elle ne pouvait évidemment pas lui reprocher ses choix. Il n'empêche qu'ils l'attristaient.

Peut-être ne se rendait-il pas compte qu'il était doué avec les enfants. Et avec les chiens, d'ailleurs. Que les uns comme les autres étaient instinctivement attirés vers lui.

En ce moment même, il se trouvait avec Jasper, un bébé de quinze mois qu'il avait opéré d'une méchante luxation et fracture du coude suite à un accident domestique. Son bras était maintenant emprisonné dans un plâtre qui le maintenait plié à quatre-vingt-dix degrés, mais le jeune intrépide paraissait très bien s'en accommoder. Il regardait Molly avec un grand sourire et de son bras invalide essayait d'attraper son stéthoscope, attiré par la poule en plastique aux couleurs vives qui y était accrochée.

— Je peux te l'emprunter une seconde ? demanda Hugh. C'est exactement ce dont j'ai besoin pour tester la mobilité de ses doigts.

Molly lui tendit l'instrument.

— Picoti picota, babilla Hugh.

Matthew et Molly échangèrent un petit sourire pendant que Hugh profitait de ce que le bébé était distrait pour observer comment il remuait les doigts. Quand Hugh appuya un peu fort sur un des ongles de Jasper pour contrôler sa sensibilité, le petit, loin de pleurer, éclata de rire parce qu'il avait réussi à se saisir de la poule.

Il aimait bien le chirurgien.

Oui... Les enfants et les chiens étaient dotés d'un sixième sens : ils détectaient chez les autres des sensibilités dont les personnes concernées n'avaient même pas conscience.

Elle comprenait parfaitement que Hugh appréhende d'avoir son propre enfant – ou son propre animal – mais n'accepterait-il pas plus facilement ceux des autres ? Molly l'avait vu caresser Oreo et Milo, jouer avec eux et y prendre du plaisir. Il pourrait pareillement se rapprocher de nièces et de neveux, voire, avec le temps, se réjouir qu'ils soient entrés dans sa vie.

— Il peut sortir, annonça Hugh à la mère de Jasper. Revenez dans quatre semaines. Nous verrons s'il est possible de le déplâtrer.

— Faut-il s'attendre à des complications sur le long terme ?

— Non, je ne pense pas. Avec des séances de kiné il recouvrera certainement l'usage normal de son bras. Cela dit, si des complications survenaient, comme la compression du nerf cubital, nous pourrons les traiter.

Puis, avec un sourire à la mère, il ajouta :

— Mais cela ne sert à rien de s'inquiéter à l'avance. Procédons étape par étape et profitons de l'instant présent. Réjouissons-nous que tout se passe bien pour Jasper jusqu'à maintenant.

Alors que Molly et Hugh se dirigeaient vers une autre chambre, Hugh remarqua Michael – l'adolescent atteint d'une scoliose invalidante – qui attendait à la réception avec sa mère pour compléter les formalités d'admission.

— Michael ! Je passerai te voir dans la journée. Je te rappelle que tu as rendez-vous pour une radio des poumons et des analyses de sang avant l'intervention demain. Comment se sont passés tes examens au lycée ?

— Bien...

— Je parie que tu as cartonné. On se voit tout à l'heure, d'accord ?

Molly savait que « tout à l'heure » Hugh expliquerait une nouvelle fois à l'adolescent en quoi allait consister l'opération : greffes osseuses pour fusionner les vertèbres et tiges en m vissées dans la colonne vertébrale. Une perspective qui de terrifier Michael. Mais ce jeune garçon incroyablement co geux n'en montrait rien. Sa mère, en revanche, semblait au bo des larmes.

— Bonjour, Michael. Je suis Molly, une des infirmières qui s'occuperont de toi pendant ton séjour parmi nous.

Puis, sur un ton confidentiel, elle ajouta :

— Je t'ai réservé le lit le mieux placé. Tu auras une vue imprenable sur le toit du bâtiment voisin, là où atterrissent et décollent les hélicoptères.

— Super ! remercia Michael avec un sourire certes un peu forcé mais qui avait le mérite d'exister.

Hugh aussi l'avait remarqué et Molly eut l'impression qu'il avait cherché son regard pour lui envoyer un message silencieux de félicitations.

Cette faculté à communiquer sans paroles était nouvelle, elle aussi. Pourtant, ils restaient les mêmes collègues. L'opinion que chacun portait sur l'autre avait évolué également, et ils pouvaient dorénavant travailler ensemble avec un vrai respect mutuel, tant sur le plan personnel que professionnel. La confiance s'était établie.

En fait, ils se connaissaient trop pour être considérés comme de simples amis, mais la nature de leur relation restait floue car la question n'avait jamais été abordée franchement. Molly ne savait même pas si Hugh avait envie de la revoir.

En effet, après s'être réduite un temps, la distance initiale entre eux s'était de nouveau installée.

Lentement mais sûrement.

Accompagnée de bienveillance, cette fois. Celle de quelqu'un, concernant Hugh, de très attentif aux gamins qui était pourtant prêt à les faire souffrir dans leur intérêt.

De quelqu'un qui ferait un père formidable mais ne voulait pas d'enfants.

De quelqu'un qui avait dû être le meilleur grand frère que le monde ait connu pour une petite fille dont la fin tragique expliquait pourquoi il avait renoncé à la paternité.

Molly avait bien essayé de suivre le conseil que Hugh avait donné à la mère de Jasper : procéder étape par étape et se réjouir du présent, mais...

... le problème existait bel et bien, là, sous ses yeux, et elle ne pouvait prétendre le contraire.

Le cœur de Hugh, déjà malmené, volerait en éclats si elle décidait de sortir de ce qui apparaissait comme une impasse.

Cela dit, elle n'en était pas encore tout à fait là. Et la possibilité d'une autre solution se fit jour dans sa tête tandis qu'elle regardait Hugh s'éloigner après avoir signé l'autorisation de sortie de Jasper.

Et si Hugh savait qu'avoir des enfants n'était pas pour elle la condition *sine qua non* d'une une relation avec lui ?

Bien sûr, elle avait rêvé de devenir mère à une époque, mais depuis son retour en Nouvelle-Zélande elle s'était réconciliée avec l'idée que cela n'arriverait peut-être jamais. Elle avait décidé que ses compagnons à poils et les enfants qui l'entouraient – que ce soit dans sa famille ou dans son travail – réussiraient à la combler.

Il suffisait peut-être qu'elle trouve le moyen de le faire savoir à Hugh. Sans lui mettre de pression, bien sûr, sinon c'était le retour assuré dans l'impasse.

La voix de Molly lui parvint avant même qu'il n'atteigne la réception, qui était située entre les deux couloirs principaux du service.

— Montre-moi encore une fois… Waouh ! Génial !

Hugh entendait son sourire et il imaginait son visage, rayonnant de cette chaleur qui inondait le cœur de tous ceux qu'elle côtoyait. Il prit une profonde inspiration et se raidit pour résister à son magnétisme. Pour oublier aussi que Molly l'avait accusé de passer à côté de la vie en se fermant aux autres.

Nul doute que cette chaleur qui émanait d'elle était ce qu'il regretterait le plus s'il s'interdisait d'approcher trop près de Molly.

Il fut pris au dépourvu cependant lorsque, en tournant à l'angle du couloir, il découvrit qui Molly félicitait avec autant d'enthousiasme. Sophie Jacobs, coiffée d'un joli bonnet avec des pompons en guise d'oreilles, se tenait debout sur ses béquilles devant elle. L'espace d'une seconde, des images affluèrent dans la tête de Hugh : celles de Molly et d'Oreo dansant pour la fillette. Des images que son corps n'avait pas oubliées et n'oublierait jamais.

On aurait dit que Sophie elle-même, sur ses béquilles, essayait de danser, mais Hugh comprit bien vite qu'elle montrait seulement l'amplitude de mouvement qu'elle avait récupérée à présent qu'elle était libérée de son plâtre.

— Et regarde, Molly, je peux aussi le faire sur le côté. Je joue à un jeu où je frappe dans un ballon avec mon pied. Et parfois, je le fais allongée sur un tapis. Ça s'appelle une ad… truc de la hanche.

— Une adduction de la hanche ? suggéra Hugh en arrivant derrière Molly. C'est très bien, Sophie. Et tu veilles à ce que ton genou-cheville pointe vers le haut lorsque tu fais cet exercice sur le dos, j'espère ?

— Oui. Et quand je marche avec mes béquilles, il faut qu'il pointe devant moi comme si c'était une torche qui éclairait mon chemin.

— C'est une belle image, bravo, dit Molly. Elle vient de ton physiothérapeute ?

— Oui. Il s'appelle Tom et il est très gentil. Je le vois tous les jours maintenant que j'ai l'attelle. Et il va m'emmener nager dès que mes cicatrices seront complètement fermées.

— Quand t'a-t-on enlevé ton plâtre ?

— La semaine dernière, répondit Hugh. J'ai reçu Sophie en consultation externe ce jour-là. Où est ta mère, au fait ?

— Elle est allée chercher un café. Molly a dit que je pouvais rester avec elle en attendant que maman revienne. Après, nous irons voir le monsieur qui fabrique ma nouvelle jambe. Elle sera pareille à celle de la danseuse sur la photo. J'ai hâte... C'est comme si c'était Noël.

Le sourire de Sophie lui envahissait tout le visage. Et Hugh sentit le sien trembloter bizarrement.

Alors que Molly l'observait !

Avec un regard qui pénétra profondément en lui et auquel l'émotion que lui procurait le bonheur de la fillette ne sembla pas échapper.

— Il faut que j'y aille, dit-il abruptement. Je dois voir un patient qui a eu une importante opération du dos il y a deux jours.

— Tu veux voir d'autres exercices que je fais, Molly ? demanda Sophie tandis que Hugh allait prendre le dossier de Michael au comptoir de la réception.

— Oui, bien sûr. Je passerai à la salle de sport cette semaine quand tu y seras. J'y amène parfois Oreo pour aider les enfants pendant les séances de rééducation, et son copain Milo va bientôt commencer, lui aussi.

— Tu as deux chiens ?

Hugh attendait que la secrétaire trouve le dossier de Michael. Il entendit par conséquent la question de Sophie, la même qu'il s'était lui-même posée le jour où il avait accepté de participer à l'entraînement du jeune chien dans le service de consultations externes.

— Oui, je vais te montrer une photo de Milo, répondit Molly en sortant son téléphone. Il a un poil très doux. Une vraie peluche.

Et il a des taches. Tiens… Voilà. Ça, c'est Oreo et Milo à la plage hier soir. Ils jouent avec un bâton.

— Ils sont trop mignons, soupira Sophie.

— Je suis extrêmement fière d'eux. Ce sont mes amis à quatre pattes.

— Ce sont les meilleurs, intervint la secrétaire avec un sourire en tendant le dossier de Michael à Hugh.

— Absolument, confirma Molly. Les seuls dont j'aie réellement besoin, personnellement.

Une note étrange dans sa voix fit sursauter Hugh. Mais elle continua à faire défiler les photos sur son téléphone comme si de rien n'était.

— Je cherche les chiots de ma mère pour te les montrer, Sophie.

— Je veux un bébé chien, moi aussi. Et toi, docteur Ashcroft, tu as un chien ?

— Non.

Hugh ferma le dossier et prit une profonde inspiration. Il essayait toujours d'identifier ce qui l'avait surpris dans la voix de Molly. Lui aurait-elle lancé un avertissement ?

Elle devait pourtant savoir qu'il ne pouvait pas lui donner ce qui la rendrait heureuse et qu'il ne le pourrait jamais.

Peut-être devrait-il saisir l'occasion de le lui dire.

Avant qu'elle ne souffre.

Il présenterait les choses de façon que ce soit apparemment leur choix à chacun de ne plus se voir en dehors du travail.

Sophie lui facilita la tâche en lui demandant :

— Pourquoi ? Tu n'aimes pas les chiens ?

— Si. Mais uniquement ceux des autres. Je ne veux pas en avoir un à moi. Vu le temps que je passe au travail, ce ne serait pas juste pour lui.

Sophie écarquillait les yeux. Elle n'arrivait pas à comprendre.

Molly, elle, comprenait. Hugh le sentit en la voyant parfaitement immobile, les yeux rivés sur son téléphone. Il savait qu'en réalité elle évitait tout simplement de le regarder.

Elle avait probablement besoin de temps pour réfléchir à ce qu'il venait de dire, et il s'empressa de l'y aider. Il partit sans se retourner.

Peut-être lui aussi avait-il besoin d'un peu de temps.

11

C'était rédhibitoire. Il n'y avait pas d'autre terme.

Oui, au nom de son amour pour Hugh, elle était prête à renoncer à la maternité. En revanche, vivre sans chien ? Non. Inconcevable. Tout avenir pour Hugh Ashcroft et elle était donc impossible.

Peut-être finiraient-ils par devenir de vrais amis. Peut-être même s'amuseraient-ils un jour de leur histoire autour d'un verre à quelque fête du personnel.

« J'avais craqué pour toi à l'époque, Hugh... »

« Ah bon ? Tu devais te douter que ça ne marcherait jamais. »

« Ouais... Nous l'avons tous les deux échappé belle, hein ? »

« Je ne formulerais pas exactement les choses comme ça, mais en tout cas, regarde où tu en es aujourd'hui. Un mariage heureux, de magnifiques enfants et une flopée de chiens ! »

« Et toi, Hugh... Toujours seul. »

« Comme je l'ai toujours souhaité. Santé, Molly. »

Le soupir que Molly laissa échapper se termina en une espèce de grognement. Les conversations imaginaires ne servaient à rien. Pire encore, elles compliquaient les lendemains de ce qu'elle avait vécu comme une rupture. Ridicule, franchement ! Comment avait-elle pu s'éprendre de cet homme à ce point quand ce qui existait entre eux n'avait jamais été d'ordre sentimental ?

Si, justement. De son côté à elle, du moins.

Elle était tombée éperdument amoureuse de Hugh. C'était indéniable.

Et elle avait l'intuition que, même s'il n'en avait pas pris conscience, l'attirance qu'il éprouvait pour elle de son côté n'était pas uniquement sexuelle.

Ils avaient noué des liens plus profonds que Hugh n'en avait jamais tissés avec personne, elle en avait la certitude.

Il lui avait parlé de sa sœur.

Et de Fudge.

Ils avaient fait l'amour.

Et cette nuit-là, où chaque caresse avait été autant chargée de sensualité que d'émotion, plus rien ne les avait séparés. À présent au contraire, elle sentait entre eux une distance encore plus grande que lors de leur toute première rencontre. En raison même de leur incroyable intimité d'une nuit, la barrière qu'il avait dressée entre eux paraissait aujourd'hui… indestructible.

D'ailleurs, la solidité de cette barrière importait peu puisque ni lui ni elle ne tenterait de la forcer, aucun des deux ne voulant de l'avenir qui les attendait derrière.

Et aucun compromis n'était envisageable.

Molly avait compris que, depuis le début, le chemin qu'elle avait suivi avec Hugh menait à une impasse.

Mais elle allait s'en sortir.

Elle passait désormais tout son temps libre à jouer avec la portée de Bella, la chienne de sa mère, et à entraîner Oreo et aussi Milo, qu'elle hébergeait à présent chez elle. Tous les jours, ils allaient se promener dans les collines ou à Taylors Mistake, que d'ailleurs Hugh avait manifestement rayé de la liste de ses spots de surf préférés.

Milo s'avérait à la hauteur des espérances placées en lui et commencerait bientôt à travailler pour de bon. Mais c'est avec la seule Oreo que Molly se rendait dans l'ultramoderne service de physiothérapie au sous-sol d'un des bâtiments de l'hôpital pour enfants de Christchurch. On y avait construit un terrain de basket-ball capable aussi d'accueillir du handirugby, une salle de sport équipée entre autres de matelas pour les exercices de gymnastique, de planchers de marche avec barres parallèles et même d'un petit escalier. Il y avait également une piscine chauffée de vingt-cinq mètres de long avec des palans et des appareils d'aquagym pour toutes les formes de handicap.

Aujourd'hui, Molly et Oreo venaient pour Sophie. La petite allait tester pour la première fois sa prothèse fabriquée sur mesure, qu'elle avait attendue avec tant d'impatience. Sans prêter attention aux enfants en fauteuils roulants ou allongés sur des lits sur les bords de la salle de sport, Oreo se dirigea droit vers la fillette assise dans son fauteuil à l'extrémité d'un tapis de marche, au milieu d'un petit groupe de personnes.

— Bonjour, Sophie, dit Molly.

— Oreo ! s'écria Sophie quand sa maman s'écarta pour laisser le passage à la chienne.

— Nous sommes contentes de vous voir aussi, Molly, s'excusa Joanne d'un sourire.

— Moi, je suis contente d'être autorisée à venir ici avec Oreo. C'est génial, non ?

Tom, le physiothérapeute, et le prothésiste aidaient Sophie à introduire son pied dans la première version de sa demi-jambe artificielle qui lui permettrait de marcher sans béquilles. Et peut-être un jour de danser.

Le visage de Sophie était crispé par le doute. Voire par la déception ?

— Ça fait bizarre.

— C'est normal, dit Tom. Il va falloir un peu de temps pour que tu t'y habitues. Aujourd'hui, il s'agit juste d'un essai pour voir comment elle s'adapte à ton membre résiduel. D'ailleurs, comme elle est provisoire, elle ne dispose pas du système de fixation.

— Ses cheveux ! murmura Molly comme Sophie penchait la tête pour examiner de plus près son appareillage. Incroyable comme ses jolies boucles repoussent.

Joanne souriait à travers ses larmes.

— Oui. Les mêmes que quand elle était bébé. Et la même douceur.

Quand Sophie se redressa, elle souriait elle aussi.

— Mon nouveau pied porte la même chaussure que celui de mon autre jambe.

— Bien sûr, dit Tom. Tu peux te chausser comme tu veux.

— Même avec des chaussons de danse ?

— Oui. Comme sur la photo que tu m'as montrée. Bien. Maintenant voyons si tu arrives à te lever, ma puce.

Malgré une appréhension visible, avec une force de caractère qui fit monter les larmes aux yeux de Molly et redoubla celles de Joanne, Sophie laissa Tom l'aider à se mettre debout sur sa bonne jambe avant de s'aventurer très prudemment à s'appuyer sur son pied artificiel. Elle lâcha alors les mains de Tom et se tint aux barres parallèles du plancher de marche.

— Tu te sens prête à faire un pas ? demanda Tom.

Sophie secoua la tête. Sa lèvre inférieure tremblait.

Sur un signe de Molly, Oreo alla s'asseoir, un peu devant Sophie.

— Tu veux faire plaisir à Oreo, Sophie ? demanda Molly.

La petite hocha la tête.

De sa banane, Molly sortit un petit morceau de bœuf séché qu'elle posa sur une des barres, juste hors de portée de Sophie.

— Oreo n'a le droit de manger la viande que si c'est toi qui la lui donnes. Tu n'as qu'un pas à faire pour la prendre.

Sophie regarda tour à tour le bout de bœuf et Oreo, dont la langue pendait. Elle souriait à Sophie. L'encourageait.

Tout le monde retint son souffle quand Sophie avança sa jambe amputée puis s'appuya dessus pour ramener la valide. Elle tendit alors le bras et attrapa la gourmandise.

— Tiens, Oreo, dit-elle, fière de son exploit. C'est pour toi, ma jolie.

— Doucement, Oreo, recommanda Molly… inutilement.

Mais Molly avait besoin de parler pour contenir ses larmes de joie au spectacle du premier pas – littéralement – de Sophie sur la route du nouvel avenir qui s'ouvrait devant elle.

Renoncer à son temps libre pour un tel résultat n'était vraiment pas un sacrifice.

Molly y trouvait même une source d'inspiration. Ainsi, elle prendrait exemple sur la détermination et le courage de cette fillette pour avancer dans sa propre vie. Elle dépasserait ses regrets de ne plus voir Hugh à la plage ou de ne plus sentir ses caresses sur sa peau nue. Elle apprendrait à respecter les lignes blanches et à ne lui manifester qu'une cordialité polie. À quoi bon continuer à se lamenter d'avoir perdu ce qui aurait pu s'épanouir avec Hugh Ashcroft puisque, en fait, rien n'avait jamais réellement existé ?

Un avenir commun ne se construisait qu'à deux.

Finalement, sa conversation imaginaire avec Hugh n'avait peut-être pas été aussi absurde qu'elle l'avait cru. Peut-être ne se berçait-elle pas complètement d'illusions en espérant pouvoir encore rencontrer quelqu'un qui voudrait partager son rêve de fonder une famille, chiens inclus. Dans le cas contraire, elle s'efforcerait de rendre sa vie la plus épanouissante possible malgré tout.

Et avec des moments comme celui que lui offrait Sophie, ce n'était pas une utopie, si ?

Le département de physiothérapie avait beau devenir une deuxième maison pour la plupart des patients de Hugh durant leur convalescence, rien n'obligeait ce dernier à s'y rendre. Il pouvait s'informer des progrès de ses malades après leur opération en lisant les comptes rendus des kinésithérapeutes ou directement auprès d'eux lors des réunions d'équipes dans son service. Cependant il tenait à constater par lui-même l'évolution de ses patients lors des consultations de suivi.

Il ne put cacher sa satisfaction en voyant la façon dont Michael entra dans le cabinet quelques semaines seulement après l'opération de sa scoliose. Mieux encore, un sourire – certes timide – éclairait son visage.

— Eh bien, l'accueillit Hugh en se levant. Inutile que je te demande comment tu vas, on dirait.

— Il est plus grand que moi maintenant, dit la mère de Michael, rayonnante elle aussi.

Hugh fixa les radios sur les écrans lumineux.

— Tout cicatrise très bien. Regarde comme ta colonne s'est redressée. Bien. Enlève ta chemise et allonge-toi à plat ventre sur la table.

Hugh examina et palpa scrupuleusement le dos de l'adolescent et s'arrêta en voyant Michael grimacer.

— Ça te fait mal ?

— Un peu.

— C'est normal. Ton corps doit s'adapter au changement de volume de la cage thoracique. Tu vas ressentir des douleurs inhabituelles, entre autres dans ton épaule, alors que celle-ci ne posait pas de problème avant. Mais elles disparaîtront avec le temps. En attendant, prends le paracétamol que je t'ai prescrit.

Hugh compléta le dossier de Michael pendant que ce dernier se rhabillait puis allait s'asseoir à côté de sa mère en face de Hugh.

— Comment se passe le programme d'exercices qu'on t'a donné à faire chez toi ?

— Ça va.

— Il est fatigué et ça l'énerve, intervint la mère de Michael.

— N'oublie pas que tu as subi une opération très lourde durant laquelle tu as perdu beaucoup de sang, Michael. Cela peut nécessiter davantage de temps que tu ne le pensais pour te remettre. Il ne s'agit pas seulement pour ton corps de s'adapter à sa nouvelle forme. Il faut aussi que les tissus autour des greffes cicatrisent. Ce qui pompe de l'énergie. Et puis les muscles du torse ont davantage de travail à fournir pour maintenir une colonne vertébrale brusquement plus droite et plus longue. Ça aussi, c'est énergivore. Il est donc essentiel que tu doses tes efforts et que tu te reposes dès que tu en ressens le besoin. Il faut compter entre six et douze mois pour récupérer totalement.

— Est-ce que je peux prendre des leçons de conduite cet été ? Mon oncle m'a promis de m'apprendre quand je serai en vacances sur son exploitation agricole.

— Je laisse tes physiothérapeutes en décider. Moi, je t'annonce que tu es prêt à commencer ta rééducation ici. Je vais te rédiger une ordonnance pour des séances. La piscine chauffée va te plaire et tu auras aussi des sessions en individuel dans la salle de sport.

— Super ! J'adore nager. Et est-ce que je peux enlever mon corset aussi ?

— Non, pas encore. Nous en parlerons lors de notre prochain rendez-vous, lorsque j'aurai discuté avec tes physiothérapeutes. D'accord ?

Puis Hugh se tourna vers la mère :

— Avez-vous d'autres questions ou d'autres inquiétudes ?

— Non. Mais je tiens à dire que l'infirmière principale du service nous a été d'un soutien précieux. Molly. Vous voyez ?

Hugh répondit d'un hochement de tête et se plongea de nouveau dans le dossier de Michael.

Il se sentait mal à l'aise chaque fois que quelqu'un prononçait le nom de Molly. Comme s'il avait commis un acte répréhensible. Ou stupide. Dont il devrait s'excuser... ?

Et dont il avait l'impression dérangeante qu'il pourrait le regretter toute sa vie.

Il avait rejeté Molly. Ils n'étaient plus que de simples collègues à présent. Il avait pris des dispositions pour qu'ils ne se croisent pas à l'extérieur de l'hôpital. Il était même allé jusqu'à renoncer au surf. Où que ce soit.

Parce que le surf lui rappelait Taylors Mistake, qui lui rappelait à son tour Molly.

— Quand nous sommes rentrés à la maison, elle nous a téléphoné tous les jours les premiers temps.

En dressant la liste des initiatives de Molly pour les aider, la mère créait un fond sonore aux pensées de Hugh qui hochait la tête de temps à autre pour faire croire qu'il écoutait.

— Et si Michael devient pilote d'hélicoptère, ce sera la faute de Molly, conclut la mère dans un sourire.

Hugh revoyait Molly le jour où l'adolescent avait été admis dans le service. Elle avait pris le temps d'apaiser ses craintes et l'avait traité comme un hôte de marque en lui réservant un lit d'où il pourrait assister au ballet des hélicoptères.

Il s'agissait là d'un infime exemple de la gentillesse de Molly.

Hugh aussi s'était senti comme un privilégié quand il était en compagnie de cette femme, sans doute la seule au monde capable de comprendre ce qu'il avait traversé quand il avait perdu à la fois sa sœur et son chien.

Elle s'était préoccupée de lui et il l'avait repoussée.

Oui. Il devait s'excuser.

— C'est le métier que tu veux exercer, Michael ? demanda-t-il en se forçant à sourire.

— C'était fascinant de regarder les appareils se poser sur le toit et décoller. Et j'aime bien voler...

— Je dirai à Molly qu'elle t'a donné des idées. Je suis sûr qu'elle approuvera ton projet.

Et ce n'étaient pas des paroles en l'air, se promit-il tandis qu'il expliquait à Michael et à sa mère comment se rendre au département de physiothérapie.

Il le dirait à Molly à la première occasion. Il en profiterait peut-être pour lui présenter des excuses.

Molly quitta le département de physiothérapie plus tard que prévu après avoir assisté aux premiers pas de Sophie car, en partant, elle avait croisé Michael et sa mère et elle avait bavardé avec eux.

Elle avait hâte à présent de rentrer chez elle. Avant, elle devait passer chez sa mère prendre Milo et, si la nuit n'était pas encore complètement tombée, aller se promener sur la plage avec les deux chiens.

Elle se dirigeait vers le parking de l'hôpital les yeux sur son téléphone pour envoyer un texto à sa mère et la prévenir de son arrivée, quand elle crut entendre quelqu'un l'appeler.

Et ce n'était pas le fruit de son imagination car Oreo se mit brusquement à l'arrêt.

Et de nouveau, elle entendit derrière elle :

— Molly...

Dans la seconde qu'il lui fallut pour tourner la tête et voir Hugh venir vers elle, deux événements simultanés se produisirent.

Oreo, sans demander l'autorisation à sa maîtresse – ce qui ne lui ressemblait pas –, s'élança vers Hugh comme vers un ami perdu de vue qu'elle avait hâte de revoir.

Au même instant, une voiture arriva à grande vitesse sur la route menant à l'entrée du parking et aux urgences.

Hugh laissa échapper un cri.

— Oreo ! Non !

Comme dans un film, tout sembla ralentir et Molly, horrifiée, vit l'accident se produire avec une affreuse clarté. Oreo, qui ne pensait qu'à rejoindre Hugh, ne vit pas le véhicule. À une fraction de seconde près, rien ne serait arrivé.

Malheureusement…

Oreo traversa devant la voiture, qui la heurta sur le flanc. La chienne s'écroula. Pire encore, pendant un quart de seconde elle disparut sous le véhicule qui avait continué à rouler. Puis elle réapparut.

Elle ne bougeait plus.

Du tout.

La voiture s'arrêta dans un crissement de pneus en même temps que Molly se précipitait vers sa chienne.

— Oh mon Dieu ! Je ne l'ai pas vue arriver ! s'écria le conducteur bouleversé en entreprenant de sortir de sa voiture. J'emmenais mon fils aux urgences parce qu'il fait une crise d'asthme aiguë.

— Allez-y, dit Hugh qui était arrivé près d'Oreo en même temps que Molly.

L'homme ne se le fit pas dire deux fois. Il démarra en trombe, sans même prendre la peine de fermer sa portière.

Molly, à genoux à côté d'Oreo dont les yeux étaient à moitié fermés, fut prise de nausée en découvrant les blessures de sa chienne : fracture ouverte de la patte antérieure, flanc à vif et saignement abondant. Les larmes brouillaient la vision de Molly qui peinait en outre à respirer.

Hugh avait plaqué une main sur la plaie et l'autre sur la cage thoracique d'Oreo.

— Elle respire, annonça-t-il. Son cœur bat mais beaucoup trop rapidement. Il faut que nous l'emmenions chez un vétérinaire.

Nous… ?

Molly cligna des paupières pour évacuer ses larmes, qu'elle sentit rouler sur ses joues quand elle leva la tête vers Hugh. Elle n'était donc pas seule dans ce pire moment de sa vie.

Pendant une nanoseconde, lui revint à l'esprit le souvenir de cette soirée sur la plage, le jour des huit ans de sa nièce. Le soir où tout avait basculé. Le soir où elle avait compris que Hugh affrontait le souvenir de la perte de ce qu'il avait de plus précieux au monde, le souvenir des pires moments de sa vie à lui. Et elle se rappela le message silencieux qu'elle avait tant voulu lui transmettre :

« Tu n'es pas seul. Je suis là… et je t'aime. »

Elle eut l'impression de recevoir en cet instant le même message, et sa terreur s'en trouva court-circuitée.

— Il faut que je continue à comprimer la plaie pour limiter l'hémorragie, dit Hugh. Tu sais s'il y a une clinique vétérinaire près d'ici ?

— Oui. À quelques minutes en voiture.

— Tu peux aller chercher ta camionnette ?

Par son regard, Hugh insufflait à Molly une force qu'elle n'aurait jamais cru posséder.

— Oui.

— Alors, pas de temps à perdre.

Molly partit en courant. Elle était tellement hors d'haleine et ses mains tremblaient tant en arrivant à son véhicule qu'elle dut s'y prendre à deux fois avant de réussir à introduire la clé dans la serrure de la portière et de l'ouvrir. Mais elle mit moins d'une minute à rejoindre Hugh et Oreo, autour de qui un petit attroupement s'était formé. Quelqu'un avait fourni un pansement et un bandage – peut-être récupérés aux urgences –, et l'hémorragie paraissait à présent sous contrôle. Oreo haletait mais elle avait les yeux fermés comme si elle perdait peu à peu conscience. Et tandis que Hugh soulevait la chienne pour la déposer à l'arrière de la camionnette, une évidence s'imposa à Molly : hors de question qu'elle laisse Hugh l'accompagner à la clinique et assister peut-être à l'euthanasie d'Oreo.

Elle aimait trop Hugh pour lui imposer une situation dont il s'était efforcé pendant la majeure partie de sa vie de fuir le souvenir.

— Ça va aller maintenant, Hugh. Ce n'est pas la peine que tu viennes avec nous.

— Tu es sûre ?

Il hésitait visiblement et elle fut profondément touchée qu'il soit prêt, pour elle, à affronter une pareille épreuve. Mais elle vit aussi l'éclair de soulagement dans ses yeux quand elle accompagna son hochement de tête d'un bref mais ferme :

— Oui, je suis sûre.

Hugh regarda la camionnette verte filer.

L'attroupement commençait à se disperser. Des passants ramassèrent obligeamment l'emballage des pansements et Hugh entendait leurs commentaires, mais comme dans un rêve. Un cauchemar, plutôt.

« D'accord, son fils était malade mais il n'aurait quand même pas dû rouler si vite. »

« Son gamin faisait une crise d'asthme. Il devait ne penser qu'à ça. »

« Et qu'est-ce qu'il fabriquait là, ce chien, au fait ? »

« Il portait un harnais. C'est peut-être un chien guide. »

« Sa maîtresse n'est pas aveugle puisqu'elle conduit. »

« J'espère que le petit garçon va bien. »

« J'espère que le chien va bien. »

Hugh aurait pu ajouter que lui espérait en outre que Molly allait bien.

Mais il ne partagerait pas ce qu'il ressentait avec des inconnus. Et d'ailleurs, il ne tenait pas non plus à s'attarder sur ce parking.

Peut-être qu'en bougeant, il réussirait à s'extraire de ce cauchemar éveillé.

De façon inexplicable, Hugh rebroussa chemin vers l'hôpital. Il ne supportait pas l'idée de rentrer chez lui et de se repasser le film des événements. À moins qu'il n'ait besoin de se trouver dans la zone de confort que représentait pour lui l'établissement ?

Quand il atteignit l'escalier qui montait à son service et à son bureau, au lieu de pousser comme d'habitude la porte coupe-feu, il appela un ascenseur. Mais il ne pensait pas à ce qu'il faisait. Il avait l'esprit ailleurs.

Il pensait à Molly, qui allait certainement très mal.

Elle aimait Oreo. Elle l'adorait, même, elle qui était capable d'aimer passionnément, inconditionnellement, et de se donner entièrement, corps et âme, à l'objet de son amour.

Il avait été pareil, un jour.

Il avait aimé Michelle de cet amour-là.

Et sa mère.

Et Fudge.

Avant de connaître l'enfer dans lequel vous êtes précipité

lorsque votre cœur se brise d'un coup ou qu'il est grignoté jour après jour, comme lorsque Hugh avait vu sa mère, terrassée par le chagrin, sombrer dans la dépression.

Molly comprenait l'horreur dans laquelle vous plonge la mort d'un être cher. Pourtant elle était prête à la vivre. Elle n'hésitait pas un seul instant à se donner tout entière à ceux qu'elle avait choisi d'aimer. À sa famille. À ses chiens, ses amis à poils comme elle les appelait.

« C'est dur de perdre un chien, mais pour moi ce serait encore plus dur de vivre sans », avait-elle dit.

Elle montrait la même passion dans son métier. Elle s'investissait complètement auprès de ses patients, que ce soit pendant ses heures de service ou en dehors.

Peut-être l'aimerait-elle, lui, avec autant de force si seulement il l'autorisait à approcher ? Mais il avait probablement laissé filer à tout jamais sa chance en la repoussant si résolument.

Un « ding » annonça l'arrivée de l'ascenseur. Les portes s'ouvrirent. La cabine se vida. Les portes se fermèrent, mais Hugh n'avait pas bougé.

Il se remémorait comment, sur une impulsion, il avait couru à Taylors Mistake à la recherche de Molly après la mort de Sam, parce qu'il avait su qu'elle serait profondément affectée par ce décès. Pas pour lui rappeler ses avertissements sur le danger de trop s'impliquer, mais simplement pour la voir, pour qu'elle ne soit pas seule et parce qu'il avait ressenti le besoin impérieux d'être à ses côtés.

Et il savait enfin pourquoi.

Parce qu'il l'aimait. Éperdument.

Hugh tourna les talons et s'éloigna, tout en cherchant sur son téléphone l'adresse des cliniques vétérinaires les plus proches.

Il courait quand il atteignit le parking.

Il savait exactement où il allait, maintenant. Où il devait être.

12

Molly ne pouvait rien faire de plus.

Dès qu'elle avait franchi les portes de la clinique en appelant à l'aide, des soignants s'étaient précipités vers le parking et avaient transporté Oreo dans une des salles de soin où ils s'affairaient à présent autour d'elle.

Exactement comme une équipe de traumatologie du service des urgences de l'hôpital avec un enfant qui aurait été heurté par une voiture et amené en catastrophe en ambulance, songea Molly en écoutant les vétérinaires échanger pendant l'examen liminaire. Elle avait l'impression d'observer la scène de très loin alors qu'il lui aurait quasiment suffi de tendre le bras pour toucher Oreo.

— Ses voies respiratoires sont-elles libres ?

— Oui.

— Respiration ?

— Rapide. Sifflante du côté gauche. Pneumothorax, vraisemblablement. À la palpation, au moins une côte cassée.

— Rythme cardiaque ?

— Deux cents. Gencives décolorées. Elle est en état de choc.

— Installe une perfusion, s'il te plaît. Quarante millilitres par kilo pendant un quart d'heure.

— Elle pèse combien ?

— Une vingtaine de kilos à vue de nez.

En fait, dix-huit kilos. L'estimation étant proche de la réalité, Molly ne rectifia pas. De toute façon, elle était incapable de parler tant ses lèvres, comme le reste de son corps d'ailleurs, étaient engourdies. Tout allait trop vite. Tout était trop énorme. Oreo était en danger de mort et des inconnus se battaient pour la sauver.

— Il faut l'intuber et la ventiler. La saturation en oxygène baisse.

— Le saignement est-il stoppé ?

— Oui, apparemment. Il faudra faire des radios de la fracture. Et une échographie abdominale. Une hémorragie interne n'est pas à exclure. Nous ne connaîtrons l'étendue des blessures qu'une fois qu'elle sera sur la table d'opération.

Ces gens étaient incontestablement compétents.

Oreo, qui avait reçu une grosse dose de sédatif et d'antidouleurs, ne savait probablement même pas où elle se trouvait ni ce qui lui arrivait. Malgré tout, Molly ne put s'empêcher de poser ses lèvres sur sa tête et de lui murmurer quelque chose que seule la chienne put entendre avant d'être emmenée au bloc. Molly avait signé l'autorisation de ne pas réveiller Oreo si elle ne devait pas survivre dans de bonnes conditions.

Une assistante pleine de compassion raccompagna Molly dans la salle d'attente.

— Je peux prévenir quelqu'un ?

Toujours sans voix, Molly secoua la tête. Elle aurait pu demander à sa mère, ou à son frère, ou à un ami de venir lui tenir compagnie pendant qu'elle attendait, mais elle ne put s'y résoudre.

Elle savait qu'elle aurait besoin du soutien de sa famille, mais elle ne connaissait qu'une seule personne capable de lui tenir la main autrement que physiquement.

Une seule personne capable de lui toucher l'âme et de lui donner la force de traverser n'importe quelle épreuve.

Même celle-ci.

Une seule personne : Hugh.

Mais elle l'avait repoussé. Tout comme lui, elle avait érigé une barrière, quoique pour des raisons différentes. Par amour, pour lui épargner de souffrir. Oui, elle l'aimait suffisamment pour cela.

Lui, avait cherché à se protéger lui-même.

Était-ce pour cette raison que Molly se sentait aussi seule ? Aussi… perdue ?

— Vous pouvez attendre ici mais ça peut durer des heures,

dit l'assistante. Nous avons votre numéro de téléphone. Cela vous ferait du bien de sortir d'ici. D'aller prendre l'air. Je vous appellerai dès qu'il y aura du nouveau.

Molly secoua encore la tête. Elle ne voulait pas partir.

Mais elle ne voulait pas rester non plus.

À dire vrai, elle ne savait pas ce qu'elle voulait.

Jusqu'à ce qu'elle entende les portes derrière elle s'ouvrir et une voix emplir l'air autour d'elle. Une voix qui l'envahit tout entière avant de se blottir contre son cœur.

— Je vais m'occuper d'elle, déclara Hugh à l'assistante.

Là-dessus, il prit Molly dans ses bras et elle posa la tête dans le creux de son épaule. Elle sentait les battements réguliers de son cœur sur sa joue.

— Je te tiens, ma chérie, souffla-t-il contre l'oreille de Molly. Et je ne suis pas près de te lâcher.

Au pied des collines au sud de la ville, une rivière coulait paresseusement entre des berges suffisamment larges pour qu'une promenade y ait été aménagée. Des tables de pique-nique y avaient été installées, ainsi que des aires de jeu pour enfants et des bancs pour que les gens profitent de la verdure alentour et du mouvement apaisant de l'eau.

Hugh aurait préféré emmener Molly sur une plage pour regarder et écouter les vagues, mais il savait qu'elle ne voudrait pas s'éloigner de l'endroit où Oreo luttait contre la mort. Il se rabattit donc sur la rivière qui se trouvait de l'autre côté de la route, à deux minutes de marche tout au plus de la clinique vétérinaire par la passerelle piétonne, et en avertit l'assistante.

Pendant un très long moment, ils restèrent simplement assis sur un banc, sans rien dire. Des promeneurs passaient devant eux, certains avec leur chien, mais trop loin pour les déranger. Sur l'eau, des canards plongeaient pour chercher leur nourriture puis réapparaissaient bien vite.

Ce fut Molly qui rompit le silence.

— Merci, dit-elle dans un murmure. D'être venu.

— Je ne pouvais pas faire autrement.

— Si. Rien ne t'y obligeait.

Puis, en glissant un regard inquiet vers Hugh, elle ajouta :

— J'espère que tu ne te sens pas responsable de ce qui est arrivé. J'aurais dû tenir Oreo en laisse. Elle ne s'était jamais sauvée comme ça.

— C'est parce que je t'ai appelée.

— Non, objecta de nouveau Molly avec un sourire. C'est parce qu'elle t'aime. Tu lui as manqué.

Hugh déglutit avant d'avouer :

— Elle aussi m'a manqué. Et toi également.

Les yeux braqués sur les canards qui flottaient sur l'eau comme des jouets dans une baignoire, Molly répondit :

— J'ai beaucoup pensé à toi moi aussi.

Hugh lui prit la main et elle entrelaça ses doigts avec les siens. Le silence tomba de nouveau. Tous deux songeaient à ce qui se passait dans le bloc opératoire de la clinique vétérinaire. Au vide qu'allait créer Oreo dans leur vie si elle ne s'en sortait pas. Comme s'ils s'entraînaient au deuil.

— Un jour, commença tout doucement Hugh, tu m'as dit que le chagrin est de l'amour qui n'a nulle part où aller. Je sais la profondeur de ton amour pour Oreo. Je le sens, en fait.

— Pourtant, tu es étonnamment imperméable à ce genre de choses, répliqua Molly d'une voix qui menaçait de se briser. Étonnamment doué pour te protéger.

— C'était vrai avant. Quand une situation devenait trop insupportable, il me suffisait de me rappeler que le chagrin peut tuer. Comme il l'a fait pour ma mère. J'étais là pourtant, moi, et je l'aimais. Mais ça n'a servi à rien. Elle a dérivé vers un lieu d'où elle n'est jamais revenue. Oui, elle est morte de chagrin sans jamais me parler de sa souffrance.

— Peut-être essayait-elle de te préserver en te tenant à l'écart de sa douleur ?

— Ce n'était pas ce dont j'avais besoin. Je voulais l'aider.

— Je sais. Excuse-moi.

Hugh dut respirer profondément avant de dire :

— Moi aussi, j'ai des excuses à te présenter.

— Pour Oreo ?

— Oui, bien sûr. Mais pas seulement. Pour la façon dont je t'ai repoussée, toi.

— C'est ma faute. J'ai pénétré de force dans des zones que tu ne voulais ouvrir à personne. J'ai tenu des propos déplacés en t'accusant entre autres d'être égoïste alors que tu essayes seulement de ne pas t'effondrer.

— En venant te chercher tout à l'heure, je me suis rappelé le jour de la mort de Michelle. Comment Fudge a refusé de descendre du lit. Son regard qui me disait qu'il avait compris ce qui arrivait et que, aussi dur que ce soit, il ne voulait pas être ailleurs que là où il était.

Molly hocha la tête et essuya une larme sur sa joue. Hugh lui étreignit les doigts tout en poursuivant :

— Tu m'as dit un jour qu'il est dur de perdre son chien mais encore plus de vivre sans. Que les chiens ont la faculté d'aimer sans limites, d'un amour inconditionnel.

— Oui, je confirme.

— Je crois que tu es comme eux.

Hugh s'interrompit pour évacuer la boule qui encombrait sa gorge.

— Après la mort des deux êtres que je chérissais le plus au monde, je voulais ne plus jamais être à la merci de l'amour, quel qu'il soit. Je n'osais même pas imaginer qu'il était encore possible pour moi.

Ses yeux se mirent à le piquer...

— Jusqu'à ce que je te rencontre.

Quand les doigts de Molly se resserrèrent autour des siens, il leva la tête vers elle : elle le regardait.

— Jusqu'à ce que je m'aperçoive que non seulement tu comprenais ce que j'avais traversé, mais que tu avais également le courage de ne pas baisser les bras et de continuer à approcher la douleur des autres. Et... en fait, je crois que tu as raison. Il est plus difficile de vivre sans amour. En tout cas, de vivre pleinement.

— Pour moi, l'amour c'est comme les pièces de monnaie : elles sont toutes différentes les unes des autres, et pourtant elles représentent toutes de l'argent. Pour l'amour, c'est la même chose. Il en existe de toutes sortes : l'amour pour les amis et les frères et sœurs, celui pour sa mère ou pour ses enfants. Celui pour les chiens, bien sûr. Et cet autre, très particulier, pour son âme sœur quand on a la chance de la rencontrer.

Elle s'arrêta un instant, mais Hugh ne dit rien. Il savait qu'elle n'avait pas encore terminé.

— Et comme les pièces de monnaie, à quelque catégorie qu'il appartienne, il a deux faces : le bonheur et le chagrin. Et on ne sait jamais de quel côté il va tomber. Les pièces autres que celles de la famille, on a le choix de les ramasser ou de les laisser, de mettre son cœur en jeu en en acceptant les risques, ou d'y renoncer. Mais alors, on renonce aussi au bonheur de trouver celui ou celle qu'on était destiné à rencontrer – ou qu'on a eu la chance de recevoir en cadeau. Comme Fudge.

— Je me rappelle mon plaisir au retour de l'école en voyant Fudge qui m'attendait derrière le portail, sa balle entre les pattes. Et aussi quand le soir, très tard parfois, il restait assis avec moi sur les marches de derrière et que je lui mettais mes bras autour du cou en enfouissant mon visage dans sa fourrure pour pleurer.

À sa stupeur, Hugh sentit des larmes rouler sur son visage. Pour la première fois depuis la mort de sa sœur.

Peut-être pas la première fois, s'avoua-t-il en se remémorant le jour où, alors qu'il surfait sur les vagues, il avait décidé de ne plus voir Molly – et Oreo – parce qu'il ne voulait pas courir le risque de les aimer et de les faire souffrir. Il s'était menti en prétendant être aveuglé par des gouttes d'eau.

Aujourd'hui il ne pouvait plus nier. Les murs qu'il avait dressés autour de lui s'étaient effondrés.

— J'éprouve le même sentiment avec toi, murmura-t-il. Mais en plus profond encore. Je t'aime, Molly. Et quand je te touche, j'ai l'impression de ressentir un amour si grand que... qu'il en est un peu effrayant.

Molly libéra sa main mais uniquement avec l'intention d'essuyer les larmes de Hugh.

— Tu le ressens parce qu'il existe, Hugh. Je t'aime. Éperdument. Je suis tombée amoureuse de toi il y a longtemps. En gros, quand j'ai appris pour ta sœur et que j'ai compris la raison pour laquelle tu tenais tout le monde à distance en t'entourant de barrières.

— Ça ne fonctionne plus, apparemment, observa Hugh qui clignait des yeux pour s'empêcher de pleurer. J'ai essayé de ne plus t'approcher, mais ça n'a servi à rien. Tu m'aimes vraiment, Molly ?

— Plus que je ne peux le dire.

La main toujours posée sur la joue de Hugh, Molly leva le menton et Hugh se pencha alors pour le baiser le plus tendre du monde. Puis elle s'écarta.

— Quand Oreo a été emmenée au bloc, l'assistante m'a proposé de téléphoner à quelqu'un pour que je n'attende pas toute seule. Et j'ai refusé parce qu'il n'y avait qu'une seule personne dont je souhaitais la présence. Mais je me refusais à t'appeler. Je ne me voyais pas te demander de faire quelque chose d'aussi difficile… juste pour moi…

— Je serai toujours à tes côtés, Molly. Aujourd'hui, demain et tant que je vivrai.

— On dirait un vœu de mariage, dit-elle dans un sourire humide.

— Je ferais bien de le noter par écrit, s'amusa Hugh à son tour. Pour le cas où nous en aurions besoin un de ces jours.

Ils ne remarquèrent l'arrivée de l'assistante vétérinaire que lorsqu'elle toussota pour les avertir de sa présence.

Le cœur de Molly s'arrêta de battre. Elle sentit la main de Hugh envelopper la sienne, puis une douleur dans la poitrine quand son cœur démarra de nouveau. Mais elle était toujours en apnée malgré le visage détendu de la nouvelle venue.

— Oreo va bien. Elle a supporté l'opération et n'a pas perdu sa patte. Une vraie championne. Nous la laissons encore sous sédation et nous allons la garder en soins intensifs encore un moment. Vous pouvez venir la voir, si vous voulez.

Molly s'était déjà levée. Hugh aussi. Il tenait toujours la main de Molly comme s'il ne comptait plus jamais la lâcher.

— Oui, nous sommes prêts, dit-il.

Il n'avait pas besoin d'ajouter quoi que ce soit. « Nous »… Ce petit mot suffisait.

Molly ne serait plus jamais seule. Elle avait trouvé son âme sœur.

Trois ans plus tard

— Pourquoi il marche bizarrement, ton chat ? [illegible]

— C'est une chienne. Il y a longtemps, elle s'est cassé [illegible] de la patte. Une grosse opération, [illegible]

— Comme celle que tu [illegible] avoir ?

— Oui, pareil. [illegible]

— Et après, elle allait [illegible]

— Oui, [illegible]

— Est-ce que sa patte lui fait encore mal ? Est-ce que c'est pour ça qu'elle la tient en l'air ?

— Tu veux que je te dise un secret ? [illegible]

Le petit garçon [illegible]

Il tendait le bras pour toucher [illegible] aucune attention [illegible] pour l'endormir.

— Je crois que, lorsque [illegible] elle a compris qu'en faisant croire que [illegible] elle recevrait beaucoup plus de câlins.

Les paupières du gamin commençaient à se fermer.

— J'aime bien les câlins.

S[illegible] se pencha pour l'embrasser [illegible]

— Merci.

— De rien.

— Ce ne doit pas être facile [illegible]

Épilogue

Trois ans plus tard.

— Pourquoi il marche bizarrement ton chien ?

— C'est une chienne. Il y a longtemps, elle a dû être opérée de la patte. Une grosse opération.

— Comme celle que je vais avoir ?

— Oui, pareil.

— Et après, elle allait mieux ?

— Oui.

— Est-ce que sa patte lui fait encore mal ? Est-ce que c'est pour ça qu'elle la tient en l'air ?

— Tu veux que je te dise un secret ?

Le petit garçon, allongé sur la table d'examen, hocha la tête. Il tendait le bras pour toucher la truffe d'Oreo et ne prêtait aucune attention à l'anesthésiste qui s'apprêtait à le piquer pour l'endormir.

— Je crois que, lorsque Oreo récupérait de son opération, elle a compris qu'en laissant croire qu'elle avait mal, elle recevrait beaucoup plus de câlins.

Les paupières du gamin commençaient à se fermer.

— J'aime bien les câlins.

Sa mère se pencha pour l'embrasser tout en souriant à Molly.

— Merci.

— De rien.

— Ce ne doit pas être facile de trouver le temps de se consacrer aux autres comme vous le faites quand vous avez vous-même un bébé dont il faut s'occuper.

Molly repositionna dans son kangourou sa fille, toute chaude contre elle.

— Oh ! Pour le moment, c'est facile. C'est lorsqu'ils commencent à se déplacer que ça se complique. D'ailleurs, j'ai mis notre aînée à la crèche de l'hôpital. Je suis contente qu'on l'ait acceptée, même pendant mon congé de maternité.

La radiologue installa l'appareil d'échographie pendant qu'une infirmière préparait tout le matériel nécessaire, y compris les flacons dans lesquels seraient déposés les prélèvements osseux. Molly écarta Oreo de la table pour laisser le passage au chirurgien chargé de la biopsie. Au-dessus de son masque, ses yeux souriaient à la maman.

— Ça va, Sue ?

— Oui. Vous aviez raison. La présence de Molly et Oreo a rendu tout cela beaucoup plus facile. J'ignorais que les chiens étaient autorisés dans une zone comme celle-ci.

— Leur présence n'est pas seulement autorisée. Elle est encouragée.

Hugh adressa un grand sourire à Molly. Un sourire de complicité loin d'être uniquement professionnel. Quant au bref regard qu'il lui lança alors qu'elle allait partir, il était encore plus éloquent.

— Tout le monde ici aime Molly et Oreo.

Molly s'attarda encore quelques instants sur le seuil de la salle pendant que les lumières baissaient pour laisser les images de l'échographie apparaître nettement à l'écran. Hugh donna alors toute son attention à l'acte médical qu'il allait réaliser.

Molly voulait simplement regarder son mari un peu plus longtemps pour jouir pleinement du bonheur de savoir que son homme partageait tout avec elle dans cette vie qu'ils construisaient ensemble. Ils trouvaient souvent quelque chose à fêter pendant leurs moments d'intimité quand leurs deux adorables filles dormaient, et qu'Oreo et Milo faisaient la sieste.

Ainsi la semaine dernière, Hugh lui avait raconté sa consultation avec Michael. Le jeune homme était venu lui demander de remplir la partie qui le concernait dans le bilan médical nécessaire pour l'obtention du certificat classe deux, indispensable lui-même pour décrocher la licence de pilote privé. Il comptait inviter Molly à la cérémonie de remise de diplôme.

Et cet après-midi, lorsque Molly était passée au département d'orthopédie en attendant d'amener Oreo à la biopsie du petit garçon, elle avait eu la chance de recevoir la visite de Sophie Jacobs qui allait à un rendez-vous au service des prothèses. La fillette, âgée à présent de dix ans et déclarée guérie, arborait toujours ce sourire épanoui digne d'un jour de Noël. Elle voulait absolument montrer à Molly le diplôme qu'on venait de lui remettre et qui couronnait sa deuxième année de danse classique.

Molly avait hâte d'annoncer la nouvelle à Hugh.

Cela dit, peu importe qu'elle ait ou non quelque chose de passionnant à lui raconter.

Le simple fait d'être avec lui suffisait. Aujourd'hui, demain et pour la vie entière.

JANICE LYNN

Deux semaines avec lui

Traduction française de
MARIE-JOSE LAMORLETTE

BLANCHE

HARLEQUIN

Titre original :
RISKING IT ALL WITH THE PARAMEDIC

1

— J'avais peur que vous n'ayez changé d'avis pour le voyage.

Le Dr Ivy McEwen cessa de faire rouler ses bagages à côté d'elle dans la zone de départ de l'aéroport de Knoxville. Elle sourit à la fille d'un des vétérans de la Seconde Guerre mondiale avec qui elle allait passer les deux prochaines semaines sans interruption ou presque. Elle avait changé d'avis une douzaine de fois rien que dans l'heure précédente. Comment pouvait-elle être si excitée d'être volontaire médicale pour des commémorations en Normandie, France, et en même temps aussi dévastée émotionnellement ?

— Gramps voulait que j'y participe.

Elle lutta pour contenir ses émotions. Elle avait versé assez de larmes la veille au soir en inspectant une dernière fois ses fournitures médicales. Elle devait faire ce voyage pour l'homme le plus formidable qu'elle avait jamais connu. Si elle ne se conformait pas aux plans faits avant le décès de son arrière-grand-père, deux mois plus tôt, elle le regretterait toujours.

— Vous avez raison. Leon voudrait que vous vous occupiez de nous.

Mary eut un regard plein d'empathie.

— Papa et moi nous sentons certainement mieux de savoir que vous allez veiller sur nous.

Gramps avait placé la barre haut, comme toujours. Ivy avait passé la majeure partie de sa vie à s'assurer de répondre à ses attentes et même à les dépasser. Elle avait voulu le rendre fier. En permanence.

— C'est un honneur d'être dans l'équipe médicale.

Le D-Day ayant eu lieu le 6 juin 1944, il n'y aurait plus beaucoup de voyages de commémoration pour honorer ceux qui avaient aidé à libérer l'Europe.

— En parlant de l'équipe médicale...

Mary agita ses sourcils roux dessinés au crayon et assortis à ses cheveux teints.

— Avez-vous rencontré le secouriste qui a pris la place de Stan ? Il donne envie à la vieille fille que je suis d'appeler le 911 !

Ivy apprécia le changement de sujet, qui allégeait la conversation. Mary lui avait plu dès qu'elle l'avait rencontrée à l'une des réunions de préparation auxquelles elle avait pu assister tout en terminant son internat.

— Non.

Stan avait annulé son départ à cause d'une urgence familiale. Mais, même sans son remplacement de dernière minute, Ivy et Lara – une infirmière de Maryville – auraient pu faire face à la plupart des situations médicales susceptibles de se présenter en voyageant avec cinq presque centenaires. Ivy eut un grand sourire en voyant Mary éventer théâtralement ses joues échauffées.

— Mary, faut-il que je prenne votre tension ?

La septuagénaire rit.

— Probablement. C'est un très beau garçon. Linda lui a demandé s'il était disponible.

— Elle ne l'est pas, elle, dit Ivy à propos de la petite-fille mariée d'un des vétérans.

— Non, mais vous, vous l'êtes.

Mary agita de nouveau les sourcils.

— Il est célibataire et vraiment canon.

— Je ne suis pas intéressée.

Ivy espéra que les femmes du groupe n'allaient pas se mettre à jouer les entremetteuses. La seule chose qu'elle pouvait imaginer de pire que de monter dans un avion serait de se lancer dans une nouvelle relation. Luke lui avait laissé une terrible aversion pour ce genre de chose. Berk. Non, merci.

— En outre, la beauté passe, Mary.

Attrapant la poignée de chacune de ses valises, Ivy les fit rouler vers le comptoir de départ. Elle avait beau redouter le vol, il fallait qu'elle s'enregistre. Peut-être que le nœud de son estomac se desserrerait lorsqu'elle l'aurait fait.

Mary la suivit.

— C'est vrai, la beauté passe. Mais certains hommes sont beaux toute leur vie, malgré les atteintes du temps.

Ivy savait exactement ce qu'elle voulait dire. Elle l'avait ressenti chaque fois qu'elle regardait son arrière-grand-père. Elle avait toujours su pourquoi son arrière-grand-mère s'était éprise du parachutiste rentré d'Europe en 1945. Ivy se disait qu'il pouvait décrocher la lune et elle avait savouré chaque instant passé avec lui. Pourquoi ne faisait-on plus d'hommes comme Gramps ? Des hommes qui étaient honorables, courageux, talentueux, loyaux, fidèles, et qui ne se sentaient pas menacés par le succès d'une femme ? Les hommes d'aujourd'hui n'étaient plus du même calibre.

— Caleb a ce genre de beauté, poursuivit Mary tandis qu'elles allaient rejoindre les autres près du point de rencontre du groupe. Stan a bien fait de lui demander de se joindre à nous. Quand nous sommes arrivés ici, il a bondi pour nous aider avec nos bagages. Il sait s'occuper des autres.

Son regard dépassa Ivy et elle sourit comme un chat du Cheshire.

— Oh ! Owen et lui reviennent des toilettes. Jetez-lui un coup d'œil, et c'est peut-être votre tension à vous qu'il faudra vérifier.

— Vous êtes amusante, Mary, mais je ne suis pas intéressée.

Trois essais ratés et elle était hors jeu. Elle avait cru que Luke, Peine de cœur numéro trois, était différent, mais il l'avait trompée pendant des mois avec une étudiante de première année rencontrée lors d'une soirée de fin d'année où ils étaient allés ensemble. Pour couronner le tout, il avait blâmé Ivy. Se rappeler les tentatives de Luke pour la rendre fautive de son infidélité lui fit enfoncer ses ongles dans ses paumes. Il avait fallu qu'Ivy découvre qu'il couchait avec sa petite oiselle pour admettre qu'elle avait été aveugle parce qu'elle voulait croire en leur relation. Elle avait rêvé d'avoir ce que Gramps et son arrière-grand-mère avaient eu. Elle força ses doigts à desserrer leur étreinte sur la poignée de ses bagages. Elle n'allait pas laisser Luke, ni aucun homme, gâcher ce voyage destiné à honorer la mémoire de son arrière-grand-père.

— Vous devriez garder l'esprit ouvert, dit encore Mary en soupirant d'un air rêveur. Ou peut-être devrais-je dire le cœur ouvert.

— Non, merci.

Elle garderait son cœur pour elle. Mary eut l'audace de rire.

C'est alors qu'Ivy aperçut Caleb Rivers. Bien qu'elle ne l'ait jamais rencontré ni vu en photo, l'homme qui marchait à côté d'Owen devait être celui sur lequel Mary s'était étendue avec tant d'enthousiasme. Et elle n'avait pas exagéré cette histoire de tension. Malgré l'aversion d'Ivy pour les mâles affirmés, son pouls s'emballa, prouvant qu'elle était toujours une jeune femme en bonne santé qui n'était pas aussi indifférente qu'elle voulait le penser.

Plus jeune qu'elle ne s'y était attendue, Caleb avait des cheveux sombres coupés court, mais pas rasés. De longs cils bordaient d'intenses yeux ambrés. Un nez légèrement de travers laissait supposer qu'il avait été cassé, mais cette imperfection ajoutait à son charme viril. Il était grand, mesurant probablement un mètre quatre-vingt-cinq ou quatre-vingt-six, et avait un buste solide mais pas du genre « Je prends des stéroïdes ». Il était certes agréable à regarder, mais vu le passé sentimental d'Ivy, être beau était un point négatif, car cette séduction rendait un homme plus attirant pour les autres femmes.

— Caleb.

Comme il restait près d'Owen, Mary lui fit un signe de la main.

— Venez ici. Je veux vous présenter au Dr Ivy.

Le beau gosse tourna les yeux vers Mary. Ivy retint son souffle. Il y avait quelque chose en lui qui la faisait fondre à l'intérieur.

Les phéromones, Ivy. C'est ça. Des phéromones empaquetées dans un superbe emballage. Tu es habituée à un type d'homme plus classique, pas aussi... physique. D'où l'impression qu'il lui faisait.

Il aurait fallu qu'une femme soit morte pour ne pas remarquer la virilité de Caleb Rivers. Il émanait de lui une aura qui indiquait qu'il pouvait prendre les choses en mains, quelles qu'elles soient, et cependant, lorsqu'il se tourna vers Mary, son sourire fut chaleureux et sincère. Jusqu'à ce que son regard rencontre celui d'Ivy. À cet instant quelque chose brilla dans ses yeux qui lui donna envie de faire tourner ses bagages dans l'autre sens et de fuir l'aéroport. Ou peut-être de se laisser aller à la combustion sur-le-champ, parce que la chaleur était devenue brûlante.

Elle ne se souvenait pas d'avoir jamais eu une telle réaction instantanée. Elle était sortie avec Luke pendant son internat parce qu'il était intelligent, séduisant d'une manière intellectuelle, et elle avait pensé qu'ils partageaient les mêmes valeurs. Luke avait remplacé Beau qu'elle avait fréquenté à la fac de médecine, et qui avait renoué avec sa petite amie du lycée en rentrant chez lui pour les vacances de Noël. Il avait oublié de le mentionner pendant plusieurs mois et était sorti avec elles deux jusqu'à ce que la petite amie se trouve enceinte. Beau, lui, avait remplacé Kenny, un élève de terminale. Kenny avait dit qu'il aimait Ivy, mais elle avait finalement appris qu'il avait « aimé » un tas de femmes. Oui, son parcours n'était pas brillant, en ce qui concernait les hommes.

Se forçant à se redresser autant que le permettaient son mètre soixante et le lourd sac à dos qui lui pesait, Ivy carra les épaules. Le sublime Caleb Rivers avait sans doute brisé tant de cœurs qu'il ferait paraître puérils les hommes de son passé.

Il dit quelque chose à Owen, puis ils franchirent la vingtaine de pas qui les séparaient de Mary et elle. Caleb gardait son allure calquée sur celle d'Owen, sans le toucher. Il avait visiblement conscience que le fier vétéran se serait senti insulté s'il avait essayé de l'aider.

Lorsqu'ils rejoignirent les deux femmes près du comptoir, Owen sourit largement.

— Content de vous voir, Doc.

— Moi aussi.

C'était vrai. Ivy s'était attachée aux vétérans qu'elle avait rencontrés lors des sessions d'information, en particulier à Owen. Il avait quelque chose d'élégant mais de solide. Lorsqu'il avait parlé de sa défunte femme, l'amour dans sa voix lui avait donné la chair de poule. Quelquefois, elle pensait qu'elle n'était pas née dans la bonne génération.

— Avez-vous fait la connaissance de Caleb ?

Y avait-il une lueur malicieuse dans le regard bleu pâle d'Owen, suggérant que Mary et lui étaient de connivence ? Pouah. Elle espéra vraiment qu'elle n'aurait pas affaire à une troupe de Cupidons durant tout le voyage.

— Non, monsieur.

Ivy fit passer son regard d'Owen au secouriste et déglutit. Elle pourrait avoir besoin de rappeler à ses hormones qu'elle n'était pas intéressée, car celles-ci s'étaient réveillées de façon inattendue.

Avec un sourire amical creusant des fossettes dans ses joues, Caleb tendit la main.

— Caleb Rivers. Heureux de rencontrer le fameux docteur dont Owen ne cesse de me parler.

Une lueur malicieuse dansa dans ses yeux.

— Vous allez devoir vous montrer à la hauteur, mais jusqu'ici je ne suis pas déçu.

Intéressant. Qu'est-ce qu'Owen avait dit à Caleb ? Et pourquoi souriait-il ainsi ? Sapristi. N'avait-elle rien appris ? Apparemment pas, car lorsqu'elle saisit sa main tendue tous les nerfs de son corps convergèrent vers l'endroit où leur peau se touchait.

Salut, coup de foudre.

Bonté divine. Manifestement, son cerveau qui manquait de sommeil lui jouait des tours.

— Dr Ivy McEwen.

Déterminée à faire disparaître l'espèce d'insanité qui se saisissait d'elle, Ivy retira sa main à Caleb. Elle fut surprise de sentir la résistance de ses propres doigts, qui semblaient avoir du mal à le lâcher.

— Ne croyez pas un mot de ce que vous raconte ce vieux charmeur.

Elle embrassa la joue d'Owen.

— Êtes-vous prêt pour cette expédition ?

Les yeux du vieil homme étincelèrent.

— Je suis toujours prêt à parcourir le monde avec une belle femme.

Son expression redevint sérieuse.

— Cela fait longtemps que je n'ai pas mis le pied en France.

Le cœur d'Ivy se serra. Gramps et Owen s'étaient immédiatement entendus dès qu'ils s'étaient rencontrés. Elle avait dévoré les histoires qu'ils avaient partagées pendant la préparation de l'itinéraire.

Owen fit un geste vers Caleb, son visage buriné rayonnant de fierté.

— Ce garçon était dans le 82e régiment, lui aussi, comme votre arrière-grand-père et moi.

Surprise par cette révélation, Ivy jeta un coup d'œil au secouriste. Son regard heurta le sien, car apparemment il l'observait au lieu de regarder Owen. Elle retint son souffle.

— Vous étiez parachutiste ?

Elle aurait juré qu'il grandissait de quelques pouces.

— Oui, madame.

Mary donna un coup de coude victorieux à Ivy. Elle semblait dire : « Vous voyez ? »

Caleb eut un grand sourire.

— Au grand dam de ma mère, sauter depuis un avion est tout ce que j'ai toujours voulu faire.

C'était une réponse qu'il devait souvent donner. Mais quelque chose dans ses yeux semblait insinuer qu'il ne disait pas tout.

— J'entends bien votre passion du saut en parachute, mais vous travaillez comme secouriste. Pourquoi ce changement de carrière ?

Il haussa les épaules.

— Être parachutiste est un métier pour les jeunes.

— J'ai vu votre questionnaire de santé. Vous n'êtes pas si vieux, fit remarquer Ivy dont les joues s'échauffèrent.

Peut-être devrait-elle préciser qu'elle avait étudié avec attention les questionnaires de santé de tout le monde.

Owen gloussa.

— C'est juste. Il est à peine assez vieux pour avoir besoin de se raser.

Ivy observa la mâchoire puissante de Caleb, et fut surprise par son envie de passer les doigts sur sa peau lisse. Elle était sûre qu'il s'était rasé ce matin-là et elle ne serait pas étonnée qu'il ait une ombre de barbe avant d'arriver dans leur famille d'accueil en France. Elle n'était pas attirée par les barbes de trois jours, préférant une apparence nette, mais elle supposait que tout allait bien à Caleb.

Il rit doucement à la taquinerie d'Owen, puis se concentra sur Ivy.

— Mon changement de carrière est une longue histoire. Enregistrons vos bagages.

Elle fut déçue, car elle éprouvait une curiosité naturelle pour les autres et pour tous les aspects de la vie, à vrai dire. Et Caleb Rivers l'intriguait plus que bien des gens, ce qui n'était pas nécessairement une bonne chose.

Elle n'avait pas besoin d'aide pour ses deux valises à roulettes et son sac à dos, mais les insultes de Luke lui revinrent : d'après lui, elle refusait de laisser un homme être un homme, et ses revenus supérieurs la rendaient trop indépendante. Elle désigna la valise qu'elle comptait enregistrer.

— Si vous mettez ce bagage sur la balance à ma place, vous m'épargnerez le risque de basculer en avant.

Voilà, ce n'avait pas été difficile. Mais elle ne voulait pas que Luke soit la voix dans sa tête qui lui dicterait ses futures actions.

— Pas question de basculer. Vous n'avez pas le droit de vous blesser.

Ce serait le comble, en effet, alors qu'elle était là pour prendre soin des autres. Mais les yeux de Caleb se plissant aux coins lui donnèrent des palpitations et lui firent flageoler les genoux.

Les joues échauffées, elle fit passer son regard de lui au duo qui les observait avec curiosité.

— Mary et Owen, tenez-vous bien pendant que je m'enregistre.

Avec une lueur malicieuse dans les yeux, ils rirent. Mary prit le bras d'Owen et ils allèrent jusqu'à l'endroit où son père et les autres attendaient. L'arrière-petite-fille d'Owen, Suzie, essaya de le faire asseoir sur une chaise roulante. Il lui jeta un regard meurtrier. Puis il lui tapota la main et resta debout pour parler à un volontaire.

Après avoir suivi l'échange entre Owen et Suzie, Caleb empoigna la plus grosse valise d'Ivy.

— Quand j'ai voulu le conduire aux toilettes en fauteuil roulant, il m'a incendié.

— Aucun d'eux ne souhaite utiliser une chaise roulante, à moins qu'ils n'en aient absolument besoin. J'en suis heureuse. Il est bon pour eux de marcher autant qu'ils le peuvent avant que nous montions dans l'avion. De Knoxville à Paris, c'est un long voyage.

C'était un long voyage pour elle, également. Logiquement, elle savait que voler était moins dangereux que conduire, mais son aérophobie était imperméable à la logique. Il en avait toujours été ainsi.

Caleb hocha la tête.

— C'est vrai. Je vais me donner du mal pour les protéger, même si je dois les agacer.

— Pas de souci. Ils vous remettront à votre place.

Elle alla jusqu'au point de contrôle et combattit un accès de nausée. Pourquoi ne pouvait-elle pas aimer voler, comme ses parents ? Les gens volaient tout le temps et ça se passait bien. Ça irait pour elle, aussi. Si le vol jusqu'à Paris était trop pénible, elle prendrait le bateau pour rentrer aux États-Unis, se dit-elle. Mais elle savait bien qu'elle ne pourrait jamais abandonner les vétérans dont elle avait la charge. D'une manière ou d'une autre, elle endurerait l'aller-retour. Vu ce que ces hommes avaient vécu autrefois, elle pouvait supporter quelques heures d'inconfort.

Ivy donna son passeport et son ticket d'embarquement à la femme au comptoir. Quand Caleb posa sa valise sur la balance, elle retint son souffle. Le bagage était juste en dessous de la limite de poids.

Caleb eut un grand sourire.

— C'était juste. Est-ce que celle-ci part aussi ?

Elle secoua la tête.

— Je la garde avec moi. Mon sac à dos et elle sont pleins de fournitures médicales.

En souriant, Caleb désigna les autres membres du groupe.

— Je ne vous lâcherai pas d'un pouce.

Le visage d'Ivy s'échauffa. Et tout son corps. Ce qui était ridicule. Qu'est-ce qui n'allait pas chez elle ? Elle en blâma les commentaires précédents de Mary.

Aussi distrayant qu'il soit, Caleb ne la suivrait pas à la trace à moins qu'elle n'ait une crise cardiaque due à l'anxiété et qu'il ne doive la réanimer. Vu la façon dont son cœur tambourinait, ce n'était peut-être pas une possibilité aussi impensable.

Pendant qu'ils attendaient que leur avion décolle, Caleb Rivers, assis de l'autre côté de l'allée par rapport à elle, étudiait la ravissante petite brune dont les yeux étaient fermés. Il avait tellement entendu parler d'elle. Tous les gens en relation avec la Fondation des vétérans de Smoky Mountains adoraient le Dr Ivy McEwen. Plusieurs avaient mentionné sa beauté, y compris le vétéran de quatre-vingt-dix-neuf ans assis à côté de lui dans l'avion. Il avait craint d'avoir affaire à une prima donna exigeante et compliquée, mais il était rassuré en voyant qu'Ivy préférait perdre ses objets personnels plutôt que ses fournitures médicales.

À l'instant où son regard avait croisé le sien, il avait été traversé par la même griserie que lorsqu'il tombait en chute libre pendant un saut. Cela faisait longtemps, trop longtemps, qu'il n'avait pas éprouvé cette sensation. À cause d'un saut ou d'une femme. Les longs cheveux d'Ivy, sombres et brillants, étaient nattés. De discrètes taches de son émaillaient sa peau légèrement hâlée sur son nez et ses joues. Ses lèvres étaient pleines et roses. Mais c'étaient ses yeux qui lui avaient causé un choc : de grands iris bleus ombrés par des cils si parfaits qu'il se demandait s'il s'agissait de faux cils. Ivy était une bombe, cela ne faisait aucun doute. Qu'elle soit intelligente était un fait, mais quelque chose dans la façon dont elle l'avait regardé donnait l'impression qu'elle voyait au-delà de la surface, aussi.

Ses yeux s'ouvrirent et rencontrèrent les siens.

— Tout va bien ? demanda-t-il.

De la fatigue était inscrite sur ses traits. N'avait-elle pas bien dormi la nuit précédente ? Il croyait savoir qu'elle avait travaillé jusqu'au dernier moment et s'était rendue directement à l'aéroport à la fin de son service.

— Je m'assurerai que les hommes se lèvent pour marcher dans une heure environ, si vous voulez faire une sieste, offrit-il.

Il espéra qu'elle se sentirait à l'aise en sachant qu'il prendrait soin des vétérans. La Fondation avait demandé que l'équipe médicale soit assise du côté du couloir, afin qu'ils puissent atteindre plus facilement quiconque aurait besoin d'eux. Lara se trouvait vers l'avant de l'avion, avec une partie du groupe. Au milieu de l'appareil, Ivy était du côté gauche, avec Owen pris en sandwich entre elle et sa petite-fille assise près du hublot. Caleb était assis du côté droit, avec Roy près de lui, puis la fille de ce dernier, Mary.

Paraissant alarmée, et presque fautive, Ivy secoua la tête.

— Je ne prévoyais pas de dormir.

Caleb haussa un sourcil.

— Non ? Ce sera le matin en France, quand nous arriverons. Nous devrions tous nous reposer pendant que nous le pouvons.

Elle crispa les doigts sur sa ceinture de sécurité, les articulations blanchies.

— Je vais bien. Vous pouvez faire un somme. Je n'aime pas beaucoup dormir dans les avions, et de toute façon je ne suis pas fatiguée.

Il était tôt dans le Tennessee, mais les six heures de décalage les rattraperaient à la fin du vol, surtout si Ivy n'avait pas bien dormi la nuit dernière. Avait-elle du mal avec le décollage seulement, ou avec le vol en général ? Lui, il adorait voler, mais il compatissait avec ceux qui n'aimaient pas ça. Peut-être pourrait-il la distraire durant le décollage pour calmer un peu son anxiété.

— Nous n'allons pas tarder à décoller, annonça le commandant de bord dans le micro.

L'avion roula sur la piste. La peau d'Ivy se tendit encore sur les articulations de ses doigts tandis qu'elle s'agrippait plus fortement à sa ceinture.

Caleb combattit l'envie de tendre la main à travers l'allée pour la poser sur les siennes. La peur d'Ivy était réelle, mais il savait qu'elle luttait pour la cacher et qu'elle n'apprécierait pas qu'il la rende évidente aux yeux des autres.

— Ça va aller, l'encouragea-t-il à voix basse.

Elle croisa son regard et haussa légèrement le menton.

— L'internat m'a bien préparée à fonctionner avec peu ou pas de sommeil.

Il suspecta qu'elle savait qu'il ne parlait pas de ça, mais il s'en accommoda.

— Cela remonte à un moment, mais l'armée a joué le même rôle pour moi.

Des souvenirs l'assaillirent, bons et mauvais, et il se força à se concentrer sur les bons.

— Elle m'a aussi appris à dormir dès que j'en ai l'occasion, alors je le fais.

Ivy plissa les paupières.

— Vous faites partie de ces gens horripilants qui peuvent s'endormir n'importe où, n'est-ce pas ?

Il sourit.

— Touché. Comment l'avez-vous deviné ?

— Une intuition.

Elle plia les doigts, puis les passa sur la ceinture comme si elle voulait s'y cramponner à mort, mais s'obligeait à ne pas le faire. L'avion prenait de la vitesse. Elle prit une grande inspiration.

— Ce n'est pas mon cas. Je ne fais pas de siestes et en général je n'essaye pas de dormir si je n'ai pas au moins quatre heures devant moi. Sinon, je me sens encore pire que si je n'avais pas dormi.

Caleb plissa le nez.

— Ça n'a pas dû être facile durant l'internat.

— Je voulais être médecin, alors j'ai fait ce qu'il fallait, que je manque ou non de sommeil.

Elle eut un sourire forcé, puis elle retint son souffle tandis que l'avion quittait le sol. En soupirant, elle croisa son regard, un avertissement dans ses yeux bleus : il ne devait pas faire remarquer ce qui venait de se passer. Elle levait le menton d'un geste de défi et quelque chose remua profondément en Caleb. De l'empathie, se dit-il. Le décollage n'avait certainement pas été une expérience agréable pour Ivy, et personne n'aimait voir souffrir les autres.

— Qu'est-ce qui vous a fait vouloir être médecin ?

Elle inspira de nouveau à fond, comme si elle avait préféré se concentrer sur ce qui arrivait à l'avion au lieu de parler.

— Mon arrière-grand-mère était docteur. C'était une pionnière, car à l'époque la plupart des médecins étaient des hommes. Elle est morte quand j'étais jeune, malheureusement. Gramps m'a raconté des histoires à son sujet et comment elle adorait prendre soin des autres. J'ai voulu être digne de son héritage.

— Pour finir à Knoxville ?

— La ferme de Gramps est juste à l'extérieur de la ville, alors Knoxville a toujours été mon chez-moi.

Elle grimaça et pâlit.

— Il est mort il y a deux mois.

— Je suis désolé, dit Caleb.

On lui avait dit qu'à l'origine elle avait décidé de faire ce voyage pour accompagner son arrière-grand-père, qui avait combattu durant la Seconde Guerre mondiale.

— Moi aussi.

Elle eut un sourire contraint, puis, apparemment incapable de garder les mains tranquilles, elle resserra encore sa ceinture.

— Vous devriez faire une de ces siestes énergétiques dont vous vous vantiez, pendant que vous en avez l'occasion.

Au lieu de poursuivre leur conversation, elle se détourna de lui pour dire quelque chose à Owen. Le bavard sauta sur l'occasion. Caleb n'était pas habitué à être rabroué, et c'était ce qu'elle avait fait. Le sexe opposé le trouvait séduisant, en général. Il en avait tiré avantage au maximum dans ses jeunes années, jusqu'à ce que Katrina et lui commencent à sortir ensemble. Mais depuis son accident il n'avait pas eu de temps à consacrer aux rencontres frivoles, et aller plus loin ne l'intéressait pas. Peut-être que sa réaction face à Ivy était la façon dont son corps voulait lui dire qu'il avait été trop longtemps sur pause.

Même si Katrina n'avait pas rejeté ses choix de vie, les femmes n'avaient pas été une priorité pour lui. Les efforts déployés pour guérir sa cheville l'avaient consumé tout entier. Il était allé de l'avant, avait une vie différente, maintenant. Ce n'était pas celle qu'il avait prévue, mais il aimait à penser qu'il faisait toujours une différence dans le monde, même si ses proches n'étaient pas d'accord avec ses décisions.

Frustré par ses propres limitations, il s'étira autant que son siège économique le permettait, tout en gardant les pieds hors de l'allée pour ne pas faire trébucher quelqu'un. Peut-être aurait-il de la chance et pourrait-il sommeiller un moment, sans rêver, il fallait l'espérer, de l'événement qui avait changé sa vie et l'avait privé de sa plus grande joie.

Sinon, Ivy devrait peut-être se pencher par-dessus l'allée de l'avion pour le calmer.

2

Ayant vraiment dormi sans faire de cauchemars, heureusement, Caleb se réveilla quand au bout d'une heure de vol environ une hôtesse fit une annonce.

— Y a-t-il du personnel médical à bord ? demanda-t-elle. Ces personnes voudraient-elles s'il vous plaît venir à l'arrière de l'appareil ? Merci.

Aussitôt alerté, Caleb défit sa ceinture de sécurité. Lorsqu'il fit un pas dans l'allée, Ivy avait déjà quitté son siège et se dirigeait vers le fond.

— Vous faites partie du corps médical ? demanda l'hôtesse lorsqu'ils parvinrent à l'arrière de l'avion.

— Je suis le Dr Ivy McEwen et M. Rivers est secouriste, répondit Ivy.

L'employée montra tout de suite son soulagement.

— Formidable. Une passagère ne se sent pas bien et a du mal à respirer. Venez par ici.

Une femme d'une cinquantaine d'années, les joues enflammées, était courbée en deux de l'autre côté de la cabine de service. Plusieurs personnes étaient groupées autour d'elle. En larmes et l'air paniqué, elle secoua la tête quand quelqu'un lui demanda quelque chose.

— Reculez, ordonna l'hôtesse aux autres membres du personnel navigant et à l'homme qui entouraient la femme en détresse. Nous avons un docteur.

Tous obéirent, à part l'homme qui avait un bras autour des

épaules de la malade, sans doute son mari. Ils jetèrent un regard reconnaissant à Caleb et à Ivy.

— Bonjour, je suis le Dr McEwen, dit Ivy en s'avançant. Est-ce que mon collègue secouriste et moi pouvons vous examiner ?

La femme hocha la tête.

— Comment vous appelez-vous ? demanda Ivy.

— Bella... répondit la femme dans un croassement.

Elle toussa pour tenter de s'éclaircir la gorge. Son regard effrayé alla à son mari, le suppliant de faire quelque chose.

— Pour que je puisse vous aider au mieux, dites-moi ce qui se passe, Bella.

— Je... ne peux pas... respirer, parvint-elle à dire d'une voix encore plus rauque.

Elle regarda de nouveau son mari, qui prit la parole.

— Je suis le mari de Bella, Tom, dit-il. Nous étions assis à nos places quand elle a commencé à se sentir bizarre, disant qu'elle avait des picotements et des démangeaisons. Puis elle s'est mise à mal respirer. J'ai appelé l'hôtesse et on nous a fait venir à l'arrière de l'avion.

— C'était la bonne chose à faire, assura Caleb pendant qu'Ivy restait concentrée sur la femme.

Il prit le poignet de Bella, consulta sa montre et compta les secondes.

— Tachycardie à 120.

— Bella, je voudrais que vous ouvriez la bouche au maximum et que vous tiriez la langue, demanda Ivy en allumant la lampe de son téléphone.

Elle ne grimaça pas vraiment, mais Caleb put dire qu'elle n'aimait pas ce qu'elle voyait.

— Votre gorge est enflée. Êtes-vous allergique à quelque chose ? Les cacahuètes, peut-être ? Si oui, avez-vous un stylo d'adrénaline pour contrecarrer la réaction ?

L'air de plus en plus paniqué, Bella secoua la tête.

— Elle n'est allergique à rien, affirma Tom. Ni à des médicaments, ni à des aliments, rien.

— Elle est allergique à quelque chose et fait une réaction anaphylactique, décréta Ivy qui se tourna vers Caleb. J'ai un stylo d'adrénaline dans mon sac à dos. Allez le chercher et apportez-le ici, s'il vous plaît.

Même si son instinct était de rester avec la patiente, Caleb obéit. Il traversa rapidement la cabine et remonta l'allée. Attrapant le sac à dos d'Ivy rangé sous son siège et son propre sac dans le compartiment de rangement, il retourna à l'arrière le plus vite possible.

Bella était à présent assise par terre et respirait en sifflant et en se tenant la poitrine. Agenouillée près d'elle, Ivy lui assura qu'elle avait les médicaments qu'il fallait pour stopper la réaction. Le mari de la pauvre femme paraissait dévasté et un des stewards, tout aussi stressé, était au téléphone avec le pilote, l'informant de ce qui se passait.

— Le docteur dit que nous devons atterrir, déclara-t-il.

Caleb acquiesça. Le plus tôt serait le mieux.

— Merci.

Ivy prit son sac à dos, l'ouvrit et en sortit une trousse qui contenait ce qu'elle cherchait. Agenouillé à côté d'elles, Caleb sortit de son sac son oxymètre. Il glissa le moniteur de saturation en oxygène au doigt de la malade.

— 89 % de saturation en oxygène et rythme cardiaque à 128.

Il jeta un coup d'œil à une hôtesse qui prenait des notes.

— J'apprécierais que vous notiez les constantes vitales, avec le temps que le Dr McEwen ou moi-même donnerons. Même chose pour les médicaments administrés. Merci.

L'hôtesse hocha la tête.

— C'est bon. Je dois tout enregistrer pour notre rapport, de toute façon.

Pendant qu'Ivy injectait la dose d'adrénaline contenue dans le stylo dans la cuisse de Bella, Caleb prit son tensiomètre.

— Bella, je vous ai injecté de l'adrénaline, dit Ivy à la femme qui réagissait à peine et se contentait de la regarder, ainsi que son mari. C'est un médicament qui va apaiser votre réaction allergique. C'est ce qu'on vous aurait donné aux urgences d'un hôpital.

Elle parlait d'une voix calme et assurée.

— Au début, cela va sans doute vous faire trembler, comme

si vous aviez bu trop de café, mais c'est normal. Cela signifie que la drogue fait effet.

Serrant toujours sa poitrine, Bella hocha la tête. Elle toussait entre ses respirations saccadées et sifflantes. Son visage était violet, mouillé de sueur et de larmes, et présentait maintenant des boursouflures rouges.

— L'adrénaline devrait commencer à faire effet rapidement, mais je vais vous faire une injection de diphénhydramine, aussi, puisque j'en ai. Nous sommes dans un avion, alors mieux vaut être trop prudent.

Ivy regarda Bella dans les yeux.

— La diphénhydramine se prend sous forme de gélule ou de comprimé et c'est un antihistaminique commun connu depuis des années. Mais je vais vous faire une injection parce que je ne pense pas que vous puissiez avaler une pilule pour le moment.

— Je ne pourrais pas, dit la femme d'une voix étouffée, entre deux toux sifflantes.

Prenant son stéthoscope dans son sac, Caleb se rallia à la décision d'Ivy et admira la façon dont elle travaillait efficacement, en s'efforçant d'apaiser Bella. Quand elle chercha la fiole de médicament dans son sac, il lui prépara une seringue et une aiguille avec un tampon alcoolisé et elle le remercia. Puis il reprit la tension de la malade et énuméra les résultats.

— C'est bon ou mauvais ? demanda Tom. Les médicaments vont faire de l'effet, non ?

— Sa tension est basse, cela vient du choc anaphylactique. Mais elle devrait remonter grâce à l'adrénaline, qui va faire se contracter les vaisseaux.

Caleb espéra que le médicament avait été donné à temps pour empêcher du liquide de s'infiltrer dans les poumons de Bella. Soigner un œdème pulmonaire dans un avion serait un vrai défi. Mais sa saturation en oxygène chutait aussi. Ce n'était pas bon signe. Il fallait que les médicaments renversent rapidement la réaction. Ils devraient aussi surélever les pieds de la malade pour que le sang irrigue les organes vitaux. Il demanda à une hôtesse de l'aider pour qu'il puisse garder les mains libres. Il ne dit pas que c'était pour effectuer une éventuelle réanimation cardio-pulmonaire, mais il le pensait très fort.

Ivy, de son côté, inspectait les flacons dont elle disposait.

— J'ai de la dexaméthasone, annonça-t-elle.

Super. Le stéroïde serait utile, lui aussi.

— Bella, regardez-moi, dit Caleb en notant que le rythme cardiaque de la malade avait encore augmenté. Tout va aller bien. Le Dr McEwen a tout ce qu'il vous faut et vous allez vous en sortir.

Il sentait dans ses tripes que la femme irait bien dès que les médicaments feraient complètement effet et que l'avion atterrirait afin qu'ils puissent la remettre à des services d'urgences au sol.

Ivy prit le flacon de stéroïde et emplit une seringue.

— Désolée, Bella. J'ai une autre piqûre à vous faire. Ce produit va aider à stopper le processus inflammatoire et à ouvrir vos voies respiratoires pour que vous puissiez mieux respirer.

Seigneur, pria-t-elle, *faites qu'il n'y ait pas de turbulences.*

Elle posa le garrot sur le bras de Bella et nettoya le creux de son coude, inquiète de la faiblesse des veines. La malade n'allait pas être facile à piquer. Finalement, cela se passa mieux que prévu et Ivy soupira, soulagée.

— Merci, Jésus, murmura-t-elle.

Elle s'assura soigneusement que le liquide pénétrait bien dans la veine et pas dans les tissus environnants.

— Bien joué, dit Caleb.

— Est-ce que son état empire ? demanda Tom qui avait regardé l'intraveineuse d'un air affolé.

— Non, au contraire. Regardez : les rougeurs sur ses bras ont déjà légèrement diminué. Elle va continuer à aller mieux au fur et à mesure que les médicaments feront effet.

— Sa tension commence à remonter, dit Caleb.

À partir de là, les choses s'améliorèrent peu à peu. Agenouillé près de sa femme, Tom émit un son appréciateur.

— Inspirez lentement et profondément par le nez et relâchez l'air par la bouche, dit Caleb d'un ton encourageant.

Il avait fait un superbe travail, à surveiller les constantes vitales de Bella pendant qu'Ivy administrait les médicaments. Il avait parlé à la malade et à son mari avec une gentillesse et une compassion admirables qui semblaient faire partie de lui, puisqu'il traitait les vétérans et leur famille de la même manière.

— Inhalez par le nez, répéta-t-il. Soufflez lentement par la bouche.

Sa voix était apaisante et même un peu hypnotique. Ivy suivit machinalement ses indications et sentit certaines de ses tensions se relâcher. En s'en rendant compte, elle sourit presque. Cet homme devait être une bénédiction pour ses patients. Et tout le monde dans la cabine de service devait respirer à son rythme, maintenant. Elle pensa qu'elle pourrait le surnommer le « Murmureur du souffle ».

— C'est très bien, Bella. Vos constantes vitales s'améliorent de plus en plus.

Excitée par les résultats qu'ils obtenaient, Ivy brandit mentalement le poing et pensa : « Oui ! »

L'hôtesse qui faisait le rapport de l'incident était de nouveau au téléphone.

— Je préviens le commandant que son état s'améliore, dit-elle. Il veut savoir ce que nous devons faire. Atterrir ou continuer ?

Ivy la regarda et déclara fermement :

— Nous avons une urgence médicale. Bella va bien à présent, mais elle doit continuer à être soignée. Il nous faut atterrir. Les médicaments font effet, mais nous n'allons pas traverser l'océan avec quelqu'un qui a fait un choc anaphylactique. Nous ignorons ce qui a provoqué cette réaction et ce qui peut encore se passer maintenant. Demandez au pilote d'atterrir.

L'hôtesse regarda Caleb pour avoir confirmation, et Ivy en fut agacée. Un avion qui faisait un atterrissage d'urgence, ce n'était pas rien et c'était coûteux, mais cette femme ne jugeait-elle pas son opinion suffisante ?

— Le pilote doit poser l'appareil, affirma Caleb.

Sentant peut-être l'irritation d'Ivy, il ajouta :

— La rapide intervention du Dr McEwen a sauvé la vie de Bella. Nous avons eu de la chance qu'elle soit là. Mais elle a raison : nous ne savons pas ce qui se passera quand les effets des médicaments diminueront, et tant que la malade restera dans cet espace confiné, il pourra y avoir une rechute. Le Dr McEwen sait ce qui est le mieux pour sa patiente. Il faut atterrir.

Ivy se sentit réchauffée par ses compliments. À la place de Caleb, Luke se serait rengorgé et l'aurait critiquée. Pendant très longtemps, elle l'avait laissé l'abattre mentalement sans même s'en rendre compte. Jamais plus. Si elle sortait de nouveau avec un homme, ce serait seulement avec quelqu'un de supérieur à elle, qui n'éprouverait pas le besoin de la diminuer émotionnellement et moralement.

— D'accord, répondit l'hôtesse avant de relayer le message au commandant de bord.

Ivy croisa le regard de Caleb et même si elle ne prononça pas les mots, elle sut que son visage exprimait sa gratitude, car il hocha légèrement la tête. Peut-être avait-elle laissé voir sa surprise, cependant : ses yeux ambrés contenaient une curiosité qu'elle n'avait pas le temps de creuser maintenant, mais qu'elle étudierait sûrement plus tard. Il était sans aucun doute ce qu'elle appellerait un homme viril, et pourtant il l'avait laissée prendre le contrôle de l'urgence, il avait loué ses efforts sans essayer de minimiser ce qu'elle avait fait. Cela pouvait bien être sa qualité la plus attirante et ce n'était pas rien, car Mary avait eu raison de le qualifier de « canon ».

Elle inspira à fond et examina de nouveau Bella en prenant note de tout : sa pâleur, son mode respiratoire, ses rougeurs qui s'estompaient et l'oxymètre passé à son doigt.

— Comment vous sentez-vous ? Vous respirez plus facilement, maintenant ?

— Peut-être.

Sa voix était encore rauque, mais on la comprenait mieux qu'auparavant. Ses sifflements s'étaient calmés. Peut-être, peut-être le pire était-il passé. Cela en avait l'air, mais Ivy savait bien qu'il ne fallait présumer de rien en ce qui concernait le corps humain. Tout pouvait arriver, et cela se produisait fréquemment.

Le pilote annonça que l'avion allait faire un atterrissage d'urgence dans vingt minutes environ. Même si son estomac se contracta à l'idée d'atterrir, Ivy poussa un soupir de soulagement. Ce n'était pas le moment de faire une crise d'aérophobie. Tout irait bien.

— Vous devez tous vous asseoir et boucler votre ceinture, déclara l'hôtesse. Pour l'atterrissage, nous devons tous être attachés. Sans exception.

C'était ce qu'Ivy souhaitait. Elle s'adressa à un steward :

— Pouvez-vous faire libérer les sièges arrière pour que nous nous y asseyions ? Je veux rester non loin de Bella jusqu'à ce que nous la fassions sortir de l'avion en toute sécurité.

Le steward hocha la tête et alla parler aux passagers du fond, puis il revint.

— Le vol est complet, alors ils vont prendre vos places jusqu'à l'atterrissage.

— Parfait.

Ivy jeta un coup d'œil à Caleb.

— Transférons-la sur un siège. Je voudrais qu'elle soit entre nous. Tom, restez à côté, aussi.

Ils s'installèrent dans la rangée du fond, Ivy près du hublot, Bella au milieu et Caleb côté couloir. Finalement, le pilote les informa que l'avion amorçait sa descente.

— Vous avez entendu, Bella ? Nous serons bientôt au sol.

La gorge d'Ivy se serra. Du calme, tout irait bien. Peut-être.

La malade allait beaucoup mieux, mais avec l'atterrissage imminent la nuque d'Ivy se couvrit de sueur tandis que ses propres craintes prenaient le dessus.

Son estomac se souleva tandis que l'avion descendait de plus en plus. Pas question de paniquer. Bella avait besoin d'elle et Ivy ne voulait sûrement pas que Caleb la voie faire un malaise. Elle s'en était sortie pendant le décollage ; elle réussirait l'atterrissage.

Elle eut recours à tous les jeux mentaux qu'elle connaissait pour se distraire quand l'appareil toucha terre, puis gronda le long de la piste avant de ralentir. Dès qu'ils s'arrêtèrent, ils déplacèrent Bella vers la porte au fond de l'avion pour la préparer à être transportée.

En quelques minutes, des ambulanciers furent à bord. Ivy et

Caleb leur remirent la malade. Tom suivait de près avec leurs bagages cabine.

Une fois Bella partie, Ivy soupira et dit silencieusement à son corps que tout allait bien, l'avion était au sol et il n'y avait plus de raison de s'alarmer.

— Superbe travail, lui dit une hôtesse avant de sourire à Caleb. Vous avez tous les deux été magnifiques. Nous avons été si contents de vous avoir à bord. Merci beaucoup.

— Je vous en prie, répondit Ivy, un peu embarrassée.

Son embarras s'accrut quand Caleb et elle regagnèrent leurs sièges et que les passagers les applaudirent.

— Vous êtes une héroïne, dit Caleb derrière elle, et elle se tourna en fronçant les sourcils.

Il savait qu'ils n'avaient fait que ce qu'ils étaient entraînés à faire. Rien d'héroïque là-dedans. Pas vraiment.

Lara libéra la place d'Ivy.

— Je suis allée au fond de l'avion pour voir si je pouvais vous aider, mais Caleb et vous aviez les choses sous contrôle et je vous aurais gênés, expliqua la jeune infirmière. Alors je suis restée ici pour assurer que nos amis ne causent pas d'ennuis pendant que vous étiez occupés. Oh ! et… Caleb… Roy a voulu s'asseoir à côté d'Owen. J'espère avoir bien fait de lui dire que vous ne verriez pas d'inconvénient à changer de place. Depuis, ces deux-là discutent sans arrêt. Ou plutôt, Owen parle et Roy écoute.

— Pas de problème, assura Caleb.

Peut-être pas pour lui, mais cela signifiait qu'il occuperait maintenant le siège du milieu dans la rangée d'Ivy. Non pas que cela l'ennuie d'être assise à côté de lui. Il semblait être un type bien. Simplement… être assise à côté de Roy paraissait plus sûr. Ce qui était ridicule. Caleb n'avait rien fait pour qu'elle se sente menacée. Enfin, à part concourir au titre d'Homme le plus sexy du monde, et sur ce point il l'agaçait un peu.

Elle eut pitié de lui et de ses longues jambes.

— Voulez-vous le siège côté couloir ?

Il eut un grand sourire.

— Si vous voulez bien, ce serait formidable.

S'il y avait une autre urgence dans l'avion, Caleb bondirait tout de suite, et le fait d'être assise sur le siège du milieu ne ralentirait pas trop les choses. Mais il fallait espérer qu'il n'y aurait pas d'autre alerte. Et qu'ils ne resteraient pas trop longtemps au sol. Parce que plus ils restaient sur le tarmac, plus Ivy avait le temps de redouter le décollage.

Elle sortit son téléphone, le mit en mode avion et consulta ses messages, s'efforçant de se concentrer dessus. Elle répondit à un texto de sa meilleure amie, l'informant qu'ils avaient fait un détour, mais qu'ils allaient bientôt redécoller. Elle commença à mentionner Caleb, puis décida de s'en abstenir pour échapper aux questions que Jenna lui poserait à coup sûr.

Elle ne fut pas déçue quand le pilote annonça qu'ils resteraient au sol deux ou trois heures pour faire le plein et prendre leur place dans le planning de décollage. Cela lui laissait un délai avant d'avoir à gérer cette horrible contraction de sa poitrine.

— Ça va ? lui demanda Caleb.

Il avait sorti un livre et elle l'avait cru plongé dans sa lecture. À la place, il l'observait. Pour fuir son regard, elle eut soudain envie de bouger.

— Nous devrions proposer à nos amis de se lever et de marcher un peu pendant que nous n'avons pas à craindre de turbulences. Nous allons passer quelques heures de plus à bord et il ne faudrait pas qu'ils risquent un caillot. Puis-je sortir ?

Caleb se leva et elle bondit, puis adressa un grand sourire à Owen assis de l'autre côté de l'allée.

— Allez, Owen. Nous allons nous promener. Il faut que votre sang circule et que vos articulations ne se raidissent pas. Vous devrez beaucoup marcher durant les deux semaines à venir.

Owen s'étira, puis se leva pour marcher le long des sièges. Caleb le rejoignit avec Roy. Bientôt, tout le groupe fut debout.

— Nous sommes des danseurs de conga, dit Owen.

Sur ce, Caleb se mit à chanter un vieil air de Gloria Estefan. Ivy le vit toucher doucement la taille de Roy et danser en rythme. Quelque chose en elle se relâcha et se contracta en même temps. Non, non, non. Ce n'était pas parce qu'il s'était montré parfait jusqu'à présent qu'il l'était. Il ne remplissait pas un de ses critères : avoir un meilleur salaire qu'elle-même. Ce n'était pas qu'elle se souciait de l'argent. C'était qu'elle ne pourrait supporter dans sa vie un autre homme qui éprouverait le besoin de la tirer vers le bas. Caleb était la Peine de cœur numéro quatre qui attendait au tournant. Elle devait se protéger.

Le regard ambré du secouriste croisa le sien, il eut un grand sourire et elle se sentit faiblir.

Pense à Luke.

— Allez, Ivy, la taquina Caleb. Roy et moi vous montrons l'exemple. Bougez votre corps, *baby*, dansez la conga.

Owen gloussa, remuant un peu les épaules.

— Ils ne vont pas nous en remontrer ! Ma partenaire est bien plus belle que le sien.

Ivy lui donna une petite tape.

— Attention de ne pas tomber, monsieur de quatre-vingt-dix-huit ans qui danse dans l'allée d'un avion. Aucune chute n'est tolérée durant ce voyage.

Le vieil homme rit et agita les bras en rythme, même si ses mouvements n'étaient pas fluides. Ivy ne put s'empêcher de sourire. Elle adorait sa génération.

Roy lui donna un coup de coude dans les côtes.

— Dansez la conga.

— Pourquoi pas ?

Rencontrer un homme qui me donne des palpitations. Sauver une vie. Avoir presque une attaque de panique lors d'un atterrissage. Danser dans l'allée d'un avion. Pour moi, ça a du sens.

Bientôt, tout l'appareil se retrouva en train de danser, y compris les hôtesses. Plusieurs personnes chantaient avec Caleb. Lorsqu'ils ramenèrent les vétérans à leur siège et que tout le monde attendit le décollage, Caleb dit :

— Vous devez le reconnaître, jusqu'ici ce voyage n'a pas été ennuyeux.

— Les choses sont rarement ennuyeuses quand on est volontaire médical, lui rappela Ivy, ce qui le fit glousser.

En vérité, sur ces sièges serrés les uns contre les autres, il était beaucoup trop près d'elle pour que quoi que ce soit paraisse terne. Son bras frôla le bras de Caleb et son estomac plongea comme s'ils étaient en l'air et avaient chuté d'un coup de quelques milliers de pieds. Elle changea de position, essayant de mettre son bras hors d'atteinte, mais c'était carrément impossible dans l'espace limité.

Comment allait-elle se garder de le toucher accidentellement pendant le vol vers Paris ? Et quelle importance ? Se toucher par mégarde arrivait quand on était assis à côté de quelqu'un dans un avion, non ? Mais le frôlement de son bras lui avait fait l'effet d'une décharge électrique. Peuh. C'était un homme superbe avec une surabondance de phéromones, et son propre corps jeune et sain réagissait à toute cette attraction. Elle était juste humaine, après tout. Le fait de le trouver physiquement attirant ne lui plaisait pas, mais c'était la vie et cela ne voulait rien dire. Elle se décala le plus possible vers Mary, qui avait mis des écouteurs et regardait un film. Un peu plus, et Ivy atterrirait sur ses genoux.

— Ce début « non ennuyeux » me rend nerveuse, dit-elle. Je me demande ce qui nous attend pour le reste du voyage.

— Quoi qu'il advienne, vous pourrez le gérer.

Le ton de Caleb était confiant et flatteur, mais pas moqueur.

Se tournant, Ivy croisa son regard. Son souffle se coinça en voyant la lumière qui brillait dans ses yeux. Ou ce fut peut-être plutôt en éprouvant une chaleur intense devant le désir qu'ils exprimaient. Il ne se donnait pas la peine d'essayer de cacher son intérêt, et semblait partant pour révéler qu'il était attiré par elle.

Oh ! oh. Qu'elle le trouve attirant était une chose. Qu'il lui retourne ce sentiment en était une autre, complètement. Et elle se dit alors qu'elle ne serait peut-être pas capable de gérer tout ce qui l'attendait durant le reste de ce voyage.

3

Le Dr Ivy McEwen était une femme fascinante. Elle était également difficile à cerner. Si vous la faisiez parler de quelque chose qui l'intéressait, toute sa personne rayonnait, mais après coup elle contenait son excitation et redevenait hyper professionnelle.

Pour quelqu'un qui venait de terminer son internat, elle connaissait très bien le programme sportif des Tennessee Volunteers. Caleb, lui, était un fan de l'équipe d'Alabama.

— Comment se fait-il que vous en sachiez autant sur le sport local alors que vous étiez interne dans un autre État ?

— Les gens se tiennent au courant de ce qui est important pour eux, même s'ils sont occupés.

Il haussa un sourcil.

— L'équipe de foot de l'université du Tennessee est importante pour vous, même hors saison ?

Elle baissa un instant les yeux, puis haussa les épaules.

— Mon sang coule orange trois cent soixante-cinq jours par an.

— Et les années bissextiles ?

Elle lui jeta un regard noir.

— Ne comptez pas sur moi pour encourager une autre couleur, quel que soit le jour.

— Dommage. Vous seriez super en pied-de-poule noir et blanc, avec un A en travers de la poitrine.

Le regard bleu d'Ivy rencontra et scruta le sien. Il pouvait voir qu'elle essayait de le déchiffrer, de définir s'il flirtait ou s'il était simplement amical. Les deux, réalisa-t-il. Elle lui plaisait. Malgré les souhaits de sa famille, il n'était pas sur le marché pour une relation, mais peut-être que le fait d'avoir rencontré Ivy serait un bonus supplémentaire au voyage.

Le pilote annonça au haut-parleur qu'ils devaient attacher leur ceinture et que l'avion allait bientôt décoller. Il demanda à l'équipage de préparer la cabine.

Ivy prit une grande inspiration, puis vérifia sa ceinture déjà en place, les doigts crispés sur la fermeture. Caleb attacha la sienne.

— J'ai l'impression que vous n'aimez pas beaucoup voler ?

Elle ne croisa pas son regard.

— Ce n'est pas mon occupation favorite.

— Une mauvaise expérience, ou depuis toujours ?

— Depuis toujours. J'ai toujours redouté de voler. Je détestais tellement ça que, quand mes parents partaient en voyage, ils me laissaient chez mes grands-parents. Mes parents étaient professeurs à l'université de Nashville et passaient leurs étés à explorer le monde.

Contrairement à la famille de Caleb, qui travaillait en permanence et pensait que le monde tournait autour du dollar tout-puissant. C'était vrai en partie, supposait-il, mais il estimait, lui, que la vie était courte et qu'il fallait en profiter.

— Ça paraît excitant. Vous ne vouliez pas aller avec eux ?

— Pas s'il fallait prendre l'avion, et en outre je préférais être avec mes grands-parents.

L'appareil commença à bouger, s'éloignant lentement de son emplacement initial.

— Je sais que je devrais être contente que nous bougions enfin, mais...

— Mais en même temps cela vous ennuie parce que vous aimez être coincée à côté de moi ? Cela se comprend, rétorqua Caleb pour plaisanter. J'ai droit sans arrêt à cette réaction.

— Si vous le dites, peut-être que le décollage ne sera pas si désagréable.

Elle croisa son regard et sourit à moitié malgré son anxiété.

— Mais sérieusement, merci de ne pas vous moquer de moi et de ne pas me faire sentir pire encore à l'idée de ne pas pouvoir dominer cette peur. J'ai même essayé l'hypnose. Rien n'y fait, malheureusement.

— Pas de raison de vous sentir mal, Ivy. La peur de voler est courante, vous n'êtes pas irrationnelle.

Au lieu de paraître rassurée, elle crispa les paupières, ses longs cils dépassant de son visage noué. L'envie de passer les doigts dessus pour lisser les lignes de tension frappa si fortement Caleb qu'il referma ses poings pour se retenir.

— Dites-moi comment je peux vous aider.

Elle garda une expression tendue.

— Priez.

— Vous voulez que je demande une intervention divine ? Je ne suis pas sûr d'avoir beaucoup d'influence sur l'Être suprême.

Sinon, Blake ne serait pas mort, et sa propre cheville aurait guéri suffisamment pour qu'il puisse de nouveau sauter.

— Mais je vais faire de mon mieux. Autre chose ?

Les deux mains cramponnées à sa ceinture, elle secoua la tête.

— Cessez de parler. Non, parlez, parce que je veux que vous priiez. Mais n'essayez pas de me distraire de mon angoisse.

Caleb rit doucement.

— Vous êtes une drôle de dame, Ivy.

Elle crispait très fort les paupières.

— Il est bon de savoir que, si je ne réussis pas dans la médecine, j'ai la possibilité de faire carrière dans la comédie.

Souhaitant pouvoir apaiser l'inconfort d'Ivy, Caleb étudia son profil. Elle était vraiment superbe, mais c'était l'excitation d'être à côté d'elle, de lui parler et de l'entendre proférer des paroles sincères qui le comblait le plus. Dès l'instant où Stan lui avait demandé de prendre sa place, Caleb avait su que ce serait un voyage exceptionnel. Rencontrer Ivy avait encore fait grimper les enchères.

— Vous avez bel et bien un avenir dans la médecine.

Elle ouvrit des yeux empreints de curiosité.

— Vous savez ça après m'avoir vu traiter une seule patiente ? Peut-être que j'étais seulement dans un bon jour.

— Je maintiens mon opinion.

Pourquoi avait-il l'impression qu'il y avait plus dans sa

question ? Qu'elle le testait ? Comme si elle s'attendait à ce qu'il minimise ce qu'elle avait fait ?

— Vous vous êtes bien comportée, avec assurance et habileté. Votre compétence et votre calme ont sauvé la vie de Bella.

Ses joues rosirent, mais elle haussa les épaules comme si ses paroles n'étaient pas importantes. Il ne se laissa pas duper. Le fait qu'il l'ait complimentée lui avait plu, il en était sûr. Sa réaction provoqua de drôles de choses en lui. Ou peut-être était-ce simplement l'avion qui roulait. Contrairement à elle, il adorait le plaisir intense de décoller et de s'élancer dans les airs.

— Si je n'avais pas été là, vous auriez fait la même chose, dit Ivy. C'est ce que vous faites tous les jours. Je n'ai rien accompli d'extraordinaire.

— À part être complètement préparée pour une urgence se produisant à trente mille pieds dans les airs ? répliqua-t-il, sachant qu'il pouvait soutenir qu'elle avait fait un tas de choses se situant hors de l'ordinaire.

Tout sortait de l'ordinaire, avec Ivy McEwen.

Elle souffla.

— J'aime être prête, toujours. Quelquefois au point de rendre fous les gens autour de moi. Soyez prévenu.

Ses yeux bleus le mirent au défi de continuer. Il se dit que la tension d'Ivy avait momentanément disparu pendant que l'avion se dirigeait vers la piste d'envol.

— Vous avez été scoute ? demanda-t-il en plaisantant.

— Oui, admit-elle avec un demi-sourire. Et c'est moi qui vendais le plus de cookies.

Caleb appréciait qu'elle soit distraite de ce que faisait l'avion. Il sourit largement.

— Compétitive ?

— Peut-être, répondit-elle, les yeux brillants. J'aime faire toujours de mon mieux. C'est pourquoi je me prépare autant. Je vise le succès quoi qu'il arrive. J'ai été un peu frustrée de ne pas être complètement au point dans le cas de Bella.

— Vous ne pouvez pas voyager avec une salle d'urgences complètement équipée. Vous m'avez impressionné. Et je n'ai pas été le seul. Tout le monde dans l'avion vous a su gré d'avoir été là, en particulier Bella et Tom.

Elle serrait toujours fortement sa ceinture, mais le sourire d'Ivy parut sincère. Espérant qu'elle allait continuer à se détendre et qu'il puisse peut-être la distraire du décollage, il continua :

— La comédie devra rester un à-côté. La médecine est votre vocation.

Elle soupira.

— Ouf ! J'étais inquiète d'avoir gâché toutes ces années à la fac de médecine.

Heureux de l'entendre plaisanter, il rit.

— Il est toujours bon d'avoir un plan B, mais vous êtes exactement là où vous devez être.

À côté de lui.

Cette pensée le prit de court.

Pas à côté de lui.

Certes, elle l'attirait, mais il allait trop vite en besogne. Ils venaient de se rencontrer. Elle était le genre de fille que sa mère aimerait qu'il ramène à la maison. Même si, après la seconde rupture de Caleb avec Katrina, elle prétendait avoir renoncé à le voir se caser un jour. Pourtant, il n'avait qu'un peu plus de trente ans. Mais elle avait toujours été un peu mélodramatique. Et il devait reconnaître qu'après Katrina, il n'avait jamais fourni à sa mère de raison de penser qu'il finirait un jour par « s'installer ».

— Merci, dit Ivy. J'aime à penser que j'ai fait le bon choix en m'orientant vers la médecine.

Il fut de nouveau piqué par la curiosité.

— Qu'auriez-vous choisi, sinon ?

Avant qu'elle puisse répondre, le pilote annonça qu'ils étaient les prochains à décoller et qu'ils seraient bientôt en route pour Paris, de nouveau. Ivy grimaça.

— Ni pilote, ni hôtesse de l'air, ni parachutiste, assura-t-elle. Je n'aime vraiment pas voler.

— Sérieusement ? Je ne m'en serais pas douté, la taquina-t-il en espérant la distraire.

Mais son visage avait perdu toute couleur. Elle fronça les sourcils.

— Tout le monde n'est pas assez fou – je veux dire assez courageux – pour sauter d'un avion.

Il n'avait jamais pensé que le fait de sauter était du courage. C'était une passion, un pur bonheur, une décharge d'adrénaline à nulle autre pareille. Rien de ce qu'il avait jamais fait ou vécu ne l'avait fait se sentir aussi vivant que lorsqu'il tombait en chute libre dans l'atmosphère. Rien n'était aussi tranquille ou paisible. Sauter plaçait toute l'existence en perspective. Cette sensation lui manquait tellement qu'il en avait mal.

L'avion se mit en position pour entamer leur ascension.

Ivy inspira à fond, et elle déglutit fortement.

— Sortez-vous avec quelqu'un, Ivy ?

— Quoi ?

Elle parut presque aussi surprise que lui par sa question. Il n'avait pas pensé à la poser. Elle lui avait juste échappé.

Il insista, parce qu'elle paraissait certainement distraite. En outre, il avait vraiment envie de connaître la réponse.

— Sortez-vous avec quelqu'un ?

— Ce n'est pas le moment de m'interroger sur ma vie sentimentale.

— Parce que l'avion ne va pas décoller si vous n'êtes pas complètement concentrée dessus, les mains crispées sur votre siège et les paupières serrées ?

— Donneur de leçons.

— Parfois, admit-il. Mais vous n'avez pas répondu. Y a-t-il quelqu'un de spécial à qui vous allez manquer pendant que vous serez en France ? Quelqu'un qui vous emballe le cœur et vous fait vous sentir sur le toit du monde ?

Elle souffla.

— Sûrement pas. Et je compte rester célibataire.

Elle se tourna vers lui, les sourcils froncés.

— Je sais ce que vous faites, Caleb, et ça ne marche pas. J'ai bien conscience que nous prenons de la vitesse et... Ooh !

Elle lui saisit le bras et le serra tandis que l'avion accélérait.

— Je me débrouille très mal pour vous distraire. Voyons voir si je peux mieux faire.

Il se pencha vers elle et, les yeux écarquillés, elle recula d'un bond, mais ne lâcha pas son bras qu'elle serrait très fort.

— N'y songez pas.

— À quoi ? demanda-t-il d'un air innocent, les lèvres frémissantes. Qu'avez-vous pensé que j'allais faire, Ivy ?

— Vous le savez très bien, répliqua-t-elle en se cramponnant encore plus fort à son bras, tout en crispant les paupières.

— J'allais juste vous murmurer à l'oreille un ancien proverbe chinois.

— Mais oui, bien sûr.

Les roues quittèrent le tarmac et elle inspira vivement.

— Dites-le-moi. Dites-le-moi maintenant.

— Que vous êtes très jolie quand vous avez le visage pincé de cette façon ?

Elle rouvrit brusquement les yeux.

— Vous moquez-vous de moi ?

— Seulement pour vous taquiner, Ivy. Les gens ont peur de différentes choses. Je ne me moquerais jamais de quelqu'un qui a peur. La peur est une émotion réelle. C'est seulement ce qui la provoque qui varie.

— Et vous, de quoi avez-vous peur ?

Caleb repensa aux moments de sa vie où il avait eu peur, comme la fois où deux de ses camarades s'étaient heurtés en l'air. Il avait été terrifié à l'idée de voir mourir son ami. Et Blake était bien mort, mais pas ce jour-là. Il se rembrunit.

— Pourquoi ai-je l'impression que ce que vous avez à l'esprit en ce moment ferait paraître dérisoire ma peur de voler ?

Relâchant sa prise sur son bras, Ivy coupa court aux sombres pensées de Caleb. Mieux valait ne pas retourner dans cette noirceur, puisqu'il ne pouvait pas changer le passé. Il ne pouvait pas ramener Blake, ni prendre sa place.

— Nous avons tous nos démons à affronter.

Elle le regarda dans les yeux.

— Avez-vous combattu, durant votre séjour dans l'armée ?

— Oui. Plusieurs fois.

— Je suis désolée, dit-elle doucement.

Il la fixa du regard.

— Pourquoi êtes-vous désolée ? Personne ne m'a forcé à m'engager, Ivy. Je me suis porté volontaire pour des missions à haut risque. Cela ne veut pas dire que je n'ai jamais connu la peur.

Il avait juste appris à la faire passer après la logique et la volonté de survivre.

— Je ne sais pas à quoi vous pensiez, mais... je n'aurais pas dû vous y faire songer. C'est de cela que je suis désolée.

— Je n'ai pas de regrets concernant mon séjour dans l'armée.

Sauf qu'il n'y était plus. Sa cheville s'imposa à son esprit, lui rappelant du même coup pourquoi il n'était plus en mesure de servir fièrement son pays. Frustré, il balança son pied d'avant en arrière.

— C'est bien.

Inspirant à fond, Ivy balaya l'avion du regard. La façon dont ses grands yeux bleus se posèrent sur tous les vétérans assis dans son champ de vision traduisit son souci pour eux et un sens profond de la responsabilité.

— Ils sont plus courageux que moi. Je me sens si faible de détester voler à ce point.

Caleb suspecta qu'elle avait fait très rarement cet aveu.

— Il y a beaucoup de monde dans cet avion qui vous a trouvée courageuse quand vous avez sauvé Bella. Vous êtes restée calme lors d'une crise, ce qui n'est pas donné à tous. Les gens ont des forces et des faiblesses différentes. C'est ce qui fait avancer l'humanité.

Elle croisa son regard et lui dédia un autre de ces sourires qui déclenchaient des feux d'artifice dans son ventre.

— Merci de ne pas me trouver froussarde. Et désolée si j'ai meurtri votre bras.

Il s'éclaircit la gorge et remua sur son siège.

— Pas de problème. Je vous enverrai la facture si je dois voir un orthopédiste.

Ses belles lèvres roses frémirent.

— D'accord. Vous devriez aussi me citer cet ancien proverbe chinois.

Il secoua la tête.

— Non, le moment est passé. Je vais le garder pour le vol de retour.

— Oh ! ne m'en parlez pas.

Elle jeta de nouveau un coup d'œil dans l'avion, puis ajusta l'écran qui se trouvait devant elle.

— Je vais regarder un film. Pourquoi n'essayez-vous pas de dormir ?

Caleb aurait préféré continuer à lui parler, mais manifestement elle en avait assez.

— Vous me réveillerez quand vous voudrez vous reposer ?

Elle hocha la tête, mais il douta qu'elle le ferait. Il avait l'impression qu'Ivy tenait à être solide. Que lui était-il arrivé pour qu'elle veuille toujours être forte et ne révéler aucune vulnérabilité ? Il était curieux d'en savoir plus sur la belle femme assise à côté de lui. Il ferma les yeux. Il allait se reposer pendant qu'elle regardait son film.

Caleb avait toujours pu s'endormir rapidement. Il avait aussi toujours été capable de rester plus ou moins conscient de ce qui se passait autour de lui. C'était quelque chose qu'il avait apprécié dans l'armée. Mais être assis dans un avion près de la femme la plus attirante qu'il ait rencontrée depuis longtemps l'empêchait de céder au sommeil.

Surtout quand, deux heures plus tard, la tête d'Ivy se posa sur son épaule. Quelque chose au fond de lui se détendit tandis qu'il se concentrait sur son souffle régulier et sur son doux parfum de vanille. La paix qu'il éprouvait s'opposait au tumulte qui agitait son ventre, alors qu'il sentait son corps contre le sien. Suspectant que, s'il bougeait, elle se réveillerait, il resta immobile, se demandant pourquoi le fait qu'une étrangère se reposait sur son épaule paraissait si juste, si dangereux en même temps, et pourquoi le besoin de la garder là, contre lui, semblait si impératif.

4

— Venez, Roy, dit Ivy au vétéran. Marchons dans cet espace.

L'aire d'autoroute était plus un centre commercial haut de gamme qu'un simple restaurant. Il y avait plusieurs lieux de restauration, une supérette, un café agréable et une station-service. C'était vraiment un lieu de repos pour les voyageurs et les gens du coin. Il y avait même des tables de pique-nique, dehors, et un petit terrain de jeu pour que les enfants se dégourdissent les jambes.

— Slade, si votre arrière-grand-père a fini de manger, faites-le marcher aussi. Entre le vol et le trajet en bus, nous avons tous besoin de bouger autant que nous le pouvons avant de reprendre la route.

Ils avaient atterri à Paris, avaient été accueillis par un groupe de vétérans locaux et étaient repartis pour un trajet de quatre heures vers la Normandie. À mi-chemin, ils s'étaient arrêtés pour aller aux toilettes et manger. Et pour remuer un peu tout le monde. Ivy ne pouvait pas les laisser s'ankyloser et devenir incapables de profiter du reste du voyage. Aussi horrible qu'ait été leur premier séjour plusieurs décennies auparavant, ce périple avait pour but d'honorer leur rôle dans la libération de la France et de leur permettre de se recueillir ensemble.

— Bon, Owen. Suzie et vous avez fini de manger, vous aussi. Allons marcher, les encouragea Caleb en se levant. Faut-il que je lance une autre conga ?

En riant, l'arrière-petite-fille d'Owen agita un peu le haut de son corps.

— Si vous voulez, je serais heureuse de danser avec vous.

Oh ! oh. La jeune fille regardait Caleb avec des étoiles dans les yeux. Ou des cœurs ? Il devait prendre garde à ne pas l'encourager. Elle avait à peine vingt ans et était encore à l'université.

Mais qui était Ivy pour penser que Suzie n'avait pas besoin d'être encouragée ? C'était elle qui avait été collée à Caleb quand elle s'était réveillée dans l'avion. Elle avait le visage enfoncé dans son épaule. Comment avait-elle pu s'endormir ainsi ? Ha ! Le problème n'était pas là. Ce qui la faisait frémir intérieurement, c'était qu'elle avait été pelotonnée contre lui. Il n'avait pas dit un mot, ni pour faire remarquer qu'elle avait laissé tomber les vétérans et qu'il avait dû prendre le relais, ni sur le fait qu'elle l'avait utilisé comme oreiller. Luke ne s'en serait pas privé. Caleb avait peut-être estimé qu'envahir l'espace personnel de son voisin était une conduite normale en avion. Pour Ivy, dormir contre lui n'avait rien eu de naturel.

Son épaule avait été solide. Il n'avait pas semblé incommodé, mais Ivy détestait avoir fait ça. Elle se targuait de ne compter que sur elle-même et ne voulait s'appuyer sur personne. Que devait-il penser d'elle ? Comme c'était gênant !

Bientôt, ils furent de retour dans le bus et reprirent leur route. Comme chaque vétéran était assis près d'un parent et que Lara jouxtait un membre de l'organisation, Ivy supposa qu'il était naturel qu'elle échoue à côté de Caleb dans le minibus de vingt personnes. Elle n'avait pas d'autre solution. La petite-fille d'Owen serait peut-être volontaire pour changer de place.

— Avez-vous remarqué que Paul a trébuché sur le bord du trottoir en revenant au bus ?

Ivy, qui contemplait le paysage français, porta son regard vers Caleb.

— Il a refusé de se servir de sa canne. Slade est resté à côté de lui, mais Paul n'a pas voulu d'aide. Il a failli tomber.

— Oui, j'ai remarqué, et j'ai essayé de rester un peu plus près, au cas où. Ce n'est pas la fierté qui manque à ces hommes.

Son plus gros souci était que quelque chose d'évitable arrive à l'un des vétérans. Caleb hocha la tête.

— La fierté est ce qui les a amenés à ce point de leur vie. Ils m'impressionnent tous. Vu leur âge, je ne m'attendais pas à trouver des hommes aussi mobiles et à l'esprit aussi vif.

— Vous avez raison. Ils sont stupéfiants par leur goût de la vie et leur refus de « faire leur âge ». Mon arrière-grand-père...

L'estomac d'Ivy fit une embardée comme s'ils étaient encore dans l'avion et pris dans une turbulence.

— Il savait combien je détestais prendre l'avion et me taquinait en me disant qu'il me tiendrait la main comme quand j'étais petite. Honnêtement, s'il n'avait pas autant adoré être parachutiste, j'aurais pensé qu'il n'aimait pas voler lui non plus. Il n'a plus jamais volé après avoir quitté l'armée. Il disait toujours qu'il n'avait pas envie d'être ailleurs que dans sa ferme, avec mon arrière-grand-mère.

Le visage de Caleb exprimait de l'empathie.

— Apparemment, préparer ce voyage ensemble comptait beaucoup pour vous deux.

— Nous étions impatients et le redoutions en même temps.

Ivy se tourna vers leurs voisins.

— Comment ça va, Paul ? Slade et vous êtes bien installés ?

L'ancien pilote de bateau et son arrière-petit-fils hochèrent la tête. Après une minute de conversation légère sur les beaux vallons français et l'air conditionné du minibus, Ivy se redressa dans son siège et ferma les yeux.

Au bout de deux heures ils arrivèrent à leur premier arrêt, Sainte-Mère-Église, et le bus se gara. Les familles d'accueil françaises qui allaient recevoir les vétérans les saluèrent. On fit les présentations et, fatigués par le voyage, les vieillards et leurs parents partirent avec leurs hôtes.

— Je me sens drôle maintenant qu'ils ne sont plus là.

Ivy jeta un coup d'œil autour d'eux, puis sourit à la famille qui allait la recevoir avec Caleb. Une autre famille prenait en charge Lara et l'organisateur.

— Nous pouvons les rejoindre s'ils ont des problèmes, mais une partie de moi a envie de tous les garder en vue.

— Et enveloppés dans du coton ? la taquina Caleb.

— Ils sont dans de bonnes familles, déclara leur hôte Philippe, cinquante ans, dans un excellent anglais.

Il avait d'épais cheveux poivre et sel, de chauds yeux bruns et un sourire facile.

— Venez, je vais vous montrer où j'habite.

Il insista pour aider Ivy avec ses valises tandis qu'ils longeaient deux pâtés de maisons pour arriver à la maison d'hôtes qu'il tenait avec sa femme. La maison était pittoresque avec ses murs en pierre, son toit en ardoise et ses beaux géraniums rouges. Delphine, une boule d'énergie, les embrassa sur la joue. Elle avait des fossettes quand elle souriait – ce qui arrivait souvent –, et Ivy l'adora tout de suite.

L'intérieur de la maison était un mélange de bois et de pierre. Les meubles étaient robustes et confortables. Une odeur délicieuse, comme du pain chaud, flottait entre les murs et donna faim à Ivy. Apparemment, les étages supérieurs étaient partagés en deux, pour accueillir deux groupes de résidents.

On leur montra leurs chambres respectives. Celle de Caleb était la plus proche de l'escalier. Delphine leur indiqua la salle de bains commune dans le couloir, puis conduisit Ivy chez elle. Les chambres étaient anciennes et pleines de charme.

Le reste de la journée avait été réservé pour que les vétérans fassent connaissance avec leur famille d'accueil, aussi Ivy se trouva-t-elle désœuvrée. Elle défit ses bagages, s'installa, se servit de la salle de bains et descendit rejoindre Delphine qui préparait le repas. Celle-ci refusa son aide.

Dans la salle de séjour, Philippe montrait à Caleb ses souvenirs de la Seconde Guerre mondiale. Il était très fier d'accueillir des vétérans pour chaque commémoration du 6 juin. Ivy se demanda si le couple était déçu de s'être vu attribuer Caleb et elle plutôt qu'un ancien combattant.

Mais ils se montrèrent merveilleusement amicaux. Il y avait trois autres couples de touristes, deux américains et un anglais, tous là pour les commémorations. Le dîner fut excellent et la compagnie distrayante. Philippe avait sorti un vin de 1944 pour fêter leur arrivée. Ivy ne buvait pas, d'habitude, mais elle prit un petit verre du vin rouge boisé et le dégusta lentement.

— Vous êtes en couple ? demanda l'une des Américaines.

Trista et son mari Fred avaient la soixantaine, comme les deux autres couples. Ils semblaient tous bien se connaître.

Les joues d'Ivy s'échauffèrent.

— Non. Nous nous sommes rencontrés seulement ce matin à l'aéroport de Knoxville. Nous sommes des volontaires médicaux pour un groupe de vétérans.

Trista se mit à parler du volontariat et Ivy se sentit soulagée que la conversation ne se soit pas attardée sur Caleb. Il était étrange de penser qu'ils ne se connaissaient que depuis moins de vingt-quatre heures. Mais ils étaient restés constamment ensemble durant cette longue journée.

Combattant la fatigue – et peut-être les effets du vin –, Ivy écoutait les échanges en souriant souvent. Les hommes discutaient pour savoir si les sauts en parachute prévus pour la fin de la semaine seraient reportés en raison de la pluie. Ils étaient tous d'anciens militaires. Même si Caleb aurait pu être leur fils, il s'intégrait bien à la conversation du fait de son passé dans l'armée.

— Il est très beau, votre compagnon, observa Trista.

— Vraiment, je n'ai fait sa connaissance que ce matin, insista Ivy, les joues en feu. Il semble être super, mais je le connais à peine.

Les autres femmes échangèrent un regard et sourirent.

— Paris est peut-être la ville de l'amour, mais c'est parce que la France tout entière ouvre le cœur à ce sentiment. Vous verrez, la Normandie n'est pas différente.

Mortifiée par cette conversation, pour le cas où les hommes y prêteraient attention, Ivy secoua la tête.

— Non. Je ne suis pas intéressée par l'amour. Je viens de finir mon internat et je suis revenue dans le Tennessee pour commencer à travailler aux urgences d'un hôpital.

En outre, elle devait décider ce qu'elle allait faire de la ferme de son arrière-grand-père. Elle n'avait pas le cœur de la vendre, mais elle ne voulait pas qu'elle se détériore. Tant d'amour, de sueur et de larmes y avaient été investis au fil des décennies. Le bâtiment faisait partie de la vie d'Ivy. Mais qu'allait-elle faire de centaines d'hectares de terrain ? Elle ne voulait pas y penser dans l'immédiat. Ni même jamais. Elle aurait aimé que Gramps soit là, travaillant ses terres et ajoutant son rayon de soleil au monde.

Des larmes lui piquèrent les yeux et elle se retint de les essuyer. Sinon, Delphine et Trista penseraient que leur conversation sur l'amour l'avait touchée. Or elle regrettait seulement le temps qu'elle avait perdu au nom de l'amour.

— Dans quel hôpital allez-vous travailler ?

Ivy s'empourpra de nouveau. Caleb avait entendu les commentaires de ces femmes. Avait-il ri intérieurement à son affirmation qu'il ne l'intéressait pas ? Oui, elle était vraiment mortifiée. Mais après tout, c'était lui qui avait demandé si elle sortait avec quelqu'un. Bien sûr, cela n'avait probablement été que pour la distraire pendant le décollage, et pas par intérêt pour son statut sentimental.

— Knoxville General, répondit-elle.

Il eut un grand sourire.

— Nos chemins sont destinés à se croiser de nouveau à notre retour.

Curieuse, mais essayant de ne pas trop le montrer sous le regard attentif des deux autres femmes, Ivy haussa un sourcil.

— Vous travaillez aux urgences ? Je pensais que vous étiez embauché par un service d'ambulances privées.

— Oui, et nous transportons des patients dans votre hôpital, entre autres. Nous fréquentons souvent les urgences.

Il conserva son sourire.

— Je serai heureux de poursuivre notre nouvelle amitié quand nous serons rentrés aux États-Unis.

Elle ne les imaginait pas devenir « meilleurs amis », mais elle aimait parler avec lui. Et s'endormir sur son épaule avait été une expérience délicieuse, même si elle en avait été gênée.

— On n'a jamais trop d'amis, répondit-elle pour le compte de celles qui les écoutaient. Ce sera bien de croiser de temps en temps un visage familier.

Elle connaissait très peu de monde à Knoxville. Elle avait rencontré quelques amis de son arrière-grand-père, mais la plupart étaient âgés. Et puis il y avait ceux qu'elle avait connus par la Fondation des vétérans, avec qui elle resterait sans doute amie. Pourquoi Caleb serait-il différent du groupe avec qui elle s'était déjà liée ?

Le repas dura plus de deux heures, et il battait encore son plein quand la fatigue vainquit Ivy. Elle ne pouvait plus garder les yeux ouverts.

— Désolée de vous abandonner si tôt, mais les effets du voyage se font sentir et je vais aller dormir. Je vous verrai tous demain matin, sauf si nos vétérans et leur famille ont besoin de quelque chose avant. Bonne nuit.

Les hommes, dont Caleb, se levèrent, montrant leurs bonnes manières. Les femmes lui souhaitèrent une bonne nuit. Ivy utilisa la salle de bains qu'elle partageait avec Caleb, puis alla se pelotonner sous les couvertures de son lit, ancien comme tous les beaux meubles qui ornaient la petite chambre.

En pensant au mobilier de la ferme, elle soupira. Un jour, si elle rencontrait quelqu'un qui la tire vers le haut au lieu de la rabaisser, si elle se mariait et avait des enfants, elle voudrait qu'ils parcourent les terres de ses arrière-grands-parents. Qu'ils dorment dans les lits qui avaient appartenu à leur famille depuis plus de cent ans.

Mais comme elle se sentirait seule à la ferme sans son Gramps bien-aimé ! Il faudrait qu'elle parle à M. Griggs, le voisin qui louait les parcelles et avait racheté les bêtes, pour voir s'il voulait prolonger son bail. Elle aurait besoin de toute l'aide qu'elle pourrait obtenir pour payer les impôts. Et sa mère n'était pas trop heureuse que Gramps l'ait déshéritée au profit de son unique arrière-petite-fille. Ivy ignorait pourquoi il avait fait ça, et ne l'avait certainement jamais encouragé à le faire. D'une certaine façon, s'il avait laissé la ferme à sa mère, les choses auraient été plus simples ; cette dernière n'aurait pas hésité à vendre la propriété.

Ivy ne pourrait s'y résoudre. C'était peut-être pour ça que Gramps lui avait légué ses biens. Elle vivrait à la ferme et conserverait les terres qu'il avait tant aimées tant qu'elle le pourrait. La ferme était dans son sang, c'était une partie de son passé et une partie de la personne qu'elle était devenue.

Elle ne put s'empêcher de se demander ce que Caleb penserait de la ferme blanche dont les murs avaient été témoins de tant d'amour, et de la terre qui avait nourri sa famille pendant des générations. Comment se faisait-il qu'elle pouvait l'imaginer là-bas, à la maison et dans les champs, avec les Smoky Mountains en toile de fond ? Prendrait-il un peu du sol riche dans sa paume, en étant sensible à l'âme de ces terres ? Comprendrait-il, ou la jugerait-il folle de garder quelque chose qui demanderait beaucoup de travail, même en louant les parcelles ?

Qu'est-ce qui n'allait pas chez elle ? Ses pensées étaient les divagations décousues d'une femme trop fatiguée par le voyage et le vin, même si elle n'en avait bu qu'un verre. C'était cela qui était responsable des errements de son esprit, se dit-elle. Qu'elle pouvait blâmer de lui donner ces rêves.

Ce fut la seule raison, tenta-t-elle de se convaincre, pour laquelle elle s'endormit avec cette image : elle, marchant main dans la main avec Caleb Rivers, un homme qu'elle venait juste de rencontrer, à travers les champs de son arrière-grand-père, et éprouvant une sensation de paix du fait de sa présence à son côté.

5

— Bonjour.

Caleb salua Ivy tandis qu'elle descendait les marches étroites menant à la salle de séjour de la maison d'hôtes. Elle portait un pantalon noir avec des poches latérales et un T-shirt bleu marine avec le logo FVSM (Fondation des vétérans des Smoky Mountains) en travers de la poitrine. Ses cheveux étaient nattés de frais et elle avait les joues roses comme si elle venait de se laver le visage.

— Du café ?

Elle sourit comme s'il lui offrait un trésor.

— Ce serait formidable.

Il prit un bol dans un placard. Elle y jeta un coup d'œil interrogateur.

— Oui, des bols, pas des mugs, dit-il. Pour que vous puissiez tremper votre pain dans votre café.

Devant sa mine étonnée, il eut un grand sourire.

— C'est comme ça. De la crème ? Du sucre ?

Il fut surpris qu'elle refuse. Il l'aurait crue amatrice de douceurs.

— Philippe est parti livrer des produits de Delphine dans d'autres chambres d'hôtes. Il ne devrait pas tarder. Delphine cueille des fleurs pour un bouquet dans son jardin. Elle m'a demandé de vous dire de vous servir si vous arriviez avant son retour.

— Ses fleurs sont magnifiques. Je les ai vues de ma fenêtre.

Prenant le bol fumant que Caleb lui tendait, Ivy aspira une gorgée et soupira de plaisir.

— Je ne mange pas beaucoup de pain, et je le trempe encore moins dans mon café, mais celui de Delphine sent divinement bon.

— C'est un délice. Je vous recommande le beurre et la confiture. La confiture est un produit maison et le beurre vient de chez le voisin où elle achète son lait.

— Waouh.

Ivy posa son bol sur la table et se fit une tartine. Elle avait l'air d'une enfant le matin de Noël. Caleb sourit largement.

— Attendez de goûter.

Sa tartine faite, Ivy lécha la cuillère de confiture et ouvrit de grands yeux.

— Mmm. Ce que c'est bon !

Caleb lutta pour contenir sa réaction viscérale à ce geste innocent.

— Je vous l'avais dit.

— C'est une bonne chose que nous ne restions que deux semaines, sans quoi je devrais m'acheter une nouvelle garde-robe.

Elle mordit dans le pain frais et son visage exprima la joie la plus pure.

— Miam. Je le ferai peut-être, de toute façon. Cela en vaut la peine.

Son soupir de plaisir suscita de drôles de choses en Caleb ; il eut l'impression d'être noué. Il ravala la boule qu'il avait dans la gorge et s'empara du pain.

— Vous faites paraître ça si bon que je vais prendre une deuxième tranche.

— Dépêchez-vous, sinon il n'en restera plus, dit Ivy en plaisantant. Je vais peut-être faire des provisions dans ma chambre.

Caleb rit.

— Delphine cuit son pain tous les matins pour leurs hôtes et elle en vend dans le coin pour se faire quelques revenus. Elle dit que les communautés locales sont très soudées ; elles achètent aux fermiers et aux producteurs, et ils se soutiennent mutuellement.

— J'adore ça. Tout est si frais, c'est vraiment délicieux.

Elle prit une autre bouchée et gémit de plaisir.

— Ça me rappelle quand j'étais petite et que j'allais chez mes arrière-grands-parents. Les goûts sont si riches !

Manquant de s'étrangler sur son pain, Caleb se racla la gorge.

— Quand Philippe reviendra, nous pourrons aller à l'école pour le début de notre programme.

Ivy jeta un coup d'œil à sa montre.

— Il n'est que 7 heures passées et je pensais que nous avions encore largement le temps.

Caleb glissa les doigts dans les poches de son jean.

— Nous en avons. L'école n'est pas loin et nous ne sommes pas attendus avant 10 heures. Les organisateurs n'ont rien prévu de bonne heure pour que les vétérans puissent se lever plus tard, s'ils souffrent du décalage horaire. Ou nous, évidemment. Enfin, vous voyez ce que je veux dire...

Qu'est-ce qui n'allait pas chez lui ? Il parlait à tort et à travers, ce qui ne lui ressemblait pas. Il se sentait comme un ado maladroit s'adressant à une reine.

— Les autres hôtes ne seront pas là pour dîner ce soir. Philippe a pensé que nous pourrions aller manger avec Delphine et lui chez un ami qui vit sur la côte.

Ivy prit une autre bouchée de pain.

— Je ne veux pas qu'ils se dérangent pour nous.

— J'ai eu l'impression qu'ils comptent sur notre présence. Paul et Slade habitent chez cet ami, et ils ont invité Owen et Suzie, aussi.

Ivy le regarda dans les yeux, mais ne dit rien.

— Quoi ? demanda-t-il, sachant qu'elle avait quelque chose à l'esprit.

— J'essayais juste de décider si c'est pour ça que vous voulez y aller.

— Quoi, pour ça ? demanda-t-il encore, perplexe.

— Suzie.

Il fut choqué. Elle pensait... sérieusement ?

— Vous plaisantez, n'est-ce pas ?

Elle l'étudia un instant, puis un lent sourire se dessina sur son visage.

— Oh ! je ne sais pas. Elle est très belle.

— Et jeune.

— À partir du moment où les deux parties sont majeures et mentalement saines, l'âge n'est qu'un nombre.

— Je suis d'accord jusqu'à un certain point. Sortiriez-vous avec quelqu'un de beaucoup plus jeune ou de beaucoup plus âgé que vous, Ivy ?

Elle considéra sa question, puis haussa les épaules.

— Si mes critères étaient remplis et si j'étais attirée par cette personne, oui. Je devrais même le faire, vu que sortir avec des hommes de mon âge n'a jamais trop bien marché.

Curieux, Caleb allait lui demander de s'expliquer sur ses critères et sur ce qui n'avait pas marché, mais Delphine arriva à ce moment-là avec des fleurs plein les mains.

— Oh ! les zinnias sont superbes, dit Ivy. Et ce pain est le meilleur que j'aie jamais mangé, Delphine. Sa texture et son goût sont parfaits. Il fond dans la bouche.

— Merci, répondit Delphine, rayonnante. C'est la recette de ma grand-mère.

Quand Ivy eut fini de manger, elle offrit d'aider leur hôtesse, mais celle-ci refusa. Philippe revint, demandant s'ils pouvaient être prêts à partir dans l'heure. Ivy disparut un quart d'heure à l'étage et redescendit avec son sac à dos. Caleb avait pris le sien, aussi. Il contenait son défibrillateur. Comme ils l'avaient vu dans l'avion, on ne savait jamais ce qui pouvait arriver.

Ils partirent pour l'école primaire où les vétérans devaient parler ce matin-là. Comme ils étaient en avance, ils passèrent par le manoir de Brécourt et s'arrêtèrent pour regarder le mémorial du 101e régiment aéroporté, érigé en hommage aux courageux parachutistes qui s'étaient battus à Utah Beach. La campagne paraissait ordinaire, mais elle avait une histoire et Caleb la connaissait. C'étaient ces soldats légendaires qui avaient nourri son désir d'être parachutiste. Ils étaient tous ses frères d'armes.

Et l'implication d'Ivy lui faisait plaisir. Elle comprenait où ils étaient, ce qu'ils voyaient. Elle semblait éprouver une véritable empathie pour les hommes dont les noms étaient gravés dans la pierre. Après tout, elle avait été très proche de son arrière-grand-père, qui avait été parachutiste durant la Seconde Guerre mondiale.

Tandis qu'il promenait les yeux sur le paysage, des images emplirent la tête de Caleb. Des images terribles de son équipe, quand... Il était temps de partir, se dit-il brusquement. Pivotant sur lui-même, il rejoignit la voiture.

Une fois à l'intérieur, Ivy le regarda, puis, à la surprise de Caleb, lui toucha la main. Son visage était plein d'empathie.

— Cet endroit peut vraiment vous toucher, n'est-ce pas ? murmura-t-elle.

— Il y avait des voix dans le vent, comme si ces hommes morts nous appelaient du passé.

Les yeux bleus d'Ivy brillèrent.

— Je l'ai senti aussi.

À l'école, ils rejoignirent les autres qui arrivaient et furent accueillis par les enfants et les instituteurs. Puis les vétérans furent installés à l'avant du réfectoire pour faire leurs exposés. Lorsqu'ils eurent fini, les petits élèves les entourèrent pour leur poser des questions avec l'aide d'interprètes et faire des photos avec eux. Caleb parla avec l'un des instituteurs. Souriante, Ivy bavarda avec les enfants, les félicitant de leurs efforts pour parler anglais. Alors que leurs regards se croisaient, il éprouva un trouble qui lui donna envie de l'embrasser.

Mais s'il était honnête, il devait reconnaître qu'il avait souhaité embrasser Ivy dès qu'il l'avait rencontrée à l'aéroport, frappé par ses yeux bleus dans lesquels il avait discerné quelque chose qu'il ne comprenait toujours pas tout à fait.

Les cérémonies à l'école terminées, Ivy et Caleb retournèrent à Sainte-Mère-Église avec Philippe. Ils retrouvèrent les autres devant Notre-Dame-de-l'Assomption, au clocher de laquelle un parachutiste était resté accroché pendant la guerre. Le tissu blanc du parachute battait dans le vent, rappelant ce qui s'était passé.

Ivy en eut la chair de poule, et ce n'était pas la première fois de la journée. Plus tôt, l'intensité du regard de Caleb avait provoqué cette réaction chez elle. Il l'avait regardée comme si elle était nappée de chocolat et qu'il était affamé de dessert.

Là, il parlait avec Owen. Ses lunettes de soleil brillaient. Son

T-shirt moulait ses biceps et était assez ajusté pour mettre en valeur à la fois son torse puissant et sa taille mince. Sentant le regard d'Ivy, probablement, il regarda dans sa direction et sourit. Ses yeux ambrés durent pétiller derrière ses lunettes. S'était-il aperçu qu'elle le contemplait en ayant l'eau à la bouche ?

— Prêts à entrer dans l'église ?

Elle prit le bras de Paul. Il fallait qu'elle fuie le soleil qui lui dérangeait l'esprit. À moins que ce ne soit Caleb.

À l'intérieur, elle fut frappée par la beauté du monument richement décoré. L'autel était splendide.

— Cet endroit a été bâti pour durer toujours, dit Slade en rejoignant Ivy et son arrière-grand-père. On n'en construit plus de comme ça, n'est-ce pas, Grandpa ?

— Pas que je sache, répondit Paul.

L'église semblait intemporelle. Mary et Roy les rejoignirent. Mary demanda à Ivy de la prendre en photo devant l'autel avec son père. Elle prit aussi quelques clichés de Paul et Slade. Puis l'organisateur les rassembla pour les conduire à l'Airborne Museum. Celui-ci n'était pas loin, mais Ivy et Caleb insistèrent pour que les vétérans s'y rendent en fauteuil roulant. Ils rechignèrent, mais obéirent. Owen fut celui qui ronchonna le plus.

Ils visitèrent le musée, Ivy songeant qu'il retraçait une portion de la vie de son arrière-grand-père. Elle prit des photos de ce qui était exposé, le cœur serré de vénération et mesurant le prix qu'avait coûté sa liberté. Passant devant une robe de mariée, elle lut la notice explicative. Mary la rejoignit.

— N'est-ce pas ce qu'il y a de plus romantique ? dit-elle. Ce parachutiste qui a rapporté son parachute à sa petite amie pour qu'elle fasse couper sa robe de mariée dans la soie ? J'en ai des frissons. Vous imaginez ça ?

Non, Ivy ne l'imaginait pas bien. Pourtant, elle se disait que son arrière-grand-père aurait pu faire une chose pareille. Il avait tant aimé sa femme et été si fier de sa carrière dans l'armée qu'il aurait pu vouloir mêler les deux.

— Je doute que beaucoup de femmes aient envie de se faire faire une robe de mariée dans un parachute, de nos jours, observa Mary.

— Moi je le ferais, dit Ivy. Il n'y aurait rien de plus spécial que de me donner à l'homme que j'aimerais en portant quelque chose qui lui aurait sauvé la vie.

Mary lui jeta un regard approbateur.

— Moi aussi, même si je ne vois pas mon mari m'apportant un parachute pour que je m'en habille…

Elle porta les yeux sur les hommes qui approchaient.

— Et vous, Caleb ? Vous étiez parachutiste. Avez-vous gardé un de vos parachutes pour que votre fiancée se fasse une robe de mariée dedans ?

Les joues d'Ivy s'enflammèrent, ce qui était ridicule. La question était innocente et Caleb n'en semblait pas gêné. Il secoua la tête en riant doucement.

— Je n'ai gardé aucun de mes parachutes. En outre, les miens étaient en nylon et je doute qu'une femme veuille une robe de mariée en nylon.

— Le fait de sauver les parachutes avait sans doute plus à voir avec le prix de la soie qu'avec des idées romantiques, intervint Ivy.

Parler de mariage avec Caleb lui donnait les paumes moites. Mary avait dit qu'il était célibataire. Avait-il eu quelqu'un de spécial dans sa vie à un moment donné ? Ou peut-être avait-il été marié et ne l'était-il plus ? « Célibataire » pouvait signifier beaucoup de choses.

Qu'est-ce que je voudrais que ça signifie ?

Rien, trancha-t-elle fermement. Elle replia les doigts dans ses paumes. Elle n'était pas intéressée par la vie amoureuse de Caleb, passée ou présente.

— Vous avez probablement raison, acquiesça Caleb. Utiliser la soie du parachute permettait au marié de faire des économies.

— Je préfère ma version, déclara Mary. La vôtre est moins romanesque.

— Vous êtes une incurable romantique, Mary ? la taquina Caleb.

Elle hocha la tête.

— Absolument. C'est l'un de mes premiers traits de caractère. Je le tiens de papa.

Caleb rit.

— Roy sait-il que vous le tenez pour un incurable romantique ?

Ivy changea de conversation.

— Je vais voir où en sont nos vétérans.

Parce qu'elle n'était pas une incurable romantique ou quoi que ce soit d'approchant. Pourtant, elle avait dit à Mary qu'elle aurait porté une robe coupée dans le parachute de son bien-aimé, ce qui signifiait que, malgré ses trois échecs, elle n'était pas imperméable à la romance. Elle aurait préféré l'être.

Ce soir-là, une certaine nervosité régna pendant qu'ils attendaient de partir chez l'ami de Delphine et Philippe.

— Je pense que je vais aller faire un tour en ville, trouver un bistrot et prendre un verre, annonça Caleb. Voulez-vous vous joindre à moi, Doc ?

Ivy ne voulait pas perdre un seul précieux moment de son séjour en France. Elle ne reviendrait peut-être jamais, et voulait voir et faire tout ce qu'elle pouvait. Aussi répondit-elle :

— Très volontiers.

6

Ivy à son côté, Caleb arpenta les rues, regardant les magasins pour touristes, entrant dans plusieurs d'entre eux pour chercher des souvenirs. Lorsqu'il choisit cinq ou six porte-clés, elle haussa un sourcil.

— Vous devez avoir beaucoup d'amis.

— Ils sont pour mes collègues de TransCare. Je compte en acheter quelques-uns en différents endroits pour les leur rapporter.

— C'est gentil à vous.

— Vous me paraissez un peu condescendante, Ivy, remarqua-t-il d'un ton taquin.

Elle haussa les épaules.

— Je ne suis pas une grande fan des souvenirs de voyage.

— Non ? Les porte-clés, les petites cuillères, les boules à neige ne vous excitent pas ?

Elle plissa le nez. Il posa ses achats sur le comptoir.

— Je pense qu'ils sont trop chers et que c'est de l'argent gaspillé.

— Peut-être. Mais montrer à quelqu'un que vous avez pensé à lui me semble sans prix.

Elle lui décocha un regard qui semblait dire : « Vous êtes sérieux ? »

— Vous ne rapportez jamais rien ? Même pas pour de proches amis ou de la famille ?

Elle secoua la tête.

— Mes parents s'en chargent pour moi. J'ai toute une collection de colifichets qu'ils gardent dans mon ancienne chambre, chez eux. Pour ma part, je ne vois pas l'intérêt de rapporter un cadeau portant le nom d'un lieu où la personne n'est pas allée.

Caleb sortit sa carte de crédit.

— Ils voulaient probablement vous donner envie de voyager.

— Je préférais nettement aller chez Gramps. J'adorais passer l'été avec lui à la ferme.

Elle prit un regard lointain.

— Il devait être quelqu'un de formidable, dit Caleb.

— Oui. Je vous attends dehors.

Lorsqu'il sortit de la boutique, il la trouva en train de faire un selfie avec la statue d'un soldat. Cela l'étonna. Puis ils s'arrêtèrent dans un bar. Il prit une bière et Ivy une limonade. L'endroit était bondé de jeunes soldats présents pour les commémorations. En contemplant leur camaraderie, Caleb fut pris de nostalgie. Il avala sa bière d'un coup.

Il regarda les photos aux murs, qui montraient des soldats lors de célébrations précédentes. Il se sentait étrangement partagé, avec l'impression d'être à la fois proche et distant de ces événements. Mais en même temps, il était si conscient d'Ivy que son parfum vanillé titillait toutes ses cellules.

Quelle femme merveilleuse et complexe elle était, avec sa malle de souvenirs, le grand-père qu'elle idolâtrait, son esprit brillant, ses mains habiles et son cœur généreux !

— J'ai déjà posé la question, sans avoir eu de réponse. Y a-t-il quelqu'un pour qui vous devriez acheter un souvenir, Ivy ?

Elle ramena son regard sur lui.

— Non, Caleb, il n'y a personne dans ma vie qui ait besoin d'un porte-clés. Je n'ai pas eu beaucoup de chance jusqu'ici et je n'ai aucune envie de retenter la chose.

Elle termina sa limonade et se leva.

— Venez. Rentrons chez Philippe et Delphine pour nous préparer à sortir avec eux.

Les jours suivants passèrent rapidement. Les matinées étaient consacrées aux activités des vétérans, qui visitaient des écoles pour parler aux élèves et répondre à leurs questions par le biais d'un interprète. Chaque jour, Ivy était de plus en plus sensible à l'homme qui la faisait sourire plus qu'elle ne l'aurait cru possible. Elle ne voulait pas apprécier autant Caleb, mais elle ne pouvait pas s'en empêcher. Il était intelligent, avait l'esprit vif et dégageait des phéromones qui la mettaient sens dessus dessous.

À Colleville-sur-Mer, ils rencontrèrent une importante organisation de vétérans qui avait amené quarante anciens combattants et une ancienne infirmière pour les célébrations. Ivy était impressionnée et appréciait de fréquenter tous les gens qui travaillaient à la réussite de ces événements. Elle était frappée aussi par la façon dont Caleb nouait des relations, serrait des mains et partageait un respect mutuel de soldat à soldat. Vu la façon dont elle idolâtrait Gramps, elle aurait dû se douter qu'elle serait attirée par quelqu'un ayant un passé militaire. Quant à leurs vétérans, ils étaient traités comme les héros qu'ils étaient.

Ils visitèrent le musée, puis le Cimetière américain. C'était un endroit très émouvant qui dominait Omaha Beach où tant de soldats étaient morts le 6 juin 1944. Ivy fut bouleversée par les neuf mille croix représentant toutes ces vies fauchées pour la liberté. En même temps, elle surveillait ses vétérans qui déambulaient en fauteuil roulant – les distances étant trop importantes pour qu'ils marchent. Mais où était Caleb ? Regardant autour d'elle, elle le vit agenouillé devant une croix. Sa mâchoire était tendue. Curieuse, elle fit un signe à Lara.

— Occupez-vous de nos amis. Je reviens tout de suite.

Elle rejoignit Caleb et s'approcha respectueusement de lui. Le vent plaquait son T-shirt contre ses épaules et son torse. Ses doigts la démangeaient de le toucher. Pour le réconforter, se dit-elle. Pas pour une autre raison.

— Quelqu'un que vous connaissiez ? demanda-t-elle.

Paraissant surpris de la voir là, Caleb secoua la tête.

— Non. Mais j'aurais pu être là à ce moment-là.

L'estomac d'Ivy se contracta.

— Et une de ces croix pourrait porter votre nom.

Elle frémit, songeant à tous ces jeunes gens qui avaient à peine entamé leur vie et laissé derrière eux des parents, des fiancées…

Le nœud se resserra encore sur son estomac. Il y avait tant de choses qu'elle tenait pour acquises. Dont sa liberté.

— Merci pour votre engagement, Caleb.

Il baissa la tête.

— Ne me remerciez pas. Pas ici. Mon engagement n'était rien comparé à ce que ces garçons ont fait.

— Vous auriez fait la même chose, à leur place.

Elle savait que Caleb était patriote jusqu'à la moelle. La pensée qu'il aurait pu mourir fit flageoler ses genoux.

— La guerre est l'enfer, dit-il. À l'époque comme maintenant.

Il se releva. Ivy combattit l'envie de passer ses bras autour de lui. Il n'en était pas question, mais elle aspirait à apaiser sa douleur. Et soudain une pensée horrible lui vint.

— Caleb, avez-vous perdu des amis au front ?

La façon dont sa mâchoire se contracta fut une réponse.

— Oui, Ivy, certains d'entre eux sont morts, en particulier un ami proche.

Il inspira profondément.

— J'aurais pris la place de Blake ou la leur, si j'avais pu.

Ivy connaissait bien la culpabilité du survivant ; les symptômes du stress post-traumatique lui étaient familiers. Et le fait qu'il ait perdu un ami proche...

Oh ! Caleb.

— Je suis désolée pour votre ami et très contente que vous ne soyez pas mort.

Elle le connaissait peut-être depuis peu, mais le monde était meilleur et plus sûr parce qu'il existait. Elle en était certaine. Cédant à la chaleur qui se répandait en elle, elle posa la main sur son bras, espérant qu'il comprenne ce qu'elle ne savait pas exprimer.

Elle avait l'impression de l'avoir toujours connu.

Comment se faisait-il que le fait de le toucher paraisse si juste, et qu'en même temps elle doive écarter la main avant qu'elle soit brûlée par le contact de sa peau sous ses doigts ?

Semblant s'arracher à ses pensées, Caleb posa son regard sur sa main, puis le releva. Ivy ne put détacher les yeux de ses lunettes de soleil. Au bout de quelques secondes qui parurent durer une éternité, il rompit le contact.

— Je suis content de ne pas être mort, moi aussi. Désolé si j'ai laissé entendre le contraire.

Elle ne pouvait imaginer ne pas l'avoir connu.

— Blake était un type bien. Le meilleur. J'ai senti sa présence, tout à l'heure.

— C'est un lieu puissant.

Elle avait envie de le toucher, de lui prendre la main, mais comme il avait dégagé son bras elle ne le fit pas.

— Oui.

La gorge serrée, Ivy le fixa, fascinée. Pas seulement par ce qu'il était, mais par la façon dont il l'affectait, elle.

— Quoi ? demanda-t-il en fronçant les sourcils.

— Vous êtes vraiment un chic type, n'est-ce pas ?

— À titre d'information, ce n'est pas la manière dont un soldat souhaite être connu.

— Je ne voulais certainement pas vous insulter. Bien au contraire. J'aurais peut-être dû dire que vous êtes vraiment un homme bien, à la place.

— Pas toujours, mais j'essaye.

Avec sa curiosité, elle aurait aimé qu'il s'explique davantage, mais il porta son regard sur leur groupe qui avait pris de l'avance.

— Venez, Doc. Nous devons rattraper nos vétérans.

— Souriez, Doc.

Caleb leva son téléphone et prit une photo d'Ivy avec deux figurants français qui s'étaient coiffés et maquillés comme des Amérindiens. Des hommes ainsi grimés, surnommés les « *Filthy Thirteen* », avaient libéré le village de Brévands et on honorait leur mémoire par un mémorial et une cérémonie annuelle. Les vétérans d'Ivy et de Caleb prenaient part aux événements.

Les deux figurants, qui avaient à peu près l'âge d'Ivy, voulurent faire une autre photo avec elle entre eux. Elle avait un sourire rayonnant et Caleb en éprouva une flèche de jalousie. Pourtant il n'était pas du genre jaloux. Et même s'il l'avait été, il n'avait certainement aucun droit de ressentir ça vis-à-vis d'Ivy.

— À votre tour. Placez-vous à côté d'eux et je vais vous photographier. Dites « tour Eiffel ».

Caleb sourit, puis remercia les figurants. Leur anglais était limité, comme le français de Caleb et d'Ivy, mais avec de la patience ils purent s'entretenir un peu. Après quoi Mary proposa de prendre une photo d'eux devant un monument représentant un aigle aux ailes déployées.

— Vous allez si bien ensemble, dit-elle en rendant son téléphone à Ivy.

Les joues de cette dernière rosirent et elle détourna son regard.

— Euh, oui, merci pour la photo, Mary.

— Vous m'en enverrez une copie.

— Certainement.

Ivy semblait soulagée que Caleb n'ait pas relevé le commentaire de Mary. Elle lui demanda de lui envoyer les photos qu'il avait prises.

— Même si j'en ai tellement fait que je ne sais pas quand j'aurai le temps de les regarder, ajouta-t-elle.

— Pareil pour moi. Je n'en prends pas autant, d'habitude.

Et il avait peut-être pris plus de photos représentant Ivy qu'il n'aurait dû. Il essaya de se convaincre que c'était parce qu'ils étaient collègues et souvent ensemble. Mais en réalité, il la voyait dans son esprit même lorsqu'il fermait les yeux. Quant au commentaire de Mary, il supposait que n'importe quel homme aurait fière allure à côté d'une femme aussi superbe qu'Ivy.

La cérémonie commença. Le maire de Brévands fit un discours et l'on déposa des fleurs au pied du monument aux morts. Caleb jeta un coup d'œil à Ivy. Elle semblait complètement captivée par ce qui se passait. Elle portait une main à sa poitrine, comme si elle était très émue par l'hommage rendu aux soldats qui avaient libéré le village.

Il se pencha vers elle et lui murmura à l'oreille :

— Apparemment, Paul s'est endormi.

— Il a presque cent ans. On lui pardonnera.

Elle fronça les sourcils à cette interruption. Caleb se dit qu'il ferait de se concentrer lui aussi et ne pas se laisser distraire par la ravissante petite brune à son côté. Mais c'était ainsi que se passait le voyage, pour lui : il était fasciné, et par la gratitude des Normands, et par Ivy McEwen. Les émotions paraissaient plus intenses en France.

La cérémonie terminée, la foule s'attroupa autour des vétérans. Ivy sourit.

— Ils sont de vraies rock stars, par ici. Et vous devez être fier d'avoir servi dans l'armée.

La poitrine de Caleb se gonfla et il hocha la tête.

— C'est un honneur pour moi.

Le doux sourire d'Ivy attira son regard sur sa bouche.

— Voilà qui est parler comme un vrai héros.

— Je n'en suis pas un. J'étais juste un gamin qui brûlait de sauter d'un avion et de tirer sur des cibles. M'engager m'a permis de le faire sans aller en prison.

Les yeux d'Ivy s'agrandirent et elle eut un rire sourd.

— Dit comme ça...

Caleb haussa les épaules.

— Ce n'est que la vérité.

Une petite partie, mais la vérité quand même.

Ivy le regarda.

— Puisque vous aimiez tant être dans l'armée, pourquoi n'y êtes-vous plus ?

— Ma carrière militaire a été interrompue quand j'ai été révoqué pour des raisons médicales.

— Vous avez été blessé ? s'écria-t-elle, alors que son regard bleu se faisait horrifié. Vous allez bien, maintenant ? Que s'est-il passé ?

— Je vais bien, oui.

En gros.

— J'ai mal atterri lors d'un saut.

Il ne dit pas pourquoi, ni qu'il avait eu de la chance de se poser vivant. Se rappeler ces moments d'effroi lui tira une grimace, mais il se força à détendre les traits de son visage.

— Je suis contente que vous alliez bien.

La voix d'Ivy était pleine d'émotion et il faillit lui en dire plus. Cette envie le stupéfia. Il y avait des choses dont il ne parlait pas. Qu'il cachait derrière un sourire bien en place. La vie était bonne. Il avait appris voilà longtemps qu'il pouvait se concentrer soit sur le bon, soit sur le mauvais. Il choisissait le bon et s'efforçait d'oublier le mauvais. De temps en temps les cauchemars le poursuivaient, mais il était fier de la façon dont il survivait jour après jour. Seulement il n'en parlait pas. Ni au thérapeute que l'armée lui avait fourni, ni avec des amis ou sa famille. Parler ne servait à rien. Alors son envie d'en dire plus à Ivy le désarçonnait complètement.

Pas une fois, durant ces longs et pénibles jours de rétablissement, il n'avait été tenté de dire à Katrina que sa souffrance morale dépassait de loin la douleur physique. Que la mort de Blake le dévastait. Il s'en était félicité.

Alors vouloir dire à Ivy comment son meilleur ami était mort quand leur avion avait été abattu peu après leur saut et qu'ils avaient été touchés tous les deux par la mitraille n'avait aucun sens.

Son regard bleu le perforait, décelant des choses qu'il avait toujours préféré ne pas laisser voir. Il valait mieux garder certaines choses pour soi. Caleb consulta sa montre, puis jeta un coup d'œil à la foule qui entourait les figurants indiens.

— Devrais-je me laisser pousser les cheveux ? demanda-t-il sans la regarder.

Son brusque changement de sujet trahissait ce qu'il ne pouvait pas dire, et elle n'insista pas.

— Ils sont impressionnants, n'est-ce pas ?

Comme elle l'était, elle.

— Docteur Ivy !

La voix de Mary retentit par-dessus la foule.

— Que quelqu'un trouve le Dr Ivy !

Ivy partit tout de suite dans cette direction, suivie de près par Caleb. Un homme trapu d'une soixantaine d'années était courbé en avant, ayant du mal à respirer et se tenant la poitrine. Il avait le teint gris.

— Que se passe-t-il ? demanda Ivy, faisant passer son sac à dos devant elle.

— J'étais avec papa quand cet homme a dit qu'il ne se sentait pas bien, expliqua Mary. Tout de suite après, il s'est assis par terre. Il ne semble pas en forme.

— Merci, Mary. Il faut que quelqu'un appelle les secours. Si vous pouviez tous vous reculer pour lui laisser de l'air et nous laisser travailler, ce serait parfait, dit Caleb.

Ivy toucha l'épaule de l'homme.

— Quel est votre nom ?

Comme il la regardait sans comprendre, elle essaya en français.

— Comment vous appelez-vous ?

— Baptiste, dit l'homme en tressaillant.

— Est-ce que quelqu'un peut traduire pour moi ? demanda-t-elle.

L'un des figurants s'avança.

— Demandez-lui s'il a un problème au cœur ou s'il prend des médicaments.

Caleb enfila son oxymètre au bout d'un doigt de l'homme, puis sortit son tensiomètre pour prendre sa tension. Ivy continuait à interroger le malade. Tout en parlant, elle attrapa son sac de médicaments. Elle prit un flacon et fit tomber un cachet dans le couvercle.

— Dites à Baptiste que c'est de la nitroglycérine, pour augmenter le flux sanguin au cœur et diminuer les efforts du muscle cardiaque. Il doit mettre ce cachet sous sa langue.

L'homme souffrant hocha la tête. Caleb essaya alors de lui prendre la tension, mais ne trouva rien d'anormal. En revanche, le pouls était très rapide.

Caleb avait pris le défibrillateur avec lui. Si les secours n'arrivaient pas rapidement, il pourrait bien être content de l'avoir fait.

— Baptiste, restez avec moi, dit Ivy en tapotant la joue de l'homme. Regardez-moi.

Baptiste, qui s'était redressé, retomba en avant. Ivy et l'interprète l'allongèrent sur l'herbe.

— Le pouls est à plus de deux cents, dit Caleb, souhaitant qu'ils aient de l'oxygène.

Il ouvrit la boîte du défibrillateur.

— Enlevez-lui sa chemise.

— Voilà. Donnez-moi le rasoir, demanda Ivy. Les embouts ne vont jamais tenir, avec ces poils.

En quelques coups rapides, elle rasa des portions du torse. Dès qu'elle eut fini, Caleb pressa les embouts sur la peau.

— Il est en fibrillation ventriculaire, annonça-t-il. Écartez-vous.

Dès que tout le monde se fut écarté de Baptiste, il pressa le bouton pour délivrer le choc qui, il fallait l'espérer, régulariserait le rythme cardiaque. Le corps de l'homme sursauta violemment, et Caleb retint son souffle en regardant l'écran de l'appareil.

— Ça n'a pas marché, dit Ivy en se rapprochant du patient. Je vais commencer les compressions. Surveillez sa respiration. Donnez-lui de l'air. Vite, Caleb ! Il cesse de respirer.

Caleb lâcha un juron et ouvrit précipitamment la protection buccale qu'il devait mettre pour insuffler de l'air au patient. Il lui donna deux bouffées, puis proposa à Ivy, qui faisait le massage cardiaque, de changer de place avec elle. Elle devait avoir les bras en compote.

Elle ne discuta pas.

— C'est le moment de donner une autre charge, dit Caleb.

Tout le monde s'écarta, il pressa le bouton et le corps de Baptiste sursauta de nouveau. Puis ils attendirent de voir si la décharge électrique avait fait sortir le cœur de la zone dangereuse.

— Oui ! s'écria Caleb quand l'écran ne montra plus aucune fibrillation.

Baptiste n'ouvrit pas les yeux, mais il inspira et toussa. Ils l'observèrent soigneusement, prêts à recommencer la réanimation cardio-pulmonaire si nécessaire. Le malade ne reprit pas conscience, mais il continua à respirer tout seul et son rythme cardiaque n'était plus aussi inquiétant.

— Les secours sont ici, annonça l'interprète.

Une fois Baptiste parti pour l'hôpital, Caleb adressa un grand sourire à la petite brune qui bavardait avec Roy.

Elle leva les yeux, le surprit en train de l'observer et sourit à son tour.

— Quoi ? demanda-t-elle.

— Apparemment, vous avez encore sauvé la journée, dit-il pour la complimenter.

Elle le regarda un moment dans les yeux, une vive émotion peinte dans ses iris bleus.

— À mon avis, il serait plus juste de dire que *nous* avons de nouveau sauvé la journée. Nous formons une bonne équipe.

7

Plus tard ce jour-là, un avocat local invita tous les membres de la FVSM chez lui pour un déjeuner tardif. La propriété était une maison d'hôtes avec une somptueuse salle de réception. Des décorations rouges, blanches et bleues et de petits drapeaux sur les tables créaient une ambiance à la fois festive et patriotique.

Caleb et Ivy se retrouvèrent à des tables séparées, mais elle était directement dans son champ de vision. Il aurait mieux valu que ce ne soit pas le cas : il avait du mal à rester concentré sur ce que Roy lui disait. Et à se concentrer tout court.

Tandis qu'ils soignaient Baptiste, Ivy et lui avaient travaillé ensemble sans heurt. Ils formaient une bonne équipe, avait-elle dit. Il n'avait pas songé à faire équipe avec une femme depuis Katrina. La première fois, il était jeune, un simple lycéen que ses parents essayaient de détourner de l'armée. La deuxième fois, il avait été hospitalisé et elle avait été pour lui une distraction bienvenue dans son malheur. Mais il ne lui avait pas fallu longtemps pour le quitter quand elle avait réalisé qu'il ne comptait pas travailler avec ses parents dans leur affaire de transport maritime. Elle l'avait accusé d'être un homme brisé qui aurait pu avoir une vie formidable au sein d'un couple de pouvoir, avec elle, mais qui choisissait de croupir dans son malheur. Il pleurait la mort de Blake, il déplorait son renvoi, pour raisons médicales, de la carrière qu'il adorait, mais le terme « croupir » avait été dur. Cela l'avait poussé à se remettre sur pied, au sens propre du terme.

Roy interrompit ses pensées.

— Elle est canon, n'est-ce pas ?

— Qui ?

Caleb ramena les yeux sur le vieil homme qui souriait largement, but une gorgée d'eau et feignit l'ignorance complète, comme s'il n'avait pas été surpris à fixer la femme qui avait dit qu'ils formaient une bonne équipe. Elle avait été loin de vouloir dire « comme un couple », mais le fait qu'elle l'attirait n'était pas un secret.

— Vous savez bien qui, dit Roy en gloussant. Si j'étais plus jeune, je vous en donnerais pour votre argent.

— Owen aussi, mais pour information je ne suis pas sûr d'être dans la course.

Pourtant il en avait envie. Il n'avait sûrement pas pensé rencontrer quelqu'un quand il avait accepté de faire ce voyage. Si Stan l'avait suggéré, il aurait ri. Or Ivy le rendait curieux d'en savoir plus et il brûlait de dévoiler les multiples couches de sa personnalité. Elle était différente de toutes les personnes qu'il avait connues. Ou c'était peut-être la façon dont il réagissait à sa présence qui était différente. Elle était belle intérieurement et extérieurement, mais il avait rencontré de telles personnes auparavant et n'avait pas été attiré par elles comme un moucheron par une flamme.

Dans des circonstances différentes, il lui aurait fait des avances, l'aurait charmée et séduite. Mais depuis son accident et les remarques de Katrina, il sortait rarement avec des femmes. Néanmoins, Ivy l'intriguait. Il sentait son intérêt pour lui et son hésitation. La courtiser était tentant, mais il devinait sous son apparence dure une fragilité qui le faisait hésiter lui aussi. Manifestement, elle avait été blessée par le passé. Et qui ne l'avait pas été, de nos jours ? En tout cas, il ne voulait sûrement pas être l'homme qui ajouterait à la douleur de quelqu'un. Et Katrina avait insisté sur le fait qu'il n'était bon qu'à ça, puisque son cœur appartenait à l'armée et que tout et tout le monde arriveraient toujours loin derrière.

— Mais oui, bien sûr, fit Roy, son visage ridé se montrant plein de gaieté. C'est une bonne chose qu'il vous reste une semaine pour admettre la vérité, pour vous et pour elle. Les jeunes gâchent le temps de leur jeunesse.

— Oui, monsieur, acquiesça Caleb.

— Quand on a atteint mon âge, on a appris une chose ou deux. L'une de ces choses est de ne pas perdre de temps à des jeux ridicules, poursuivit Roy. Le temps passe vite. Ne vous comportez pas comme un idiot.

— Vous pensez que je joue à un jeu ridicule avec le Dr McEwen ?

Peut-être devait-il tirer meilleur profit du temps qu'ils avaient à passer ensemble. Il n'avait même pas songé à fréquenter une femme depuis Katrina. Maintenant, avec Ivy, son corps lui rappelait qu'il était un mâle en bonne santé. Il avait cru en avoir fini avec les relations. Est-ce que leur rencontre changeait ça, ou étaient-ils seulement deux adultes qui se trouvaient attirants mutuellement et étaient forcés de se côtoyer ?

— Un jeu plus vieux que le temps, dit Roy en souriant. Je l'ai vu à l'œuvre une centaine de fois durant ma vie. Je me demande toujours pourquoi les gens gaspillent un temps aussi précieux. J'ai vu comment vous la regardez. Et comment elle vous regarde. Vous la rendez nerveuse, mais d'une bonne manière. De mon temps, j'aurais au moins demandé à lui tenir la main, après un délai pareil.

Mary, qui jusque-là conversait avec un couple français, écoutait maintenant avec curiosité ce que son père disait, et hochait la tête. Caleb commençait à se sentir coincé et il avait envie de fuir.

— Après un délai pareil ? Vous réalisez que je ne la connais que depuis une semaine ?

Mais peut-être que Roy avait raison. Peut-être qu'il réfléchissait trop, en ce qui concernait Ivy. Peut-être qu'il lui fallait placer dans le passé tout ce qui était arrivé avec Katrina. Ivy ne ressemblait en rien à sa matérialiste fiancée, qui s'était plus préoccupée de la fortune de ses parents que de lui. Toutefois, même s'il était prêt à plonger, Ivy ne l'était peut-être pas. Il pouvait imaginer des réactions bien différentes de sa part, ce qui le faisait hésiter. Et c'était intéressant, car il n'avait jamais laissé le risque d'un échec l'arrêter par le passé. Combien de fois avait-il sauté alors que les circonstances n'étaient pas en sa faveur ? Qu'est-ce qui le retenait ? Ivy se soucierait-elle seulement du fait qu'être un soldat ait plus compté pour lui que n'importe quoi d'autre ? Et que maintenant, le fait d'être en paix comptait plus que son compte en banque ?

— Une semaine ? Déjà aussi longtemps ? Vous traînez, mon jeune ami.

Roy lui tapota la main.

— Écoutez un vieux routard, cette fille a quelque chose de spécial.

Caleb ne l'avait-il pas pensé ? Ne s'était-il pas dit qu'il n'avait jamais rencontré quelqu'un comme elle ? Il ramena son regard sur Ivy qui riait à une réflexion d'Owen. Ses longs cheveux étaient ramenés en queue-de-cheval et ses pommettes hautes étaient teintées de rose. Le vétéran avait peut-être près de cent ans, mais il était un incurable charmeur.

Et Ivy, effectivement, avait quelque chose de spécial.

Après leur délicieux repas, accompagné de pain frais dont Caleb ne pouvait plus se passer, ils sortirent dans le jardin pour profiter du beau temps. Avec quelques autres personnes, Caleb aida à sortir des chaises. Lorsqu'ils eurent fini, il chercha Ivy du regard et l'aperçut qui suivait une allée de gravier.

— Elle a demandé à Lara de garder un œil sur les vétérans, disant qu'elle avait besoin de marcher pour digérer. Si vous vous dépêchez, vous pouvez la rattraper, dit Mary.

Avait-elle entendu tout ce que son père avait dit ?

Caleb se dit que se dégourdir les jambes lui ferait du bien, et il se mit à courir à petites foulées pour rejoindre Ivy. Il ne lui fallut pas longtemps ; elle s'était arrêtée pour prendre des photos d'une ancienne dépendance couverte de roses.

— Vous voulez que je vous prenne en photo devant les fleurs ? suggéra-t-il.

— Non, c'est bon, dit-elle en glissant son téléphone dans sa poche. Mais merci.

— Et si moi j'aimerais en avoir une ?

L'air surpris, elle haussa les épaules.

— D'accord, posez et je vais vous prendre.

Ce n'était pas ce qu'il avait voulu dire, mais il se laissa faire et tendit son portable à Ivy, avant de sourire.

— Voilà. Vérifiez qu'elle vous plaît.

Au lieu de regarder la photo, Caleb se pencha vers Ivy pour faire un selfie.

— Dites « *cheese* ».

— Je préfère dire « tour Eiffel ».

Caleb prit quelques clichés.

— C'est mieux que « *cheese* ». Vous y êtes allée ?

Elle secoua la tête.

— Pas encore. J'espère que nous aurons du temps le jour où nous rentrerons à Paris.

Caleb l'espéra aussi. Il avait envie de voir la célèbre tour avec Ivy. Ses yeux étincelleraient plus que la Dame de fer, il en était sûr.

La France devait vraiment avoir quelque chose de particulier, se dit-il. Il n'était pas le genre d'homme qui se baladait en pensant à la façon dont les yeux d'une femme étincelleraient. Les Français devaient mettre quelque chose dans leur eau, ou bien c'était leur succulent pain qui faisait voir les choses différemment. En tout cas, la vie mettait des lunettes roses quand vous buviez du bon vin et mangiez du pain frais.

Le gravier crissa sous leurs pieds tandis qu'ils reprenaient leur marche vers les pâturages. Une légère brise agitait les beaux arbres verts qui bordaient la route de campagne. Une vache meugla dans le lointain. Si Caleb avait recherché la paix, ce moment était parfait : un ventre plein, un décor magnifique et la compagnie d'une personne formidable.

— J'espère que vous ne m'en voulez pas de me joindre à vous, dit-il en tapotant son estomac. Avec tout le pain que je mange, j'avais besoin de bouger. Je vais être énorme, le temps que nous rentrions.

— Je ne pense pas que vous ayez à vous inquiéter pour votre forme.

Ivy posa les yeux sur son estomac, puis les détourna vivement.

— Je veux dire… oh, rien.

Content du compliment, Caleb ne put s'empêcher de la taquiner.

— Vous me trouvez bien ?

— N'oubliez pas que je fréquente des hommes qui vont sur leurs cent ans. Question de perspective. Et il est évident que vous prenez soin de votre corps.

— Merci. Je suis content que vous l'ayez remarqué.

Ignorant son commentaire, Ivy désigna la route qui s'enfonçait à l'intérieur d'une ferme.

— Marchons jusqu'à ces chevaux. Il y a des clôtures comme celles-là chez mon arrière-grand-père, et je veux les voir de près.

— Avait-il des chevaux ?

— Non, il n'avait plus de bêtes depuis des années. Vers quatre-vingt-dix ans, il a vendu son bétail, son équipement et a commencé à louer les terres à un voisin. Il m'a laissé la ferme.

— Vous comptez y vivre ?

Ivy hocha la tête.

— C'est ce que j'ai toujours prévu. Mais je pensais que Gramps y serait avec moi.

— Il le sera. Dans votre cœur et dans votre esprit.

Elle le regarda et sourit.

— Il est toujours là. Toujours.

— Parlez-moi de lui.

Elle parut surprise.

— Luke ne supportait pas que je parle de lui.

— Je ne suis pas Luke.

— Dieu merci. Je suis restée avec cet homme plus longtemps que je ne l'aurais dû.

— J'aimerais bien savoir pourquoi, mais nous en parlerons un autre jour. Il fait trop beau pour évoquer quelqu'un qui vous fait plisser le nez de cette façon.

Ivy détendit son visage et hocha la tête.

— Vous avez raison. Je préfère mille fois parler de Gramps.

Et elle se mit à énumérer ses souvenirs.

— Mais ce que je préférais, peut-être, c'était de le voir avec mon arrière-grand-mère, avant la mort de celle-ci. Avec eux, être amoureux paraissait être si amusant. Je souhaitais tellement vivre ça que je me suis contentée de moins. C'est pourquoi, désormais, j'ai mis des conditions à toute future relation.

— Des conditions ?

— Oui, pour augmenter mes chances de succès.

Curieux, Caleb avait envie d'en savoir plus, mais elle était si détendue quand elle parlait de son arrière-grand-père qu'il souhaitait qu'elle continue.

— Qu'est-il arrivé à vos grands-parents ?

— Ma grand-mère est morte en mettant ma mère au monde. Elle était l'unique enfant de Gramps et Grammie. Ils en ont été dévastés. Maman dit qu'ils ne lui ont jamais pardonné d'être née. En tout cas, elle ne s'est jamais entendue avec son grand-père comme moi avec lui.

— C'est pour cela qu'il vous a laissé la ferme ?

— Maman l'aurait vendue. Il le savait.

— Alors il l'a léguée à la bonne personne.

Tandis qu'ils cheminaient vers les clôtures, Ivy lui raconta d'autres histoires, disant que Gramps, à quatre-vingt-dix-huit ans, avait gardé son dynamisme et avait continué à vivre sa vie à plein.

— Comme nos vétérans, conclut-elle. Owen et les autres s'en sortent si bien. C'est parce qu'ils restent actifs.

Caleb ne demandait qu'à imiter leur exemple. Il espérait qu'il n'aurait jamais à demeurer immobilisé de nouveau. Les mois suivant son accident avaient été les pires de sa vie. Il avait laissé revenir Katrina, mais elle l'avait accusé d'être comme un animal prisonnier. C'était ce qu'il avait ressenti : il était piégé par son propre corps. Elle avait même été encore plus dure. « Tu aurais dû faire une faveur à ta famille et mourir quand cet avion a été abattu. »

Mais ses parents n'avaient pas voulu qu'il meure. Ils avaient simplement été trop occupés à travailler pour venir le voir souvent pendant qu'il se remettait. Et de toute façon, il n'avait pas voulu qu'on le voie dans cet état.

Il regarda Ivy qui caressait une jument, appuyée à la barrière. Il était quelqu'un de minimaliste, qui n'avait pas de vraies racines. Alors qu'elle, elle était profondément enracinée dans une ferme du Tennessee.

Il était attiré par elle, il avait envie de sortir avec elle, mais elle recherchait ce que ses arrière-grands-parents avaient eu. Et elle le méritait. Jusqu'à son accident, Caleb n'était jamais resté en place dans sa vie. Et là, il ne serait sans doute pas resté à Knoxville si la veuve de Blake n'avait pas eu besoin de son aide pour son entreprise, TransCare. Maintenant, il ne savait pas ce qui l'attendait.

— Vous êtes très silencieux, dit Ivy en lui jetant un coup d'œil. Je vous ai ennuyé, avec toutes mes histoires ?

Il secoua la tête.

— Vous pourriez lire un annuaire téléphonique que vous ne m'ennuieriez pas, tant votre visage est expressif.

— Dans ce cas, j'exprimerais surtout l'ennui, donc rien d'excitant.

Peu importait ce qu'elle disait. C'était elle qui était intéressante, et le fait d'être près d'elle, de vibrer aux ondes électriques dont elle le parcourait, en se demandant ce qu'elle allait faire ou dire.

— Cela peut paraître nunuche, dit-il, mais je pense que je ne pourrai jamais m'ennuyer en regardant votre visage.

Elle le dévisagea avec suspicion, puis rit nerveusement et se retourna vers le cheval. Caleb pensa qu'elle ne savait pas quoi répondre. Il comprenait. Il ne savait pas quoi dire d'autre lui non plus, mais ce qu'il exprimait était vrai et il ne la connaissait que depuis moins d'une semaine.

— Je pense que vous auriez dû tourner là, observa Ivy quand Caleb dépassa une route dans le rond-point.

Il y avait des ronds-points en abondance dans le coin, ce qui la décontenançait et perturbait son GPS, apparemment.

Mais ces temps-ci, beaucoup de choses la décontenançaient, en particulier en ce qui concernait Caleb. Depuis sa remarque de la veille à propos de son visage, elle n'avait guère pu penser à autre chose.

— Vous êtes sûre ? demanda-t-il en lui jetant un coup d'œil. J'ai regardé les directions, et à mon avis nous sommes sur la bonne route.

— D'après mon GPS, on aurait dû tourner.

— Pas de problème. Nous allons nous fier à votre téléphone.

— Nous pourrons toujours revenir en arrière s'il nous induit en erreur.

Caleb refit un tour du rond-point et sortit là où elle l'avait dit. Ils n'étaient pas pressés : durant leur après-midi de libre, ils allaient visiter la pointe du Hoc, qui n'était pas au programme des vétérans. Quand Philippe leur avait proposé de prendre sa voiture, ils avaient sauté sur l'occasion.

Caleb tapota le volant.

— Connaissez-vous l'histoire de la pointe du Hoc ?

— C'est là que des rangers ont escaladé de hautes falaises pour détruire l'artillerie qui pouvait tirer sur Omaha et Utah Beach le Jour J.

Il parut impressionné.

— Vous avez fait des recherches, pour ce voyage ?

— Je me suis documentée toute ma vie, répondit-elle en riant. Je ne cessais de poser des questions à Gramps. Il me répondait, même s'il s'agissait de choses dont il ne souhaitait pas parler.

— C'était sans doute pour lui une façon d'évacuer ce qu'il avait vécu. Vous parler l'aidait probablement à guérir. En tout cas, c'est ce que m'a dit le thérapeute que j'ai été forcé à voir.

Le cœur d'Ivy se serra à la pensée qu'il avait vu et fait des choses qui l'avaient conduit à consulter un thérapeute. L'armée avait dû l'exiger après la mort de son ami. Elle ne pouvait imaginer la douleur de Caleb, celle d'avoir été là et d'avoir survécu.

— J'espère que je l'ai aidé à trouver la paix. C'est ce que ce voyage est censé faire pour les vétérans. J'étais fascinée par son histoire militaire.

— Mon amour de l'armée était une bizarrerie dans ma famille, alors la relation que vous avez eue avec lui me semble idyllique. Personne, chez moi, ne comprenait ma passion pour ma carrière. J'avoue que j'envie votre arrière-grand-père.

— On peut l'envier. Il était le meilleur. J'ai été bénie de l'avoir tant d'années dans ma vie, mais j'aurais dû le voir davantage. La fac de médecine et l'internat auraient pu attendre. J'ai des regrets, aujourd'hui.

— Il a eu une longue et belle vie, et il savait que vous l'aimiez. C'était ce qui était important.

— Oui, il savait que je l'aimais, dit Ivy d'une voix étranglée. Mais vous, qu'est-ce qui vous a donné envie de devenir militaire ?

— J'ai toujours voulu être dans l'armée. J'aimais jouer avec ces petits bonshommes en plastique vert, quand j'étais petit, et plus tard regarder des films de guerre. C'est peut-être ce qui m'a influencé.

Elle essaya de se le représenter enfant, mais il était difficile d'imaginer Caleb autrement que comme l'homme viril assis au volant.

— Mais vous ? demanda-t-il. Avec votre amour des choses militaires, pourquoi ne vous êtes-vous pas engagée ? Vous auriez pu être médecin dans l'armée.

— J'y ai pensé, à un moment donné. Mais il aurait fallu que je vole et vous savez ce que j'éprouve à ce sujet. Même Gramps m'a déconseillé de m'engager.

— Que voulait-il que vous fassiez ?

Le cœur d'Ivy se gonfla de chaleur au souvenir des conversations avec son arrière-grand-père.

— Que je sois heureuse.

— Il n'a pas essayé de vous pousser à travailler à la ferme ?

— Non. J'aimais être avec lui à la ferme, mais ce n'était pas ma vocation. Il a été content quand je lui ai dit que je voulais suivre l'exemple de sa femme et devenir médecin.

— Je suis sûr qu'il était fier de vous. Les études médicales, c'est du travail.

— Ne m'en parlez pas. Certains jours, je me demandais si je parviendrais à les terminer. Oh ! tournez à gauche, là.

— Je ne vous vois pas abandonner quelque chose que vous avez entrepris. Vous semblez être une personne très déterminée qui ne cesse d'aller de l'avant.

C'était vrai, même dans les situations où elle ferait mieux d'admettre qu'elle avait tort. Elle aurait dû rompre avec Luke bien plus tôt. Sa relation avec lui avait été un déshonneur. Combien de ses « amis » avaient su qu'il la trompait, mais ne lui avaient rien dit ? Avaient-ils tous ri dans son dos ?

— Je porte le même prénom que mon arrière-grand-mère.

— Elle s'appelait Ivy ?

— Non, mais mon deuxième prénom est Rose, comme elle. Gramps disait toujours qu'elle était la plus jolie fleur du jardin et que c'était pourquoi il l'avait choisie.

Ralentissant pour tourner, Caleb lui jeta un coup d'œil.

— Alors vous faites honneur de plus d'une façon à son héritage.

Son compliment fit tambouriner le cœur d'Ivy dans sa poitrine. Ah ! Tout chez Caleb lui accélérait le pouls. Y compris le fait qu'il ne se plaignait pas du détour qu'elle lui avait fait faire sans le vouloir. Il n'avait pas eu une parole négative, ni fait remarquer que son itinéraire aurait été meilleur. Il ne pouvait pas être plus différent de Luke. Pourquoi était-elle restée si longtemps dans cette relation, quand il existait des hommes comme Caleb ?

Elle n'avait pas une relation avec lui, certes, mais peut-être... peut-être qu'elle le souhaitait. Et... oui, ils étaient dans une bulle magique – passant deux semaines hors de leur vie « réelle » –, mais il y avait quelque chose en lui qui était différent de tous les hommes qu'elle avait connus. Non, ce n'était pas vrai. Il lui rappelait les qualités qu'elle avait préférées chez Gramps. Pourtant, elle avait pensé que ces caractéristiques manquaient à la génération actuelle. Mais elle les trouvait attirantes, et elle avait espéré les découvrir un jour chez quelqu'un de son âge.

Le visage échauffé, elle se dit qu'elle devait contrôler ses pensées et se concentrer sur la question à l'ordre du jour, à savoir les amener à destination. Mais le passé lui avait enseigné que sortir avec un homme qui n'était pas son égal économiquement parlant conduirait pour finir à des problèmes. Des problèmes qu'elle pouvait éviter en ne fréquentant que des hommes qui ne se sentiraient pas menacés par son indépendance.

— La pointe du Hoc est à cinq kilomètres environ d'Utah Beach, n'est-ce pas ?

Elle avait besoin de changer de sujet, troublée qu'elle avait été par le nouveau compliment de Caleb. Avait-il laissé entendre qu'il la considérait comme la plus jolie fleur du jardin et qu'il désirait la cueillir ? Et, si oui, qu'allait-elle faire ? Laisser faire et voir ce qui arriverait, ou le prévenir qu'elle n'était pas sur le marché, préférant éviter un autre chagrin d'amour ? Que, de retour dans le monde réel, il la verrait sous un éclairage différent, moins flatteur ?

— Nous approchons.

Sans détacher son regard de la route, Caleb acquiesça.

— Je tenais à visiter cet endroit.

— Delphine et Philippe ont été très gentils de nous prêter leur voiture.

Elle pouvait tenir une conversation normale, malgré les compliments de Caleb.

Une fois arrivés, ils se garèrent et marchèrent jusqu'à l'entrée. Les falaises étaient magnifiques. Le vent fouettait Ivy, la décoiffant. Malgré la chaleur estivale, la brise avait de quoi donner le frisson – peut-être un rappel du passé. Elle se frotta les bras.

— Le vent vous pénètre, n'est-ce pas ? observa Caleb.

— Oui, mais je ne vais pas me plaindre pour si peu, surtout ici.

Un coin de la bouche de Caleb se releva.

— Cela ne m'étonne pas. Vous êtes du genre à serrer les dents et à supporter les revers.

Ivy ne dit pas le contraire.

Ils visitèrent un ancien bunker, regardant par les fentes qui donnaient sur la mer, puis revinrent sur le chemin, où ils furent frappés par les traces de bombardements.

En descendant quelques marches, Ivy trébucha.

— Houlà.

Caleb lui prit la main pour la stabiliser. Une décharge électrique parcourut la peau d'Ivy et lui fit presque perdre de nouveau l'équilibre. Les doigts de son compagnon étaient chauds et forts et ne la lâchèrent pas.

— Ça va ? demanda-t-il, l'air soucieux.

— Oui, je vais bien.

Pourquoi n'avait-elle pas libéré sa main ? Pourquoi tenait-elle toujours celle de Caleb un quart d'heure plus tard, alors qu'ils déambulaient dans la zone du souvenir ? Pourquoi la chaleur de sa peau chassait-elle la froideur du vent ? Quoi qu'il en soit, avoir ses doigts noués aux siens la faisait se sentir mieux, comme s'il pouvait la protéger des éléments.

Ils continuèrent ainsi le long de la promenade qui dominait la mer, avant de regagner la sortie.

Une fois dehors, et alors qu'ils cherchaient un endroit où manger, ils dépassèrent un beau bâtiment couvert de lierre. Ivy sortit son téléphone pour prendre des photos. Et soudain, une vive déception lui crispa le ventre.

— Oh ! non ! Nous avons oublié de prendre des photos, là-haut !

Les yeux ambrés de Caleb, intenses, se rivèrent sur les siens.

— Nous pouvons y retourner, si vous voulez, mais je n'ai pas besoin de photos pour me souvenir de cette journée. Cette visite de la pointe du Hoc est inoubliable, vous ne pensez pas ?

Le souffle d'Ivy se coupa. Il avait raison. Leur visite avait été fabuleuse. Et elle suspectait que l'homme qui se tenait près d'elle allait l'être aussi.

8

Ils étaient à Honfleur. Ivy s'arrêta pour regarder une vitrine dans la rue pavée qui allait des immeubles colorés du Vieux Bassin au port.

— S'arrêter pour dîner dans cette ville superbe a été une idée magnifique.

— Je n'aurais pas pensé à acheter notre repas dans la rue, mais j'ai aimé profiter du soleil et regarder les bateaux, dit Caleb.

— Ce n'aurait pas été plus délicieux dans un restaurant cinq étoiles. Mon maquereau était exquis.

— Le mien aussi.

Un couple passa près d'eux, mangeant des glaces. Caleb la regarda et agita les sourcils.

— Qu'est-ce que vous en dites ? Il reste toujours de la place pour une glace.

Ivy secoua la tête.

— Pas après les « crottes de mouettes ».

Les yeux de Caleb brillèrent de malice.

— Vous avez aimé, non ?

— Jusqu'à ce que vous m'expliquiez ce que signifie leur nom, marmonna-t-elle.

Il rit.

— Ce sont juste des friandises faites de caramel et de chocolat, mais votre mine a été impayable, quand je vous l'ai dit.

Elle leva les yeux au ciel.

— Je pensais que vous plaisantiez, mais nous sommes dans

un pays étranger et les coutumes alimentaires sont différentes. Alors j'ai eu un doute.

— On peut se demander de quoi sont faites leurs glaces.

Elle mit ses mains sur ses oreilles.

— Je ne veux pas vous entendre.

Il rit.

— De lait.

— Vous êtes méchant, dit-elle avec un sourire. Venez, entrons dans cette boutique. Vous y trouverez peut-être d'autres porte-clés, si la centaine que vous avez achetée ne suffit pas.

— Il faudra peut-être que j'achète une valise supplémentaire pour les transporter, lança-t-il pour plaisanter.

— Vous en rapportez toujours ?

— Pas vraiment. La plupart de mes derniers déplacements étaient des missions militaires. Je n'y avais pas pensé, mais ce voyage est mon premier depuis que je suis revenu à la vie civile.

L'émotion qui perça dans sa voix la toucha.

— Et pourquoi des porte-clés ? demanda-t-elle. Est-ce symbolique ?

— Non, pas du tout. Ce sont juste des porte-clés.

Elle le suivit hors de la boutique, admirant la beauté du décor qui les entourait.

— Je devrais peut-être prendre quelques photos. J'ai du mal à croire que j'ai oublié d'en prendre à la pointe du Hoc. Mais vous avez raison, la journée restera inoubliable.

— Et pas seulement à cause de la pointe du Hoc.

Elle croisa son regard et son souffle se coupa. Il voulait évoquer le fait qu'ils avaient passé cette journée ensemble, et elle était d'accord. Leur après-midi à se promener dans le port, à regarder les bateaux, à faire du lèche-vitrines et à manger dehors avait été relaxant. Le parfait rencard.

Sauf qu'il ne s'agissait pas de cela.

— Ivy, je...

Il hésita, puis sembla changer d'avis sur ce qu'il voulait dire.

— Donnez-moi votre téléphone, je vais vous prendre en photo devant le port.

Elle sourit tandis qu'il prenait plusieurs clichés.

— Voulez-vous que je vous prenne ensemble ? demanda une femme à l'accent américain.

— Ce serait super, dit Ivy.

Elle prit Caleb par la main et l'attira à elle pour qu'ils figurent ensemble sur la photo. Elle ne le regarda pas, mais sourit à la femme.

— Rapprochez-vous, dit cette dernière, et faites quelque chose de drôle.

Ivy fit des grimaces, puis se rendit compte que Caleb lui faisait des oreilles d'âne.

— Hé !

Elle voulut lui attraper les doigts, mais il les leva hors de sa portée.

— Oh ! celles-ci sont extra, dit leur photographe en riant.

Puis elle leur dit au revoir et ils reprirent leur promenade en ville, savourant l'atmosphère détendue de Honfleur.

Plus tard, ils firent un tour de manège, riant comme des fous. À un moment donné, Caleb lui adressa un clin d'œil et elle se sentit très femme. Le tour terminé, il s'inclina devant elle et tendit la main.

— Ma dame.

Sa dame. Ivy retint son souffle et plaça sa main dans la sienne. Elle allait descendre de son cheval quand Caleb posa les mains sur sa taille et la souleva. Au lieu de la déposer par terre, il la tint en l'air, ses mains la brûlant à travers le coton de son T-shirt. Elle déglutit et plongea les yeux dans les siens tandis qu'il la faisait lentement descendre, leurs corps frottant l'un contre l'autre. Du feu la traversa à ce contact.

Du désir brilla dans les yeux de Caleb et Ivy inspira, se rappelant qu'ils étaient dans un endroit très public, même si les émotions qui la frappaient étaient d'ordre très privé.

— Caleb ?

— Mmm ?

Il prit sa main et la pressa doucement.

— J'aime les manèges.

Plongeant son regard brûlant dans le sien, il eut un grand sourire.

— Prête pour la grande roue, Doc ?

Le lendemain, la ville de Carentan abrita une cérémonie à laquelle assistaient des représentants officiels de gouvernements de nombreux pays, ainsi que des militaires. On avait installé un grand chapiteau pour tenir les vétérans à l'abri du soleil tandis que les intervenants prononçaient leurs discours. Un gymnase fut réquisitionné pour le déjeuner et pour offrir un peu de repos avant la parade. Le soir, il devait y avoir un dîner suivi d'un bal.

Durant toute la journée, Ivy resta proche de ses vétérans. Avec les autres anciens combattants, ils furent honorés au cours du repas qui représentait les cuisines française, anglaise, américaine et allemande. Le complexe sportif avait été décoré de banderoles rouges, blanches et bleues qui lui donnaient un aspect festif. Tout le monde était présent.

Caleb posa son assiette sur la table, à côté de celle d'Ivy.

— Vous avez faim ? le taquina-t-elle.

Elle s'était servie frugalement, mais lui avait copieusement rempli son assiette.

— Je suis affamé.

Si elle n'avait pas croisé son regard, elle n'aurait rien pensé de spécial, mais son expression la fit inspirer vivement. Se sentait-il aussi troublé qu'elle par le fait qu'ils s'étaient donné la main ? Car elle était troublée. Troublée par ses propres pensées, ses émotions et ses fantasmes ridicules comme quoi elle avait rencontré un homme pareil à Gramps.

Ce jour-là, ils s'étaient montrés amicaux mais il ne lui avait pas pris la main, ni fait allusion au fait qu'il la lui avait tenue la veille au soir.

Parce que pour lui c'était un geste innocent, et tu es stupide d'y voir davantage. Arrête.

Seulement elle n'y croyait pas. Son toucher n'avait rien eu d'innocent. Et de son côté à elle non plus. Se tenir par la main était peut-être un geste anodin, mais pour eux il s'était agi de quelque chose d'important.

Ils terminèrent leur assiette. Les vétérans d'Ivy se dirent fatigués et leurs familles d'accueil partirent avec eux. Ivy aurait aimé s'en aller, elle aussi, mais Philippe et Delphine avaient indiqué à quel point ils attendaient le bal. Et comme Ivy et Caleb étaient venus avec eux, ils restèrent assis à leur table, observant les autres. Des gens de tous âges, y compris quelques centenaires d'un autre groupe, dansaient et riaient.

— C'est comme ça que je veux être, dit Caleb.

Il portait un pantalon kaki et un gilet bleu marine dont il avait relevé les manches, révélant sa belle montre et ses avant-bras bronzés émaillés de poils noirs. Ivy ne se souvenait pas d'avoir trouvé sexy les bras et les poignets d'un homme, de toute sa vie, mais ceux de Caleb Rivers lui donnaient envie de s'éventer. À dire vrai, beaucoup de choses en lui donnaient chaud à Ivy. Comme la façon dont il avait presque toujours le sourire et traitait tous les membres du groupe avec gentillesse et respect.

Son regard se posa sur la main de Caleb. Celle qui avait tenu la sienne. Quelque chose d'aussi simple avait provoqué en elle des réactions complexes. Elle ne pouvait nier son propre intérêt. Il en appelait à tout en elle, sauf à sa logique. Cette partie d'elle lui conseillait de partir en courant.

Elle avait mis la seule robe qu'elle avait apportée, une simple robe chemisier rouge qui lui arrivait au-dessus des genoux. Elle y avait assorti du rouge à lèvres. Elle plongea les yeux dans le regard ambré de Caleb.

— Comme quoi ? demanda-t-elle.

— En train de rire et de danser jusqu'à mon dernier jour. Regardez-les : ils s'amusent comme des fous alors que tant d'entre eux auraient pu perdre la vie. Ils profitent du moment sans se soucier du passé ou de leur avenir limité. Ils vivent vraiment dans le présent. Et c'est un endroit merveilleux.

Regardant la piste de danse, Ivy sourit en voyant un vétéran qui semblait prendre beaucoup de plaisir à tenir les mains d'une femme plus jeune. Il paraissait heureux. Cela lui rappela Gramps attrapant Grammie par la taille et la faisant tourner dans la cuisine. Leur amour et leur joie d'être ensemble avaient été si évidents, même à ses yeux d'enfant.

— Rire et danser jusqu'à la fin semble un bon plan pour tout le monde, acquiesça-t-elle. Mais peu y arrivent.

— Nous sommes encore jeunes, et nous ne rions et ne dansons pas.

Les yeux pétillants, Caleb lui donna un coup de coude.

— Il faut remédier à cela. Vous dansez avec moi ?

Pleine d'excitation, Ivy le regarda.

— Je ne peux pas refuser sans me contredire.

Il eut un sourire fatal.

— J'essaye juste de m'assurer que vous vous amusiez.

Oh ! oui, il avait parfaitement arrangé ça. Et la façon dont son cœur battait la chamade indiquait qu'elle était tout à fait d'accord. Oh là. Qu'est-ce qui n'allait pas chez elle ? Elle savait très bien qu'elle n'avait pas intérêt à se laisser séduire par Caleb. Aussi merveilleux qu'il soit dans cet environnement contrôlé, il ne serait pas différent de Luke ou des autres de retour à Knoxville.

Il se leva et tendit la main.

— Allez, Doc. Dansons.

Pourquoi l'idée de lui prendre la main semblait-elle si terrible ? Comme si, ensuite, elle n'allait plus jamais être la même ? Elle l'avait fait la veille. Mais ceci paraissait plus important. Plus révélateur.

Elle ravala ses doutes. Elle n'était pas la plus jolie fleur et il ne la cueillait pas. Il voulait juste danser et profiter de la vie.

— Rappelez-vous que c'est vous qui avez proposé cela, car je n'ai jamais dit que je savais danser.

Elle plaça sa main dans la sienne, et ressentit aussitôt une décharge électrique.

— On peut dire la même chose de moi.

— Dans ce cas, m'inviter à danser ne paraît pas être une sage décision.

Les yeux ambrés de Caleb pétillèrent.

— Disons que j'avais suffisamment envie de danser avec la plus belle femme ici présente pour me risquer à exposer mes talents, quels qu'ils soient. En particulier comme elle regardait la piste de danse avec envie.

L'avait-elle fait ? Peut-être. Tout le monde semblait tellement s'amuser, et depuis quand ne s'était-elle pas divertie ainsi ? Depuis avant sa rupture avec Luke, avant la mort de Gramps… Cela faisait bien trop longtemps. Et ce voyage lui paraissait amusant, finalement, en grande partie grâce à l'homme qui lui tenait la main et l'entraînait vers la piste.

— Vous pourriez le regretter. Je ne plaisantais pas en disant que je ne suis guère bonne danseuse. Je connais quelques danses, mais je n'arrive jamais à me détendre suffisamment pour être douée.

Elle rit nerveusement.

— Il s'agit de s'amuser, Doc, pas d'atteindre la perfection. Bougez juste sur la musique, laissez-vous conduire par elle.

— Et si je cours à ma perte ?

— Ne vous souciez pas de ce que pensent les autres. Après tout, il est peu probable que vous revoyiez ces gens, lui dit Caleb à l'oreille.

— Eh bien, c'est triste.

Elle se sentait si proche des vétérans, de leurs familles, des Français merveilleux qu'ils avaient rencontrés. Et il y avait Caleb. Elle avait été avec lui presque sans arrêt. Lui, elle le reverrait. Il avait dit qu'il venait souvent à l'hôpital. Dieu merci, car l'idée de ne pas le revoir lui crispait l'estomac.

— Pensez-vous revenir l'an prochain ? demanda-t-il en lui pressant doucement la main.

— Peut-être.

Elle sentait son parfum épicé et se retenait de se pencher juste un peu plus près pour toucher de sa joue sa barbe naissante.

— S'ils me le demandent.

Il se recula, haussant un sourcil.

— Après l'incident dans l'avion et la façon dont vous l'avez réglé, ils vous le demanderont. Vous êtes un excellent médecin.

— J'étais au bon endroit au bon moment, avec les bons médicaments.

Les sens d'Ivy étaient saturés, du fait de la proximité de Caleb.

Elle sentait sa paume posée au creux de ses hanches, tandis que son autre main tenait la sienne. Si elle faisait un pas en avant, son corps serait pressé contre le sien. Il serait facile de franchir cette distance, de s'appuyer contre lui et d'oublier que les autres étaient là.

— C'était plus que ça, mais cette soirée est trop belle pour pinailler sur les détails.

Les yeux pétillants, il leva haut leurs mains, balança ses hanches de côté et eut un grand sourire lorsqu'elle rit.

— Je suis content d'avoir pu un tant soit peu contribuer à votre réussite.

Son compliment l'emplit de chaleur. Luke n'aurait jamais reconnu son rôle dans ce qui s'était passé dans l'avion. L'appréciation de Caleb la fit se sentir bien, ainsi qu'un peu embarrassée.

— Je pourrais en dire autant de vous.

Elle tenta de se rappeler que toutes les attirances étaient excitantes, au début. Ce qu'il y avait entre elle et Caleb était nouveau, c'était pourquoi cela semblait si bon, si juste.

De la piste, Delphine les aperçut. Elle leur fit un signe, puis rit quand son mari la fit tourner et la renversa en arrière.

— Je ne ferai pas ça.

Ivy suspectait que Caleb était un bien meilleur danseur que ce qu'il montrait là. Son corps avait une grâce qui indiquait qu'il pourrait bouger de n'importe quelle façon, et en finesse. Ses mouvements étaient fluides et élégants. Ferait-il l'amour de la même manière ? se demanda-t-elle. Sans se presser, sans se montrer égoïste, mais en une danse agréable, son corps fusionnant avec le sien ? Gênée par la chaleur qui s'emparait d'elle, elle crispa les paupières, essayant de s'éclaircir l'esprit. Elle n'avait pas à penser à Caleb de cette façon-là. Seulement fermer les yeux la rendit encore plus consciente de ses mains posées sur elle, de son parfum épicé, de l'énergie de son corps près du sien.

— Inutile de fermer les yeux, Doc. Je ne vous renverserai pas en arrière si vous ne le voulez pas, promit-il en riant doucement. Mais de toute façon, je ne vous laisserai jamais tomber.

Faites que ce soit vrai. Ne me laissez pas tomber amoureuse de vous.

Elle rouvrit les yeux et vit que Caleb la fixait. Bien que son ton ait été léger et qu'il ait ri, le sérieux de son regard ambré coupa le souffle à Ivy.

Oh ! Caleb. Que se passe-t-il ?

— Si nous nous contentions de suivre la musique et de nous amuser ? suggéra-t-elle.

— Ce n'est pas ce que nous faisons ?

Il scruta ses yeux bleus, et l'éclat des siens laissa supposer qu'il avait lu dans ses pensées. Qu'il savait à quoi elle avait songé. Et apparemment, elle n'était pas la seule à se soucier de savoir ce qui pourrait arriver entre eux s'ils laissaient faire les choses.

— Arrêtez, dit-il.

Elle déglutit.

— Quoi ?

— D'avoir des pensées qui vous donnent cette expression.

— Je pensais à vous.

De toute façon, il le savait. Il en savait tellement plus que ce qu'elle souhaitait, et cependant il ne la connaissait pas vraiment. Ils se trouvaient dans une bulle romantique qui éclaterait dès qu'ils retourneraient à la réalité. Les hommes comme lui finiraient toujours par lui en vouloir de sa réussite, et ressentiraient le besoin de la tirer vers le bas. Luke le lui avait bien appris. Elle n'avait pas besoin de répéter l'expérience.

— Penser à moi vous fait grimacer ? Il faut que je fasse quelque chose.

Là-dessus, il la fit tournoyer. Elle rit, heureuse de la distraction.

— C'est bien mieux, dit-il. C'est comme ça que je veux voir votre visage : souriant et joyeux.

Avec de la malice dans les yeux, il la renversa en arrière tandis que le morceau se terminait.

— Caleb ! glapit-elle en se raccrochant à son bras.

Mais ce n'était pas la peine ; il la tenait bien.

Lorsqu'elle se redressa, il l'attira à lui et la regarda dans les yeux. Ce qu'elle vit dans les siens lui coupa le souffle. Elle s'imaginait des choses. Forcément. Car, dans sa bulle de conte de fées, Caleb la regardait comme Gramps contemplait Grammie lorsqu'ils dansaient dans la cuisine. Elle devait avoir des hallucinations.

— Vous voyez ? fit-il d'une voix altérée. Je vous avais dit que je ne vous laisserais pas tomber. Faites-moi confiance, Doc.

Lui faire confiance ? Et si c'était à elle-même qu'elle ne se fiait pas ? Si toutes les cellules de son corps réclamaient de se rapprocher de lui, ce qui la terrifiait ? Même si elle avait envie de lui faire confiance, elle doutait d'en être capable. Luke et les autres lui avaient enlevé cette capacité. Caleb était merveilleux, mais ceci n'était pas la vraie vie. Elle devait s'en souvenir.

Ils dansèrent un slow, Ivy restant péniblement consciente du corps de Caleb. Puis la musique accéléra et ils dansèrent encore. Il semblait déterminé à lui faire passer un bon moment. Appréciant ses efforts, elle fit de son mieux. Il était si facile de s'amuser avec Caleb, mais la tension physique qu'elle éprouvait quand elle était près de lui ne s'atténuait pas. Elle avait trop conscience de lui, de ses larges épaules sur lesquelles elle posait les mains, de sa nuque solide, de la force de son torse et de la minceur de sa taille. Mais aussi de la chaleur de son sourire et de ses yeux qui plongeaient dans les siens. Elle se crispait de plus en plus à l'intérieur. Elle n'avait jamais été du genre à se laisser submerger par le désir physique, mais Caleb lui donnait envie d'oublier la logique et de se contenter de sentir ce qu'il faisait naître dans son corps.

Elle ne le ferait pas. Ce serait beaucoup trop compliqué. Mais cela ne voulait pas dire qu'elle ignorait combien il la rendait sexuellement attirée par lui. La façon dont il la regardait, la touchait… Il la faisait se sentir désirable, comme si elle était la plus belle femme de la salle et qu'il n'avait d'yeux que pour elle.

La plus jolie fleur du jardin, qu'il avait cueillie.

Caleb n'éprouvait pas la même chose pour elle, se dit-elle. Toutefois, lors d'un nouveau slow, sentir battre son cœur sous sa joue lui donna envie de faire semblant. À un moment donné, elle eut l'impression que les lèvres de Caleb lui frôlaient les cheveux, y déposant un doux baiser. Elle se dit que ce devait être son imagination.

Durant le trajet de retour, Delphine et Philippe se montrèrent bavards. Caleb échangea quelques mots avec eux. Ivy se contenta d'émettre de petits bruits, fière d'y arriver alors qu'il tenait sa main sur le siège arrière.

Lorsqu'ils arrivèrent à la maison, Philippe demanda à Caleb de l'aider à quelque chose. Ivy monta, se prépara à se coucher et guetta les pas de Caleb dans l'escalier. Lorsqu'il monta, elle ouvrit vivement sa porte, mais fut déçue : il avait déjà refermé la sienne. Elle resta là un moment, se demandant ce qu'elle aurait fait s'il avait encore été dans le couloir.

Rien de bon, conclut-elle.

Le lendemain, les vétérans avaient la matinée de libre. Quand Ivy descendit, elle sourit à Caleb qui était attablé avec Philippe, Fred et Trista.

— Bonjour, Ivy, dit Trista. Je demandais à Caleb si vous aviez déjà vu l'église d'Angoville. Avec votre formation médicale, elle devrait vous intéresser.

— J'adorerais la visiter, répondit Ivy, qui savait que l'église avait servi de poste médical pour soigner les blessés.

Gramps lui avait souvent raconté cette histoire.

— Prenez ma voiture, proposa Philippe. Je n'en ai pas besoin ce matin.

En moins d'une heure ils furent à l'église, avec ses stèles usées marquant les tombes. Il n'y avait personne. Ivy poussa la lourde porte pour entrer.

— Les médecins ont utilisé les bancs comme lits pour les blessés, expliqua-t-elle. Les taches de sang remontent à cette nuit-là. Ils ont sauvé de nombreuses vies. Pendant les bombardements, les vitres de l'église ont été brisées. Les Français les ont remplacées par des vitraux honorant les parachutistes.

— Je suis soufflé, dit Caleb en admirant les vitraux.

— Je voudrais que Gramps ait pu voir ça, pour se rendre compte du rôle important que lui et ses compagnons d'armes ont joué en France.

Ce voyage avait eu tant de signification à ses yeux. Il aurait dû être là. Le chagrin, la tristesse, la colère qu'il soit parti saisirent Ivy, et peut-être même la peur de s'être trop liée à Caleb. Ce n'était pas étonnant, vu la façon dont elle avait le cœur à vif. Elle s'assit sur un banc, regarda l'autel et laissa couler ses larmes.

— Pourquoi a-t-il fallu qu'il meure ?

— Tout le monde meurt, Ivy, dit Caleb en s'asseyant à côté d'elle.

— Oui, mais... il me manque. J'ai mal qu'il ne soit pas là, et de savoir qu'il ne reviendra jamais.

Elle s'essuya les yeux. Caleb passa un bras autour d'elle et l'attira contre lui. Elle enfouit son visage dans son épaule.

— Je suis vraiment désolé de votre perte, Ivy.

Elle laissa les sanglots la secouer.

— Il avait presque cent ans, mais il était si vibrant. Je ne m'attendais pas à ce qu'il meure.

— Vous l'aimiez.

Elle hocha la tête.

— Plus que n'importe qui. Il était mon héros.

— C'est merveilleux d'avoir eu quelqu'un comme lui dans votre vie.

— Oui, vous avez raison, mais la peine n'en est pas moins grande. Désolée de m'être laissée aller à pleurer comme ça. Je ne veux pas que vous pensiez que je suis faible.

Il souffla doucement.

— Pas de souci. Je connais votre force et votre détermination.

— Vraiment ?

Caleb passa son pouce sur sa joue mouillée.

— Vous êtes étonnamment forte, Ivy. J'imagine que vous tenez ça de votre arrière-grand-père. Il continuera à vivre à travers vous.

Elle battit des cils, impressionnée.

— Avez-vous été psychologue, dans l'armée ?

— J'ai été forcé de recueillir des témoignages, parfois.

Tressaillant à la pensée de ce qu'il avait dû voir et faire, Ivy le regarda dans les yeux. La veille au soir, elle avait été obnubilée par l'attirance physique qui existait entre eux. Ce matin l'attirance était toujours là, mais elle éprouvait quelque chose de plus. Quelque chose qui se répandait en elle, menaçait de la consumer et la laissait à la fois effrayée et reconnaissante de l'avoir rencontré.

Il avait traversé des choses difficiles, et cependant il se montrait plein de force et de bonté.

— Vous arrive-t-il de pleurer, Caleb ?

Il regarda les parachutistes des vitraux.

— Je n'ai pas pleuré depuis longtemps.

Il lui prit la main, la porta à ses lèvres et posa un baiser dessus.

— Cette église est un lieu de guérison, non ?

— Sans doute, répondit-elle en inspirant profondément. Je me sens plus en paix que depuis des mois.

Peut-être cela venait-il de l'esprit des deux parachutistes, qui continuait à vivre ici. Ou de l'homme assis à côté d'elle.

9

Une fois de retour chez Philippe et Delphine, Ivy se comporta normalement, mais elle ne pouvait s'empêcher de penser à Caleb. L'adorable, le merveilleux Caleb qui l'avait tenue pendant qu'elle pleurait, qui l'avait laissée tout naturellement s'appuyer sur lui, qui l'avait réconfortée, qui lui avait permis d'abaisser ses défenses.

Ne s'était-elle pas promis de ne pas entamer une relation avec lui ? Il n'était pas comme ses ex, au contraire, et cela la terrifiait.

Il était différent.

Tard ce soir-là, elle était assise sur son lit et attendait que Caleb ait terminé à la salle de bains. Elle avait insisté pour qu'il y aille le premier. Elle avait beau être fatiguée, son esprit s'emballait, essayant de résoudre des choses qu'elle n'allait pas régler en une seule nuit. Elle se laissa tomber en arrière sur la couverture en patchwork usée et contempla les poutres du plafond.

Comment pouvait-elle dormir quand elle était assaillie de « et si... », de « peut-être », et par toutes les raisons pour lesquelles elle ne devrait pas être intéressée par Caleb autrement que comme un ami. Mais aucune ne convainquait son corps qu'il devait lui rester interdit. Il ne s'agissait pas là d'une passade. Elle n'avait pas de passades. N'en avait jamais eu. N'en aurait jamais.

Alors pourquoi son pouls s'emballait-il à l'idée de se rendre dans la salle de bains, de lui enlever sa brosse à dents et de goûter à son haleine mentholée en l'embrassant à fond, au point de lui couper le souffle ?

Embrasser Caleb serait une erreur. Une erreur plaisante, mais une erreur.

Elle entendit un frôlement dans le couloir, puis on frappa légèrement à sa porte. Ivy retint son souffle comme s'il pouvait l'entendre respirer. Elle s'inquiéta de ne pas être assez forte pour le voir sans céder à l'envie de jeter ses bras autour de lui et de l'embrasser jusqu'à ce que le monde et la raison basculent.

— J'ai fini, lança-t-il à travers la porte en bois. La salle de bains est à vous.

Pensant qu'il valait mieux qu'il la croie endormie, parce qu'elle n'était pas en état de le voir, Ivy attendit plus d'une demi-heure avant de se lever. Gardant à l'esprit la nécessité de se focaliser sur la réalité, elle rassembla ses affaires de toilette et son pyjama. Elle se dit que, parce qu'elle était en France, en Normandie, elle projetait sur Caleb des choses qui ne résisteraient pas à l'usure du temps. Tout semblait magique et plus intense à cause de l'endroit où ils se trouvaient et de son état émotionnel. Une fois qu'ils seraient de retour dans leur vie ordinaire, les étincelles entre eux ne crépiteraient pas aussi fort.

Mais si cela ne prenait pas fin ? Si Caleb ne se sentait pas menacé par son indépendance, par le fait qu'elle gagne plus d'argent que lui ? S'il n'éprouvait jamais le besoin de critiquer son intelligence, de détruire sa confiance en elle ?

Qui cherchait-elle à duper ? Caleb était un magnifique mâle dominant. Elle était une femme ordinaire avec un terrible palmarès concernant les hommes. Bien sûr, que les choses se termineraient entre eux. Penser autrement serait stupide.

Elle ouvrit la porte de sa chambre. Un Caleb pieds nus, portant un T-shirt et un short ample, se tenait dans le couloir. Il parut presque aussi choqué qu'elle.

— Caleb !

Pourquoi était-il devant sa porte ? Elle l'avait entendu rentrer dans sa chambre, mais pas ressortir.

Pourquoi était-il revenu ?

Pourquoi parler à Ivy lui paraissait-il si impératif que Caleb s'était relevé pour le faire ? Cela n'avait aucun sens. C'était pourquoi il avait hésité longtemps devant sa porte. Il avait encore deux jours pour la voir et lui parler ; ils auraient tout le temps de le faire. Pourtant, il n'avait pas pu rester au lit. Pas en sachant qu'elle était bel et bien réveillée et n'avait simplement pas voulu lui faire face. Avait-elle pensé qu'il avait frappé à sa porte dans l'espoir qu'elle l'invite dans sa chambre ? Ce n'avait pas été son intention. Et même si ça l'avait été, il aurait juré qu'elle était intéressée par lui. Lui en tant que personne.

— Vous n'avez pas besoin de faire semblant de dormir ou de m'éviter, Ivy, assura-t-il. Vous savez sûrement que je ne ferai jamais pression sur vous pour obtenir quelque chose que vous ne voulez pas donner.

Ce n'était pas qu'il ne la désirait pas. Il avait envie d'elle, de l'embrasser, de soulever ses cheveux et de presser ses lèvres sur sa nuque. De lui taquiner l'oreille en lui murmurant toutes les choses qu'il voulait lui faire, et faire avec elle. Il voulait...

— Je trouvais mieux que nous ne nous revoyions pas ce soir, dit-elle.

— Parce que... ?

— Je ne veux pas faire quelque chose que je regretterai.

— Vous regretteriez que quelque chose arrive entre nous ?

— Je... je ne sais pas trop. Les deux dernières semaines ont été merveilleuses, mais ce n'est pas le monde réel.

Son ton était froid.

— Je viens de finir mon internat et j'ai plein de changements à opérer dans ma vie. Je commence un nouveau travail, je m'installe dans la ferme de Gramps, et puis il y a eu la rupture avec Luke. Il m'a trompée pendant des mois et n'a pas été le premier à le faire.

— Je ne suis pas un tricheur, Ivy. Si nous avions une relation, je serais fidèle et j'attendrais la même chose de vous.

Était-ce ce qu'il voulait ? Être dans une relation avec elle ? Était-ce pour cela qu'il était venu à sa porte ?

— Ce n'est pas que je ne vous croie pas, c'est juste que les derniers mois ont été riches en changements et que j'ai besoin de trouver l'équilibre et la paix dans ma vie.

Elle croisa son regard. Ses grands yeux bleus étaient pleins de doute.

— Passer du temps avec vous une fois que nous serons de retour à Knoxville ne m'apportera pas ça.

Les critiques de Katrina sautèrent à l'esprit de Caleb. Ses accusations comme quoi il n'était pas assez bien, et qu'elle n'avait pas de temps à perdre avec lui s'il ne venait pas avec le compte en banque de ses parents. Brisé. C'était ainsi qu'elle l'avait qualifié. Brisé mentalement, émotionnellement, physiquement. Ivy le voyait-elle sous le même éclairage ? Il ne l'aurait pas cru, mais peut-être qu'elle avait raison. Peut-être que l'attirance entre eux n'existait que du fait de leur proximité forcée.

— Sortir dîner avec un ami vous empêche de trouver l'équilibre et la paix ?

Il s'efforça de garder un ton neutre, malgré son niveau de frustration.

Ivy humecta de sa langue le coin de sa bouche. S'était-il approché, ou l'avait-elle fait ? Il percevait la chaleur de son corps, l'attirance magnétique qui les reliait.

— Vous êtes devant la porte de ma chambre pour me demander de sortir dîner avec vous en amis une fois que nous serons rentrés à Knoxville ? Je n'y crois pas du tout.

Elle posa son regard sur les lèvres de Caleb.

— Vous m'avez donné un baiser, à Carentan. Sur la piste de danse. J'ai senti votre bouche sur mes cheveux. C'est vrai, n'est-ce pas ?

— Oui.

Juste un frôlement de ses lèvres avant qu'il ne se ressaisisse et recule. Il n'avait aucun droit de l'embrasser, et certainement pas dans un endroit aussi public. Ce rapide baiser n'avait fait que le laisser désireux d'en obtenir plus.

— Ce baiser ne m'a pas paru seulement amical.

Les mains d'Ivy allèrent se poser sur le torse de Caleb, peut-être pour mettre une barrière entre eux – puisque leurs corps se touchaient presque –, mais ce geste eut l'effet inverse : ses doigts chauds le brûlèrent à travers le fin coton de son T-shirt.

— Non ? Alors j'ai tout fait de travers.

Elle le fixa, perplexe.

— Que voulez-vous dire ?

Grande question. Il n'était pas sûr de le savoir. Ce qu'il savait, c'était qu'il désirait Ivy plus qu'il n'avait désiré quoi que ce soit depuis longtemps. Il comprenait ses soucis. Il avait les siens, mais cela ne l'empêchait pas de la vouloir.

— Je n'ai jamais été très doué avec les mots, Doc. Je suis plus un homme d'action.

— Je...

Elle déglutit visiblement. Le bleu de ses yeux fonça dans la pénombre du couloir. Son pouls battait dans sa gorge. Elle leva le menton. Un défi, et quelque chose de plus, se lisaient sur son visage.

— D'accord, alors pas de mots. Montrez-moi.

Le cœur de Caleb tambourina en entendant ces quelques paroles. Il se perdit dans son regard assez longtemps pour être sûr qu'il ne les avait pas mal interprétées, puis il captura sa lèvre inférieure entre les siennes. Ses yeux joints à ceux d'Ivy, il tira lentement et doucement sur sa chair pulpeuse.

— Ceci non plus, ne paraît pas seulement amical, chuchota-t-elle contre sa bouche, la voix rauque.

Elle fit glisser ses mains sur ses pectoraux et, loin de l'écarter d'elle, elle les posa sur ses épaules.

— Non ? Il va falloir que je fasse mieux.

Là-dessus, Caleb céda à la faim qui le consumait et embrassa Ivy. Il l'embrassa si profondément, si complètement, avec une telle avidité qu'il ne savait plus où il se terminait et où elle commençait. Les doigts sur sa nuque, elle l'attirait à elle en lui rendant son baiser. Jamais il n'avait expérimenté quelque chose de pareil. Jamais. La chose la plus approchante à laquelle il pouvait comparer le vertige qui l'assaillait, c'était lorsqu'il tombait en chute libre avant d'ouvrir son parachute. Jusqu'à elle, rien n'avait correspondu à cette urgence, à la paix qu'il y avait à chasser le monde entier pour se focaliser sur ce moment, au danger inhérent à ce qu'il faisait.

Embrasser Ivy, c'était tomber en chute libre.

Il tombait.

Il tombait amoureux d'Ivy.

Ils s'embrassèrent pendant ce qui sembla durer une éternité et se finit pourtant beaucoup trop tôt. Quand leurs lèvres se séparèrent, il lut l'invitation dans ses yeux. Tout ce qu'il avait à faire était de la repousser de deux pas dans sa chambre, de fermer la porte, et il pourrait passer la nuit à explorer chaque pouce alléchant de sa personne. Il fut tenté de le faire, de lui faire l'amour si totalement qu'elle ne pourrait nier ce qui se passait entre eux.

Mais un doute assombrissait ses yeux bleus. Ce fut cette hésitation – il savait qu'elle regretterait ce qu'ils auraient fait le matin venu – qui donna à Caleb la volonté de reculer au lieu d'entrer dans sa chambre. Même s'il n'avait jamais une autre chance de faire l'amour à Ivy, il ne pouvait en toute conscience le faire ce soir-là alors qu'elle n'était pas complètement prête. Elle en avait envie, mais elle accuserait l'heure tardive et le fait d'avoir été prise par l'urgence du moment. S'ils faisaient l'amour, il ne voulait pas qu'elle cherche des excuses à ce qui se serait passé.

Il prit son beau visage entre ses mains et le contempla. Incapable de résister à un dernier baiser, il l'embrassa de nouveau, puis s'écarta avant de ne plus pouvoir le faire.

— Je vais regagner ma chambre, Ivy, mais ce n'est pas parce que je n'ai pas envie de te porter dans la tienne.

Surprise, elle écarquilla les yeux.

— Je... euh... d'accord. Si c'est ce que tu veux.

Caleb voulait une foule de choses, mais pour ce soir-là il se contenterait de sa réponse. Lorsqu'il ferait l'amour à Ivy, elle n'aurait pas de regrets. Il voulait qu'elle lui fasse assez confiance pour venir à lui sans hésitation.

Si ne pas passer la nuit seul avait été son objectif, il ne se serait jamais retiré. Ce qui posait la question : quel était son objectif en ce qui concernait Ivy ? En avait-il un, ou avait-elle raison de dire qu'ils étaient simplement liés par leur proximité permanente ?

Leur visite du D-Day Collins Museum était la dernière activité du voyage. Le château de Franquetot avait été racheté quelques années plus tôt et restauré par les nouveaux propriétaires. Actuellement, il se présentait donc de nouveau comme au temps où il était utilisé comme quartier général de l'armée. Le propriétaire en personne les accueillit, fit faire une visite privée aux vétérans et permit même à Owen de s'asseoir à un bureau qui avait servi au général Eisenhower.

Même si elle était encore piquée au vif par le rejet de Caleb, Ivy rit lorsqu'il choisit d'autres porte-clés dans la boutique de souvenirs.

— Tu as vraiment autant d'amis, ou tu as un problème et tu amasses secrètement les porte-clés ?

— Tu m'as percé à jour.

Le grand sourire de Caleb lui fit voltiger le cœur.

— J'en suis loin, dit-elle sans réfléchir.

Il ne parut pas troublé et continua à sourire en payant ses achats. Ordonnant à son pouls de se calmer, Ivy regarda quelques cartes postales et s'arrêta sur l'une d'elles, qui représentait l'église d'Angoville.

— Tu devrais la prendre.

Se rappelant comment elle avait sangloté sur son épaule, là, Ivy fronça les sourcils et reposa la carte.

— Tu oublies mon aversion pour les souvenirs à touristes.

Il reprit la carte.

— Je te l'achète.

— Je n'en ai pas besoin.

— Si. Tu l'ajouteras à ta malle.

— Ce n'est pas drôle.

— Tu me fais sourire.

Les joues d'Ivy s'échauffèrent. Oui, elle voulait bien le croire. Il avait probablement bien ri à ses dépens deux nuits auparavant. La veille, il s'était comporté comme si rien ne s'était passé, souriant souvent, mais elle s'était sentie mal à l'aise. Heureusement, comme c'était le 6 juin, leur programme avait été chargé, commençant par la cérémonie au Cimetière américain de Colleville et se terminant par un dîner d'adieu organisé par une association d'anciens combattants. Pas une fois, Caleb n'avait agi comme si quoi que ce soit d'inhabituel était arrivé.

En allant se coucher, Ivy s'était presque demandé si elle avait rêvé ce baiser et ce qui avait suivi.

— Il faudra que nous revenions en Normandie, dit-il.

Elle porta les yeux vers lui, mais il s'était tourné vers la caissière et payait la carte postale.

Elle étudia son profil, se demandant pourquoi son cœur voletait, juste en entendant un commentaire aussi innocent. Il n'avait pas sous-entendu qu'ils devraient revenir *ensemble,* mais avec la Fondation des vétérans des Smoky Mountains, bien sûr. Et elle n'aurait pas voulu qu'il veuille dire autre chose. Cela embrouillerait encore une situation déjà compliquée.

Agacée, elle quitta la boutique de souvenirs et décida d'attendre les autres dehors. Mary la suivit.

— Je ne peux pas croire que ce soit fini et que nous soyons sur le point de regagner Paris.

Ivy avait du mal à l'envisager elle aussi. Le lendemain à la même heure, ils seraient dans l'avion. Et alors quoi ?

— J'espère que nous aurons le temps de voir quelques sites, continua Mary. Je n'ai jamais vu la tour Eiffel.

— C'était mon premier voyage en Europe, alors moi non plus, dit Ivy. Une fois que nous serons installés à l'hôtel, nous prendrons un taxi pour aller la voir.

Plusieurs autres membres du groupe voulaient y aller, eux aussi. Slade et Suzie étaient enthousiasmés par ce projet, autant qu'ils étaient passionnés l'un par l'autre. Ils ne se lâchaient pas et se couvaient du regard.

Mary donna un coup de coude à Ivy.

— Vous regardez Caleb comme ces tourtereaux se contemplent.

— Arrêtez, dit Ivy en secouant la tête. Vous vous trompez.

Mary ne la crut manifestement pas et demanda avec un grand sourire :

— Allez-vous le revoir, de retour à Knoxville ?

— J'imagine que nous nous verrons de temps en temps à l'hôpital.

Est-ce que ce serait une torture, ou un rappel qu'elle l'avait échappé belle ?

— Ce n'est pas ce que je voulais dire, mais cela ne me regarde pas. Pardon, dit Mary.

Ivy soupira.

— C'est bon. Et je ne sais pas que répondre d'autre. Caleb est un homme formidable, mais nous sommes simplement amis.

L'étaient-ils, seulement ? Se rappelant son baiser « amical », elle déglutit. Qu'avaient signifié ses baisers ? Son retrait ? Était-il resté allongé dans son lit, la veille au soir, à penser à leur rencontre dans le couloir ? Avait-il, comme elle, fermé les yeux pour revivre le contact de ses lèvres sur les siennes ? Probablement pas. Sinon, comment pourrait-il être si détendu avec elle, alors qu'elle était aussi crispée qu'un nœud gordien ?

— Vous avez encore le temps, dit Mary. Nous devrions inviter Caleb à venir avec nous, ce soir.

— Venir avec vous où ? demanda Caleb en les rejoignant sur la pelouse.

— À la tour Eiffel, répondit Mary.

Il se tourna vers Ivy.

— Tu réalises qu'elle est à une heure de route de l'hôtel où nous serons logés ?

Elle fronça les sourcils. Elle aurait dû regarder une carte. La déception se peignit sur le visage de Mary, et Ivy prit rapidement une décision.

— Peu importe. Nous irons la voir même si cela signifie que nous ne dormirons pas.

Quand reviendrait-elle à Paris ? Probablement jamais.

— Nous louerons une voiture avec chauffeur. Plusieurs, s'il le faut. Une fois à l'hôtel, nous verrons qui veut venir.

Mary joignit les mains.

— Ce que c'est excitant ! J'ai toujours rêvé de voir la tour Eiffel. Je suis si contente.

Sans regarder Caleb, Ivy hocha la tête.

— Parfois, la vie ne nous offre qu'une occasion de faire certaines choses. Si nous la laissons passer, nous le regretterons toujours.

Caleb haussa les sourcils. Elle ne lui avait pas consciemment adressé ce commentaire, mais s'il se sentait concerné... Malheureusement, elle suspectait que c'était elle qui vivrait avec des regrets.

10

Après les quatre heures de trajet depuis la Normandie, les vétérans étaient trop fatigués pour vouloir se rendre au centre de Paris. Caleb, lui, savait que c'était sa dernière nuit en France avec Ivy et il voulait lui parler, lui expliquer son comportement. Il s'assurerait qu'ils en trouvent le temps avant d'arriver à Knoxville.

— Nous ne pouvons pas laisser les vétérans sans surveillance médicale, dit Ivy, l'air déçu. Je vais rester avec eux.

— Non, je vais rester, moi, dit Caleb.

Il aurait adoré voir la tour Eiffel avec Ivy, mais s'ils ne pouvaient quitter l'hôtel tous les deux, il n'allait pas la priver de sa visite.

— Non, moi, insista-t-elle, ce qui ne le surprit pas.

Pour elle, s'occuper des vétérans était sa responsabilité.

Lara, l'infirmière, secoua la tête.

— Allez-y tous les deux. Je suis épuisée et j'ai déjà vu la tour Eiffel avec mon mari. Je ne songe qu'à me mettre à l'aise. Je serai là si nos amis ont besoin de quoi que ce soit. Amusez-vous et prenez des tas de photos.

Caleb lui décocha un sourire reconnaissant.

— Merci, Lara.

Une fois à l'hôtel, un employé les aida à louer un van pour aller dans Paris. Ils étaient sept. Leur chauffeur français les emmena d'abord à l'Arc de Triomphe, puis au Louvre où ils admirèrent la pyramide en verre et le bâtiment.

— Ça doit être splendide à la lumière du jour, observa Ivy.

— C'est superbe, acquiesça Caleb, captivé par son expression éblouie. Comme toi. Merci d'avoir organisé ça. Les autres passent un moment extraordinaire.

Elle le regarda avec une pointe de défi.

— Pas toi ?

— Si, bien sûr. Je pensais que c'était évident.

Ivy l'étudia un instant.

— J'adorerais revenir et me promener dans ce musée.

— C'est là que se trouve *La Joconde*, dit Caleb. Et tu sais, j'ai ma théorie sur son fameux sourire.

Elle haussa les sourcils.

— Alors que des millions de personnes sont perplexes ?

— À mon avis, elle pensait à un amant.

Ivy leva les yeux au ciel.

— Ça ne m'étonne pas de toi.

— Pourquoi ?

— Parce que tu es un homme.

Elle détourna le regard et il aurait juré qu'elle rougissait. Il se rengorgea.

— Content que tu l'aies remarqué.

— Le contraire serait difficile.

— Tant mieux. Je souhaite que tu le remarques.

Elle plissa les paupières.

— Vraiment ? Ce n'est pas l'impression que tu m'as donnée l'autre soir.

Il leva une main.

— Nous devons parler, mais ce n'est pas le moment. Profitons juste de Paris, ensemble et avec nos amis.

Elle soupira.

— Tu as raison. C'est notre dernière nuit en France. Pourquoi s'arrêter sur des erreurs passées ?

Il aurait voulu lui demander ce qu'elle entendait par là, mais Mary venait vers eux. Il en avait une idée, cependant. Il n'avait pas eu tort de regagner sa chambre, ce soir-là, mais il continuait à se demander pourquoi il s'était senti tenu de le faire. Pourquoi n'avait-il pas simplement pris ce qu'Ivy lui offrait ? Pourquoi cela avait-il tant compté pour lui qu'elle se donne librement à lui, et pas sous le coup de la passion ?

C'était à croire qu'il voulait plus d'elle qu'une nuit ou deux. Et il n'avait rien souhaité de pareil depuis Katrina. Depuis les premiers temps de leur relation, en tout cas. La deuxième fois, alors qu'il gisait sur un lit d'hôpital, pleurant son meilleur ami et la perte de sa carrière, elle lui avait donné un ultimatum : « faire quelque chose de sa vie » ou la perdre. Il n'avait pas eu de mal à lui dire adieu. Cela avait été bien plus facile que de se trouver séparé d'Ivy, au bout de deux semaines seulement.

— Venez, tous ! Notre chauffeur est prêt à partir, lança Mary.

Ils remontèrent dans le van, traversèrent le pont de Bir-Hakeim et s'arrêtèrent près de la tour Eiffel. Le Français leur dit qu'il les reprendrait dans une heure.

— J'ai lu que la tour clignote comme un arbre de Noël pendant cinq minutes à chaque heure de la nuit, s'exclama Mary, enthousiaste. Regardez comme elle est bien éclairée. Je pense qu'elle est plus belle la nuit que le jour.

— Le fait que nous soyons à Paris, admirant la tour Eiffel, c'est surréaliste, dit Ivy. C'est vraiment magnifique.

Ils prirent des photos avec la tour en arrière-plan. Mary proposa d'en faire une de Caleb et d'Ivy. Ivy plissa un instant les paupières, puis elle sourit.

Mary décida de s'asseoir sur un banc pour admirer les lumières. Linda la rejoignit et appela Jimmy, le fils d'un vétéran, pour qu'il leur tienne compagnie.

Seuls Caleb et Ivy continuèrent à marcher sur le Champ-de-Mars.

— Tu les as payés pour ça ? demanda-t-elle un peu plus loin, en le regardant d'un air soupçonneux.

— Pour quoi ?

— Pour nous laisser tomber.

— Moi non, mais Mary, je ne sais pas.

Il lui jeta un coup d'œil.

— Et je ne m'en plains pas. Je les aime bien, mais je préfère voir la tour Eiffel seul avec toi.

— Cet endroit est si connu que j'ai l'impression de rêver.

Effectivement, cette promenade tous les deux vers la base de la tour semblait irréelle. La lune jetait dans le ciel nocturne une lumière bleue presque magique. Ils auraient pu être dans un film. Un film romantique dont il serait le héros, sans défauts ni passé.

Il prit la main d'Ivy et fut content qu'elle ne se dégage pas. Au contraire, elle pressa légèrement la sienne.

— Ce voyage a répondu à toutes mes attentes, sauf que Gramps n'était pas là.

Son chagrin serra le cœur de Caleb. Il le comprenait. Pas un jour ne passait sans que Blake lui manque.

— Il serait si fier de toi, Ivy.

Comme Blake serait fier de lui pour ce qu'il avait accompli à Knoxville, en aidant sa femme Jordan à réussir avec son entreprise d'ambulances.

Ivy s'arrêta et se tourna vers lui.

— Comment peux-tu le savoir ?

Il écarta une mèche de son visage.

— N'importe quel parent ou grand-parent serait fier d'être apparenté à toi.

Elle eut un rire nerveux.

— Peut-être. Je ne suis pas toujours facile à vivre.

— J'en prends note.

Ses yeux bleus s'agrandirent.

— Pardon, dit Caleb. Je ne voulais pas dire…

— Je sais. Et nous étions convenus de ne pas parler de sujets trop sérieux. Dans combien de temps, les illuminations ?

Il consulta sa montre.

— Dans vingt minutes environ. Trouvons une place où nous asseoir.

Peut-être pourraient-ils parler.

L'esplanade était bien éclairée. Des couples et quelques familles étaient disséminés sur la pelouse. Ils arrivèrent à un endroit qui n'était pas trop près des autres spectateurs.

— Ici, ça paraît bien, dit Ivy en balayant l'herbe de son pied.

— Si j'avais su, j'aurais apporté une couverture.

— Je ne me soucie pas de me salir, Caleb. Je vérifie juste qu'il n'y a pas de crottes de chien.

— Bien pensé.

Il s'assit à côté d'elle et ne put lui prendre la main, car elle serra ses bras autour de ses genoux pour contempler la tour. Les reflets des lumières éclairaient son visage. Elle était magnifique. Caleb prit son téléphone et fit une photo.

— La tour est par là, dit-elle en se tournant vers lui.

— J'ai ce que je voulais.

Elle inspira vivement.

— Je crois que cet endroit me touche.

— De quelle façon ?

Il le savait. Ils étaient entourés de couples amoureux et il aurait aimé qu'ils puissent s'allonger pour regarder la tour, lovés l'un contre l'autre. Il n'était pourtant pas du genre à se blottir contre quelqu'un, ne l'avait jamais été.

— Être ici me fait m'interroger sur mes priorités de vie.

— Par exemple ?

— À un moment donné, je souhaitais une relation, le mariage, tout ça.

— Et plus maintenant ? demanda Caleb, heureux qu'ils parlent de choses sérieuses, finalement.

— Plus depuis que j'ai rompu avec Luke.

Luke. L'homme qui lui avait fait du mal. Il devait être idiot pour avoir gâché les choses avec Ivy.

— Il était lâche, reprit-elle. Mais je ne veux pas perdre mon souffle à parler de lui, surtout dans l'un des endroits les plus romantiques du monde.

— Avec moi.

— Avec toi, confirma-t-elle d'une voix altérée par l'émotion.

— Puis-je te prendre la main, Ivy ?

— Tu ne me l'as pas demandé, tout à l'heure.

— Oui, mais maintenant j'en ai envie.

Parce qu'il s'agissait de beaucoup plus que de lui tenir la main, et ils le savaient tous les deux.

Elle déglutit, et il se demanda un instant si elle allait le rejeter comme elle croyait qu'il l'avait rejetée. Puis elle haussa les épaules.

— Si tu veux.

— Je le veux. Mais veux-tu tenir la mienne ?

Ivy en avait envie, aucun doute là-dessus. Mais devait-elle le faire ? Ils rentreraient chez eux le lendemain et tout changerait. Ils ne seraient plus pris dans la magie française, mais de retour dans le monde réel. Rien ne serait plus pareil. Ni entre eux, ni dans sa vie. Elle organiserait des choses à la ferme, commencerait son travail… et des moments comme celui-ci lui manqueraient.

— Oui, ça me plairait.

— À moi aussi.

Caleb entrelaça leurs doigts et, main dans la main, ils observèrent en silence la tour et les gens. De nouveau, elle fut frappée par le côté confortable du silence avec Caleb. Elle n'éprouvait aucun besoin de lui parler ou d'essayer de le distraire. Il regarda sa montre.

— Moins d'une minute avant les illuminations.

Jamais Ivy ne l'aurait cru si quelqu'un lui avait dit deux semaines plus tôt qu'elle serait assise dans un parc parisien avec l'homme le plus merveilleux qu'elle avait jamais rencontré, lui tenant la main bien qu'il l'ait rejetée, et attendant que la tour Eiffel commence son spectacle. La vie pouvait être étrange, c'était sûr.

La tour se mit à scintiller, étincelante dans le ciel.

— Oh ! C'est magnifique, dit-elle dans un souffle.

— Oui.

Elle jeta un coup d'œil à Caleb. Autour d'eux, les couples s'embrassaient et prenaient des photos. Elle ne put détacher son regard de ses yeux ambrés qui reflétaient la tour.

— Caleb.

Elle ne dit rien de plus. Ce n'était pas nécessaire. Il savait ce qu'elle pensait, ressentait. Il se pencha vers elle et, les yeux plongés dans les siens, il pressa ses lèvres sur les siennes.

L'estomac d'Ivy fit des virevoltes. Une part d'elle aspirait à approfondir le baiser, à jeter les bras autour de lui, à l'allonger sur l'herbe et à l'embrasser à s'en couper le souffle. Une autre part voulait demander pourquoi il l'embrassait alors qu'il l'avait laissée en plan deux soirs plus tôt. Mais il y avait quelque chose de si magique dans la douceur avec laquelle il caressait sa bouche qu'elle était subjuguée. Comme elle était fascinée par ce qui se passait dans sa poitrine. Elle avait l'impression de briller autant que la tour.

— La ville de l'amour, dit un homme en français, non loin d'eux.

Ivy s'écarta brusquement de Caleb. Comment avait-elle pu oublier qu'ils étaient dans un endroit public ? Elle n'avait jamais été grande amatrice des démonstrations publiques d'affection. Et les hommes avec qui elle était sortie non plus.

— Nous devrions aller retrouver les autres, dit-elle.

Elle couvrit sa bouche de sa main, avec l'impression que Caleb lui avait jeté un sortilège. Ou peut-être était-ce Paris. Mais en tout cas, ce n'était pas de l'amour. De l'amitié. De l'attirance. L'euphorie d'être dans la ville la plus romantique du monde. C'était le charme de Paris ; elle donnait envie aux gens de croire en quelque chose qui n'existait pas.

La ville de l'amour ? La ville des illusions, plutôt.

Le lendemain, dans l'avion, ils se retrouvèrent plus éparpillés qu'à l'aller. Caleb était assis côté couloir à côté de Suzie et d'Owen. Mais Slade demanda à changer de place pour être à côté de Suzie. Caleb se laissa convaincre sans peine : il se retrouva assis près de la femme dont les baisers avaient ajouté des feux d'artifice à la tour Eiffel la veille au soir. Il les avait sentis exploser en lui. Et il en éprouvait encore en ce moment alors qu'il lui tenait la main.

Ivy s'était cramponnée à la sienne quand l'avion avait roulé sur la piste pour le décollage. En la regardant tassée sur son siège, les yeux fermés, se concentrant sur sa respiration, il souhaita pouvoir alléger sa peur de voler.

— Ça va, Doc ?

— Je fonce dans l'air à mille kilomètres à l'heure. À ton avis ?

Son avis, c'était qu'elle était belle, intelligente, drôle, et qu'il souhaitait que l'avion ralentisse pour qu'ils aient plus de temps à passer ensemble. Deux semaines avec Ivy n'avaient pas été suffisantes. Elle ressentait sûrement la même chose. Comment ne le pourrait-elle pas après leur baiser de la veille ? Il ne se considérait pas comme un homme romantique, mais il ne pouvait imaginer un baiser plus parfait que celui-là, illuminé par la tour Eiffel. Sapristi. Ivy le rendait sentimental, lui donnait envie de la couvrir d'affection et d'effacer toutes les traces négatives laissées par ses ex.

— Concentre-toi sur ta respiration. Inspire profondément. Souffle lentement.

— Ça ne marche pas. Distrais-moi, Caleb. Parle-moi de toi, dis-moi des choses que je ne sais pas déjà.

Il se mit à lui raconter qu'il avait grandi à Atlanta, où sa famille vivait encore. Qu'il avait un frère aîné et une sœur cadette qui semblaient heureusement mariés et avaient chacun deux enfants.

— Je suis différent d'eux de maintes façons. Je ne suis pas marié, je n'ai pas d'enfants, que je sache, et ils ont très bien réussi dans la vie.

— Pas toi ?

Il estimait que c'était le cas tant qu'il était dans l'armée, mais depuis ? Pendant sa rééducation il avait pris des cours pour être secouriste, maintenant il aidait Jordan, mais il ne pouvait pas dire qu'il réussissait alors qu'il n'exerçait plus le métier qu'il adorait.

— Ma vie n'est pas ce que mes parents auraient choisi pour moi, mais je suis satisfait. Ou plutôt, il serait plus exact de dire que j'ai accepté ce qu'elle est devenue.

Avait-il vraiment accepté le fait qu'il ne sauterait plus jamais ? Son chirurgien orthopédiste le lui déconseillait. Il lui disait qu'il s'était trop bien remis pour tout gâcher pour un moment de plaisir. Certains jours, il envisageait d'en prendre le risque rien que pour sentir le vent le fouetter de nouveau. Pas comme parachutiste militaire. Il savait que l'armée ne le reprendrait pas, avec tout l'acier qu'il avait dans la jambe, mais il voulait juste sauter pour le plaisir.

— Si je choisissais de m'engager de nouveau, ce serait pour me consacrer à une autre spécialité. Je recommencerais de zéro et devrais me requalifier sur tous les points.

Ivy ouvrit de grands yeux.

— Tu penses te réengager ?

— L'armée n'est jamais loin de mes pensées. Je pourrais essayer de le faire, une fois guéri. Mais cela ne veut pas dire qu'ils me reprendraient.

L'avion fut secoué par une turbulence et un bruit sourd sortit de la gorge d'Ivy.

— Je me suis mieux remis que le chirurgien ne s'y attendait. Je suis toujours conscient de ma blessure, mais elle ne me gêne pas trop dans ma vie.

— Tu as mal atterri ? C'est comme ça que tu t'es fracturé la jambe ?

Il hésita un instant, puis décida de tout lui dire, car il voulait qu'elle le connaisse complètement.

— Nous avons sauté derrière des lignes ennemies, sans savoir que notre mission avait été compromise. Notre avion a été touché peu après notre saut. Il y avait de la mitraille partout autour de nous.

Le bruit, l'odeur et la peur qu'il avait éprouvée en ce moment-là lui traversèrent l'esprit.

— J'ai eu la chance d'être près du sol quand un éclat d'obus a frappé ma jambe.

— Tu aurais pu être tué !

Blake était mort. Elle avait voulu de la distraction. Il avait réussi, car elle le regardait intensément, ayant momentanément oublié l'avion.

— Je m'en suis bien sorti. Ma jambe a été fracturée en de multiples endroits, mais aujourd'hui je peux faire ce que je veux, sauf des activités violentes.

— Comme sauter d'un avion ?

— Ce n'est pas le saut, qui pose problème. C'est l'atterrissage.

Elle lui pressa la main.

— T'imaginer sautant d'un avion me terrifie.

Il aurait tellement voulu recommencer.

— C'est la sensation la plus formidable et la plus paisible du monde, quand tu es là-haut. Pour moi, il n'y a rien de meilleur.

Il essaya de lui expliquer la beauté de la terre au-dessous, les couleurs intenses de l'atmosphère, la façon dont il était connecté à son corps. Ivy l'écoutait, entendant la passion dans sa voix, la force avec laquelle il souffrait de ne plus pouvoir pratiquer quelque chose qu'il avait tant aimé.

— Comment as-tu fini secouriste ?

— Après ma blessure, j'étais dans le Middle East. La seule aide que je recevais venait de mes frères et sœurs d'armes. J'étais dans un terrible état mental, je ressassais ce qui s'était passé. Une copine de l'armée m'a convaincu de reprendre des cours pour pouvoir travailler à TransCare. Ça a été un tournant pour moi. Je dois énormément à Jordan. Elle est la veuve de mon ami Blake. Je ferais n'importe quoi pour elle, et elle le sait.

Ivy avait une foule de questions à poser, mais n'avait-elle pas décidé que son histoire avec Caleb était un conte de fées provoqué par les circonstances ? Ils avaient été réunis pour deux semaines dans le pays le plus romantique du monde. Bientôt, ils seraient de retour chez eux, dans le monde réel. Caleb Rivers ne paraîtrait plus aussi merveilleusement parfait. En outre, pensait-elle vraiment qu'il était différent des autres hommes qu'elle avait connus ? Qu'il ne finirait pas par prendre ombrage du fait qu'elle gagnait plus que lui ? Mais si elle se trompait ?

— Tu te vois travailler longtemps pour TransCare ?

Il réfléchit un instant, puis haussa les épaules.

— Peut-être. J'aime y travailler, et je dois à Blake d'aider Jordan aussi longtemps qu'elle aura besoin de moi. Alors qui sait ?

— Et l'argent ? Ta paye te suffit pour vivre ?

— Je m'en sors. Mes besoins sont basiques.

— Cela t'ennuie, que je gagne plus que toi ?

Caleb plissa le front.

— Ça devrait ?

Elle pensa aux mots cruels de Luke, au ton d'accusation dans sa voix quand il lui affirmait qu'elle le faisait se sentir inférieur.

— Oui, je pense que ça le devrait.

Que faisait-elle, là ? Caleb n'avait pas dit qu'il voulait une relation avec elle. Pas vraiment. Oui, elle le voyait dans ses yeux, mais le passé la hantait. Elle ne pensait pas qu'elle pourrait supporter qu'il lui brise le cœur. Il valait beaucoup mieux prendre les devants et exprimer ses craintes.

Il lâcha sa main, se tourna dans son siège pour mieux la regarder.

— Ça ne m'ennuie pas, mais le fait que toi, tu penses que ça le devrait me perturbe. Tu veux expliquer ?

— Ce n'est pas que ça me préoccupe. C'est que ça te gênera forcément un jour, toi, de ne pas être plus…

C'était mal exprimé, car réellement, que pourrait-il être de plus, alors qu'il paraissait déjà presque parfait ? Mais elle ne put retirer ses mots malheureux, ne put s'empêcher de devenir rouge vif.

— De ne pas être plus à l'aise financièrement que je ne le suis ?

Ivy se crispa intérieurement. Cette conversation était si moche. Ils étaient assis dans un avion au-dessus de l'océan Atlantique et elle faisait peser sur Caleb ses erreurs passées.

— Après ma rupture avec Luke, je me suis juré de ne plus m'engager avec un homme qui gagnerait moins que moi. Puis je t'ai rencontré et tu parais merveilleux, mais pour être honnête, les deux dernières semaines n'ont pas été ancrées dans la réalité. Les relations sont assez difficiles sans des différences de revenus qui créent des sentiments d'insécurité. Je suis passée par là trois fois, et chaque fois mon cœur a été piétiné.

— Je ne suis pas comme tes ex.

— Je sais, mais à la longue ? Les relations semblent toujours idylliques au début, mais on doit garder les yeux ouverts pour ce qui est à venir.

Qui cherchait-elle à convaincre ? Lui ou elle-même ? Il l'étudia une minute, puis secoua la tête.

— Alors, en fin de compte, tu ne veux pas une relation avec moi parce que je ne gagne pas plus que toi ?

La déception se lisait sur son beau visage.

— Il y a des choses bien plus importantes chez une personne que son compte en banque, poursuivit-il. Je ne pensais pas que tu étais comme ça, Ivy, qu'un métier ou de l'argent comptaient tant pour toi.

Comment expliquer ce qu'elle savait ? Que cela compterait pour *lui* à un moment donné ? Qu'il se sentirait menacé dans sa virilité et qu'il s'en prendrait à elle ? Cela semblait impossible, mais elle refusait d'être prise de nouveau pour une idiote.

— Les deux dernières semaines ont été merveilleuses, Caleb.

Elle prit une grande inspiration et dit ce qu'elle jugeait

nécessaire d'être dit. Pour tous les deux. Mieux valait en finir maintenant plutôt que d'être dévastée plus tard. Comment se remettrait-elle d'une rupture avec lui ?

— J'ai rêvé de ce voyage, mais je n'ai jamais eu l'intention d'y rencontrer quelqu'un. J'ai beaucoup de choses en cours dans ma vie et tu ne fais pas partie de ces plans.

Lut-elle du dégoût dans ses yeux ? Ou simplement le reflet de ce qu'elle éprouvait ? Ses propres paroles lui retournèrent l'estomac. Tant pis. Si elle ne terminait pas complètement les choses avec Caleb, il pourrait la convaincre de laisser une chance à leur relation et, quand tout s'effondrerait, elle serait anéantie. Elle ne le connaissait peut-être pas depuis longtemps, mais elle reconnaissait qu'il était différent, que ses réactions vis-à-vis de lui étaient plus puissantes, qu'il avait plus de pouvoir sur elle qu'aucun homme n'en avait jamais eu et cela la terrifiait.

Mieux valait se rappeler la France comme l'expérience magique qu'elle avait été, plutôt que d'en souiller la mémoire par une fin tragique du conte de fées.

11

« Vous êtes invitée à vous joindre à Roy pour sa célébration d'un siècle de vie. » Ivy lut la carte et sourit. Elle était allée à la dernière réunion mensuelle de la FVSM, et se retrouver en compagnie des membres du groupe l'avait emplie d'un mélange d'émotions. Elle avait été heureuse de revoir des gens dont elle se sentait si proche. Contente que Caleb ne soit pas là. Contente ? Ce n'était pas la seule émotion qu'elle avait éprouvée. Loin de là. Il lui manquait. Comment quelqu'un avec qui elle n'avait passé que deux semaines pouvait-il lui manquer ?

Outre le fait qu'elle ne semblait pas pouvoir le chasser de son esprit, au cours des deux derniers mois elle avait adopté une bonne routine, travaillant à la ferme pour trier les papiers et s'occuper des affaires de Gramps. Par chance, son voisin M. Griggs souhaitait conserver son bail, ce qui ôtait à Ivy un gros fardeau pour les années à venir. À l'hôpital, son équipe était formidable et elle s'était déjà fait plusieurs amis. Apparemment, tout allait bien.

Seulement ce n'était pas vrai.

Il y avait un énorme trou dans sa poitrine. Oui, elle pleurait Gramps et le regretterait toujours, mais elle finirait par se faire à sa mort. En revanche, Caleb lui manquait d'une façon démesurée. Mais ils avaient été constamment ensemble pendant deux semaines, et cela équivalait à combien de rendez-vous cumulés ?

Serait-il à la soirée de Roy ? Elle ne l'avait plus revu depuis leur retour. Il était pourtant venu à l'hôpital. Il régnait toujours une vive excitation chez les infirmières célibataires lorsqu'il était dans le bâtiment. L'une d'elles, audacieuse, avait donné au secouriste son numéro de téléphone.

Oh ! comme ce serait douloureux de voir ou d'entendre Caleb avec une autre femme ! Elle avait déjà vécu ça avec Kenny, Beau et Luke. Trois fois suffisaient. C'était ce qu'elle s'était dit avant son voyage en France.

Un cardiologue l'avait invitée quelques fois à sortir avec lui, mais elle lui avait dit que ça ne l'intéressait pas. Il remplissait ses conditions et était un homme bien, mais c'était la vérité : elle ne voulait fréquenter personne. Comment l'aurait-elle pu quand elle se languissait plus qu'elle ne l'aurait cru possible d'un homme avec qui elle avait passé deux semaines fantastiques ?

Elle alla dans sa chambre, ouvrit le tiroir de sa table de chevet et sortit la carte postale qu'il lui avait offerte. La nostalgie la frappa de plein fouet et elle se mit à sangloter. Mais cette fois, Caleb n'était pas là pour la tenir pendant qu'elle pleurait. Ni personne d'autre. Du coup, elle appela sa mère.

— Maman, est-ce que je peux venir à Nashville ? J'aimerais récupérer ma malle à souvenirs et passer quelques jours avec papa et toi.

« Joyeux anniversaire ! Joyeux anniversaire, cher Roy ! Et beaucoup d'autres à venir ! » Les vivats retentissaient dans la salle municipale de Strawberry Plains, où avait lieu la fête d'anniversaire de Roy. Il avait passé la majeure partie de sa vie dans cette ville de l'est du Tennessee et il y avait beaucoup de monde – famille, amis et membres de la FVSM.

— Pouvez-vous croire que tout notre groupe de Normandie est venu ? demanda Mary, tout excitée, en offrant un verre de punch à Ivy. J'en suis si heureuse ! Papa et moi nous rappelons souvent combien nous étions proches les uns des autres, là-bas, et combien il nous a manqué de voir tout le monde ces trois derniers mois.

Ivy ressentait la même chose.

— Regardez Slade et Suzie ! ajouta Mary avec un grand sourire. Ils sont si mignons, et toujours aussi amoureux.

Ivy leur jeta un coup d'œil.

— Mais je dois dire qu'une chose me déçoit. Je suis stupéfaite que Caleb et vous ayez laissé tomber ce qui se passait entre vous en France.

Ivy se crispa intérieurement. Elle avait déjà assez de doutes sans que Mary lui en ajoute. Elle but une gorgée de punch et sourit.

— La France était un endroit magique qui faisait paraître les choses plus belles qu'elles ne l'étaient, Mary. C'est tout.

Mary haussa ses sourcils roux.

— Vous croyez ça ?

Ivy chercha Caleb du regard. Il parlait avec Jimmy, un verre de punch à la main. Comme s'il sentait qu'elle le regardait, il tourna vers elle ses yeux ambrés. Puis, tout aussi vivement, il regarda ailleurs. Elle eut l'impression d'une douche glacée.

Elle ravala la boule qui s'était formée dans sa gorge, mais eut du mal à respirer. Elle n'avait pas pu cesser de penser à lui. Pour elle, l'éclat de leur voyage ne s'était pas terni. Mais lui ne pouvait même pas supporter de la regarder. Elle se sentit au bord de la nausée.

Qu'avait-elle fait ?

— Ce n'était pas la France qui faisait paraître les choses aussi brillantes, observa Mary. Il suffisait de vous regarder pour voir jaillir les étincelles.

— Cela n'a plus d'importance, maintenant, Mary. Il est trop tard pour revenir en arrière.

Elle avait eu trop peur d'un échec, d'être blessée, pour essayer d'être heureuse avec Caleb.

— Pourquoi revenir en arrière ? Il vous faut aller de l'avant, au contraire ! Et éliminer ce qui vous a empêchés tous les deux de trouver le même bonheur que Slade et Suzie.

Les genoux d'Ivy flageolèrent et elle prit une chaise.

— Je ne suis pas sûre que ce soit possible.

— Vous me décevez. Je ne vous voyais pas comme une personne qui a peur d'aimer.

— Je n'ai pas peur d'aimer.

Elle avait aimé Gramps de tout son cœur. Elle aimait ses parents, même s'ils étaient très différents d'elle. Elle avait aimé ses petits amis. Son regard alla à Caleb et elle se mordit la lèvre inférieure.

— Ou peut-être que si, au fond.

Ses yeux la piquaient, ses poumons la brûlaient. Peut-être avait-elle eu tout le temps peur d'aimer, s'accrochant à sa stupide « condition » parce qu'elle craignait de se rendre vulnérable.

Mary la fixa un moment, puis secoua la tête.

— Alors vous ne le méritez pas.

— Vous avez raison. Je ne le méritais pas.

Restait à savoir si elle pouvait changer cela. Pouvait-elle prouver à Caleb qu'elle était capable d'aimer, et pouvait-il l'aimer en retour ?

Vu le nombre d'invités, Caleb n'avait pas eu trop de mal à éviter Ivy. Du moins jusqu'à ce qu'elle vienne le trouver – ce qui lui parut surprenant après la façon dont elle l'avait repoussé dans l'avion.

— Je voulais te remercier pour ma carte postale, dit-elle en le regardant un peu nerveusement, avec un demi-sourire. Et tu sais, j'ai rapporté ma malle de souvenirs chez moi.

— Qu'est-ce qui t'a poussée à le faire ?

— Toi.

— Content d'avoir pu servir à quelque chose.

Ivy était pleine de surprises, mais il n'avait pas besoin de les entendre. Les trois derniers mois n'avaient pas été formidables, pour lui. Il aurait facilement pu sombrer dans des états qu'il ne voulait plus connaître.

— Si tu veux bien m'excuser, je vais dire au revoir à Roy et rentrer chez moi.

Il se tourna pour partir, mais les mots d'Ivy l'arrêtèrent.

— Tu me manques.

Il prit une grande inspiration.

— Tais-toi, Ivy.

Elle parcourut du regard la salle bondée.

— Tu as raison. Ce n'est ni le moment ni l'endroit pour parler de nous.

Il secoua la tête.

— Il n'y a pas de « nous ».

Elle avait mis fin à cette possibilité dans l'avion.

Elle tressaillit.

— Je… Veux-tu venir à la ferme, Caleb, pour discuter ?

Il la fixa, se demandant ce qui, en elle, le touchait tant. Il s'était posé la question pendant trois mois. Les réponses n'avaient pas manqué. Ses yeux. Son sourire. Son rire. Son intelligence. Sa passion. La façon dont elle avait adoré son arrière-grand-père. Et la liste continuait. Autant de raisons pour lui de ne pas se rendre à la ferme. Dont une en particulier : ces deux semaines en France l'avaient définitivement changé.

Elle sentit peut-être qu'il était sur le point de refuser, car elle lui toucha le bras – le rendant intensément conscient de sa présence, comme son toucher l'avait toujours fait.

— S'il te plaît. J'ai des choses à dire. Si j'ai jamais signifié quelque chose pour toi, écoute-moi, je t'en prie.

Si elle avait jamais signifié quelque chose pour lui ? C'était presque comique. Deux semaines plus tôt, il avait déjeuné avec son frère Josh et s'était renseigné sur la compagnie de transport familiale. Il avait vite fait marche arrière, mais durant un moment il avait envisagé d'y travailler. Parce qu'il voulait faire quelque chose pour impressionner Ivy, pour lui prouver qu'il avait de la valeur. C'était pourtant le cas. Il n'avait pas besoin d'un titre ronflant ou de travailler pour une grande compagnie pour le démontrer. Le fait qu'il ait considéré cette idée ne fût-ce qu'une seconde à cause de la femme qui se tenait devant lui devrait le faire partir en courant. Elle lui donnait envie de faire n'importe quoi pour gagner son cœur.

Mais si elle ne pouvait pas l'aimer pour ce qu'il était, alors c'est qu'elle ne l'aimait pas vraiment.

Ivy scruta son regard et le dévisagea avec espoir.

— Que fais-tu, maintenant ?

— J'ai des plans.

Quand il avait parlé à Jordan de son entrevue avec son frère, elle lui avait fait une offre qu'il ne pourrait peut-être pas refuser.

Et qui serait susceptible, éventuellement, d'impressionner Ivy. Mais s'il acceptait, ce ne serait pas à cause d'elle.

Le visage d'Ivy se défit.

— Oh. Très bien, je comprends. Quand seras-tu disponible ?

Caleb passa ses doigts dans ses cheveux, puis regarda autour d'eux. Roy et Owen les observaient et tous deux levèrent le pouce en même temps. Mary aussi. Il soupira.

— Envoie-moi ton adresse. Je te dirai quand je serai libre.

Ivy contempla sa maison, se demandant de quoi elle aurait l'air aux yeux de Caleb. Elle avait fait repeindre les murs, moderniser la cuisine et réaliser quelques petits travaux nécessaires. Elle était allée lentement, décidant de ce qu'elle voulait garder – ou remplacer par des éléments qui correspondaient plus à son style afin de faire de la ferme son foyer.

Elle s'inquiétait à l'idée qu'après avoir reçu Caleb chez elle, elle ne puisse plus effacer les images de sa visite. Il hantait déjà tous les endroits qu'elle regardait. Parce que, où qu'elle aille et quoi qu'elle fasse, il était là. Dans son cœur. Un cœur qu'elle allait complètement lui exposer. Elle ne s'attendait pas à ce qu'il lui pardonne facilement, mais elle priait qu'au moins il l'écoute – et lui donne une seconde chance de le convaincre qu'à ses yeux il était parfait comme il était. Parfait pour elle.

S'il ne lui donnait pas cette chance, eh bien elle lui souhaiterait d'être heureux et mourrait un peu à l'intérieur. Mourrait beaucoup.

On frappa à la porte d'entrée. Ivy prit une grande inspiration. Trop tard pour les doutes. Il était là. Dieu merci, car une part d'elle s'était demandé s'il enverrait un texto pour dire qu'il avait changé d'avis.

Oh ! Seigneur. Il l'avait trouvée à son goût. Même s'il avait regagné sa chambre ce soir-là, chez Philippe et Delphine, elle lui avait plu, elle le savait. Mais dans l'avion, il ne l'avait pas regardée de la même façon. Loin de là. Qu'avait-elle fait, en le repoussant ainsi à cause de son ridicule sentiment d'insécurité ? Avait-elle vraiment laissé Luke miner sa confiance en elle – et sa croyance qu'elle méritait d'être aimée – au point de chasser un homme qui avait volé son cœur et aurait pu l'aimer un jour ?

Elle ouvrit la porte, tentant de calmer les papillons qui voltigeaient dans son estomac. Caleb était à la ferme et allait entrer chez elle. Il portait un jean et un T-shirt TransCare, et était tellement superbe qu'elle pouvait à peine respirer.

— Tu es venu.

Il ôta ses lunettes de soleil.

— Je t'avais dit que je le ferais.

Il était un homme de parole. Elle le savait. Il était honorable et vivait selon un code moral qu'elle avait admiré pendant si longtemps. Il était un vestige d'une génération qui disparaissait. Il était celui qu'elle avait attendu de rencontrer toute sa vie, à qui chaque jour de son existence l'avait préparée, et elle avait été trop aveugle pour s'en rendre compte. Elle ravala la boule d'émotions qui bloquait sa gorge.

Réfléchis, Ivy. Il est ici. Cela doit vouloir dire quelque chose. Peut-être pas autant que tu le souhaiterais, mais c'est un début.

— Je pensais que nous pourrions nous asseoir sous le porche de derrière. J'ai préparé de la citronnade.

Il passa une main sur sa mâchoire.

— De la citronnade ? Ce n'est pas vraiment une visite mondaine, Ivy. Dis-moi pourquoi tu voulais que je vienne et finissons-en.

Il n'avait pas envie d'être là, et il voulait qu'elle le sache.

— Je... Bon, d'accord. Je vais y venir.

Une part d'elle essayait de trouver comment dire à quel point elle avait eu tort. Les mots de Mary la hantaient. Si elle n'était pas assez forte pour risquer son cœur, elle ne méritait pas Caleb. Mais mettre son cœur à nu n'était pas facile quand on ne l'avait jamais fait.

— Tu m'as manqué plus que je ne l'aurais cru possible après avoir passé seulement deux semaines avec toi.

La mâchoire de Caleb se contracta. Ivy s'empressa de continuer parce qu'elle n'était pas faible, et qu'elle voulait cet homme debout devant elle. Plus que tout.

— Je me suis dit que ce que je ressentais pour toi venait de l'endroit où nous étions, un endroit idyllique hors de la réalité.

J'ai même pensé que mon chagrin pour Gramps avait joué un rôle dans mes émotions. C'est possible. Mais quels que soient le lieu, les circonstances et le temps que nous avons passé ensemble, la vérité c'est que de toute façon mon cœur t'aurait choisi.

Caleb ne pouvait croire ce qu'Ivy disait. Durant tout le trajet jusque chez elle, il avait imaginé une douzaine de scénarios à propos de ce qu'elle voulait lui dire. Finalement, il s'était imaginé qu'elle voulait s'excuser, et peut-être être amie avec lui.

— Je croyais que tu ne voulais pas sortir avec quelqu'un qui n'était pas ton égal, financièrement…

Elle n'avait pas dit qu'elle voulait sortir avec lui, mais c'était tout comme. L'air repentant, Ivy inspira à fond.

— C'était ma protection après la trahison de Luke, pour que la chose ne se répète pas. Mais s'il m'avait trompée, c'était parce qu'il était un homme sans honneur. Gramps ne l'aimait pas. En revanche, tu lui aurais plu.

Il la regarda dans les yeux.

— Tu crois ?

— Je le sais. Tu es tout ce qu'il trouvait important chez une personne.

— Tu me connais à peine, Ivy.

Elle secoua la tête.

— Détrompe-toi. Je n'ai peut-être pas connaissance de tous les détails de ta vie, mais je te connais, Caleb. L'homme que tu es au-dedans, les choses qui te font réagir. Je sais que tu es honorable, aimable, généreux, loyal, déterminé, fort… Exactement l'homme dont j'ai besoin dans ma vie. Toi tel que tu es.

Il était stupéfait par ce qu'elle disait. Il inspira, puis relâcha lentement son souffle.

— Eh bien, c'est peut-être un problème, car je viens de prendre un virage majeur qui va changer ma vie.

La tête d'Ivy lui tourna. Quel genre d'engagement avait-il pris avant d'arriver chez elle ?

— Quel virage, au juste ?

— Il y a quinze jours, Jordan m'a demandé d'être son associé chez TransCare.

— C'est super ! Enfin, je veux dire... si c'est ce que tu souhaites.

Elle ne voulait pas qu'il pense qu'elle se réjouissait à cause de ce qu'elle avait dit dans l'avion.

— Je crois. Elle me l'avait déjà offert quand la société a démarré, mais je m'étais dit qu'elle essayait juste de me tirer de mon mauvais pas. Or elle était sérieuse.

— C'est merveilleux, Caleb. Je suis heureuse pour toi.

— Je vais être très occupé durant les prochains mois, car je vais prendre plus de responsabilités.

Cherchait-il à lui dire qu'il n'aurait pas de temps pour ce qu'elle avait à l'esprit ?

— Trop occupé pour partager un dîner avec moi de temps en temps ?

Il hésita, paraissant réfléchir.

— Comme ton ami ?

— Mon ami. Mon amant. Mon tout.

Là. Elle lui avait exposé son pauvre cœur. Il la regarda sans rien dire.

— Caleb ?

Son cœur tambourinait dans sa poitrine.

— Je... je viens pratiquement de te dire que je t'aime. S'il te plaît, dis quelque chose.

— Tu m'aimes ?

Elle était inquiète, car elle ne pouvait déchiffrer son visage.

— De tout mon cœur. Je suis tellement désolée de ce que je t'ai dit dans l'avion. Je ne voulais pas faire une autre erreur. Mais en étant séparée de toi, j'ai compris que la plus grosse erreur que je pouvais faire était de ne pas nous donner une chance.

Elle lui pressa doucement les mains.

— Tu n'as rien à prouver. Tu es tout ce qu'il faut être, et plus encore.

Un sourire se peignit lentement sur le visage de Caleb.

— Tout ?

— Tout ce qui compte.

Les mains d'Ivy tremblaient.

— Honnêtement, rien ne semble compter sans toi, Caleb. Tu m'as tellement manqué.

— Je peux t'en dire autant.

— Alors tu me pardonnes ?

Il porta les mains d'Ivy à ses lèvres et y posa un baiser.

— Toujours.

— « Toujours », c'est parfait. Parce que c'est comme cela que je te veux dans ma vie, Caleb. Pour toujours.

Son regard ambré se posa sur le sien, et elle aurait juré qu'il était embué d'émotion.

— Montre-moi, dit-il.

Elle le fit.

Épilogue

— Tu tiens le coup ?

Les paupières crispées, Ivy se cramponnait à son siège.

— Tu me distrais, Caleb. Ne parle pas.

Il rit doucement.

— Je me souviens très bien que tu m'as demandé de te distraire, la dernière fois que nous avons pris un avion ensemble.

— C'était ma façon de te faire avouer tous tes secrets, dit-elle sans ouvrir les yeux.

— Tu les connais tous, à présent.

— Alors il va falloir que tu trouves une autre manière de me distraire pendant les vols.

Ivy était sûre de ne pas avoir tout appris sur lui, au cours des neuf derniers mois, mais il lui avait donné raison : elle avait bien fait de lui donner son cœur. Il la faisait se sentir chérie, et quand il lui parlait, ou parlait d'elle, c'était avec estime et admiration. Avec amour.

Elle lui jeta un coup d'œil, pleine d'adoration pour lui.

— Je ne peux pas croire que tu m'aies convaincue de faire ça.

— C'est toi qui as dit que nous ne pouvions pas refuser la proposition de la Fondation des vétérans, quand ils nous ont demandé de revenir en Normandie cette année.

Elle inspira profondément.

— Tu as raison. Ce sera plaisant de revoir Philippe et Delphine. C'est gentil à eux de nous recevoir de nouveau.

Il y eut un craquement dans le micro, puis une hôtesse demanda :

— Y a-t-il du personnel médical dans l'avion ? Si oui, venez dans la cabine de service, s'il vous plaît.

Ivy étouffa une exclamation.

— Je ne peux pas croire que ça recommence.

— Toi et les avions… dit Caleb en dégrafant sa ceinture.

Il était déjà à mi-chemin du fond de l'avion le temps qu'Ivy défasse la sienne et prenne son sac à dos. Mais quand elle arriva dans la cabine de service, elle ne vit pas de passager en détresse. Seulement Mary et plusieurs hôtesses qui entouraient Caleb.

— Que se passe-t-il ? demanda-t-elle, perplexe. Y a-t-il une urgence ?

Soudain, elle remarqua que Mary et une hôtesse brandissaient leur téléphone en souriant, pour enregistrer la scène. Ses yeux s'élargirent. Son cœur s'emballa. Elle pouvait à peine respirer. Elle porta ses doigts à sa bouche pour étouffer son cri. Au cours des derniers mois, Caleb et elle avaient partagé tant de rêves et d'espoirs pour leur avenir. Mais elle ne s'était pas attendue à ceci. Pas encore. Et pas *ici*.

— Ivy McEwen, dit Caleb, il y a un an nous étions sur un vol pour Paris et tu as sauvé la vie d'une femme. Mais tu as aussi sauvé la mienne. Après ma blessure, je pensais que les meilleurs moments de mon existence étaient derrière moi, mais je me trompais.

Il lui prit la main et baisa le bout de ses doigts.

— Les meilleurs moments n'ont fait que commencer, à dater de notre rencontre.

La main d'Ivy tremblait. Tout son corps tremblait. Ceci arrivait-il réellement, ou était-elle en train de rêver ?

Caleb se mit sur un genou et les jambes d'Ivy flageolèrent.

— Ivy, j'ai réfléchi longtemps à la manière de faire ça. Et l'avion m'a paru un choix évident.

— Bien sûr, marmonna-t-elle, sidérée par la bague étincelante qu'il sortait de sa poche, diamants et rubis.

— Je n'ai jamais connu quelqu'un comme toi, Ivy. Je sais que c'est parce que tu es unique. Ton caractère hors du commun ajoute à ton charme, et tu m'as certainement charmé dès l'instant où nous nous sommes rencontrés. Veux-tu m'épouser ?

Posant les mains sur les joues de Caleb, elle se mit à genoux, incapable de rester debout.

— Oui, Caleb. Même dans un avion que je déteste, comme tu le sais, ma réponse est oui !

Ses yeux ambrés pleins d'émotion, il sourit et glissa la bague à son doigt, puis lia leurs mains.

— Je t'aime, Ivy. Avec tout ce que je suis, je t'aimerai et te protégerai pour toujours, ainsi que les enfants que nous pourrons avoir.

Ivre de bonheur, elle hocha la tête.

— Je t'aime tout autant, Caleb. Maintenant et pour toujours. Avec nos futurs bébés.

Elle réfléchit un instant.

— Je voudrais un garçon, pour l'appeler comme Gramps.

— J'en serai fier.

Caleb l'embrassa. Un baiser profond qui lui fit penser que l'avion perdait de l'altitude tandis qu'elle s'accrochait à lui.

Des applaudissements et des vivats résonnèrent autour d'eux. Caleb se leva, puis souleva Ivy et la fit tourner.

— Tu me fais me sentir le plus chanceux des hommes.

— Tant mieux, car tu viens de faire de moi la plus chanceuse des femmes.

Ivy étreignit Mary, lui montra fièrement sa bague, puis elle regagna leurs sièges en donnant la main à Caleb. Le micro crachota de nouveau.

— Mesdames et messieurs, l'hôtesse m'informe que des félicitations sont de rigueur. Elle a dit oui.

Les passagers se mirent à applaudir. Le visage d'Ivy devint brûlant, mais elle sourit et remercia tout le monde avant de s'asseoir. Une fois leurs ceintures bouclées, elle regarda Caleb en secouant la tête.

— Tu as réussi.

— Quoi ? demanda-t-il avec un grand sourire.

— À mettre la barre très haut pour me distraire pendant un vol. Comment pourras-tu faire mieux ?

En riant, il se pencha vers elle et embrassa le coin de sa bouche.

— J'ai le reste de notre vie pour y réfléchir. Je trouverai.

AMALIE BERLIN

Un si brûlant secret

Traduction française de
CAROLINE JUNG

BLANCHE

HARLEQUIN

Titre original :
UNCOVERING HER SECRETS

Ce roman a déjà été publié en 2021.

1

Debout devant la fenêtre de son bureau, l'estomac noué, Dasha Hardin guettait l'arrivée du Dr Preston Monroe.

Comment pouvait-elle redouter à ce point une situation qu'elle avait elle-même créée de toutes pièces ?

Etre à l'origine de cette rencontre ne signifiait pas qu'elle avait la maîtrise de ce qui allait advenir : si Preston avait décidé de saboter sa carrière comme il passait son temps à saboter la sienne, elle pouvait déjà aller vider son casier. C'était un chirurgien brillant mais caractériel. Ses sautes d'humeur étaient son talon d'Achille, depuis toujours, même bien avant qu'elle ne lui fasse subir ce coup tordu.

S'il apprenait qu'elle avait été l'instigatrice de cet entretien, que c'était elle qui dirigeait en ce moment l'unité de chirurgie de l'hôpital St-Vincent, il pourrait tout à fait ne pas se présenter à l'entretien. Et s'il avait l'intention de révéler ce qu'il savait de son passé…

Elle s'éloigna de la vitre et jeta un coup d'œil circulaire sur la pièce.

A quoi bon trépigner ? Elle avait déjà perdu trop de temps à attendre dans sa vie. Si Preston devait venir, il viendrait. De toute façon, elle devait résoudre son dilemme, elle l'avait promis à Marjorie. Elle devrait faire preuve de sang-froid et de professionnalisme, rester calme. Ce qui serait impossible tant qu'elle laisserait ses émotions prendre le contrôle.

Sans en prendre vraiment conscience, elle était revenue près de la fenêtre.

Elle prit une profonde inspiration.

Elle était chez elle ici. A l'hôpital, tout le monde la respectait. Cela n'allait pas changer du jour au lendemain sous prétexte que le Dr Monroe avait une dent contre elle.

On frappa, elle entendit derrière elle la porte s'entrouvrir, et la pièce s'emplit de cette présence qui n'appartenait qu'à Preston Monroe.

Sa gorge se serra, et il lui fallut quelques secondes avant de pouvoir se retourner, le cœur tambourinant.

En cinq ans, Preston avait non pas vieilli mais mûri. Toute trace d'adolescence avait disparu de son visage. C'était un homme — un bel homme. Grand, carré d'épaules, avec une mâchoire affirmée et des joues légèrement ombrées, bien que rasées de près.

Il ne cilla pas en la voyant. Son regard bleu acier qui l'avait toujours fascinée semblait las. Et froid. Il la scruta avec une intensité intimidante.

— Hardin ! Je ne m'attendais pas à te trouver dans cet hôpital, dit-il d'un ton neutre. Tu travailles ici ?

Il fallait qu'elle dise quelque chose, mais la peur venait de désintégrer le discours qu'elle avait préparé. Etait-il en colère ? Comment avait-il l'habitude de se comporter, à présent ? Quels signes envoyait-il avant d'exploser de rage ?

— C'est avec moi que tu as rendez-vous, parvint-elle à articuler. Bill Saunders, notre chef de service, a pris un congé. Sa femme est malade. C'est moi qui le remplace.

— C'est un détail que la directrice des ressources humaines a omis de mentionner, dit-il en croisant les bras.

— C'est moi qui lui ai demandé de ne pas te le dire. J'avais peur que tu ne viennes pas si tu l'apprenais.

— C'est également toi qui as appuyé ma candidature ?

Il la regardait sans animosité, mais elle vit sa paupière tressaillir.

Fallait-il y voir un signe ? Un signe de quoi ?

Il ne semblait pas en colère, mais il ne montrait aucune joie non plus. Manifestement, il ne lui avait rien pardonné. D'ailleurs, méritait-elle vraiment son pardon ?

— C'est le Dr Saunders qui t'a recommandé au conseil d'administration.

Elle se garda d'ajouter qu'il l'avait fait à sa demande.

— Quand doit-il revenir ? demanda Preston en décroisant les bras.

Bon signe ? Mauvais signe ?

Elle n'allait pas continuer à analyser le moindre de ses mouvements. Son angoisse était la conséquence d'erreurs qu'elle avait commises dans sa vie privée. Or, il s'agissait d'un rendez-vous professionnel.

— Je pense qu'il ne reviendra pas avant plusieurs mois, répondit-elle, la gorge serrée. Sa femme est en soins palliatifs, et il veut rester le plus possible à ses côtés. Mais si tu préfères attendre son retour pour prendre le poste, tu peux l'appeler directement.

— C'est avec toi que je vais devoir travailler si j'ai le poste maintenant ? s'enquit Preston.

— Oui, dit-elle en soutenant son regard avec effort.

Après son service, elle allait avoir besoin de la compagnie de Ben & Jerry. Ou même de Jack Daniels, si la crème glacée ne suffisait pas à la détendre. Peut-être pourrait-elle inventer une recette de cocktail glacé au whisky ? Ou enfiler ses tennis et s'épuiser sur son tapis de course ? Il fallait qu'elle bouge. Elle avait passé beaucoup de temps immobile au bloc opératoire. Et en dehors de l'hôpital, le seul endroit où elle se tenait tranquille, c'était son lit.

Preston demeurait silencieux.

Elle se tapota nerveusement la cuisse.

Le silence n'était pas leur mode de communication favori, même si elle le préférait aux éclats de voix. Preston avait le sang chaud, mais il avait bon cœur. Bien sûr, il avait parfois tendance à se montrer égoïste, mais elle était mal placée pour parler d'égoïsme...

Heureusement, elle avait réalisé de sérieux progrès en ce domaine. La nouvelle version améliorée de Dasha avait accompli un beau travail de tolérance et d'humanité. Elle gérait désormais beaucoup mieux sa frustration et entretenait de bons rapports avec toutes les personnes qu'elle fréquentait.

— Le conseil d'administration voudrait que tu intègres l'équipe d'un chirurgien pendant une période d'essai, avant de t'accorder définitivement le poste.

— Une période *d'essai*? dit Preston d'une voix plus aiguë.

Manifestement, cet entretien le stressait aussi.

Il n'avait jamais bien supporté les limites que la vie lui imposait. Il avait tendance à foncer tête baissée sur les obstacles. C'est d'ailleurs ce qui l'avait séduite. Elle se demandait parfois si elle aurait tenu le cap pendant ses études de médecine et son internat sans la compétition qui avait existé entre eux. Les taquineries de Preston étaient sa façon de la soutenir et de l'encourager. C'est souvent lorsqu'elle était vexée qu'elle se dépassait, poussée par le besoin maladif de prouver qu'elle était aussi capable que n'importe qui d'autre. Qu'elle était à la hauteur de ses défis, de son amitié.

Mais elle n'avait pas provoqué cet entretien pour se laisser happer par leur passé commun. Il fallait rester concentrée sur le présent et faire preuve du plus grand tact.

— Personne ne remet en doute tes aptitudes de chirurgien, Preston. Ce sont tes compétences relationnelles qui posent problème.

— Personnellement, je n'ai jamais trahi un ami, dit-il sur un ton cassant. De ce point de vue, je dirais que mes compétences relationnelles sont supérieures aux tiennes.

Elle se retint de lever les yeux au ciel.

En une phrase, il venait de la faire passer du rang d'ex-petite amie à celui d'ex-amie. Il semblait impossible de s'en tenir au versant professionnel des choses. La tension entre eux était trop forte pour que la conversation reste détachée et courtoise.

Mais fallait-il renoncer pour autant ?

— Tu as la réputation d'être difficile, répondit-elle posément. J'imagine que tu le sais ?

— Non, je l'ignorais. Explique-moi, Hardin : je suis quelqu'un de *difficile* ?

La colère était toujours là. Contenue, mais bien présente. Ce regard glacial et à la fois troublant…

Elle se fourra les mains dans les poches. Une vieille habitude dont la nouvelle Dasha était censée s'être débarrassée, mais qui se manifestait malgré elle dans les moments de stress.

— J'essaie d'être diplomate, Preston.

— Je vois. Mais ce que j'ai toujours apprécié chez toi, c'est ta franchise. Accouche.

— D'accord. Tout le monde s'attend que tu te comportes comme un sale gosse.

Elle sortit ses mains de ses poches et tenta de se détendre.

— Ici, à l'hôpital St-Vincent, le personnel est très soudé. Les chefs de service font tout pour que tout le monde s'entende le mieux possible. Le personnel soignant aussi bien que l'administration s'efforce de gérer les conflits de façon civilisée…

Pourvu qu'il n'évoque pas la façon horrible dont elle s'était comportée avec lui !

Elle poursuivit comme si cette pensée ne lui avait jamais traversé l'esprit.

— Le conseil exige un rapport notifiant ta bonne conduite. En d'autres termes, tu ne pourras pas dire tout ce que tu penses tout le temps. Il n'est pas question que tu entres en conflit avec les gens. C'est un risque que le conseil n'a pas du tout envie de prendre.

— Pourquoi le prends-tu, toi ?

Ses yeux épinglaient chacun de ses mouvements.

— Le Dr Saunders et moi avons…

— Ce n'est pas ce que je te demande, la coupa-t-il. Je ne parle pas des motifs du Dr Saunders. Pourquoi tiens-tu, *toi*, à prendre ce risque ?

Pour avoir moins mauvaise conscience ? Pour racheter la faute qui la hantait depuis cinq ans ?

Comme c'était difficile de parler calmement avec cet homme ! Comme d'habitude, il fonçait et exigeait que tout le monde suive la cadence… Pour l'heure, il ne semblait pas disposé à changer de sujet, alors autant prendre le taureau par les cornes. C'était le moment ou jamais.

— J'ai une dette envers toi. Outre le fait évident que tu es un excellent chirurgien, ce qui serait un atout pour St-Vincent.

Preston plissa les yeux, l'air concentré.

Le fait qu'il n'ait pas écarté d'emblée sa proposition rendait le silence encore plus difficile à supporter.

Pour lui permettre de réfléchir plus tranquillement, elle laissa son regard glisser sur ses larges épaules, sur lesquelles sa blouse tombait parfaitement.

Elle n'avait jamais trouvé les blouses de médecin très flatteuses, celles-ci avaient une fonction égalitaire : dans cet uniforme informe, identique pour tout le monde, personne n'était particulièrement mis en valeur. A l'exception de Preston Monroe. Hanches étroites, épaules larges, longues jambes. Un corps de nageur. Pourtant, c'était un joggeur. Comme elle. Encore un domaine où ils étaient en compétition...

Que lui arrivait-il ? Elle était ni plus ni moins en train de le déshabiller du regard ! Et sa libido complètement éteinte depuis cinq ans semblait soudain se réveiller.

Son pager se mit à vibrer dans sa poche.

— Un accident sur l'autoroute I-40, dit-elle en relevant les yeux.

Si Preston portait une blouse, il était venu dans l'intention de travailler — du moins avant qu'il ne comprenne à qui il avait affaire. Mais désormais, le risque était grand qu'il refuse de la suivre. A moins que... Peut-être qu'en le mettant au défi...

— On m'appelle au bloc 1. J'imagine que travailler avec moi est au-dessus de tes forces. Mais si tu viens nous donner un coup de main, ça t'aidera peut-être à savoir si tu as envie de prendre le poste.

Il la regarda froidement.

— Arrête ton manège, Dasha. Tu crois que je ne vois pas clair dans ton petit jeu ? Si tu recommences, ne serait-ce qu'une fois, je m'en vais. Mais là, apparemment, vous avez besoin d'aide, alors je vous aide.

Elle ouvrit la bouche, mais lui avait déjà ouvert la porte.

Elle ferma le bureau à clé et courut pour le rattraper.

Manifestement, Preston savait parfaitement où se trouvaient les urgences. Il avait probablement étudié les plans de l'hôpital avant l'entretien. Elle était de nouveau à la traîne derrière lui. De toute évidence, il se posait encore en rival, sans quoi il n'aurait pas cherché à avoir le dernier mot. Il n'avait pas beaucoup changé.

Mais peu importait. L'essentiel était qu'il reste pour les aider. Vu l'ampleur de l'accident signalé, un chirurgien supplémentaire ne serait pas de trop.

Un semi-remorque s'était retourné sur l'autoroute, créant un gigantesque carambolage, dont les victimes affluaient.

Les blessures étaient celles auxquelles il fallait s'attendre. Jusqu'à ce que l'on amène deux personnes accrochées l'une à l'autre par une barre de métal.

Preston en resta le souffle coupé.

Ça, il ne l'avait jamais vu !

— Ils étaient dans la même voiture quand ils se sont fait embrocher, dit l'infirmière tout en l'aidant à enfiler sa blouse et ses gants. Il a fallu découper le véhicule pour les sortir.

Sur l'écran lumineux, les radios montraient un poumon perforé chez la femme, qui était restée consciente. L'homme, qui souffrait d'un traumatisme abdominal, avait perdu connaissance. Le foie était peut-être touché.

— Qui est de garde en chirurgie cardiaque ? demanda Dasha.

— C'était Stevens, mais il fait partie des victimes de l'accident.

— Il est blessé ?

L'espace d'un instant, il put lire le désarroi sur le visage de Dasha, avant qu'elle ne se ressaisisse.

Il examinait la blessure de l'homme inconscient, quand il ressentit un picotement dans l'œil gauche.

Ce n'étaient pas des larmes, mais il aurait préféré. C'était le signe que son œil recommençait à faire des siennes.

Comme s'il avait besoin de cela le premier jour de son nouveau travail ! L'effet du stress, sûrement.

Il ne s'attendait pas à voir Dasha. Il se doutait qu'il la recroiserait un jour, mais pas ce matin-là, à St-Vincent. Il ne s'attendait pas non plus qu'elle soit si différente. Elle s'était teint les cheveux en blond. Ce n'était pas la couleur qu'il préférait, même si les cheveux longs lui allaient bien. Des cheveux épais, soyeux, brillants. Et lisses. Lisses comme elle, qui faisait tant d'efforts pour ne pas le vexer...

Il avait l'impression de s'adresser à une sœur jumelle de la Dasha qu'il connaissait. Qui était la vraie Dasha, le garçon manqué qu'il avait connu ou la fille qui avait décidé de se coiffer et de s'habiller comme sa grande sœur ?

C'était troublant, en tout cas.

Lorsqu'elle revint vers la femme accidentée, Dasha frotta doucement son avant-bras sur le bras de l'infirmière. Une façon de se réconforter sans salir ses gants, un geste gentil, affectueux. Puis elle se pencha vers la patiente et lui dit quelques mots avant de récapituler la suite des opérations.

— Docteur Monroe, venez. Il faut transporter ces deux personnes au bloc. Nous les séparerons là-bas.

L'infirmière semblait émue, mais elle leur emboîta courageusement le pas.

Ils formaient vraiment une équipe unie. Il n'avait plus connu ce genre d'ambiance depuis l'internat. Il avait oublié à quel point les gens étaient capables de donner le meilleur d'eux-mêmes au contact de Dasha.

Quelle troublante contradiction... Mais ce n'était ni le lieu ni le moment de revenir sur le passé. Pour l'heure, il y avait des vies à sauver.

Le groupe se resserra autour des brancards pour les diriger vers l'ascenseur à marchandises, suffisamment grand pour contenir deux chariots en même temps.

— Docteur Monroe, prenez M. Andrew, ordonna Dasha en arrivant au bloc opératoire, sans quitter le patient des yeux. Je m'occupe de sa femme. Tenez, ajouta-t-elle en lui tendant la scie chirurgicale.

Il avait toujours aimé utiliser cet outil — il avait failli se spécialiser en orthopédie rien qu'à cause de ça. S'en souvenait-elle ?

Il se poserait la question plus tard. Pour le moment, ils étaient deux collègues chirurgiens confrontés à une situation épineuse. La brûlure dans son œil s'était apaisée. Etait-il tiré d'affaire ?

Peut-être le travail allait-il le guérir. Peut-être son patient et lui allaient-ils se sauver mutuellement.

Le son assourdissant de la scie sur la barre de métal se répercuta sur toutes les surfaces planes de la pièce. Dès qu'il eut séparé les deux époux, Dasha tira le chariot de sa patiente, bloqua les roues et se mit au travail.

Après avoir posé la scie, changé de gants et de blouse, il examina le corps de l'homme en suivant la barre métallique qui le traversait et commença à découper la chair.

Dasha lui tournait le dos, à quelques dizaines de centimètres de lui, mais il avait l'impression qu'ils se touchaient. L'air vibrait entre eux.

— Alors ? demanda-t-elle.

— Le foie est perforé et en lambeaux sur la majeure partie. Mais la partie intacte est suffisamment importante pour qu'on puisse le sauver. Je m'occupe de l'hémorragie pour le moment. Et toi ?

— Hémorragie aussi, répondit-elle.

Il crut percevoir un son particulier dans sa voix, comme si elle doutait que sa patiente s'en sorte. Mais il la connaissait suffisamment pour savoir qu'elle était combative.

Comment cette matinée aurait-elle évolué si Dasha et lui étaient restés assis dans le bureau à ressasser l'époque où ils sortaient ensemble et où elle l'avait menotté au lit pour lui voler sa bourse d'études, lui brisant le cœur au passage…

Que d'ennuis ne s'était-il pas attirés depuis ! Il avait cherché pendant des années à tourner la page, mais son sale caractère l'avait perdu à maintes reprises.

Et voilà qu'aujourd'hui il devait travailler avec la femme qu'il avait passé cinq ans à éviter ! Elle était là, à moins d'un mètre derrière lui…

— Alors ? redemanda-t-elle au bout d'une heure.

— Je suture, répondit-il. J'ai transfusé plus d'un litre de sang.

Ce n'était sans doute pas ce que le conseil d'administration avait en tête en exigeant qu'il *assiste* le Dr Hardin pendant sa période d'essai.

— Bien. J'ai besoin de toi.

Les mots étaient curieusement choisis, quoique ni le ton ni le contexte ne laissent de place à l'ambiguïté.

La vue du torse béant de la femme lui coupa presque le souffle, puis ses mains rejoignirent celles de Dasha dans la cavité, où ils se mirent à œuvrer de concert pour réparer les dommages à première vue irréversibles.

Soudain, son œil gauche tressaillit.

Il cligna volontairement des yeux, et par chance les muscles de ses yeux se détendirent.

Parfois, faire travailler les muscles avait un effet apaisant sur le tic.

C'est alors qu'il aperçut une minuscule coupure dans le cœur de la patiente. La paroi était entaillée, mais pas percée.

— Dasha...

— Quoi ? demanda-t-elle en suivant ses mains du regard.

— Il faut la réanimer, dit-il. Immédiatement.

C'était un miracle que la paroi du cœur ait tenu jusque-là.

— Mettez-la sous perfusion sur l'artère fémorale, dit Dasha. Le haut du corps est déjà suffisamment charcuté.

Les techniciens installèrent aussitôt le cœur-poumon artificiel, et une infirmière lui tendit une canule.

Il tâta la cuisse de la patiente pour trouver l'artère, désinfecta la zone et y enfila la canule. Il venait d'insérer la canule de retour, quand un homme grisonnant entra dans la salle.

Preston le reconnut aussitôt : Nettle était un partenaire de golf de son père. Cette information suffisait à le définir. Il était probablement un bon chirurgien cardiaque, mais très arrogant — et fier de l'être.

— Docteur Hardin, écartez-vous, je vous prie, dit Nettle tandis qu'une infirmière lui enfilait ses gants.

Un étrange sentiment s'empara de Preston, une envie subite de provoquer ce chirurgien prétentieux.

— Il y a une lacération, mais pas sur le muscle, dit-il en indiquant la zone où la barre de métal avait égratigné le cœur de Mme Andrews.

Il leva la main pour dégager la vue mais resta prêt à intervenir, au cas où ce serait nécessaire.

— Je vois.

Tandis que le cœur-poumon artificiel se mettait à fonctionner, Dasha expliqua ce qui avait été accompli jusqu'à présent, sans omettre aucun détail.

— Merci à vous deux, dit le chirurgien cardiaque. Je prends le relais.

— Avez-vous besoin d'une autre paire de mains ? demanda Preston.

— C'est prévu, rétorqua Nettle.

La porte de la salle s'ouvrit, laissant apparaître un clone de Nettle en plus jeune.

— Mais je peux rester. Faites-moi signe si vous avez besoin de moi, insista Preston, s'efforçant de parler d'une voix calme et modérée.

— S'il se trouve que nous ayons à ôter l'appendice, nous ferons appel à vous, répondit Nettle avec condescendance.

Ce crétin n'avait probablement pas lu la note de service de Dasha à propos de la courtoisie entre collègues.

Preston sentit que Dasha lui adressait un imperceptible signe de tête.

D'accord, l'heure n'était pas à la confrontation, mais il n'était pas non plus question qu'il quitte la salle d'opération pour aller tranquillement boire un café. La patiente avait besoin d'eux.

— Elle est entre de bonnes mains, dit Dasha avec diplomatie en l'attirant vers la porte.

— Tu ne peux pas cautionner ça, lui murmura-t-il à l'oreille.

— Non, mais un esclandre n'aidera en rien Mme Andrews.

D'un signe de tête, elle indiqua la caméra située au-dessus du champ opératoire.

— Suis-moi.

Quelques instants plus tard, ils se postèrent face à l'écran sur lequel on pouvait suivre l'opération.

— On peut zoomer ? demanda-t-il.

— Je ne sais pas. Mais ne t'inquiète pas, Nettle est un bon chirurgien. Il défend son territoire, mais... Vous êtes-vous déjà rencontrés ? J'ai eu l'impression qu'il te connaissait et qu'il n'avait pas l'air de t'apprécier beaucoup.

— C'est réciproque, grommela Preston sans quitter l'écran des yeux.

Il aurait mieux vu les gestes du chirurgien depuis la salle. Mais il ne pouvait décemment pas se comporter aussi grossièrement que Nettle et planter là Dasha pour retourner au bloc.

Il se concentrerait mieux si elle ne se trouvait pas à côté de lui. Après cinq ans passés à tout faire pour l'oublier, il avait l'impression d'être un ancien alcoolique qui se retrouve dans un bar. Comment ignorer son parfum, comment ne pas se remémorer le goût de sa peau, de ses lèvres ?

En observant attentivement ce qu'il se passait sur l'écran, il aurait le temps de retourner au bloc si on avait besoin de lui. Il doutait que les deux chirurgiens le rappellent, mais il n'avait pas envie de lâcher l'affaire. L'idée que M. Andrews puisse perdre sa femme le rendait malade.

— Tu n'as pas répondu à ma question, dit Dasha.

— Sur Nettle ? Oui, je le connais. Il joue au golf avec mon père. J'imagine qu'il entend à longueur de journée ses récriminations à mon sujet.

Sans quitter l'écran des yeux, elle composa un numéro sur son portable.

— Tiens. M. Andrews est réveillé, dit-elle en lui tendant le téléphone pour qu'il écoute le compte rendu de son autre patient.

Il prit l'appareil.

— Dites à M. Andrews que sa femme est au bloc, dit-il. Entre les mains d'excellents chirurgiens.

Comme il détestait ne pas dire ce qu'il pensait vraiment ! Nettle avait beau être un bon chirurgien — encore que cela reste à prouver —, c'était vraiment un odieux personnage.

Il raccrocha et se concentra de nouveau sur les images.

Dasha regardait l'écran devant elle, non sans observer Preston du coin de l'œil.

Ils étaient seuls dans une toute petite salle. Par chance, ils empestaient le savon chirurgical : on avait connu des odeurs plus sexy.

Mis à part ce conflit larvé avec Nettle, Preston s'était montré très professionnel, même si elle l'avait senti agacé avant de partir pour le bloc. Il prenait son travail et ses patients très à cœur.

De nouveau, elle se posa la question : pourquoi Preston avait-il été renvoyé de Davidson West, le dernier hôpital où il avait travaillé ? Que s'était-il passé ?

Perdre connaissance durant une opération chirurgicale, c'était gravissime. Mais s'il était malade, un étourdissement ne justifiait pas un renvoi. S'il buvait, des charges auraient été retenues contre lui. Il devait s'agir d'autre chose, mais quoi ?

Un accident, c'était le plus plausible.

A moins que cela n'ait un rapport avec Nettle. Pourquoi Preston tenait-il à surveiller l'opération de si près ? Il n'était pas impossible qu'il se soit fait des ennemis parmi les membres du conseil d'administration et que ces derniers aient cherché un moyen de le licencier. De toute façon, un médecin aussi brillant ne changeait pas cinq fois d'hôpital en cinq ans sans qu'il y ait un vrai problème.

Il fallait qu'elle ait une réponse avant qu'ils travaillent de nouveau ensemble au bloc. Ensuite, elle trouverait le moyen de calmer sa tendance à s'emporter pour un oui ou un non face aux gens qui l'agaçaient. Il faudrait qu'elle agisse en douceur. Et que lui ne dérape pas.

— Où vas-tu ? demanda-t-elle en voyant Preston bondir.

— Il suture, répondit-il par-dessus son épaule, tout en attrapant un masque.

— Et alors ? dit-elle en se levant pour le suivre.

— Il reste encore un vaisseau à réparer. Je m'étais arrêté un instant pour permettre le branchement du cœur-poumon artificiel, quand il est arrivé et nous a donné l'ordre de quitter le bloc. Je n'ai pas eu le temps de terminer.

— Docteur Nettle, attendez ! s'écria-t-il en entrant dans le bloc. Ce n'est pas terminé.

Il l'appelait « docteur ». C'était un bon signe, pour quelqu'un dont la diplomatie n'était pas le fort.

— Si, j'ai terminé, rétorqua Nettle.

— Vous avez oublié un vaisseau, dit Preston, dont la posture était agressive en dépit du ton mesuré de ses paroles.

— Je peux vous assurer que non. Sortez de ce bloc, lui intima Nettle.

— Si vous suturez maintenant, elle va décéder.

— Docteur Hardin, faites-le sortir immédiatement !

Elle posa la main sur le bras de Preston, mais il la repoussa avec un air si dur qu'elle sut qu'il avait raison.

— Votre ego est si surdimensionné que vous ne daigniez pas jeter un coup d'œil ? s'exclama-t-il, hors de lui. Si vous la laissez crever parce que vous êtes trop borné pour écouter un collègue, je porterai plainte pour mauvaise pratique !

Des menaces ! Il ne manquait plus que ça ! Il faudrait qu'elle le remette sérieusement en place. Même s'il avait raison sur le fond. Heureusement, sa propre position de chef du service de chirurgie, quoique temporaire, lui conférait autorité dans ce genre de situation.

— Docteur Nettle, jetez un dernier coup d'œil avant de suturer, s'il vous plaît, suggéra-t-elle, priant pour être suffisamment ferme et délicate à la fois.

Nettle soupira ostensiblement.

— De quoi s'agit-il ?

— Passez de l'autre côté de la table, dit Preston. Vous ne pouvez sans doute pas le voir de là où vous êtes.

Sans bouger de l'endroit où il trouvait, il donna des instructions très précises.

— Incroyable, bougonna Nettle. Manifestement, vous aviez raison, docteur Monroe.

— Ça arrive parfois, rétorqua Preston.

Il semblait toujours furieux et ne montrait aucune intention de quitter le bloc avant la fin de l'opération.

Dashia poussa un discret soupir de soulagement.

Preston avait beau avoir du mal à gérer les relations, Mme Andrews était grâce à lui hors de danger. Mais si elle voulait que leur coopération se poursuive, elle allait devoir lui enseigner d'autres moyens d'expression que l'attaque verbale.

2

Après la fin de l'intervention chirurgicale sur Mme Andrews, Preston se réfugia dans les vestiaires et put enfin se concentrer sur son œil gauche qui menaçait en permanence de cligner. Il attrapa une serviette en papier et l'humecta avant de se l'appliquer sur la paupière.

St-Vincent avait toujours représenté pour lui une utopie pleine de contradictions. C'était à la fois le travail qu'il convoitait depuis toujours, l'hôpital dans lequel il aurait dû travailler dès le début, et la cause de sa séparation d'avec Dasha, la seule personne auprès de qui il se soit senti accepté et qui lui ait donné l'envie d'aller de l'avant.

Peut-être s'était-il trompé sur toute la ligne, peut-être n'y avait-il rien eu de particulier entre eux, ni alchimie ni affection ? Peut-être se comportait-elle de cette façon avec tout le monde ?

Cette pensée ne lui apporta aucun soulagement.

Il n'avait pas pu se tromper à ce point au sujet de leur amitié. C'était impossible. Ni au sujet de leur relation amoureuse. Personne ne pouvait simuler la passion qu'ils avaient éprouvée l'un pour l'autre.

Mais était-il opportun de penser au sexe avec Dasha ?

Il remouilla la serviette et se tamponna de nouveau l'œil.

La proposition d'une période d'essai à St-Vincent lui avait fait l'effet d'un sursis. Cela lui permettrait au moins de ne pas solliciter son père — ce qui le rendait malade rien qu'à y penser. De toute façon, la seule autre solution consistait à déménager et à repartir de zéro dans une autre ville, loin de l'ombre écrasante de Davis P.

L'idée de travailler avec Dasha était séduisante, mais il ne se faisait pas trop d'illusions. Pouvait-il la croire lorsqu'elle affirmait qu'elle se sentait redevable envers lui ?

Sous la serviette humide, il sentit sa paupière battre puis s'ouvrir brusquement.

Il s'approcha du miroir.

Son œil — le gauche seulement — était écarquillé. On aurait dit Popeye.

Son téléphone se mit alors à vibrer dans sa poche. Davis P., lut-il sur le petit écran.

Il ne manquait plus que ça !

Il n'était pas en état de supporter les sermons de son père. Une fois de plus, il allait critiquer ses choix, son passé, son avenir, ses qualités de chirurgien, ses qualités d'homme. Mieux valait expédier une réponse par SMS.

Pas dispo. Travail. Ai pris un poste à St-Vincent.

Il fallait qu'il rentre chez lui se faire une piqûre pour calmer cet œil gauche qui lui empoisonnait l'existence. Il avait cru pouvoir s'en sortir avec des comprimés, mais en réalité seule une injection d'acide botulique viendrait à bout des symptômes provoqués par le stress de ses retrouvailles avec Dasha.

Du calme. Il avait deux mois d'essai un peu délicats à passer pour pouvoir intégrer cet hôpital dans lequel il avait toujours rêvé de travailler. Il fallait faire attention où il mettait les pieds, garder ses distances avec Dasha. Et surtout tirer un trait sur ce qu'il s'était passé et sur la souffrance endurée. Lorsque cette période d'essai serait passée, alors seulement il pourrait oublier Dasha Harding. Définitivement.

Depuis sa plus tendre enfance, Dasha détestait le mois d'octobre. Son père s'était volatilisé un jour d'octobre, sa mère était décédée en octobre. Aujourd'hui, la maladie de Marjorie était une raison supplémentaire d'exécrer cette période de l'année. Quelle idée elle avait eue de convoquer Preston précisément en octobre !

Elle jeta un autre coup d'œil sur la pendule.

Ça ne le ferait pas arriver plus vite, elle ferait mieux de s'asseoir. Une fois qu'elle serait au bloc, elle devrait rester des heures debout... Et si elle nettoyait un peu ? Il y avait toujours quelque chose à ranger ou à nettoyer. La vie devenait invivable quand on laissait le désordre s'installer autour de soi.

Mais son bureau était déjà impeccable. Dépitée, elle dut attendre que la pendule indique midi.

Preston avait dû changer d'avis. Au moins aurait-elle essayé de lui donner une nouvelle chance de travailler à St-Vincent, afin de réparer l'erreur commise cinq ans auparavant. Mais s'il n'avait pas envie de ce poste, elle n'allait pas lui courir après. L'objectif n'était pas qu'il l'aime de nouveau, elle n'avait pas besoin de ça.

Elle prit ses clés et sortit du bureau.

Ce fut alors que Preston apparut comme par enchantement.

— Tu es *presque* en retard, dit-elle.

— J'appelle ça être à l'heure, rétorqua-t-il en souriant.

Il avait raison.

— Dans mon souvenir, tu arrivais toujours un peu en avance, marmonna-t-elle en fourrant les clés dans sa poche.

— Il faut dire que ça en valait la peine.

— Bref, j'ai cru que tu avais changé d'avis, dit-elle sans relever sa remarque. Que t'est-il arrivé à l'œil ?

Il avait reçu un coup, c'était évident. Pourvu qu'il n'en soit pas venu aux mains avec Nettle !

— Ce n'est rien.

— Preston, si nous devons...

— Dasha, il faut que les choses soient claires, la coupa-t-il. Il n'y a pas de « nous » qui tienne. Nous n'avons rien à voir l'un avec l'autre. Nous ne sommes ni amis ni rivaux. Nous ne sommes là ni pour célébrer des retrouvailles romantiques ni pour poser les bases d'une nouvelle vie commune.

Elle s'efforça de ne pas baisser les yeux et écouta la suite.

— A la fin de ma période d'essai, nous serons deux connaissances qui se sont croisées dans le cadre de leur carrière. Et je suis désolé si tu avais d'autres plans en tête.

— Je n'ai pas d'autres plans en tête.

— Dans ce cas, c'est parfait, répondit-il sur un ton où il lui sembla percevoir une pointe d'ironie.

— Tu n'es pas obligé de me croire, mais tu n'es pas obligé non plus d'être sarcastique ou agressif. D'autant que si le personnel t'entend me parler sur ce ton, ça ne jouera pas en ta faveur. Et pour ta gouverne, je ne suis plus celle que tu as connue il y a cinq ans. J'ai changé. Et sache que j'ai vraiment envie que tu t'en sortes.

Elle passa devant lui et se dirigea vers l'escalier.

Une fois au bloc, Preston la rejoignit pour se laver les mains.

— Je dois seulement savoir ce qu'il s'est passé à Davidson West. Pourquoi t'es-tu évanoui ? demanda-elle d'une voix qu'elle espérait neutre.

— C'est compliqué, grommela-t-il.

Elle scruta son reflet dans la vitre qui séparait les lavabos de la salle d'opération.

— Toutes les opérations le sont. Ne me dis pas que tu étais sous l'emprise de l'alcool ou de drogue ?

— Compliqué *et* personnel, dit-il, ignorant sa dernière remarque.

— La fatigue ? demanda-t-elle, pleine d'espoir.

Un œil enflé, des problèmes d'évanouissement. Il ne s'agissait pas de drogues. Peut-être un malaise cardiaque ?

— C'est *personnel*, scanda-t-il en se tournant vers elle.

— C'est le cœur ?

Sans répondre, il se dirigea vers le bloc.

— Preston, il est important que je sache ce qu'il s'est passé.

Si son but était de la rendre folle, il s'y prenait vraiment très bien. Pourquoi était-il si secret ? Mais de toute évidence, la discussion était close et le moment, mal choisi pour lui tirer les vers du nez. La patiente attendait sur la table d'opération.

Elle suivit Preston, enfila une blouse et des gants et sourit à la femme allongée qui regardait fixement les lampes éteintes.

C'était grâce à ses problèmes d'obésité et sa volonté de se faire opérer que l'on avait détecté chez Angie un côlon inversé et tordu. On allait intervenir sans attendre que le problème arrive au stade fatal de l'occlusion intestinale.

— Bonjour, Angie. Comment vous sentez-vous ? Impatiente ?

La chirurgie bariatrique réjouissait souvent les gens en surpoids.

— Un peu nerveuse, répondit Angie d'une voix empâtée par le traitement préopératoire.

— Tout va bien se passer, dit Dasha, tandis que Preston se postait de l'autre côté de la table. Je vous présente le Dr Preston Monroe qui va m'assister au cours de cette opération.

— Vous êtes un bon médecin, j'espère ? dit Angie, sur laquelle le regard bleu acier de Preston produisait visiblement son petit effet.

— Le meilleur, répondit-il, tout sourires.

— Le Dr Hardin a dit que c'était une opération délicate, marmonna Angie.

— Elle a dit ça pour vous impressionner, dit-il en souriant. Allez, Angie, il est temps de faire un petit somme.

La patiente pouffa avant que l'anesthésiste n'intervienne.

— Tu n'as pas besoin de me dévaloriser auprès de mes patients, murmura Dasha. Les patients doivent se sentir en confiance...

— Je ne t'ai pas dévalorisée, la coupa-t-il. Je plaisantais pour la détendre. Elle était tout à fait en confiance.

— Tu lui as fait un numéro de charme. Cela dit, tu devrais l'essayer avec le personnel de l'hôpital.

— Détends-toi, Dasha. Si tu as peur que les gens ne m'aiment pas, commence par me parler gentiment. Montre-leur l'exemple.

Preston retira son calot et sortit de la salle d'opération pour se diriger droit vers les toilettes. En partie par nécessité, en partie parce qu'il avait besoin de se retrouver seul un moment.

Il fallait qu'il cesse de se disputer avec Dasha. Cela risquait de lui nuire plus que de lui profiter. Elle avait raison, dans le service tout le monde l'appréciait et était soudé autour d'elle.

Il avait beau fanfaronner, il était bien placé pour savoir que ses compétences professionnelles ne pesaient pas lourd dès qu'il se mettait à dire ce qu'il pensait. Ses qualités de chirurgien seules ne lui permettraient pas d'obtenir ce poste. Or, il voulait vraiment rester à St-Vincent.

Cela dit, il avait la sensation que Dasha n'avait pas l'intention ni de ternir sa réputation ni de l'accabler au profit de la sienne. Quant à son œil gauche, il s'était tenu tranquille. La piqûre avait été efficace, même si elle avait provoqué ce gonflement que Dasha n'avait pas manqué de remarquer.

En retournant au bloc, il l'aperçut en pleine discussion avec un chirurgien près de la porte. Ils parlaient à voix basse.

Ce n'était pas dans ses habitudes d'écouter aux portes, mais après tout on se trouvait dans un lieu public. S'ils avaient envie de se confier des secrets, ils n'avaient qu'à le faire en privé.

Il tendit l'oreille.

— Je finirai bien par être en contact avec lui, dit l'homme, dont la silhouette lui paraissait familière.

— Laisse tomber, tu n'auras pas affaire à Preston, je m'occupe de lui, dit Dasha, les sourcils froncés comme chaque fois qu'une discussion devenait sérieuse.

C'était la première fois qu'il la voyait avec ce regard depuis la veille. Son interlocuteur semblait l'agacer, et elle arborait une posture combative, bien loin de ses recommandations pacifistes. Il en aurait souri s'il n'avait pas été lui-même l'enjeu de la discussion.

— Tu penses pouvoir t'occuper de lui, mais comment vont faire les autres ? poursuivit l'autre.

— Ne t'inquiète pas, Jason, tout va bien se passer. Je suis sûre que tu finiras par apprécier sa présence.

Il fallut à Preston quelques instants pour accuser le coup. Dasha le défendait ?

— J'en doute, répliqua le nommé Jason.

— Mais si, tu verras. Sois patient.

— Même son père n'arrive pas à le gérer.

Ce type connaissait Davis P. ? Il était temps d'intervenir.

— Il y a bien longtemps que mon père ne me « gère » plus, dit Preston en avançant vers eux, souriant.

Il tendit la main, geste que l'homme pouvait difficilement ignorer.

— Preston Monroe. Vous devez être Jason Frist ?

C'était bien lui. Jason Frist, neurochirurgien et golden boy, le fils que Davis P. avait toujours rêvé d'avoir. Celui en qui il avait investi tous ses espoirs, après avoir déploré la spécialité que Preston avait choisie. *Ce* Jason, qui de surcroît était ami avec Dasha. Ami ou plus. A en juger par le ton de la conversation, ils semblaient assez intimes.

Frist serra la main qu'il lui tendait.

— Vous êtes inquiets pour l'ambiance dans le service ? Ne vous en faites pas, je saurai me tenir.

— Parfait. Maintenant, si vous voulez m'excuser, j'ai des rendez-vous. Hardin, Monroe.

Frist tourna les talons et sortit promptement.

Sentant le regard de Dasha se poser sur lui, Preston croisa les bras et s'appuya contre le montant de la porte.

— Je m'apprêtais à venir m'excuser pour les bêtises que j'ai dites devant Angie, lorsque j'ai surpris votre conversation et t'ai entendue prendre ma défense. Du coup, je ne sais plus que penser. Tu savais que j'étais là ?

Il avait cru qu'elle allait se mettre en colère, mais son visage s'illumina, et elle lui adressa un grand sourire plein de malice et de défi.

— Non, pourquoi ? demanda-t-elle en le dévisageant, le menton fièrement levé. J'essaie juste de « montrer l'exemple ».

Avant qu'il n'ait le temps de rétorquer quoi que ce soit, elle se dirigea vers l'escalier en direction de son bureau.

La Dasha malicieuse qu'il connaissait était toujours là, tapie sous un vernis de courtoisie et de tact ! Mais il était là pour travailler avec elle à l'essai, pas pour la regarder sourire.

Il lui fallut quelques instants pour réagir et lui emboîter le pas. Il la rattrapa en haut des marches.

— Frist et toi, vous êtes ensemble ?

Quel crétin ! En quoi cela le concernait-il ?

Dasha lui adressa un regard étonné et rentra dans son bureau avant de répondre.

— Pourquoi me poses-tu cette question ? Jason est un ami. On a commencé à travailler ici en même temps.

— Cette amitié te lie d'office avec mon père. C'est lui qui t'a suggéré de me proposer le poste ?

— Je ne connais pas ton père, Preston.

— Ce n'est pas son idée ? Un bon geste pour sauver la carrière de son crétin de fils ? Sache que si l'idée vient de lui, je préfère renoncer immédiatement à ce poste.

Elle contourna le bureau et croisa les bras.

Avait-elle quelque chose à cacher ou essayait-elle de faire diversion ?

— Je conçois que tu n'aimes pas ton père, mais sache que nous ne sommes pas tous ses marionnettes.

Elle cherchait à faire diversion.

— Réponds franchement, Dasha. Est-ce que c'est mon père qui a manigancé tout cela ?

— Ton père ne m'a rien suggéré du tout. Je ne le connais même pas. Quant à Jason, il ne passe pas sa vie à exécuter les ordres de Davis Monroe non plus, dit-elle sans le quitter des yeux, comme pour l'assurer de sa bonne foi.

Mais pouvait-il lui faire confiance ? Pour l'heure, il avait plutôt envie de la provoquer.

— Es-tu certaine que tu ne cherches pas à impressionner Frist pour t'attirer ses faveurs ? Cela dit, ce serait tout à fait louable de vouloir épouser un neurochirurgien et donner naissance à 2,5 rejetons surdoués.

Elle lui coula un regard en biais et secoua la tête avec une moue attristée.

— Je n'ai pas l'intention d'épouser Frist, répondit-elle lentement. Tu n'as pas changé, Preston. Tu continues à ironiser dès que quelque chose te dérange. Tu te trahis tout seul.

Elle s'écarta de lui, prit son sac et se dirigea vers la porte.

— Allez, à demain.

N'avait-elle donc pas compris qu'il plaisantait ?

Dans son souvenir, Dasha était dotée d'un solide sens de l'humour. Les bons mots et la gaieté avaient constitué une facette essentielle de leur relation, outre l'énergie qu'elle lui insufflait. Et le sexe. Avait-elle changé autant qu'elle l'affirmait ? Et qu'est-ce qui le dérangeait, au fond : qu'elle affirme être différente ou qu'elle ait vraiment changé ?

S'il tenait à travailler avec elle, il devait tirer un trait sur les circonstances de leur séparation et ne considérer que le côté positif des choses. Comme s'il venait de la rencontrer.

Il la rattrapa avant qu'elle ne sorte dans le couloir et la retint par la lanière de son sac, seule façon de la retenir sans la toucher directement.

— Ne vois-tu pas que j'essaie de faciliter les choses entre nous ? As-tu vraiment changé à ce point ? Tu as changé de coiffure, de garde-robe, tu préfères esquiver les problèmes plutôt que de les affronter comme tu le faisais avant. As-tu aussi perdu ton sens de l'humour, ou est-ce que tu as passé tout ce temps avec moi à jouer la comédie ?

— Là, tu plaisantes aussi, j'espère ? dit-elle en tirant sur son sac.

Mais il ne le lâcha pas.

Elle leva les yeux au ciel.

— Je change de coiffure tous les mois, tu l'as oublié ? Je porte une blouse car je peux difficilement travailler à l'hôpital en tongs et débardeur. Quant au tact, c'est à mes yeux le meilleur moyen de construire une relation tant qu'on ne connaît pas encore suffisamment quelqu'un pour pouvoir lui parler aussi franchement qu'à un ami. C'est ça aussi, être adulte.

— Et le sens de l'humour ? demanda-t-il sans lâcher la bride.

Mais elle augmenta la tension, manifestement décidée à partir.

— Il y a des tas de choses qui m'amusent, mais tes plaisanteries sur mes relations avec les hommes n'en font pas partie, excuse-moi.

— Du calme, Dasha, dit-il. Ne tire pas.

— C'est toi qui tires, dit-elle en donnant un à-coup pour récupérer son sac.

— Si je lâche, tu tombes. Il faut que nous lâchions en même temps. Je compte jusqu'à trois, d'accord ?

Etonnamment, ce ne fut pas la confrontation la plus ridicule de sa vie professionnelle. Mais c'était la première fois qu'il montait au créneau en se demandant s'il n'avait pas tort depuis le début.

Dasha n'attendit pas la fin du compte à rebours et relâcha la tension sur la lanière du sac.

— Nous sommes de garde ce week-end. Je t'appellerai en cas d'urgence, dit-elle.

Une fois Preston sorti, elle tenta de reconstituer la scène qui venait de se dérouler.

Que s'était-il passé ? Preston remettait en question la personne qu'elle était, comme si la Dasha qu'il avait connue auparavant s'était dégradée. Mais tout le monde évoluait, mûrissait, et il fallait qu'ils s'habituent à ce qu'ils étaient devenus l'un et l'autre. Il ne faisait que réagir puérilement parce qu'il ne reconnaissait pas la fille qu'il s'attendait à retrouver. Ce qui l'avait le plus agacée, c'était les allusions à Jason. Elle n'avait pas à se justifier sur ses relations avec les hommes. Même si elle s'était sentie attirée par Jason — ce qui n'était pas le cas —, en quoi cela concernerait-il Preston ? A l'entendre, on aurait dit qu'elle le trompait rien qu'en adressant la parole à Jason. Elle ne l'avait pas vu pendant cinq ans, et pourtant elle avait l'impression d'être sa petite amie. Quelle idée !

Tout ça ne devait pas l'empêcher de rendre visite à Marjorie et Bill. Elle serait de garde tout le week-end, mieux valait profiter du temps libre tant qu'elle en avait.

L'état de Marjorie déclinait progressivement. A chacune de ses visites, celle-ci dormait un peu plus longtemps, parlait d'une voix un peu plus faible, et l'espoir d'une guérison ou même d'une rémission devenait de plus en plus ténu.

Elle était sur le point de perdre sa deuxième maman, la femme-chirurgien qui avait tout fait pour sauver sa mère, qui avait pleuré avec elle lorsque la maladie avait pris le dessus, et qui l'avait également prise sous son aile quand elle s'était égoïstement débarrassée de Preston pour s'assurer une place à l'hôpital St-Vincent.

Ne faisait-elle pas de nouveau preuve d'égoïsme en pensant à la façon dont la mort imminente de Marjorie allait l'affecter, *elle* ?

Moi, moi, moi.

Des fleurs. Elle allait lui apporter des fleurs. Ou des gâteaux. Ou les deux. Ça lui donnerait l'impression d'être un peu utile.

Quand Dasha se glissa dans la chambre de Marjorie, elle trouva Bill assis près du lit, veillant sa femme endormie.

Comme à l'accoutumée, elle passa en revue la pièce et les appareils pour s'assurer que tout était en ordre, avant de s'asseoir à côté de Bill sur l'accoudoir du fauteuil.

— Il t'en a fait baver, hein ? murmura celui-ci.

— Cela se voit tant que ça ?

— Ton soupir t'a trahie.

— Je ne me suis même pas rendu compte que je soupirais.

Elle laissa tomber son sac sur le sol.

— Il exhume le passé sans arrêt, alors que je m'efforce de rester dans l'ici et maintenant. J'ai peur de ne pas y arriver.

Bill grimaça.

— Il n'arrête pas de me chercher, et je ne comprends pas pourquoi. Peut-être à cause de Jason.

— Jason ? demanda Bill en plissant le front.

— Preston nous a surpris pendant que nous parlions de lui.

— Ah. Je suis désolé de ne pas pouvoir t'aider.

— Ne sois pas désolé. Ta place est ici, Bill, dit-elle en serrant la main du vieil homme dans les siennes. De toute façon, c'est à moi de régler tout ça. Tu n'as rien à voir là-dedans.

Elle marqua une pause.

— J'ignore ce qu'il s'est passé entre son père et lui, mais il revient toujours sur leur relation.

— Quand Davis Monroe s'en mêle..., murmura Bill. Tu sais qu'il avait manœuvré pour que ce soit son fils qui ait la bourse d'études. La seule chose qu'avait à faire Preston, c'était se présenter devant le jury ce jour-là.

Elle le regarda, interdite.

— Le Dr Monroe avait acheté le jury ? Mais... Tu ne me l'as jamais dit.

— Tu aurais préféré ? demanda Bill en plantant son regard dans le sien.

— Non.

Bill hocha la tête sans commenter.

— Je vais aller me dégourdir les jambes, dit-il en se levant.

Je passerai chez le traiteur. J'ai envie de manger mexicain. Des tacos, peut-être. Tu restes ici un moment ?

Elle opina et prit sa place dans le fauteuil, étourdie par ce qu'elle venait d'apprendre.

Pourquoi Bill venait-il de lui faire une telle révélation ? Pour la protéger ou pour lui donner la force d'affronter les piques de Preston ? Peut-être tout simplement parce qu'il pensait qu'elle était prête à l'entendre.

Preston était-il au courant des agissements de son père au sujet de sa bourse d'étude ?

Cela expliquerait qu'il soupçonne Davis Monroe de l'avoir manipulée pour qu'elle lui propose ce poste. Mais s'il n'en savait rien, ce n'était surtout pas à elle de le lui dire. De toute façon, ça appartenait au passé. Lui révéler aujourd'hui qu'il aurait eu sa bourse grâce aux malversations de son père, ce serait cruel. Elle-même, à l'époque, était persuadée qu'il l'obtiendrait parce qu'il était bien meilleur qu'elle. Lorsqu'elle avait eu la place, ça l'avait rassurée : Preston aurait des tonnes d'autres occasions professionnelles, alors qu'elle-même n'avait pas d'autre choix que de travailler à St-Vincent.

Non, elle ne lui dirait rien. Il n'était pas nécessaire de fournir à Preston une raison supplémentaire d'en vouloir à son père.

— Tu fronces les sourcils, fit la voix de Marjorie.

Elle se leva pour s'asseoir sur le bord du lit.

— Je m'entraîne à avoir l'air sérieux et redoutable.

— A quoi penses-tu ? demanda Marjorie avec un faible sourire.

Elle arrangea la couverture avant de répondre.

— A des choses assez futiles. J'ai reçu l'invitation au bal de Noël. Je vais devoir m'habiller pour ne pas faire tache. J'hésite… Peut-être une robe pailletée, fendue de là à là, orange avec des accessoires vert pomme ?

— Pense au cavalier qui va t'accompagner au lieu d'imaginer des horreurs fluo, murmura Marjorie, souriante.

Dasha aurait été prête à enfiler n'importe quel vêtement, fluo ou non, pour la voir continuer à sourire.

— Je vais me crêper les cheveux en un chignon tellement

volumineux qu'on pourra y loger une famille d'écureuils, dit-elle en riant.

— Et avec Preston, comment ça s'est passé ?

— A vrai dire, je n'en sais trop rien, avoua-t-elle, recouvrant son sérieux. Il passe toujours d'un extrême à l'autre. Evasif, joyeux, agressif, charmant... En tout cas, personne n'a encore déposé plainte contre lui. Pas que je sache, du moins.

— Je ne parlais pas de cela, Dasha.

— Il s'est moqué de moi, et je me suis un peu fâchée.

— Pourquoi ?

— C'était... Je ne sais pas. Je n'ai pas tout compris, répondit-elle en chassant une mouche imaginaire. Mais ne t'inquiète pas, je ne suis pas prête à me laisser faire, et il ne peut de toute façon pas aller beaucoup plus loin avec moi.

— Je sais que tu n'as pas envie de t'attarder sur le sujet, mais fais attention tout de même.

Marjorie marqua une pause avant de changer de sujet.

— Bill ne veut pas d'infirmières à mon chevet, mais j'aimerais que tu le convainques d'embaucher quelqu'un pour la nuit. Il ne dort pas suffisamment.

— Je lui parlerai. Et je m'assurerai qu'il s'agit d'une personne compétente, répondit Dasha, la gorge soudain nouée, en déposant un baiser sur la joue de la vieille dame. Juste le temps que tu reprennes des forces...

3

Preston s'était aménagé un loft en plein cœur historique de Nashville, dans un ancien entrepôt du XIXe siècle devenu l'un des hauts lieux de la vie nocturne de la ville.

D'immenses baies vitrées couraient sur toute la longueur de l'appartement. Les enseignes lumineuses au néon qui diffusaient leur lumière bleu et vert au-dehors lui conféraient une atmosphère un peu irréelle, assez à son goût. Il s'abstenait volontiers d'allumer des lampes, à moins d'avoir à lire ou à injecter une dose d'acide botulique dans sa paupière. Même pour courir sur son tapis roulant, il n'allumait pas systématiquement la lumière.

La semi-obscurité atténuait le design très féminin du masque décongestionnant pour les yeux que la pharmacienne lui avait vendu, lui promettant un effet apaisant immédiat sur sa paupière enflée. Mais ce stupide masque n'apaisait rien du tout — ni son œil ni son humeur. Il aurait pu acheter des bas de contention, l'effet aurait été le même.

Quand pourrait-il passer une journée, une seule petite journée, sans que les muscles de ses paupières ne lui jouent des tours ? Etait-ce trop demander ? Aujourd'hui, ses yeux s'étaient remis à cligner nerveusement. C'était une sensation qu'il avait éprouvée dès son réveil : peut-être était-elle survenue pendant son sommeil. Ça ne présageait rien de bon. Il était trop tôt pour envisager une nouvelle piqûre. Pourtant, il ne pouvait pas se permettre de perdre sa place à St-Vincent à cause d'un tic nerveux.

Ce samedi de garde avait tout d'une trêve. C'était étonnant

qu'on ne l'ait pas encore appelé pour une urgence. Dasha avait-elle décidé de ne pas le faire travailler ? Etait-ce signe qu'il valait mieux s'éloigner, couper les ponts ?

Il avait beau vouloir maintenir une distance avec elle, il n'avait certes pas tourné la page de leur histoire. Il passait sans arrêt de l'envie de la taquiner à celle de la séduire puis de provoquer une dispute. Il était tout sauf indifférent à elle.

Dire aux gens leurs quatre vérités n'était probablement pas la façon la plus habile de faire carrière. Or, il adorait Nashville et n'avait aucune envie d'en partir. Cette fois, il n'avait plus droit à l'erreur. Mais il n'avait pas non plus envie de jouer la comédie à Dasha...

Son téléphone se mit à sonner.

St-Vincent. Donc on ne l'évitait pas ! Jusque-là, le week-end avait dû être calme.

Après avoir raccroché, il fonça dans la salle de bains pour se préparer, et un quart d'heure plus tard il entrait dans le service des urgences.

Le patient n'était autre que Jason Frist, et il se félicita d'avoir tenu sa langue la veille face au protégé de son père.

Une sensation désagréable l'envahit à l'idée que son père accourrait vraisemblablement à St-Vincent dès qu'il apprendrait l'accident. Là, il ne pourrait plus se contenter de lui répondre par SMS.

Et Dasha, qui affirmait être l'amie de Jason, serait-elle en mesure de l'opérer ?

Alors que l'équipe médicale affluait autour du neurochirurgien blessé, il enfila son calot avant de procéder au nettoyage minutieux de ses mains.

— Que s'est-il passé ? demanda Dasha en le rejoignant.

— Il a fait une chute, mais je n'en sais pas plus. On m'a dit qu'il cueillait des pommes. Traumatisme abdominal, hémorragie interne, probable rupture de la rate. Il perd beaucoup de sang, et il a des fractures.

Le plus important était de s'occuper des atteintes aux organes vitaux, on attendrait que l'état du patient se soit stabilisé avant de procéder à la chirurgie orthopédique.

— Il est sous anesthésie ? demanda-t-il à l'anesthésiste.

Celui-ci hocha la tête.

— Il souffrait, et de toute façon il était déjà dans le brouillard.

Preston s'approcha du patient allongé et commença sans attendre à l'examiner. Il tâta l'abdomen et sentit sous ses doigts une zone enflée et une autre dure.

Il alla retrouver Dasha qui se préparait derrière la vitre.

— Dasha, veux-tu que je me charge de l'intervention ?

— Il a demandé que ce soit moi qui opère. Je vais y arriver.

— Et s'il meurt ?

Il sentit tout le personnel se figer autour de lui.

C'était la deuxième fois qu'un médecin de St-Vincent était blessé cette semaine. Le personnel était affecté, il allait falloir agir en douceur afin d'en obtenir malgré tout le meilleur. En d'autres termes, il devrait se comporter à l'exact opposé de la façon dont il s'était comporté la veille.

— Il ne mourra pas, déclara Dasha.

Faisait-elle preuve d'une foi infaillible en la vie ou de déni pur et simple ?

— Hardin…

— S'il meurt, je perdrai un ami, le coupa-t-elle. Mais nous n'en sommes pas là. Commence, je suis derrière toi.

Il décela l'émotion sur son visage. Elle avait l'air grave et préoccupé, mais elle était loin d'être pâle ou sur le point de défaillir.

Après tout, elle n'avait peut-être aucune vue sur Frist. Ou alors, elle était capable de la même forme de détachement vis-à-vis de Jason que celui avec lequel elle l'avait frappé dans le dos cinq ans plus tôt.

— D'accord, dit-il à contrecœur.

Restait maintenant à espérer que son œil ne le trahisse pas.

Il leva les yeux vers l'infirmière qui, anticipant ses besoins, lui tendit le scalpel.

Dasha se glissa face à lui tandis qu'il procédait à la première incision dans l'abdomen du patient.

Il sentit alors son œil trembloter.

Bon sang. Ce n'était qu'un léger tremblement, un clignement imperceptible. Mais un clignement qui pouvait compromettre la vie de son patient. Dasha serait-elle capable d'opérer un ami sans faillir ? Et sans son aide ?

La détermination de son regard lorsqu'elle épongea le sang de Frist ne laissait aucun doute. Elle était concentrée et sûre d'elle.

— Docteur Monroe ? dit-elle en levant les yeux.

Il lui tendit le scalpel. Puis il prit les pinces et les éponges afin de contrôler l'hémorragie, s'efforçant de ne pas se laisser gagner par les doutes qui commençaient à assombrir son humeur.

Dasha travaillait vite et bien, avec ses deux mains et ses deux yeux. Mais la scène avait pour lui un goût amer : il se retrouvait là, à St-Vincent, comme il s'était retrouvé à Davidson West. Tout le monde serait bientôt au courant, et sa carrière s'achèverait là.

Comme les clignements s'accéléraient jusqu'à compromettre sa vision, il s'éloigna de la table d'opération.

L'infirmière qui se tenait à son côté lui adressa un regard interrogateur mais ne posa pas de question, probablement pour ne pas rompre l'harmonie au sein de l'équipe.

Avec l'espoir que son œil se détende, il décida de rassembler des informations utiles aux soins du blessé.

De combien d'unités de sang du type de Jason disposait-on ? Combien avaient déjà été utilisées ? Où en étaient ses fonctions vitales ?

— Preston !

Au ton de sa voix, Dasha devait déjà l'avoir appelé plusieurs fois.

— Oui ?

— Tout va bien ? Si tu n'es pas avec moi, va chercher un autre chirurgien pour m'assister.

Sa paupière tressaillait maintenant toutes les dix à quinze secondes.

— Je ne me sens pas bien. Je t'envoie quelqu'un d'autre.

Parfait. Le troisième jour d'essai n'était pas encore révolu que, déjà, il se faisait porter pâle !

— Merci, dit-elle, en le regardant longuement, avec l'intention évidente de lui faire comprendre qu'elle n'était pas dupe.

Il décrocha le combiné téléphonique et, la mort dans l'âme, demanda qu'un autre chirurgien descende en salle d'opération.

Seule l'obscurité pouvait désormais apaiser son tourment — à condition que personne ne vienne le déranger. Il allait se réfugier dans le bureau de Dasha. Là, il pourrait s'enfermer dans le noir et attendre que ça passe.

Il revint et contourna la table d'opération.

— Les clés de ton bureau, chuchota-t-il à l'oreille de Dasha avant de glisser la main dans la poche de son pantalon plaqué sur sa hanche ronde et ferme.

Il s'empressa de prendre la clé, surpris par le désir qui montait en lui.

Cela n'avait probablement rien à voir avec Dasha. Vu l'état de nervosité dans lequel il se trouvait, n'importe quelle femme aurait suscité ce genre de réaction…

Pourquoi, dans ce cas, avait-il l'impression d'être en train de se mentir ? Il fallait se rendre à l'évidence, Dasha exerçait toujours une certaine fascination sur lui.

Dans les vestiaires, il jeta son masque et sa blouse dans la corbeille, et il allait prendre le chemin de la sortie, quand les lunettes de soleil dépassant de la poche latérale du sac de Dasha attirèrent son attention.

Enfin un peu de chance dans cette maudite journée !

Il attrapa les lunettes et les chaussa.

Un peu étroites, mais elles feraient l'affaire.

Le temps qu'il gagne le hall d'entrée, l'œil droit s'était mis à cligner comme le gauche.

Si seulement ils clignaient ensemble ! Mais chacun avait son propre rythme sur lequel il n'avait aucune prise, en dépit d'intenses efforts de concentration.

Son père devait déjà être en route pour l'hôpital. Il apprendrait que son fils avait quitté précipitamment le bloc au beau milieu d'une opération, et quoi que dirait Dasha pour l'excuser, le grand Dr Davis P. Monroe éprouverait de la honte pour ce fils indigne.

Accablé, il emprunta la cage d'escalier et gravit lentement les marches.

Dasha sortit du bloc pour aller à la rencontre de la famille de Jason.

Seul le Dr Davis P. Monroe se trouvait dans la salle d'attente, l'air aussi féroce et mécontent que la première et dernière fois qu'elle l'avait vu. En dépit de la configuration moderne et aérée de la salle d'attente, il donnait l'impression d'emplir tout l'espace.

Le jour où elle avait vendu son âme en échange de sa bourse et de son poste à St-Vincent, elle avait fait boire Preston, elle lui avait fait l'amour comme seule une femme qui quitte un homme pouvait le faire, puis elle l'avait laissé menotté aux barreaux du lit afin qu'il ne se présente pas à l'entretien qu'ils devaient passer tous les deux et qu'elle remporte le gros lot. Un lot pour lequel elle savait à présent que Davis P. Monroe avait payé. En vain.

Quelle image avait-il de son fils pour ne pas savoir quel brillant chirurgien il était et imaginer qu'il ne puisse pas s'en sortir sans ses combines ?

Elle ne savait que penser de tout cela. Pouvait-elle se permettre d'être choquée ? Elle avait convoqué Preston pour se racheter, mais depuis son arrivée leur relation revêtait une tournure étrange, elle avait du mal à en cerner les contours.

— Docteur Monroe, dit-elle en s'approchant du grand homme, je pense que vous êtes venu voir Jason Frist. Savez-vous si des membres de sa famille sont là ?

Elle ne connaissait pas la famille Frist mais avait eu l'occasion de la voir en photo sur les cartes de vœux que Jason envoyait chaque année. Ils allaient forcément venir à l'hôpital.

Etait-il au courant de ce qu'elle avait fait à son fils ? Elle, en tout cas, elle savait ce qu'il avait manigancé. Et d'ailleurs, peu lui importait ce qu'il pouvait penser d'elle. Ils avaient trompé Preston l'un comme l'autre.

— Ils ne sont pas à Nashville, dit Davis Monroe. Je suis le seul à venir voir Jason. Comment va-t-il ? On m'a dit que mon fils avait participé à l'opération.

— Je suis désolée, mais je ne peux pas parler de ce cas avec vous. Ces informations sont confidentielles et ne peuvent être partagées qu'avec la famille. Je vais leur parler et leur demanderai de vous appeler.

— Non, dit-il en faisant un geste péremptoire de la main. Je figure sur la liste des personnes à contacter en cas d'urgence.

Difficile de savoir si le fait que Jason se trouve sur une table d'opération le préoccupait ou l'agaçait. En tout cas, il n'avait pas l'habitude qu'on lui dise non.

— Jason va bien, dit-elle lentement, en se préparant mentalement à une confrontation éventuelle. Je reviens tout de suite.

Elle sortit son téléphone de sa poche et s'éloigna pour vérifier les contacts d'urgences dans le dossier de Jason.

Davis P. Monroe faisait effectivement partie de la liste.

— Nous avons retiré la rate et stoppé l'hémorragie. Quand son état sera stabilisé, des chirurgiens orthopédiques viendront s'occuper de son bras et de sa jambe gauche. On m'a dit qu'il a fait une chute en cueillant des pommes. Tout le côté gauche est très touché.

— Et sa main ? dit Davis P., avec le même froncement de sourcils qu'elle avait vu tant de fois sur le visage de Preston. Il va pouvoir la récupérer ?

— Je ne sais pas. Il fallait d'abord sauver les organes internes et endiguer l'hémorragie. On lui a posé un cathéter veineux central plutôt qu'une perfusion sur la main. Les deux membres gauches sont fracturés, mais aucune fracture n'est ouverte.

Cela dit, les os pouvaient être broyés à l'intérieur. Davis P. le savait. Il semblait plus préoccupé que Jason retrouve sa dextérité que soucieux de son état de santé général. Si Jason Frist ne recouvrait pas son habileté manuelle, sa carrière de chirurgien dans l'hôpital de Davis P. Monroe était compromise.

— Je suis désolée, je ne peux pas vous en dire plus sur le pronostic orthopédique. Je demanderai aux personnes compétentes de vous tenir informé.

— Très bien. Où est Preston ? Il était au bloc avec vous, non ?

Il ne fallait ni mentir ni rendre Davis P. suspicieux. Ne rien dire en tout cas que le père puisse reprocher au fils.

— Oui, mais il est parti. Il ne savait pas que vous seriez là, ajouta-t-elle, tout en sachant que le contraire n'aurait pas changé grand-chose à sa décision de s'en aller.

— Je l'appellerai. Allez me trouver quelqu'un qui puisse me renseigner sur Jason.

Autrement dit : elle pouvait disposer.

Elle tourna les talons et prit son téléphone.

Preston décrocha rapidement.

— Où es-tu ? demanda-t-elle. C'est toi qui as mon sac ? Il me faut mon sac et mes clés.

— Oui, je les ai. Va manger un morceau et rejoins-moi dans ton bureau, dit-il avant de raccrocher.

C'était le second Monroe qui lui donnait des ordres en cinq minutes.

Elle recomposa son numéro.

— On a été coupé.

— On avait fini de parler.

— Non, nous n'avions pas...

Il raccrocha de nouveau.

— Bon sang ! Ce n'est pas vrai !

La nouvelle Dasha ne jurait plus comme un charretier quand elle était énervée. Mais il faudrait qu'elle prenne le temps de chercher d'autres possibilités pour des situations où son sang-froid était mis à rude épreuve.

Elle composa une troisième fois le le numéro de Preston.

— Je te préviens, si tu me raccroches au nez encore une fois, je t'étrangle !

— D'accord, mais plus tard. Dans une demi-heure, par exemple.

— Non, maintenant. Ensuite, j'irai assommer ton père, dit-elle en montant les marches quatre à quatre pour défouler sa colère.

— Ecoute, ne viens pas maintenant. Passe à la cafétéria, va manger ou boire quelque chose. Reviens d'ici une demi-heure.

— Certainement pas ! D'autant que c'est toi qui as mon sac *et* mon porte-monnaie.

— Alors, va faire un tour.

A quoi tout cela rimait-il ? Craignait-il qu'elle n'ait emmené son père avec elle ? Elle venait pourtant d'exprimer à haute voix son envie de l'assommer !

Devant la porte du bureau, elle tourna la poignée.

Bloquée, évidemment.

— Ouvre, Preston !

— Pas maintenant, dit-il avant de raccrocher.

— Si tu n'ouvres pas immédiatement, j'appelle la sécurité ! dit-elle en s'acharnant sur la poignée de la porte.

Comme Preston ignorait ses appels, elle composa le numéro du service entretien. Dix minutes plus tard, elle entrait dans son bureau.

Les plantes posées d'ordinaire sur le rebord de la fenêtre, étaient éparpillées sur le sol et sur le bureau. Preston les avait déplacées pour pouvoir fermer les stores, qui étaient tous baissés.

— Bon sang, Dasha, éteins la lumière ! s'écria Preston quand elle actionna l'interrupteur.

Il fit pivoter le fauteuil de bureau jusqu'à lui tourner le dos.

— Qu'est-ce que tu fabriques, Preston ? Tu as fouillé dans mes affaires ? demanda-t-elle, outrée.

— Non, je n'ai pas bougé de ce fauteuil. Mais je t'en prie, éteins !

Décidément, Preston Monroe passait sa vie à mettre la pagaille.

Ignorant sa requête, elle se mit à déplacer les pots de plantes pour les regrouper.

— La lumière ! cria-t-il.

— C'est mon bureau, pas le tien. Et ton père est là.

— Tu as appelé mon père ? dit-il en se retournant.

A présent qu'il lui faisait face, elle pouvait constater qu'il n'avait pas menti en disant qu'il ne se sentait pas bien.

Elle se dirigea vers la porte, éteignit la lumière et, pour faire bonne mesure au cas où Davis P. surgirait, referma la porte à clé.

— Non, il est venu voir Jason. Qu'est- il arrivé à ton œil ?

— Rien.

— C'est pour te donner un genre ?

— C'est idiopathique. En tout cas, j'ignore pourquoi mes yeux se mettent dans un tel état.

L'ironie avait payé. Dans la voix de Preston, la colère avait laissé place à une grande lassitude.

Comment pouvait-elle l'aider ? En se renseignant, en cherchant un diagnostic, en l'aidant à trouver un traitement, comme elle savait le faire avec la plupart de ses patients ?

— Depuis combien de temps as-tu ces symptômes ?

— Depuis... quelques semaines.

Si tel était le cas, cela signifiait que les symptômes étaient susceptibles de disparaître d'eux-mêmes. Ça arrivait. Elle avait déjà entendu parler de cas de dystonies inexpliquées et ponctuelles.

— Pourquoi est-ce enflé ?

— Injection d'acide botulique.

— Tu te l'es administrée toi-même ? demanda-t-elle, bien qu'elle connaisse déjà la réponse.

Dans l'obscurité, elle contourna la table sur laquelle elle avait regroupé les plantes.

La disposition des meubles était gravée dans sa mémoire depuis le temps qu'elle secondait Bill. Elle pouvait se déplacer instinctivement entre les meubles, même en lisant un compte rendu ou une note de service.

— C'est douloureux ? demanda-t-elle en s'asseyant sur le bord du bureau en toute décontraction, du fait que Preston ne pouvait pas la voir.

— Pas vraiment, mais je suis mieux dans le noir. Je remarque moins les tressaillements de ma paupière. En fait, c'est plus douloureux psychologiquement que physiquement, à part la sensibilité plus grande à la lumière... A moins que je ne me fasse des idées. Je suis peut-être en train de perdre la tête.

N'importe qui aurait été affolé de se trouver dans cet état. Pourtant, Preston semblait vouloir gérer le problème seul. N'avait-il personne à qui s'adresser ?

— Preston, dit-elle en se penchant vers lui, c'est ce qu'il t'est arrivé à Davidson West ?

— Plus ou moins, murmura-t-il d'une voix lasse. Ce jour-là, mes yeux se sont carrément fermés. Je ne pouvais plus les rouvrir.

— Si c'est neurologique, peut-être que ton père...

— Non, Dasha ! Je ne veux pas qu'il s'en mêle. Ne lui dis rien. Pour le moment, j'ai juste besoin de rester assis là en attendant que ça passe. Va te chercher à manger, laisse-moi.

— Je préférerais rester. Je sais que tu n'as aucune raison de me faire confiance, mais il vaut mieux que tu ne sois pas seul.

— Dans ce cas, peux-tu rester tranquille et te taire ? murmura-t-il dans un filet de voix.

Jamais elle ne l'avait vu aussi vulnérable. A part peut-être lorsqu'elle l'avait quitté.

— Bien sûr que je peux me taire, dit-elle en se levant.

Elle tira une chaise près de lui et s'assit, scrutant l'obscurité.

Une fois les stores baissés, la pièce était vraiment sombre.

Un bon moyen de dissimuler sa culpabilité. La nouvelle version améliorée de Dasha avait beau être plus élégante, posséder une petite maison confortable et chaleureuse, elle avait encore du mal à cacher ses émotions.

Dans le noir, elle ressentait plus vivement son envie de s'approcher de Preston, de le toucher. Mais elle ne se faisait aucune illusion sur la réaction qu'il aurait si elle passait à l'acte. Mieux valait penser à autre chose... Que lui restait-il du cours sur les blépharospasmes ?

Ils étaient d'origine neurologique, parfois idiopathique. On en venait à bout par un traitement médicamenteux, lequel déjà ? Les injections de toxine botulique étaient efficaces, mais le traitement était long, non ?

Elle avait oublié.

— Dasha, reste tranquille, dit Preston.

— Désolée, dit-elle en faisant cesser le mouvement compulsif de sa jambe.

Elle était désolée, ô combien ! Preston accepterait-il des excuses pour tout ce qu'elle lui avait fait subir ?

Ses lèvres se mirent à trembler.

— Tu pleures ?

— Non, mentit-elle.

— J'ai cru.

— Non, non.

Il fallait qu'elle cesse d'être égoïste. C'est Preston qui était en difficulté, pas elle. Il avait besoin de quelqu'un qui l'aide, et non pas qui pleure sur ses propres malheurs. Ses tics de paupières risquaient de faire voler en éclats sa carrière, au moment même où il obtenait le poste qu'il convoitait depuis...

— Arrête, Dasha, bougonna-t-il sans colère.

Elle tendit le bras et posa sa main sur la sienne.

Il avait de grandes mains, fortes et chaudes, avec de longs doigts. Des mains de musicien.

Et un caractère de cochon.

Il retourna sa main et laissa ses doigts se mêler aux siens. Comme c'était bon !

— N'en parle à personne, murmura-t-il.

Elle fit un effort pour respirer calmement.

— Preston...

— S'il te plaît. Tu me dois bien ça.

C'était la première fois qu'elle l'entendait dire « s'il te plaît ». Et oui, elle le lui devait bien. Mais elle devait surtout l'aider à résoudre son problème.

— Je veux bien garder le secret, mais il faut trouver un traitement.

— J'y réfléchis.

— Tu as fait une injection à chaque œil ?

— Non, seulement à l'œil gauche.

— Je ferai l'injection à l'œil droit s'il continue à tressaillir. Ce sera plus prudent.

— D'accord. Mais on a dit qu'on se taisait, pour le moment.

— Je me tais.

Elle s'efforça de ne plus penser au traitement de Preston et de rester là simplement près de lui pour le soutenir.

Pourquoi tenait-il tant à garder secret son problème ? S'il en avait besoin, l'hôpital lui accorderait sans doute un temps pour son traitement et sa convalescence...

Elle y penserait plus tard. Pour l'heure, elle était censée rester tranquille. Mais comment faire taire cette voix intérieure qui occupait tout l'espace ? Elle avait l'impression que sa culpabilité s'adressait à elle avec un mégaphone.

Le fait que Preston ait quitté le bloc dès le début de l'opération signifiait que, pour lui, la sécurité du patient passait avant tout. Mais qu'adviendrait-il si cela se reproduisait ? S'il ne pouvait plus opérer du tout ?

Elle prit une profonde inspiration.

C'était inutile et vain de penser à ce qui arriverait si...

— Il n'y a vraiment pas moyen que tu restes tranquille, dit-il sur un ton presque amusé.

— Je n'ai rien dit.

— Non, mais tu as soupiré trois fois en deux minutes.

— Je suis désolée.

— Tu ne veux pas aller faire un tour ?

— Je n'ai pas envie de te laisser dans cet état.

Dans quel état l'avait-elle laissé cinq ans auparavant ? Pourvu qu'il ne relève pas. Mieux valait orienter la discussion différemment.

— Et si ça empire ? Si tu te mettais à perdre tes cheveux ?

— Tu crois que je vais finir chauve ? Dans ce cas, je n'aurai plus besoin de calot.

Au ton de sa voix, il souriait. Sa main s'était détendue dans la sienne.

Comme c'était bon de badiner !

Mais une autre tension emplit soudain la pièce, comme une décharge électrique faisant vibrer l'air après un éclair dans le ciel, ou l'odeur d'ozone perceptible dans les premiers instants d'un orage d'été. Une sensation étrange, à la fois vive, éclatante et fraîche. Preston devait la percevoir, lui aussi, car elle entendit son souffle s'accélérer.

Vite, il fallait dire quelque chose.

— Je ne suis pas très douée pour réconforter les gens, dit-elle en relâchant doucement les doigts.

— Tout est relatif.

— Il y a des gens à qui ça ne semble pas coûter d'efforts. Marjorie, par exemple. Je ne sais pas comment elle fait. Moi, le malheur me rend triste.

— Ce n'est pas parce que tu éprouves des émotions que tu ne sais pas réconforter les gens pour autant, dit Preston sans lâcher sa main. Il ne faut pas confondre la pitié et l'empathie. Sans quoi, je t'aurais déjà jetée dehors.

— Je te remercie. Je n'avais pas envie de partir.

Preston ne dit rien.

Peut-être parce qu'il ne savait pas quoi dire non plus ? Ils ne se ressemblaient pas, ni dans leur personnalité, ni dans leur histoire personnelle. Mais leurs mains enlacées ne se lâchaient plus. Le contact de sa paume chaude, de ses doigts longs et fins l'émouvait au point qu'elle devait se retenir de pleurer. Elle devrait sans doute aussi cesser de le caresser du pouce, mais elle n'en avait pas envie.

Toucher Preston et penser à leur passé, au manque qu'elle avait éprouvé à ne plus le voir pendant toutes ces années, ce n'était pas le meilleur moyen pour rester détachée et professionnelle. Il fallait qu'elle s'occupe autrement.

Elle se leva pour se rasseoir face à lui, sans lui lâcher la main.

— Qu'est-ce que tu fais ?

— Je vais te masser la main. Ça détend.

— Je n'ai pas besoin d'un massage.

— Si tu veux que je me taise, laisse-moi faire.

Elle se concentra, imaginant que Preston était un patient comme un autre. Elle se mit à lui masser une main, pétrissant ses doigts, sa paume.

Il la laissa faire pendant quelques minutes, mais lorsqu'elle prit son autre main, il l'attira à lui.

— Dasha, franchement, si tu tiens vraiment à me réconforter…

— Preston…

Elle ne put prononcer que son prénom avant qu'il la fasse glisser sur ses genoux, attire son visage près du sien et colle sa bouche sur la sienne.

En un instant, elle eut l'impression que sa tête se vidait. La frustration, l'incertitude, la peur, la culpabilité, toutes les émotions perfides qui avait imprégné la moindre de ses pensées pendant les dernières années s'évanouirent. Elle entrouvrit les lèvres et s'abandonna à ce baiser bouleversant. La chaleur envahit son corps, et elle se demanda si c'était son cœur ou celui de Preston qui cognait si fort contre sa poitrine.

Elle pourrait rester là des heures, dans ses bras puissants, sans penser, sans douter de rien. Elle avait envie de cet homme, envie de découvrir ce qui avait changé en lui au cours des cinq dernières années. Elle voulait que leurs corps se retrouvent, que leurs peaux se touchent. Elle voulait l'entendre dire à quel point il la désirait aussi, sentir son souffle, partager son plaisir.

— Docteur Hardin ? demanda une voix d'homme tandis que l'on frappait à la porte.

Davis P. Monroe.

Preston se redressa si brusquement qu'elle manqua tomber.

— Il est tenace, lui murmura-t-il à l'oreille.

— Je l'avais oublié, avoua-t-elle à voix basse.

La situation était surréaliste. Les parents étaient censés interrompre les ébats de leurs enfants avant leur majorité, pas après. Comment justifier leur présence ensemble dans un bureau sans lumière ?

Elle regarda la pièce plongée dans l'obscurité par-dessus l'épaule de Preston.

— Qu'est-ce qu'on fait ? demanda-t-elle en retirant doucement le bras de son cou.

— On ne bouge pas et on prie pour qu'il s'en aille, chuchota Preston.

Sa tactique favorite lorsqu'il s'agissait de son père. En général, il ne répondait pas, et Davis P. finissait par laisser tomber. Sauf que, aujourd'hui, c'était Dasha qu'il cherchait, pas lui.

— Qu'est-ce qu'il veut ?

— J'étais censée lui envoyer le chirurgien orthopédique pour qu'il lui parle de la main de Jason. Mince, mince, mince !

Etait-ce sa façon de jurer ? Il avait connu Dasha moins polie. Mais qu'est-ce qu'il lui avait pris de l'embrasser ?

Il la distingua dans le noir et prit conscience que ses yeux ne clignaient plus.

— Recoiffe-toi un peu, si tu sors lui répondre, dit-il. Tu es... très sexy.

Il la sentit rougir en dépit de l'obscurité.

Elle ôta l'élastique qui retenait ses cheveux et se frotta la bouche du dos de la main.

— Je n'ai pas la gale, dit-il, offensé.

— Je sais, mais je dois avoir une bouche à baisers.

— Une bouche à baisers ?

— Oui. Rouge, gonflée...

On frappa de nouveau à la porte.

Elle secoua la tête, se leva.

— Une minute ! dit-elle d'une voix forte.

— Ne le fais pas entrer !

— Je ne suis pas idiote. Je ne lui dirai pas non plus que tu es là, ne t'inquiète pas, répondit-elle en attrapant son sac. Ne prends pas le volant avant d'être totalement remis. Et referme la porte à clé derrière toi.

Puis elle sortit du bureau sans le saluer, et la porte se referma.

Mieux valait attendre cinq minutes avant de sortir du bureau. Puis il pourrait rentrer chez lui. Enfin.

Et boire une bière. Pour effacer de ses lèvres le goût de Dasha Hardin.

4

Le lundi matin, le jour se leva lumineux et clair, bien différent des matins maussades de la semaine précédente. Lorsque Dasha arriva à St-Vincent, Preston l'attendait sur le parking qu'elle occupait tant qu'elle remplaçait Bill.

— Bonjour, marmonna-t-elle en verrouillant ses portières.

Preston tapota le sac à dos qu'il portait à l'épaule.

— J'ai tout ce qu'il faut.

— Bien. Dans mon bureau ?

Ils ne s'étaient pas parlé depuis la scène de samedi. Elle avait passé le dimanche avec Marjorie et Bill, priant pour qu'on ne la convoque pas en urgence pour opérer une fois de plus un médecin blessé.

On l'avait appelée pour une petite intervention, pour laquelle elle n'avait pas cru bon de convoquer Preston. Elle avait trop de choses en tête pour se laisser parasiter par le sexe en général et par leur relation en particulier. D'autant qu'elle avait totalement écarté de son existence l'un et l'autre sujets, qui avaient perdu tout intérêt à ses yeux.

A moins qu'elle n'ait cherché inconsciemment à se punir...

Maintenant que Preston était réapparu dans sa vie, avoir envie de lui dès qu'il entrait dans son champ de vision était le meilleur moyen de continuer à se torturer.

Il n'y avait plus beaucoup de place dans son planning, encore moins pour des émotions contradictoires et bouleversantes. Deux des personnes importantes de sa vie étaient souffrantes.

Elle avait pris la responsabilité de gérer un service entier toute seule, et elle s'était engagée à aider Preston en secret. Si elle échouait dans l'un ou l'autre de ces domaines, elle pouvait dire adieu à son poste à St-Vincent. Le conseil d'administration avait déclaré sans ambages qu'il ne voulait pas de Preston Monroe. Elle avait dû insister lourdement, avec l'aide de Bill. Selon l'accord conclu, au cas où Preston se montrerait caractériel comme à son habitude, elle serait jugée responsable et devrait répondre de ses agissements.

— Tu n'es pas aussi courtoise que d'habitude, dit Preston, sans ironie pour une fois.

— Hmm...

Elle n'aurait pas dû faire l'impasse sur le fond de teint et le blush. Elle n'avait que du mascara et du rouge à lèvres dans son sac à main quand elle avait décidé de passer la nuit chez les Saunders. Elle y serait volontiers restée la journée si elle l'avait pu.

— Je ne suis pas de très bonne humeur non plus, alors...

— Je vois.

Ils longèrent, un peu éloignés l'un de l'autre, le magnifique passage en granit bleu qui rejoignait le hall d'entrée principal. Puis ils gravirent en silence les marches jusqu'au bureau de Dasha.

Elle prit une planche anatomique des muscles entourant l'œil, la scruta pour la centième fois en deux jours et alla se laver les mains.

Preston ferma la porte à clé et sortit une pochette isotherme de son sac à dos. Il s'assit sur le coin du bureau pour préparer l'injection puis considéra à son tour la planche anatomique.

— Es-tu sûre d'avoir envie de le faire ?

— Ce n'est pas si compliqué.

Mais Preston la regarda d'un air renfrogné.

S'il n'avait pas confiance en elle, pourquoi avait-il accepté qu'elle le pique ? Et quel enjeu y avait-il à ne parler de son problème à personne ?

— Si je comprends bien, personne autour de toi ne doit savoir que tu es humain, c'est cela ?

— Ne commence pas, Dasha.

— Ton œil gauche s'est calmé ?

Elle se posta entre ses jambes et scruta sa paupière en évitant de croiser son regard bleu acier.

Son parfum chaud et musqué la troublait. Heureusement, elle savait que sa réaction n'avait rien à voir avec une quelconque attraction personnelle. C'était un problème purement scientifique. Or, la science était aveugle : elle ignorait tout de leur passé commun et ne prenait pas en compte les sentiments. C'était simplement son cerveau reptilien qui reconnaissait en Preston Monroe des types immunitaires différents des siens, susceptibles de les compléter et de donner à leur descendance potentielle un profil immunitaire plus solide.

Non qu'elle envisage de créer une descendance avec cet homme, évidemment ! Stupide cerveau reptilien.

— Dasha ?

Elle cligna des yeux, s'efforçant de revenir à la réalité présente.

— Si tu ne te concentres pas, il est hors de question que tu approches cette aiguille de mon œil.

— Je suis concentrée, bougonna-t-elle.

— Je disais que l'œil gauche allait mieux, à part quand il s'est mis à palpiter pendant l'opération de Frist.

— Et le droit ? demanda-t-elle en s'approchant de son visage.

Elle eut l'impression que la température de la pièce avait augmenté de dix degrés.

— On dirait qu'il tremble un peu, au coin.

— La paupière est tendue mais ne cligne pas, dit-il en posant les mains à plat sur ses cuisses.

— Je pique la paupière supérieure, alors ?

Il prit une grande inspiration.

Elle aussi avait toutes les peines du monde à se détendre. Elle s'efforça d'ignorer les parties de son corps qui commençaient à fourmiller, rappelant à son bon souvenir à quel point le corps de Preston était ferme, chaud et sexy, et ses baisers addictifs.

Aussi délicatement que possible, elle tâta la peau autour de l'œil jusqu'à être sûre de l'endroit où elle allait piquer. Puis elle désinfecta la zone et prit l'aiguille en retenant sa respiration.

Toutes les pensées impudiques qui lui avaient traversé l'esprit quelques secondes auparavant s'envolèrent, chassées par la crainte d'échouer.

Mais qu'est-ce qui lui avait pris d'accepter de lui administrer cette injection ? Pourquoi s'infligeait-elle cela, sous prétexte que c'était plus sûr pour lui que de se piquer lui-même ? Comment s'était-elle convaincue d'une idiotie pareille ? Elle avait déjà gâché sa vie une fois et aucune intention de recommencer.

— Ne bouge surtout pas, murmura-t-elle.

— Mmm, répondit-il, les yeux fermés.

Elle recula et s'éclaircit la gorge.

— As-tu confiance en moi ? Il ne faut pas que tu ouvres instinctivement l'œil ou que tu tournes la tête au moment où je vais te piquer.

Preston ouvrit les yeux.

— Veux-tu que je m'asseye dans le fauteuil de bureau ? Je pourrai appuyer ma tête sur le dossier.

— Ce serait pire ! Il pivote !

Elle avait le souffle court, ses mains tremblaient. Tout son corps lui disait de partir en courant.

L'adrénaline était une alliée, en principe. Jusqu'au moment où elle indiquait un danger là où il n'y en avait pas vraiment. Or, la sienne se manifestait comme si un grizzly était entré dans son bureau et menaçait de la déchiqueter.

— Je vais le faire moi-même, dit Preston, comme s'il lisait dans ses pensées.

— Non. Mais on peut peut-être demander à quelqu'un d'autre.

— Non, dit-il sur un ton catégorique.

— Je suis sûre que ton père...

— Bon sang, Dasha ! s'écria-t-il, excédé.

— Je sais que tu le détestes, qu'il est insupportable, arrogant, qu'il veut toujours tout contrôler, mais je suis sûre qu'il se montrerait plus sympathique si...

— Si quoi ? Si je m'y prenais autrement ? Si j'étais différent ?

— Laisse-moi parler, Preston. Je n'ai pas dit que c'est de ta faute si ton père se comporte de cette manière. Je dis simplement qu'il doit t'aimer beaucoup pour avoir envie de gérer ta vie et de... De te taper à ce point sur les nerfs.

— Tu ne sais pas de quoi tu parles, dit Preston en étirant ses épaules crispées.

— Je sais ce que c'est d'avoir un père qui disparaît parce qu'il n'a rien à faire de toi. Le tien, au moins, n'a pas disparu. Il est là, bien présent.

— Il est présent parce qu'il a honte de moi et qu'il aimerait que je sois différent. De toute façon, le débat est clos, je n'ai aucune intention de lui parler de mes yeux.

— J'ai déjà fichu ta vie en l'air, Preston. La pression est trop grande…

Elle s'interrompit et compta jusqu'à trois.

Elle qui avait l'habitude de plonger ses mains jusqu'au coude dans les entrailles de ses patients allait-elle se laisser impressionner par une ridicule petite injection ? C'était elle qui s'imposait cette pression toute seule. Il fallait qu'elle se détende.

Elle prit une profonde inspiration.

— Le mieux est de t'allonger par terre, suggéra-t-elle.

Une fois étendu, Preston se frotta les yeux tel un petit garçon qui vient de se réveiller.

S'efforçant de ne pas se laisser attendrir, elle déplaça le matériel et s'agenouilla. Elle prit une profonde inspiration et passa une jambe par-dessus son corps pour s'asseoir à califourchon.

— Dasha…

— Tais-toi, je me concentre, dit-elle en palpant de nouveau la zone à piquer.

Elle changea de gants, les désinfecta, ainsi que l'endroit à piquer. Retenant son souffle, elle piqua rapidement la paupière, sans se laisser le temps de réfléchir ni de revenir sur sa décision. Puis elle replaça le capuchon sur l'aiguille et appliqua une compresse de gaze.

— Ça va ?

— Ça va…

Il avait écarté les bras comme les enfants qui veulent laisser l'empreinte d'un ange dans la neige ou le sable.

— Reste allongé un moment, suggéra-t-elle en se relevant.

Il était temps de mettre un peu d'ordre dans le bureau. Ça l'empêcherait de penser et d'être trop à l'écoute de ses émotions envahissantes. Elle s'était douté que la présence de Preston à St-Vincent serait délicate à gérer, mais elle n'imaginait pas à quel point.

Mais il ne fallait pas perdre de vue que Preston était comme Davis P. : il faisait lui aussi partie de l'aristocratie du Sud, tandis qu'elle-même était l'aboutissement de dizaines de générations de pauvres blancs qui essayaient de sortir de leur condition. C'était une évidence, elle ne pourrait jamais rien construire avec lui, et il n'y avait pas davantage de chance qu'il reste avec elle que son père ne soit resté avec sa mère. Ils avaient franchi un pas qu'ils n'auraient jamais dû franchir.

Mais elle pouvait arrêter le processus. L'alchimie pouvait être dominée. Elle allait faire du sport, se changer les idées, de façon à faire oublier à son corps ce qu'il réclamait quelques instants plus tôt.

— Dasha ?

Elle s'immobilisa.

— Merci.

— Je t'en prie, répondit-elle en se retournant.

Elle prit une serviette et s'essuya les mains.

Elle pouvait à la rigueur travailler avec Preston, mais en aucun cas il ne pouvait être son patient. Pas davantage que celui de son père.

Pourtant, il lui fallait de toute urgence un médecin.

L'œil droit toujours fermé, Preston demeura allongé sur le sol, à regarder le plafond.

— Je sais que ça ne va pas te plaire, dit Dasha, mais il faut que tu me dises pourquoi tu ne veux parler de tes tics à personne. Il faut que tu trouves quelqu'un pour te soigner. Je veux bien t'aider, mais je ne suis pas spécialiste. Si tu ne veux pas que ça se sache ici, trouve quelqu'un dans une autre ville. Peut-être vaudrait-il mieux te faire opérer, au lieu de t'administrer des injections d'acide botulique.

Il se leva et alla s'asseoir sur le canapé.

— Je sais, j'ai lu tout ce qui existait sur le sujet. Tu as raison, il faut que je trouve un médecin ailleurs. Tu connais quelqu'un ?

— Pas personnellement, mais je peux faire ma petite enquête discrètement en disant que c'est pour un patient.

Elle s'approcha et se pencha sur son œil.

— Ça enfle un peu.

Les gens allaient poser des questions, à commencer par Davis P., qui serait certainement bientôt à l'hôpital — s'il n'était pas déjà arrivé.

— As-tu besoin de moi aujourd'hui ? Je ne peux décemment pas travailler avec des lunettes de soleil.

Dasha secoua la tête.

— D'autant que ton père va certainement venir voir Jason.

Il opina et jeta son sac à dos sur une épaule.

— Appelle-moi quand même si les choses se compliquent, dit-il en se dirigeant vers la porte.

Il fallait qu'il rentre chez lui. Plus les minutes s'égrenaient, plus Dasha l'attendrissait. Ça lui donnait un faux sentiment de sécurité. Il avait envie de la croire lorsqu'elle affirmait qu'elle lui avait gâché la vie. Attention, danger. Elle semblait sincère, mais il ne devait pas se laisser emporter. Il ne s'était pas encore tout à fait remis de l'erreur qu'il avait commise la dernière fois.

Ce qu'elle avait dit au sujet de son père le troublait. Il ne savait pas qu'elle avait grandi sans père. Comment était-ce possible ? Pour lui, elle avait toujours eu deux parents, peut-être divorcés mais toujours présents... En fait, il ne savait rien de sa famille. Ils n'en avaient jamais parlé, et il n'avait pas eu la curiosité de lui poser la question.

Peut-être pourrait-il se renseigner auprès de Frist ? En général, Davis P. programmait ses interventions chirurgicales le matin. Avec un peu de chance, il ne le croiserait pas à St-Vincent. Et, après tout, Dasha lui avait conseillé de se faire des amis au sein du personnel de l'hôpital.

Preston frappa doucement.

La porte de la chambre de Frist était entrouverte. Davis P.

était assis près du lit et lisait sur sa tablette, les lunettes sur le bout du nez. Il leva la tête en entendant frapper.

— Pourquoi n'es-tu pas descendu avec le Dr Hardin après l'opération ?

Preston retint un soupir.

Les salutations n'étaient pas le fort de Davis P.

— J'étais occupé.

Ce n'était pas un mensonge, il était occupé à affronter une tempête.

— Comment va-t-il ? demanda-t-il en désignant Jason d'un signe de tête.

— Le pronostic du chirurgien orthopédiste est plutôt positif. Avec une bonne rééducation, il devrait retrouver sa motricité et sa dextérité.

Il ne parlait que de ses mains, bien entendu. Jason avait subi un grave traumatisme abdominal, mais Davis P. se focalisait sur ce qui pouvait affecter sa carrière de chirurgien et sa succession à la tête de son service.

Il fallut à Preston quelques secondes pour digérer toutes les réactions puériles et négatives que son père suscitait en lui.

— Tant mieux. Alors, qu'est-ce que tu fais là ? Tu as annulé tes interventions au bloc ?

— Différé. Il faut que j'explique la situation à Jason une fois qu'il sera sorti du stade de réveil.

Davis P. avait laissé ses patients en plan pour venir ici ?

— Dis-moi ce qu'il doit savoir. Je le lui expliquerai. Je ne travaille pas ce matin.

Davis P. lui adressa un regard dubitatif.

— Je peux m'en occuper. D'autant que c'est mon patient, insista Preston.

Manifestement à contrecœur, Davis P. lui répéta ce qu'avait dit le chirurgien orthopédiste.

Dasha se trompait lorsqu'elle affirmait que son père s'occupait de lui. En fait, tous ses actes, toutes ses pensées n'avaient jamais pour objectif le bien-être des autres — ni le sien ni même celui de Jason — mais uniquement ses intérêts propres, en fonction de ce qui l'arrangeait.

Preston rechignait à traiter le cas de Jason comme un cas d'étude, mais il n'était pas mécontent de découvrir la façon dont Davis P. se comportait vis-à-vis d'un fils — fût-il adoptif — lorsque des problèmes de santé risquait de mettre en péril sa carrière.

Rien de très reluisant.

En voyant Preston l'attendre sur sa place de parking pour le deuxième jour d'affilée, Dasha eut l'impression de jouer dans *Un jour sans fin*, où la même journée se déroulait à l'infini, jour après jour.

— Tu es bien matinal, dit-elle.

— Tu ne m'avais pas dit à quelle heure il fallait que je vienne. On va au bloc, ce matin ?

— Non, je rends visite à mes patients. Il y a un autre chirurgien de garde aux urgences afin que je puisse consacrer les mardis et jeudis matins aux visites. A part certains jours comme jeudi dernier, lorsque de grosses urgences viennent chambouler le planning.

— En conséquence, tu n'as pas besoin de moi ? demanda Preston.

— Ton poste colle au mien, tu es donc censé faire toi aussi des heures de permanence.

Elle n'avait même pas encore bu son café. Depuis leur baiser — auquel Preston ne semblait pas vouloir faire allusion — elle avait les idées embrouillées. Dès qu'il était près d'elle, emplissant l'espace de sa musculature puissante et de son magnifique regard, sa présence la perturbait.

— D'accord. Je ne savais pas. Je suis censé te suivre partout et...

— Peut-on parler de cela plus tard ? le coupa-t-elle en ouvrant la porte de son bureau.

Elle jeta son sac dans le fauteuil et fouilla dedans en quête de monnaie pour la machine à café. La vraie urgence.

— Où voyons-nous les patients ? Ici ?

— Non. Ici, c'est le bureau du Dr Saunders. Il y a des salles de consultation en bas pour les permanences.

— A quel endroit ? insista Preston.

— Je te montrerai quand…

— Dis-moi où c'est, je trouverai. Apparemment, tu n'as pas très envie de me voir, bien que je n'aie rien fait ce matin qui puisse t'agacer. Tu ne sembles même plus t'intéresser à l'état de mon œil.

— Si, je me sens concernée.

— En quoi ?

— Parce que j'ai une dette envers toi, dit-elle.

— Mais… Dasha, puis-je te poser une question ? Pourquoi veux-tu t'en acquitter maintenant ? Pourquoi pas il y a deux ans ou l'année prochaine ? Qu'est-ce qui t'a décidé ?

— Peut-on en parler plus tard ? demanda-t-elle.

Elle serait grincheuse tant qu'elle n'aurait pas bu son café.

— Pourquoi pas maintenant ?

— Parce que ce n'est pas *le moment*. J'ai des patients à voir, et je n'ai pas envie d'y aller avec les yeux rouges et un mouchoir à la main.

Preston la dévisagea un instant puis hocha la tête.

— Très bien, nous parlerons plus tard. Dis-moi où sont les salles de consultation, on se rejoint là-bas.

5

Preston n'eut pas une matinée très chargée.

Il n'aimait pas l'idée d'être en période d'essai, mais il était déterminé à traverser cette épreuve au mieux. Il ferait ce qu'on lui demandait, ce qui consistait davantage à entretenir de bons rapports avec ses collègues qu'à faire ses preuves techniquement parlant.

Il assista Dasha, se félicita avec elle qu'Angie ait déjà perdu du poids en cinq jours, et d'une manière générale il s'efforça de bien se comporter.

Mais il n'oubliait pas qu'il devait parler avec Dasha.

Après les visites, il la rejoignit dans son bureau, referma la porte et attendit en silence.

Dasha prit aussitôt la parole, lui épargnant d'avoir à lui rappeler pourquoi il se trouvait là.

N'avait-elle pas sous-entendu que cette conversation risquait de lui faire verser des larmes ?

— Je me sens redevable envers toi, dit-elle. Je me suis mal comportée, et je le regrette de tout mon cœur. Je n'attends pas de toi que tu me pardonnes ni que tu éprouves de la sympathie pour moi. Je sais que cela t'importe peu, mais sache que je n'attends rien de toi. J'ai simplement besoin de régler cette dette qui pollue chacune des journées. Je ne veux plus vivre avec ce poids sur les épaules.

— Ne pense pas que je n'entends pas ou que je n'apprécie pas ce que tu me dis. Je suis persuadé que tu es sincère, répondit-il, s'efforçant de faire preuve de tact. J'ai simplement besoin de comprendre ce qui t'a incitée à agir précisément maintenant.

— J'ai promis à Marjorie de régler cette histoire.

— Marjorie... La femme du Dr Saunders ?

— Oui. C'est une personne qui compte beaucoup pour moi.

Dasha n'avait pas encore éclaté en sanglots. Bien. Mais de toute évidence, elle n'avait pas envie de s'étendre sur sa relation avec Marjorie. Elle voulait simplement régler sa dette envers lui et tourner la page.

— En quoi mon cas l'intéresse-t-il ? Je ne la connais pas.

— Ce n'est pas ton cas qui l'intéresse, c'est le mien. Elle connaît notre histoire. Elle sait qu'il est terrible de vivre avec des remords...

Dasha se détourna, attrapa sa bouteille sur le bureau et but quelques gorgées avant de continuer.

— Quand Marjorie était plus jeune, alors qu'elle rentrait pour le week-end chez ses parents, elle est tombée sur une de ses amies du lycée qui lui a dit qu'elle était malade. Marjorie était pressée, elle avait d'autres choses en tête. Elle n'a pas posé plus de questions. Elle l'a serrée dans ses bras en lui disant que tout allait s'arranger, et elle a filé.

— Et cette fille est morte, devina-t-il.

Dasha hocha la tête, au bord des larmes.

— Oui. Cette amie avait eu besoin d'elle, et elle s'était dérobée.

Il avait voulu des explications — il les avait exigées, même. Mais il ne s'attendait pas à cette avalanche émotionnelle de la part de Dasha. Plus celle-ci cherchait à refouler ses larmes, plus il avait envie de la prendre dans ses bras pour la réconforter.

— As-tu trouvé des médecins ? demanda-t-il pour revenir à un sujet plus concret.

Elle prit une profonde inspiration, sortit son téléphone et tapota sur l'écran.

— Je ne savais pas où tu voulais aller. Il y a celui-là à Memphis, sinon j'en ai trouvé un à Knoxville, un à Louisville et deux à Atlanta.

— Tu connais bien les personnes qui t'ont donné ces adresses ?

— J'ai demandé à des gens en qui j'ai toute confiance.

— Envoie-moi la liste par e-mail, je vais prendre rendez-vous.

Elle opina et se remit à scruter l'écran, concentrée sur sa recherche. Ses épaules s'étaient détendues et sa respiration apaisée.

Il devrait revenir sur leur discussion initiale, mais il ne savait pas quoi dire. Dasha souffrait, ça se voyait sur son visage. Mais était-ce à cause de lui ou de la maladie de Marjorie ?

— Voilà, je te l'ai envoyée.

Il se dirigea vers la porte.

— Merci, Dasha. A demain.

Il s'arrêta, la main sur la poignée.

— Ne prends pas la route tant que tu n'as pas recouvré ta sérénité.

— D'accord.

Il referma et imagina Dasha restée seule dans le bureau, fixant des yeux la porte close. Il se retint de rebrousser chemin.

En attendant l'arrivée de Dasha, Preston s'accouda à la rambarde, son café à la main, pour observer les allées et venues matinales du personnel de l'hôpital dans le hall en granit.

Il aurait préféré boire un whisky qu'un café.

Même si l'état de vulnérabilité dans lequel il avait vu Dasha l'avait convaincu qu'elle ne ferait rien qui lui porte préjudice, il ne savait pas comment gérer la situation avec elle. L'idée de travailler tranquillement à ses côtés et de la croiser dans les couloirs sans ciller commençait à ressembler à une utopie. Il avait l'impression d'être obsédé par elle. Depuis qu'il était arrivé à St-Vincent, pas une heure ne s'était écoulée sans qu'il n'ait son image à l'esprit. Il devait se rendre à l'évidence : cette femme l'attirait. Il n'était toujours pas immunisé.

Comment mettre fin à cette dépendance ?

Il entendit un bruit de clés derrière lui et se retourna.

— Bonjour.

— Bonjour, répondit Dasha.

Elle avait l'air fatigué. Tant mieux, il fantasmerait moins sur elle. Sauf s'il l'imaginait dans son lit...

— La nuit a été bonne ?

— J'ai dormi chez les Saunders, et je n'avais pas mes affaires.

Elle ouvrit la porte, et il la suivit dans le bureau.

Que voulait-il lui dire ? Ah oui…

— Atlanta. Il faut que je te parle d'Atlanta. Penses-tu que je peux prendre mon vendredi pour m'y rendre ?

— Tu as obtenu un rendez-vous chez les deux médecins ?

Il hocha la tête.

— Un le matin, un l'après-midi. Je partirai en voiture jeudi soir.

— Pourquoi ne prends-tu pas l'avion, au lieu de passer quatre heures sur la route ?

— Je n'ai pas envie d'avoir une crise à l'aéroport et qu'on me trimballe en chaise roulante comme un invalide. Je ne suis pas infirme.

— Je n'ai pas dit que tu étais infirme. Je t'ai juste suggéré de prendre l'avion. D'ailleurs, que se passera-t-il si tu as une « crise », comme tu dis, au volant de ta voiture ?

— Je m'arrêterai et j'attendrai que ça passe.

Elle le regarda en grimaçant.

A part Dasha, personne n'était susceptible de l'accompagner, mais il était hors de question de faire un trajet de quatre heures avec elle.

— Tu fais comme tu veux, après tout, dit-elle en prenant sa tablette. Tu m'excuseras, mais j'ai des visites.

Il se leva.

— Tu as besoin de moi ?

— Continue simplement à être sympathique avec les patients. En revanche, évite de flirter de façon aussi éhontée avec les infirmières, dit-elle en levant le menton.

De toute évidence, elle lui en voulait.

— Je ne flirte pas, protesta-t-il. Tu m'as demandé d'être agréable : je fais mon possible.

— Parfait, se contenta-t-elle de répondre. Mais l'énergie avec laquelle elle frotta le plateau déjà immaculé du bureau trahissait son agacement.

Elle était jalouse ! Peut-être avait-il souri avec trop d'insistance à une infirmière ? Avec la réputation qu'il avait, s'il ne disait pas les choses avec le sourire, ses interlocuteurs le prenaient mal. C'était un sourire prophylactique.

— J'évite de flirter sur mon lieu de travail.

— Je t'ai vu faire avec Melody, dit Dasha en secouant la tête. Il ne faudrait pas qu'on te reproche ton manque de professionnalisme.

Melody ? La petite infirmière blonde ?

— Ah, c'est probablement ma façon de réagir face aux jolies femmes.

Les yeux de Dasha lancèrent des éclairs. Elle lui fit signe de sortir du bureau, comme si elle voulait par ce geste même effacer toute trace de leur conversation.

Ils gagnèrent le hall d'entrée puis la salle de consultation, où elle reçut les patients avec ordre et méthode.

Efficace, comme elle l'avait toujours été.

Dasha vit Preston se comporter de façon exemplaire toute la matinée, saluant les patients avec le sourire, observant consciencieusement les situations. Lorsqu'ils arrivèrent dans la chambre de Jason, son père ne s'y trouvait pas, à leur soulagement commun.

— Tu es réveillé, dit Dasha en s'approchant de Jason. Je pensais que tu serais encore sous morphine.

— Ils ont enlevé la pompe hier soir, dit Jason en serrant la main de Dasha dans la sienne.

— Pas de chance, plaisanta Preston.

Elle observa les deux hommes, priant pour que Jason capte l'ironie de Preston.

Ce dernier alla se poster contre le mur et croisa les bras.

— Je voulais te demander, qu'est-ce que tu fabriquais dans un arbre ?

— Je cueillais des pommes.

— Tu sais qu'on en trouve dans la plupart des magasins ?

Jason sourit.

— C'était bien mon avis.

— C'est une femme qui t'a fait faire ça ?

— Oui, ma petite amie. Elle voulait faire du beurre de pomme, dit-il en lâchant la main de Dasha.

Elle s'éloigna du lit et se contenta d'écouter leur conversation entre hommes.

— A l'heure où nous parlons, je parie qu'elle est en train d'en faire avec des pommes du commerce, dit Preston.

— J'y penserai la prochaine fois avant de grimper dans le pommier.

Ils poursuivirent un moment sur le même ton.

Elle aussi, plus jeune, elle taquinait volontiers des gens qu'elle aimait bien. C'était une curieuse façon de les soutenir, assez virile dans la forme. A l'époque, d'ailleurs, elle traînait beaucoup avec les garçons. C'est Marjorie qui lui avait fait changer d'habitudes.

Mais depuis quand Preston et Jason étaient-ils amis, pour converser de cette façon ? C'était un bon signe, cela dit. En plaisantant, les deux hommes avaient trouvé un bon moyen de créer des liens. Vu ce qu'ils avaient l'un et l'autre à traverser, un peu de compagnie virile et décontractée ne serait pas de trop. Ni pour l'un ni pour l'autre.

— Excusez-moi de vous interrompre, finit-elle par dire, mais il faut tout de même que je t'examine, Jason.

Tandis que le silence retombait dans la chambre, elle se rapprocha du lit et souleva les draps. Puis elle vérifia le pansement et posa les questions d'usage.

— Tu as mal ?

— Pas trop. Ce n'est rien en comparaison des fractures.

— Dis-moi si tu veux qu'on te donne des antalgiques plus forts.

Elle se mit à tapoter sur sa tablette, mais son téléphone se mit à vibrer. Elle sortit pour répondre et revint.

— Preston, j'avais oublié : je dois assister à une réunion. Tu pourras faire une longue pause-déjeuner. Veux-tu donner à Jason les résultats de ses analyses ? demanda-t-elle en lui tendant sa tablette.

— Bien sûr, dit Preston avant de faire glisser à son tour son doigt sur l'écran.

— Alors, comment ça se passe pour toi, ici ? demanda Jason une fois qu'ils se retrouvèrent seuls dans la chambre. Dasha est un bourreau de travail, une esclavagiste, non ?

— Dasha ? Non, elle ne m'en fait pas trop voir. De toute façon, j'aime travailler. Mais je suis en période d'essai. Je travaille sous sa supervision jusqu'à ce que le conseil daigne me donner un vrai poste.

Frist opina en silence. De toute évidence, il avait envie de dire quelque chose, mais il hésitait.

Preston changea de sujet pour ne pas l'embarrasser.

— Veux-tu les résultats de tes analyses ?

— S'il y a des choses importantes à savoir.

— Ton taux de globules blancs est un peu bas, mais pas alarmant. Tu es sous antibiotiques.

Frist hocha distraitement la tête.

— Elle est fragile en ce moment, dit-il.

— Je sais. Elle m'a parlé de Marjorie, répondit Preston en reposant la tablette sur ses genoux.

— Et l'anniversaire de la mort de sa mère approche, fit remarquer Frist.

— J'ignorais que sa mère était morte. C'est récent ?

Il venait d'apprendre que le père de Dasha avait déserté, mais elle n'avait pas parlé de sa mère. Et il n'avait rien demandé, une fois de plus.

— Non, Dasha était petite. Mais je pense que la maladie de Marjorie fait remonter tous ces souvenirs.

Soit Frist avait l'habitude de poser des questions, soit Dasha s'était spontanément confiée à lui. Ce qui, pour des raisons qui lui échappaient, le contrariait.

— Elle ne parle pas beaucoup de sa famille, dit-il.

— C'est parce qu'elle n'en a pas, rétorqua Frist.

— Pas du tout ?

Frist secoua la tête.

— On l'a placée dans une famille d'accueil quand elle avait dix ou onze ans.

Comment avait-il pu ignorer cela ? Il n'avait jamais posé de questions ni manifesté la moindre curiosité. Il s'était comporté comme un égoïste en évitant de connaître des détails qui auraient risqué de modifier leur relation.

— Tout va bien, Monroe ?

— Je suis surpris, dit-il en se levant. Je l'ignorais. Et pourtant, nous avons été très proches, à une certaine époque.

Frist haussa son épaule valide.

— En ce cas, fais un peu attention à elle, si tu peux.

Pouvait-il s'engager pour veiller sur Dasha, alors qu'il avait déjà tant de problèmes à affronter lui-même ?

— Je vais te laisser. Tu as l'air claqué. As-tu besoin de quelque chose avant que je parte ?

— Merci, tout va bien, répondit Frist.

Preston contourna le lit et marcha vers la porte.

— Repose-toi.

L'idée de poser des questions à Dasha au sujet de sa mère l'embarrassait autant qu'elle suscitait sa curiosité. Il fallait qu'il mange un morceau, qu'il rentre chez lui et qu'il cesse de penser à Dasha Hardin. Le plus tôt serait le mieux.

Dasha, les yeux sur la route, se força à faire jouer ses doigts crispés sur le volant.

La dernière chose qu'elle ait envie de faire, un jeudi soir à 22 h 30 ? Retrouver Preston dans un relais routier au bord de l'autoroute, en pleine cambrousse au cœur du Tennessee !

Elle l'avait pourtant mis en garde contre les risques qu'il prenait en conduisant. Mais il l'avait renvoyée dans les cordes, en Superman — ou plutôt Superborné — qu'il était. Ne supportant pas l'idée même d'avoir une faiblesse, il avait préféré ignorer ses recommandations. Et maintenant, tel un chevalier qui vole au secours de sa dame, elle allait passer des heures sur la route, une nuit à l'hôtel plus le retour.

Au moins, il faisait nuit, elle ne verrait pas les Smoky Mountains parées des couleurs sanglantes de l'automne.

Stupide mois d'octobre !

En arrivant sur le parking, elle zigzagua entre les semi-remorques, cherchant des yeux la Jaguar de Preston. Elle l'aperçut dans une zone bien éclairée près de la boutique et du fast-food. Elle se gara et alla jeter un coup d'œil.

Preston était à l'intérieur, coiffé d'une boîte d'emballage de fast-food en carton, ce qui lui donnait l'air d'un fou déguisé.

Ce n'était pas une mauvaise tactique de survie, vu l'endroit où il se trouvait. Qui aurait envie d'aborder un fou assis dans une Jaguar avec un seau en carton retourné sur la tête ?

Elle frappa doucement sur la vitre.

Preston ôta son couvre-chef et la dévisagea, avant de la reconnaître et de baisser la vitre.

— Hé, chevalier casqué, tu as besoin de compagnie ? dit-elle d'une voix vulgaire en rejetant ses cheveux en arrière.

Son numéro le fit sourire.

— Tes vêtements ne sont pas crédibles.

— Je n'ai pas de conseils vestimentaires à recevoir de la part d'un homme affublé d'un seau qui sent le poulet frit.

Preston chaussa ses lunettes de soleil afin de se protéger de la lumière des lampadaires.

— Qu'est-ce qu'on fait ? demanda-t-elle plus sérieusement.

— Une dépanneuse va ramener ma voiture à Nashville. On prend la tienne ?

— D'accord. Veux-tu que j'appelle la dépanneuse ?

— Tiens, dit-il en lui tendant son portable. Pendant ce temps, je mets mes affaires dans ta voiture.

— Si tu veux, je peux m'occuper de tes affaires.

— Je ne suis pas invalide, Dasha. J'ai besoin d'un chauffeur, pas que tu changes mes couches.

— Très bien, très bien. Porte ton sac tout seul, monsieur Grognon, dit-elle en prenant le téléphone.

L'idée de jeter un coup d'œil aux SMS de Preston la démangeait, mais elle se ravisa. La nouvelle version améliorée de Dasha savait résister à la tentation.

Elle s'empressa tout de même d'appuyer sur la touche d'appel avant que l'ancienne Dasha ne se manifeste.

Le temps qu'elle donne les instructions au garagiste, Preston avait pris son sac et s'était installé dans sa voiture.

— J'espère que tu ne vas pas la remettre, dit-elle en indiquant du menton la boîte en carton qu'il avait gardée.

— Les phares sont un calvaire pour mes yeux.

— J'ai emporté un accessoire qui devrait te soulager, dit-elle en fouillant dans son sac. Tiens. C'est un masque de sommeil. Il bloque la lumière sans appuyer sur les yeux. Tu peux les ouvrir ou les fermer sans être gêné.

Elle ne s'attarda pas sur la couleur — bleu turquoise — ni sur la finition en dentelle.

La nouvelle Dasha n'était pas parfaite.

Preston enfila le masque.

Un peu féminin, mais c'était toujours mieux que son seau en carton. Il avait l'odeur de Dasha, ce qui lui fit revenir à la mémoire des images qu'il aurait préféré laisser enfouies.

Il retint un soupir.

— Super, merci d'y avoir pensé, dit-il en reposant sa tête sur l'appui-tête.

Ignorer l'odeur de Dasha était une tâche aussi compliquée que protéger ses yeux des rayons lumineux. Mais ce n'était pas douloureux. Pas physiquement, du moins.

— Pourquoi es-tu parti aussi tard ? demanda-t-elle.

Au bruit régulier des roues sur le macadam et aux vibrations de la voiture, il supposa qu'ils étaient de nouveau sur l'autoroute.

— En fait, je suis parti tôt pour éviter les embouteillages. Mais ensuite, j'ai attendu deux heures avant de t'appeler.

— C'est malin, grommela Dasha. Je t'avais dit que…

— Pourrait-on éviter les « je te l'avais bien dit », s'il te plaît ?

Il était épuisé et n'avait qu'une envie : arriver à l'hôtel et se coucher, après cette journée dont l'événement le plus marquant avait consisté à porter une boîte en carton sur la tête pendant deux heures.

— Désolée. C'est juste que je… Non, rien.

— Quoi ?

— Je me suis inquiétée, murmura Dasha.

Il ne doutait pas un instant qu'elle se soit inquiétée. Il l'avait perçu dans sa voix dès son arrivée. Elle n'était pas du genre à faire des réflexions sans arrêt. Si ça lui arrivait, c'est que la situation la préoccupait. Bon, inutile de s'attarder là-dessus.

Il remisa l'idée avec toutes les sensations bizarres qu'il éprouvait et dont il s'occuperait plus tard.

— Merci d'être venue, Dasha. Je suis désolé de te faire poser une journée demain.

— Pas de problème. J'ai décidé de tirer parti du voyage. Il faut que je me trouve une robe élégante.

— Pour quelle occasion ? demanda-t-il, content de parler d'autre chose.

— J'ai deux soirées : un gala de charité, et le bal de Noël à l'hôtel Cumberland.

— Il te faut donc une robe de cocktail et une robe de bal.

Il aimait bien les robes de cocktail, à condition qu'elles soient noires, courtes, et qu'elles laissent entrevoir de jolies jambes... Quant au bal de Noël, il y avait bien longtemps qu'il n'y avait pas mis les pieds, et il n'avait pas l'impression que Dasha y ait assisté souvent. D'ailleurs, il ne souvenait pas de l'avoir vue en robe.

— Je ne peux pas me contenter d'une seule robe ?

Il éclata de rire.

— Je ne plaisante pas, protesta-t-elle. Pourquoi ne mettrais-je pas la même robe pour les deux occasions ? Quand tu dis « robe de bal », je me vois déjà déguisée en Scarlett O'Hara.

Décidément, elle n'y connaissait rien !

— Tu peux faire l'impasse sur la crinoline, d'accord. Le mieux est de trouver pour le gala une petite robe noire que tu pourras remettre facilement pour un dîner ou une soirée. Mais pour le bal, il te faut quelque chose de spécial. Tu n'es jamais allée à un bal ?

Il regretta sa question idiote dès qu'il l'eut posée.

Les enfants placés en famille d'accueil n'étaient vraisemblablement pas *obligés* d'aller à des bals. Vu sa réaction, Dasha n'avait pas dû porter une robe de bal de sa vie.

— Non, dit-elle avec une intonation qu'il ne sut pas trop comment interpréter. Ni aux bals du lycée, ni aux bals de fin d'année ou d'anciens élèves.

— En fait, je crois que je ne t'ai jamais vue en robe.

Mieux valait se concentrer sur des vêtements que sur des sensations. Et surtout, ne pas lui poser de questions sur son enfance, son adoption. Ça ne le regardait pas. Il n'aimait guère que les gens se mêlent de sa vie privée, ce n'était pas pour faire lui-même preuve d'indiscrétion.

— Je n'ai ni robe ni jupe dans ma garde-robe. A part des chemises de nuit ou ce genre de choses.

« Ce genre de choses »... Des déshabillés ? De la lingerie ? Mieux valait ne pas imaginer.

— La nouvelle Dasha n'a pas eu envie de porter des robes ?

— Je ne savais pas par où commencer.

— Commence par le top : la robe de soirée. Puis tu arriveras peu à peu aux minijupes.

— Toi, tu es déjà allé au bal de Noël, n'est-ce pas ?

— Oui, mes parents m'y ont traîné plusieurs fois.

— Dans ce cas... Pourrais-tu m'aider à choisir une robe ?

Le séjour à Atlanta commençait à prendre la forme d'une virée shopping !

— Je te promets que je ne t'appellerai pas Miss Daisy si tu acceptes, dit Dasha d'une voix gaie. Je peux aussi te promettre de t'appeler Miss Daisy si tu refuses.

— Je dois choisir entre la carotte et le bâton, alors ?

— Tout est une question de perspective.

— Puisque tu es venue me secourir, je suppose que je peux t'aider à trouver une robe.

Ça lui permettrait de lui rendre service en retour et de ne rien lui devoir. Même s'il s'agissait de passer une journée dans les magasins avec elle.

— Merci, Miss Daisy.

— Ah non !

— D'accord, d'accord.

Elle émit encore un petit rire qui le ravit.

Pouvait-on trouver femme plus adorable qu'elle en cet instant ? Il sentit le désir monter en lui.

— Je crois que je vais m'assoupir, grommela-t-il.

Dormir, plonger dans l'inconscience, c'était tout ce dont il avait besoin.

— Dans quelle zone d'Atlanta allons-nous ?

— Tout est dans mon téléphone, dit-il en le posant sur le tableau de bord.

— Je te réveille quand on arrive.

Il hocha la tête et se cala sur son siège. Mais sous le masque censé favoriser son endormissement, son imagination s'emballa.

Dès que ses paupières cesseraient de s'agiter, il l'enlèverait. Et il le laverait plus tard, à l'hôtel, au cas où il aurait besoin de le remettre le lendemain. Les savonnettes d'hôtel avaient souvent un parfum acidulé qui couvrirait celui de Dasha. Cela devrait faire l'affaire.

S'il parvenait à ne pas commettre l'irréparable jusque-là.

6

— Je n'ai pas dit que tu devais te faire charcuter l'œil par un incapable avec un scalpel rouillé ! s'exclama Dasha, hors d'elle. Je dis simplement que tu pourrais au moins aller parler avec ce médecin avant de décréter qu'il n'est pas qualifié.

La réaction de Preston vis-à-vis des médecins était puérile.

Sa colère avait au moins l'avantage de lui faire oublier qu'elle se trouvait avec lui dans une chambre d'hôtel, à quelques mètres d'un lit immense et très attrayant.

— Tu as vu son diplôme et la fac de médecine où il a étudié ? répéta Preston, pour la cinquième fois depuis qu'il avait fui le second cabinet médical de la journée.

— Il n'avait peut-être pas les moyens de se payer Harvard ou Johns Hopkins.

— Il y a plein de gens pauvres qui étudient à Harvard. C'est précisément à ça que servent les bourses.

— D'accord, d'accord. Mais on a fait tout ce chemin pour voir deux médecins à qui tu n'as même pas adressé la parole !

— Je sais. J'étais là, dit-il en s'asseyant sur le lit.

Puis il se releva d'un bond et alla s'asseoir dans le fauteuil.

— C'est toi qui m'as donné ces adresses. N'as-tu rien demandé d'autre que leurs noms et leurs numéros de téléphone ?

— Bien sûr que si ! J'ai posé des tas de questions sur leur pratique, leur réputation. Et j'ai demandé aux personnes qui m'ont donné leurs coordonnées si elles iraient les consulter elles-mêmes le cas échéant.

— Mais rien sur leur formation ?

— La pratique me semble plus importante que la formation.

— Dasha...

— Preston..., dit-elle sur le même ton condescendant. Si on va par là, ton CV n'est pas plus glorieux. On y apprend que tu as fréquenté une bonne faculté, que tu as de l'expérience, mais aussi que tu changes d'hôpital toutes les cinq minutes. Cela peut dissuader les gens d'embaucher quelqu'un qui est pourtant l'un des meilleurs chirurgiens de l'Etat, voire du pays. Car ce chirurgien est brillant mais imbuvable.

— Tu ne m'écoutes pas.

— J'ai très bien entendu ce que tu as dit. La prochaine fois, je demanderai quelle formation ils ont reçue.

Elle marcha vers la porte en secouant la tête puis s'arrêta, incapable de se retenir.

Ce voyage pour rien et le snobisme insupportable de Preston la mettaient hors d'elle.

— Tout le monde n'a pas des dizaines d'occasions. Certains doivent faire leur maximum avec le peu dont ils disposent.

— Pour info, dit Preston d'une voix étonnamment calme, je n'ai pas eu des dizaines d'occasions. J'en avais deux : St-Vincent ou l'hôpital de mon père, qui désignait lui-même les postes à pourvoir. Tu n'imagines pas la bataille que j'ai dû livrer, ne serait-ce que pour choisir ma spécialité, et les efforts qu'il a déployés pour me faire changer d'avis.

Elle avait découvert le père de Preston et ses techniques éducatives le jour où elle avait menotté Preston au lit.

— Je sais. Je suis revenue pour te détacher, figure-toi. J'ai vu. J'ai entendu les hurlements...

Les hurlements d'un perfectionniste autoritaire et dominateur qui avait transformé son fils en ce caractériel qu'il pouvait être parfois.

— Veux-tu que nous en parlions ? Je te promets de ne pas me mettre en colère, reprit-elle face au mutisme de Preston.

Il devait être blessé et furieux. Mais elle était forte, elle pouvait l'écouter.

Il demeura silencieux encore quelques instants, comme s'il choisissait les mots avec lesquels il la massacrerait sous peu.

— Je veux simplement savoir une chose. Qu'est-ce qui t'a poussée à agir ainsi ?

Elle enfonça les poings dans ses poches.

— Je n'ai jamais voulu te faire cela.

— Ce n'est pas ce que je t'ai demandé.

— Il *fallait* que j'aie cette bourse. Mais ce n'est pas une excuse. Je n'ai aucune excuse, j'en suis consciente.

Elle roula ses poings dans ses poches déformées.

— J'aimerais croire que j'agirais différemment si c'était à refaire, mais à l'époque, j'étais...

Elle s'interrompit.

Preston ignorait à quel point elle se sentait mal. Il n'avait pas besoin de savoir qu'elle l'avait considéré à l'époque comme elle considérait son propre père : quelqu'un de trop bien pour elle, destiné à l'abandonner un jour.

— J'aurais préféré ne jamais m'être comportée de cette façon avec toi.

Preston hocha la tête.

Un déclic s'était produit en lui lorsque Frist avait évoqué la mort de la mère de Dasha. Il pouvait comprendre qu'une orpheline pense n'avoir d'autre moyen d'assurer son avenir qu'en se montrant impitoyable. Parfois, l'être humain devient féroce quand il s'agit de défendre sa sécurité. D'ailleurs, à l'époque, lui-même n'avait pas caché sa volonté implacable d'obtenir cette bourse. Il adorait être en compétition avec Dasha. Il adorait tout ce qu'il partageait avec elle. Il aimait même quand elle parlait comme un charretier. Mais c'est vrai qu'il tenait à cette bourse plus que tout.

Pouvait-il lui pardonner sans l'oublier ? Peut-être.

— Il y avait d'autres bourses d'étude en traumatologie. Pourquoi voulais-tu absolument celle de St-Vincent ? Pour le prestige ?

— Pour Marjorie.

Il la regarda, interrogateur.

— Marjorie était chirurgien traumatologue à St-Vincent, reprit-elle. Je voulais travailler avec elle.

— Tu la connaissais ?

— Elle… Elle a essayé de sauver ma mère quand celle-ci a eu son accident. Et…

Dasha prit une profonde inspiration. Ses yeux brillaient. Elle détourna le regard et commença à mettre de l'ordre dans la chambre.

— Après l'opération, on a pleuré ensemble.

Il reçut cette dernière phrase comme un coup de poing.

Il avait envie de réconforter Dasha, mais avec quels mots ? Ses propres raisons d'aller à St-Vincent lui paraissaient soudain dérisoires et égoïstes.

— C'est elle qui m'a donné envie de devenir médecin. Quand j'ai vu qu'on pouvait obtenir une bourse pour faire la dernière année d'internat à St-Vincent, plus rien d'autre n'a alors compté. Mais bien sûr, ça ne change rien au fait que je me suis mal comportée.

Après avoir impeccablement tiré le couvre-lit, elle se tourna vers lui.

— Je vais faire les boutiques. Reste ici et repose tes yeux. Les siens avaient séché et sa voix s'était raffermie.

— Attends, dit-il en se levant. Tu es sûre que tu ne veux pas que je vienne ?

— Oui, je suis sûre.

Peut-être avait-elle besoin d'air. Peut-être que lui aussi.

— Envoie-moi des photos si tu as besoin d'un avis d'expert, proposa-t-il. Et n'oublie pas : une petite robe noire pour le gala et une robe de soirée pour le bal.

Elle prit une grande inspiration en gagnant la porte.

— A moi les boutiques !

Dasha n'eut pas besoin de chercher tout le week-end pour dénicher deux robes. Elle trouva son bonheur dans le premier magasin où elle entra. Une robe n'était qu'une robe, après tout. Aussi purent-ils charger la voiture et reprendre la route dès le samedi matin.

— Je me sens un peu coupable de ne pas t'avoir accompagnée dans les magasins hier, dit Preston.

Que répondre ? La veille avait été une journée trop pleine et assez inconfortable, à y repenser. Elle préférait parler d'autre chose, à condition que ce ne soit pas d'elle non plus. Ça la rendait vulnérable et lui donnait l'impression désagréable que l'on pouvait exploiter sa faiblesse.

— Ne t'inquiète pas, murmura-t-elle d'une voix qu'elle aurait voulue plus convaincue.

— Si je consulte mon dictionnaire de la parole féminine, je trouve la définition : *« Ne t'inquiète pas » : équivalent de « Je m'en sors très bien toute seule ».*

Elle rit malgré elle.

— Je voulais juste dire que tu ne me dois rien. Ce n'est pas la fin du monde.

— « Pas la fin du monde. » Voyons...

— Arrête avec ton dictionnaire ! J'ai l'impression de ne m'exprimer que par des clichés.

— As-tu un cavalier ?

— Pour le bal ? Non. Je pensais demander à Jason, mais premièrement il n'est pas en état de sortir le soir, deuxièmement je crois qu'il y serait allé avec la reine des parfaites ménagères s'il n'était pas tombé de son pommier.

— C'est la reine du beurre de pomme, pas des parfaites ménagères, rétorqua Preston en souriant. Si l'idée ne te rend pas malade, je peux t'accompagner, moi.

— Toi ? Au bal ? Avec moi ? Mais... Pourquoi ?

— On vient de parler de dettes. Voilà l'occasion de te rendre le service que je ne t'ai pas rendu hier.

— Mais ça risque d'être pénible. Au mieux, ennuyeux. Au pire, extrêmement embarrassant.

— Maintenant que tu as ta robe à crinoline..., dit-il, pince-sans-rire.

— Je ne sais pas. Peut-être. Oh ! je n'y connais rien en mondanités ! Ce n'est même pas moi qui ai acheté les billets. Au départ, ils étaient destinés à Bill et Marjorie. J'ai hérité de la responsabilité de représenter l'hôpital au bal de Noël en même temps que du poste et du bureau de Bill.

— Je ne comprends pas tout, intervint Preston. En quoi est-ce important que tu aies ou non acheté les billets ?

Elle monta dans la voiture, attendit qu'il s'installe et démarra.

— Je veux dire par là que je ne sais pas comment on doit se comporter dans ce genre de soirée. Va-t-il falloir que je fasse la conversation ou vais-je pouvoir rester dans mon coin toute la soirée ? Et que se passera-t-il s'ils ont organisé des enchères de célibataires, comme à la télévision ?

Preston éclata de rire.

— Ne t'affole pas ! Va faire ajuster tes robes si besoin. Ensuite, prends rendez-vous chez le coiffeur pour le jour même. Emporte ta robe et demande-leur de te faire belle. Du moins, *encore* plus belle. Je passerai te prendre chez toi, et comme je suis un type sur qui on peut vraiment compter, une fois au bal, je ferai en sorte que tu ne sois pas victime d'une infâme vente de mâles aux enchères.

— Tu seras sympathique avec les gens ?

— Probablement, répondit-il sans être tout à fait sûr de la sincérité de sa réponse.

— Alors d'accord, soupira Dasha. Mais on ne danse pas.

— Tu ne sais pas danser ?

— Je connais la danse des canards.

— Bon, je te montrerai quelques pas. Je ne suis pas sûr qu'ils passent la danse des canards. A moins que le genre de la maison ait radicalement changé depuis la dernière fois qu'on m'a forcé à y aller.

— Je ne te force pas !

— Je sais. Pour la première fois de ma vie, c'est moi qui me propose.

Elle soupira.

— Toute cette histoire me stresse.

— Suis mes instructions, et tout ira bien, Cendrillon.

— C'est toujours ce que disent les hommes.

Ils étaient sortis de la ville et s'engageaient sur l'autoroute.

— Tu peux dormir, suggéra-t-elle.

Il n'avait pas envie de dormir. Discuter avec Dasha était bien plus amusant.

— Suis-je ennuyeux à ce point ?

— Non, mais tu n'as pas dormi de la nuit. Je t'ai entendu rôder. Tu dois être fatigué.

— Si tu m'as entendu, c'est que tu étais réveillée toi aussi. Je préfère te tenir compagnie pour que tu ne t'endormes pas au volant.

Parfait. Parler ensemble était devenu une affaire de sécurité.

Il ajusta le dossier de son siège et reprit la discussion.

Un sujet neutre : le travail. C'était un début. Ou peut-être plus qu'un début. Le peu que Dasha lui avait confié avait changé l'atmosphère. Elle était parvenue à surmonter sa peine et sa douleur et avait fini par partager ses secrets avec lui. Il avait envie de lui dire que tout ça faisait désormais partie du passé. Que de l'eau avait coulé sous les ponts. Il avait envie de bavarder et de rire avec elle.

Et terriblement envie de lui faire l'amour.

Le lundi matin, Preston se leva plein d'impatience de se rendre à l'hôpital.

Il était rare qu'il se réjouisse d'aller travailler. Encore une de ses maudites contradictions : il adorait son travail mais détestait aller travailler. Alors, qu'est-ce qui avait changé ? Etait-ce le fait de se trouver dans l'hôpital où il avait toujours voulu exercer ?

Pas seulement. Jusque-là, il avait rarement apprécié les gens avec lesquels il travaillait. Et ça le soulageait de leur asséner qu'ils étaient incompétents ou même franchement débiles — ce que personne ne prenait jamais la peine de contredire, cela dit. Et, honnêtement, quel intérêt aurait-il eu à se lier d'amitié avec des incompétents et des idiots ?

Mais il s'était fait des ennemis.

Le personnel de St-Vincent était peut-être plus brillant ?

En fait, il en doutait. C'était un hôpital prestigieux, certes, mais pas supérieur aux autres en tout point. Toutes les structures hospitalières étaient désormais équipées de matériel de pointe, et on trouvait un arrogant Dr Nettle à peu près dans chaque service.

Dasha l'avait empêché de dire ses quatre vérités à ce dernier, mais elle partageait son point de vue. C'était agréable de sentir qu'il n'était pas le seul à remarquer à quel point certaines personnes étaient grotesques. Du coup, leur attitude ne constituait plus un problème.

Il s'arrêta chez son torréfacteur préféré et commanda deux cafés : un pour lui et un pour Dasha. Comme ça, pour le plaisir.

Quand il arriva devant la porte du bureau de Dasha, elle n'était pas encore là. Il patienta quelques instants. Son portable se mit à vibrer.

Une heure de retard. Urgence. Désolée.

Une urgence ? Il se mit à lui répondre frénétiquement, avant de s'arrêter net.

Elle ne l'avait pas appelé à l'aide.

Dasha était capable de régler ses problèmes elle-même. Lorsqu'elle s'était foulé la cheville en première année d'internat, elle avait refusé de prendre des antalgiques pour pouvoir continuer à aller travailler. Elle avait fini par se faire renvoyer du bloc, mais à aucun moment elle n'avait capitulé face à la douleur. Elle était forte. Si elle avait eu besoin de lui, elle l'aurait énoncé clairement.

Il marcha jusqu'à la chambre de Frist.

Celui-ci était assis dans son lit, seul, couvert de bandages et de plâtres, et relié par des tas de fils au moniteur.

— Est-ce qu'un café te tenterait ? demanda-t-il en montrant les tasses.

— Et comment ! Le café de l'hôpital est du jus de chaussette. S'il le faut, tu diras à Dasha que c'est moi qui t'ai supplié de me l'apporter.

— Elle n'avait qu'à pas être en retard, déclara-t-il en souriant.

— En retard ? Qu'est-ce qu'il lui arrive ?

Pourquoi Frist se montrait-il aussi préoccupé ? Mais peut-être se faisait-il des idées. A St-Vincent, tout le monde appréciait Dasha, elle avait vraiment réussi à fédérer ses équipes autour d'elle.

— Je ne sais pas. Elle m'a dit qu'elle aurait une heure de

retard. Et toi, comment vas-tu ? demanda-t-il en désignant sa main blessée.

Il avait besoin de changer de sujet, de cesser de se faire du souci pour Dasha.

— Décidément, les Monroe s'inquiètent beaucoup pour moi, aujourd'hui, grommela Frist, mi-figue mi-raisin.

De toute évidence, son père avait déjà pris des nouvelles ce matin.

— Il t'en fait voir, à toi aussi ?

Frist sourit à moitié.

— Il vient sans arrêt aux nouvelles, pose tout le temps les mêmes questions sur ma main. Mais il n'y a rien de nouveau pour le moment, il devrait le comprendre...

Preston opina. La sollicitude de son père était justement la raison pour laquelle il ne lui parlait pas de son problème d'œil.

— Si ça peut te réconforter, je me fiche complètement de l'état de ta main, dit-il en riant.

Frist sourit plus franchement.

— Je suis sûr que tu pourras bientôt retourner cueillir des pommes, ajouta Preston. Sérieusement, ne t'inquiète pas trop pour Davis P. En fait, il a une grande estime pour toi. Tu es le fils qu'il n'a jamais eu.

— Il a déjà un fils, dit Frist en lui adressant un regard intrigué.

— Oui, mais toi, tu es justement le fils qu'il n'a pas. Pour le dire en des termes compréhensibles par un cueilleur de pommes : moi, je suis la mauvaise graine. Toi, le bon fruit. Ce qui amène à la question suivante : de combien de mètres es-tu tombé de cet arbre ?

Frist se mit à glousser tout en se comprimant l'abdomen de sa main valide, ce qui incita Preston à le laisser se reposer.

Ce type était sympathique, il faisait preuve d'une autodérision dont Davis P. était totalement dépourvu. Il gagnait à être connu, tout comme Dasha.

Il sortit son stylo de sa poche et griffonna sur le bloc-notes posé sur la table de chevet.

— Mon numéro de portable et mon numéro à la maison. Ne te trompe pas, ce n'est pas un téléphone rose, précisa-t-il en poussant le bloc-notes vers Frist. Je vais y aller avant que nous ne pleurions sur notre traumatisme « Davis P. » commun. Mais si tu as besoin de quoi que ce soit — prostituées, drogues, pommes — ou si tu veux juste discuter un peu, n'hésite pas.

Frist regarda les numéros puis hocha la tête.

— Merci. Jusqu'à présent, on n'a parlé que de moi, fit-il remarquer.

Preston ne voyait pas ce qu'il pourrait dire d'intéressant sur lui-même.

— On peut parler de Dasha, si tu veux. Elle s'est acheté une robe. Deux, même.

— Tu plaisantes ? s'exclama Frist en s'étranglant presque avec son café.

— Pour le bal de Noël.

— Waouh ! Je ne sais qu'en penser.

Il le regardait, mi-subjugué mi-horrifié.

— Moi non plus. On verra bien, répondit Preston en sortant de la chambre.

Une demi-heure venait de s'écouler. Au moins, cela avait retardé le moment où il sauterait sur son téléphone pour demander à Dasha ce qu'il lui arrivait.

C'était la première fois que Dasha était en retard au travail. En général, elle arrivait même plus tôt que nécessaire. Mais aujourd'hui, elle serait en retard, encore plus que ce qu'elle avait initialement prévu. Et elle n'avait même pas envie de se dépêcher.

Bill l'avait appelée vers quatre heures du matin parce que Marjorie avait fait une chute. Le seul point positif, c'était qu'elle avait été admise aux urgences de St-Vincent.

— Tu dois être au bloc ce matin, lui rappela Bill tandis qu'ils l'accompagnaient, allongée sur un chariot, jusque dans sa chambre.

— J'ai encore une heure devant moi.

Elle alluma son portable et découvrit trois SMS de Preston.

— Tu peux y aller, si tu veux.

Elle tapota sur son clavier pour tranquilliser Preston.

— Je m'en vais dès qu'on l'aura installée dans sa chambre.

Marjorie ne s'était rien cassé, mais les examens qu'on lui avait fait passer pour vérifier qu'elle ne s'était pas fracturé le crâne avaient apporté des nouvelles bien pires : des métastases. Le cerveau était touché. Le cancer s'était diffusé plus rapidement que ce que les médecins avaient pronostiqué.

Vingt minutes plus tard, Bill la força presque à sortir de la chambre pour qu'elle regagne son bureau.

Assis par terre dans le couloir, Preston était penché sur son portable lorsqu'il entendit des pas.

— Désolée, dit Dasha.

Il sauta sur ses pieds et prit son sac tandis qu'elle ouvrait la porte de son bureau.

— Que s'est-il passé ?

Dasha entra dans le bureau, l'air défait. Le café qu'il avait offert à Frist lui aurait fait du bien.

— Marjorie est tombée. Elle a été admise ici en observation.

Elle fuyait son regard. Que cachait-elle ?

— Ce n'est pas le col du fémur, alors.

— Non. C'est la tête.

— Traumatisme crânien ?

— Tumeur.

Aïe, si le cancer avait métastasé, ce n'était plus qu'une question de semaines ou de jours.

— Je suis désolé, dit-il, à défaut de paroles plus pertinentes.

Lui qui avait du mal à gérer ses propres émotions, comment pouvait-il aider Dasha face à un tel choc ? Il avait envie de la réconforter, mais comment ?

Il pouvait toujours la soulager dans le travail.

— Que puis-je faire pour t'aider ? Tondre la pelouse, sortir la poubelle ?

— Ne te fatigue pas, Preston, dit Dasha avec un pâle sourire. J'aimerais que tu prennes ma place au bloc ce matin. Peut-être toute la journée, je ne sais pas. Je serai là, mais je préfère ne pas opérer. Je sais reconnaître quand je suis fragile émotionnellement. J'espère simplement que ton injection d'acide botulique tiendra.

— Je préfère ne pas y penser.

Il prit une chaise pour se donner une contenance et éviter de rester là, les bras ballants.

Elle sortit des dossiers médicaux et lui expliqua le planning de la journée. Il l'écouta du mieux qu'il put, à défaut de pouvoir la regarder.

Par moment, ses yeux se mouillaient et sa lèvre inférieure se mettait à trembloter. Un spectacle à briser le cœur. Il aurait préféré voir dans son regard d'autres émotions que ce chagrin. De la colère, de l'agacement. Même du dégoût.

L'envie de la réconforter ne le quittait pas, mais même en mettant cela sur le compte de son empathie de médecin, il sentait qu'il serait déplacé de la consoler.

Il ne savait plus comment se comporter avec elle. Mieux valait qu'il résiste tant qu'il en serait capable.

7

Preston grimpa les escaliers quatre à quatre en espérant que Dasha ne serait pas déjà partie.

Il venait de passer sept heures au bloc, où les interventions s'étaient enchaînées. Sept longues et difficiles heures, pendant lesquelles il avait remercié le destin de lui avoir permis d'opérer sans que les tics reprennent.

Une chance qu'il n'ait pas eu besoin de Dasha. Elle n'avait rien eu d'autre à faire que de regarder. Et de penser. Et d'être triste.

Il frappa et entra.

Elle était debout, son sac sur l'épaule, les yeux rivés sur son téléphone portable.

— Tu viens courir ? proposa-t-il.

Elle secoua la tête.

— Pas envie.

— Alors, on va jouer au basket.

Il fallait qu'elle sorte et qu'elle se défoule. Rien de tel que faire du sport quand ça ne va pas.

— Je déteste le basket.

— Tennis ?

— A cette heure-là, cela m'étonnerait qu'il reste des courts libres, dit-elle en se dirigeant vers la porte.

— Country Club ?

— Je ne suis membre d'aucun Country Club.

— Moi si !

— Je vais voir Bill et Marjorie, murmura-t-elle.

— Dasha ?

Elle leva vers lui ses grands yeux tristes.

— Il faut que tu fasses une pause.

— Bill aussi. Il s'est levé plus tôt que moi.

— Peut-être que ce dont Bill a besoin, c'est justement de se reposer près d'elle et de la regarder dormir, dit doucement Preston. Ils ont travaillé tous les deux dans cet hôpital. Ils ont dû être dérangés toute la journée par les allées et venues des uns et des autres.

— Mais...

— Viens, on va lui apporter à manger. Après quoi, je t'emmène. Donne-moi ça.

Il lui prit son sac afin qu'elle ne tente pas de s'échapper.

Dasha hésita. Elle avait l'impression d'abandonner Bill et Marjorie à leur sort.

Et s'il arrivait quelque chose en son absence ?

— Marjorie voulait que tu règles les choses avec moi, dit Preston, comme s'il lisait dans ses pensées.

Son subterfuge était grossier, mais il fonctionna.

— D'accord. Va pour un basket au gymnase.

— Je croyais que tu détestais le basket ? plaisanta Preston en ouvrant la porte.

L'espace d'un instant, elle envisagea de récupérer son sac et de le laisser aller faire du sport tout seul.

— C'est vrai, mais on peut y jouer ici sans avoir à rouler des heures pour trouver un Country Club plein de snobs. En outre, je sais y jouer, même si je trouve ce jeu stupide.

Même la nouvelle Dasha ne faisait partie d'aucun Country Club. Elle avait déjà assez à faire avec le bal de Noël. De toute façon, Preston n'avait pas à connaître sa vie en détail. Elle lui en avait déjà suffisamment dit, avec l'histoire de sa mère et de Marjorie. Inutile de s'étendre sur son complexe d'infériorité, sur la façon dont sa mère et elle avaient servi de passe-temps à son père pour mettre un peu de piquant dans sa vie dès que son épouse officielle avait le dos tourné... Non, elle n'avait pas à raconter sa vie et ses stupides problèmes.

Après être passés acheter de quoi manger pour Bill, ils descendirent au gymnase et se changèrent.

Preston ne perdit pas de temps en paroles superflues. Une fois sur le terrain, il lui en fit voir de toutes les couleurs. Il était rapide, fort — bien plus qu'elle —, et il se payait sa tête dès qu'elle ne rattrapait pas le ballon.

Que n'aurait-elle donné pour le lui écraser sur la figure !

Preston devait reconnaître que Dasha était plutôt douée, même si elle prétendait ne pas aimer le basket. Par chance, elle commençait à montrer des signes de fatigue.

Enfin ! Lui-même se sentait épuisé, et ses yeux recommençaient à faire des leurs. Mais, au moins, le masque de douleur de Dasha avait fait place à des joues roses et à un regard farouche.

— Tu ne veux pas t'arrêter ?

— Quelle heure est-il ?

— Dix heures et quelques. A mon avis, on va bientôt nous mettre dehors.

Du moins l'espérait-il.

Elle lui répondit d'un signe de tête puis partit récupérer ses affaires sur le bord du terrain.

Il la rejoignit, lui mit son bras autour des épaules et la serra contre lui. Un câlin avec un seul bras, mais un câlin tout de même.

— Tu t'en es bien sortie. Pour une fille.

Elle le regarda, l'air blasé.

— Tu sens plutôt mauvais. Pour une fille.

— Pour un garçon aussi, je crois. Mais j'aime bien. C'est mon côté homme des cavernes. Ça me donne envie de me frapper le torse et pousser le cri de Tarzan !

Elle rit mais s'abstint de commentaire. Par ailleurs, elle ne s'écarta ni de lui ni de son odeur. Tandis qu'ils marchaient, il prit conscience qu'elle se laissait complètement guider, et cela l'émut autant que le tremblement de sa lèvre.

Pour la faire revenir à la réalité, il fallait la pousser à prendre une décision.

— Veux-tu te doucher ici ou chez toi ?

— Chez moi, répondit-elle.

Il fit un détour pour éviter de rencontrer du personnel de l'hôpital et se dirigea vers le parking souterrain.

Dasha ouvrit sa voiture et jeta son sac de sport sur le siège-passager.

Mieux valait s'éloigner rapidement avait d'être tenté de faire des bêtises, comme la serrer vraiment dans ses bras. Ou l'embrasser.

— Bonne nuit, Dasha.

— Preston ?

Son départ semblait l'avoir sortie de sa torpeur.

Il se retourna mais ne se rapprocha pas.

— Pourquoi es-tu resté avec moi, ce soir ?

— Je ne sais pas. J'ai pensé que tu avais besoin de te changer les idées. Tu en as bavé, ces derniers jours. Il fallait que tu décompresses.

— Tu veux venir chez moi ?

Ce n'était pas ce à quoi il s'attendait.

Première pensée : *Oui.*

Deuxième pensée : *Oh oui !*

Troisième pensée : *Oh là !*

Quatrième pensée : *Non.*

Les pensées suivantes ne firent que se contredire. Il avait envie de la suivre, mais mieux valait rentrer. A moins qu'elle n'ait vraiment besoin de lui ? Non, elle était trop vulnérable, et lui trop tenté.

Dasha le regardait, attendant sa réponse.

— Je ne pense pas que ce soit une bonne idée.

— J'ai une grande douche...

C'était de plus en plus tentant, surtout en pensant aux efforts que Dasha avait dû déployer pour lancer une telle invitation.

Ça n'en faisait pas une bonne idée pour autant. Mais comment décliner l'invitation sans la blesser ?

Il revint vers elle, prit sa tête entre ses mains et l'embrassa sur le front.

— Pas ce soir. Je suis désolé, murmura-t-il contre sa peau. Sois prudente au volant et mange des protéines en arrivant.

Il aurait pu trouver des mots plus réconfortants, mais lesquels?

Sans un mot ni un regard, Dasha monta dans sa voiture et attacha sa ceinture.

Il attendit qu'elle sorte du parking avant de rejoindre sa propre voiture. Une heure plus tard, une fois que sa paupière eut cessé de cligner, il finit par rentrer chez lui.

Dasha devait commencer officiellement son service dix minutes plus tard, mais elle était toujours assise dans sa voiture, incapable de sortir de cette bulle protectrice dans laquelle se trouvait la seule personne acceptant de prendre une douche en sa compagnie, à savoir elle-même. Un endroit dans lequel elle pouvait faire comme si elle n'avait jamais invité Preston à la raccompagner chez elle.

Les minutes s'écoulèrent, et elle dut se résoudre à quitter sa bulle pour pénétrer dans l'univers de mortification et d'humiliation qui l'attendait de l'autre côté de la portière.

La vibration de son téléphone la sauva de ses tristes élucubrations : on demandait un chirurgien aux urgences.

Elle transféra le message à Preston.

Il était temps d'aller sauver des vies. Et sa santé mentale par la même occasion.

Elle verrouilla sa voiture et se hâta vers le service des urgences, toute courbatue par le match de basket de la veille. Elle avait l'impression de redécouvrir des zones oubliées de son corps — deltoïdes, pectoraux — que ses joggings habituels ne sollicitaient jamais.

Preston arriva aux urgences en même temps qu'elle. Ils se dirigèrent vers le bureau des infirmières à la rencontre du médecin qui l'avait convoquée.

— Une énorme masse abdominale, annonça d'emblée ce dernier, avant de les conduire dans la chambre du patient.

Un homme d'une soixantaine d'années était allongé dans le lit, l'abdomen découvert. Les côtes gauches exerçaient une pression sur la peau, qui était étirée comme s'il avait gobé une pastèque. Elles étaient probablement cassées, vu l'angle qu'elles formaient.

Il n'y avait pas une minute à perdre.

— Qui est votre médecin traitant, monsieur ? s'empressa-t-elle de demander.

— Je n'en ai pas, dit-il en butant sur les mots, signe que parler devait être douloureux.

— Avez-vous été examiné avant aujourd'hui ?

— Je pensais que j'étais ballonné, dit-il.

Elle jeta un coup d'œil à Preston, priant pour qu'il ne le traite pas de crétin. Non que Preston ait l'habitude d'insulter ses patients, mais...

— Je suis le Dr Hardin et voici le Dr Monroe. Nous sommes tous les deux chirurgiens, et nous allons essayer de résoudre ce problème.

— Ce sera douloureux ? demanda le patient en se tournant vers Preston.

Comme beaucoup d'hommes d'un certain âge, il semblait préférer s'adresser à un médecin mâle.

— Oui, répondit Preston, mais étant donné que vous souffrez déjà, que cette masse abdominale risque de vous tuer et que vous serez sous anesthésie pendant l'opération, je pense qu'il vaut mieux en passer par là.

— C'est dangereux ?

— Je ne vais pas vous mentir. C'est une longue opération, ce qui augmente les risques d'autant. On en saura davantage quand on aura compris si la masse est rattachée à des organes, auquel cas il faudra enlever les parties d'organes qu'elle aura pu endommager. Ensuite, des chirurgiens orthopédiques devront sans doute réaligner ces côtes, ce qui représente encore quelques heures de chirurgie.

— Je peux en mourir ? demanda le patient.

Preston hésita puis secoua la tête.

— Vous pouvez mourir si on ne l'enlève pas.

— J'aurais dû venir plus tôt. Je suis désolé de vous...

— Ne vous inquiétez pas pour nous, monsieur Jackson. C'est notre métier d'aider les gens, dit Dasha en lui prenant la main.

Y compris les gens qui laissaient traîner les maladies plus que de raison. Peut-être même ces gens-là plus que les autres.

Elle s'efforça de ne pas regarder Preston, effrayée par ce qu'il pourrait lire sur son visage.

Elle serra la main du patient et sortit en donnant des instructions au médecin qui les accompagnait.

— Emmenez-le au bloc 5 et envoyez-moi un autre chirurgien.

Ils se précipitèrent dans les vestiaires du bloc.

— Alors ? dit-elle.

— Même si elle est bénigne, la tumeur peut avoir endommagé plusieurs organes.

— Je ne sais pas comment il a pu laisser les choses se détériorer à ce point.

— Si, tu le sais, maugréa Preston. Entre la peur et le déni, on préfère souvent se faire croire que tout finira par rentrer dans l'ordre de soi-même.

Il parlait sans doute en connaissance de cause.

Il fallut neuf heures pour enlever la tumeur, la plus grosse à laquelle Preston ait été confronté dans toute sa carrière.

Ils avaient dû inciser le patient du sternum au nombril et procéder zone par zone. La rate était presque rompue à cause du poids de la masse, le système cardiaque était surmené. Il avait fallu l'intervention de plusieurs personnes pour la soulever tandis que Preston et Dasha sectionnaient les vaisseaux qui l'alimentaient. Ensuite, ils avaient procédé à l'ablation d'un rein, trop endommagé pour fonctionner de nouveau normalement, ainsi que du lobe inférieur du poumon gauche, qui avait été écrasé par la tumeur. Après s'être assurés que la tumeur n'avait pas infiltré d'autres organes, ils l'avaient totalement enlevée. Pas moins de trois personnes la soutenaient, en partie parce qu'elle était grosse et glissante, en partie parce que les intervenants étaient si nombreux autour de la table d'opération que six bras postés en différents endroits n'étaient pas de trop pour la porter.

C'était un miracle que si peu d'organes aient été écrasés, en fin de compte. La masse les avait poussés pour faire la place nécessaire à sa croissance. Ce qui laissait présager de bonnes chances de guérison pour M. Jackson si les analyses confirmaient que la tumeur n'était pas cancéreuse.

Contrairement à celles qui envahissaient le cerveau de Marjorie.

Preston alla se chercher à manger en attendant que le patient se réveille et qu'il puisse lui expliquer l'opération qu'il venait de subir.

Il voulait aussi s'assurer que Dasha allait bien. Elle était vulnérable, et lui inquiet au point que, au lieu de profiter d'un repos bien mérité après neuf heures d'intervention, il était là, avec son sandwich et son café, à se demander où elle était passée.

Après l'avoir cherchée dans son bureau et dans la salle de repos, et avoir appris que Marjorie et Bill étaient rentrés chez eux, il décida de l'appeler.

— Où es-tu ?

— En radiologie.

Il raccrocha et la retrouva aussitôt dans une salle plongée dans l'obscurité, face à un écran d'IRM.

Elle observait l'image d'un cerveau.

— Tu ne devrais pas rester là. Marjorie n'est pas une de tes patientes.

— Tu vas me dénoncer ?

Il s'assit et scruta le moniteur.

— Comment le problème a-t-il pu s'étendre autant sans qu'on le décèle ? En général, il y a des symptômes identifiables.

La même question revenait toujours, qu'il s'agisse de Marjorie, de M. Jackson ou de lui.

Il croqua dans le pain légèrement rassis et passa le sandwich à Dasha, les yeux rivés sur l'écran comme s'il allait y trouver des réponses.

Elle soupira avant de mordre dans le sandwich.

Au moins n'aurait-il pas à lui tenir la tête pour la gaver de thon et de pain rassis.

— C'est un cancer du sein, à la base ?

Il n'avait encore jamais évoqué le diagnostic de Marjorie avec elle. Il préférait séparer vie professionnelle et vie privée, tant que Dasha et lui n'étaient pas encore tout à fait à l'aise l'un vis-à-vis de l'autre. Tant qu'il parviendrait à se comporter en collègue avec elle, il se protégerait, même si les efforts que cela exigeait de lui devenaient chaque jour plus importants.

— Oui.

— Tu avais déjà remarqué des absences chez elle, avant hier ?

Dasha réfléchit en mâchant.

— Peut-être. Elle a toujours eu tendance à se perdre dans ses pensées. Il est difficile de dire s'il s'agissait de rêveries ou d'absences.

Parfois, les gens avaient des absences qui ne duraient pas suffisamment longtemps pour que l'on en fasse état. A plus forte raison si on n'avait pas envie de savoir la vérité.

Comme M. Jackson.

Et comme lui-même ?

Non, il était tout à fait conscient d'avoir un problème et de la nécessité de le résoudre. Cela prenait plus de temps qu'il ne l'aurait souhaité, voilà tout. Il ne lui manquait plus que de trouver le bon médecin... Il irait à Knoxville le week-end prochain. Il n'y avait plus moyen d'y couper.

Il ne pouvait pas prendre le volant, il avait besoin que Dasha le conduise. Mais pour ça, il avait un plan : pas de bavardage, pas d'épanchements sur le passé. Encore moins sur l'avenir.

Un plan difficile à suivre tant que Dasha serait autre chose qu'une simple collègue à ses yeux. Mais avait-il le choix ?

Dans ce cas, pas de discussion, hormis pour indiquer la direction et réclamer des pauses-pipi. Ils feraient l'aller-retour dans la journée. Sept heures de route, interrompues par le rendez-vous chez le médecin. Et évidemment, pas de nuit d'hôtel dans des chambres mitoyennes avec de grands lits accueillants.

Ce n'était pas si compliqué, après tout.

Miss Daisy se faisait de plus en plus exigeante au fil des voyages, fulminait Dasha en son for intérieur. Sa dernière lubie : pas de musique pendant les trois heures de trajet jusqu'à Knoxville !

Ce serait supportable si au moins Preston lui faisait la conversation. Mais non, il était monté dans sa voiture, lui avait donné les indications et s'était aussitôt plongé dans son caisson d'isolation — bouchons d'oreilles et masque de sommeil — pour dormir. La seule fois où elle avait voulu écouter la radio pour se tenir éveillée, à faible volume pourtant, il s'était redressé, avait éteint et s'était tourné vers la vitre pour se rendormir.

Soit. Si elle s'endormait au volant et les écrasait contre un arbre, il ne pourrait s'en prendre qu'à lui-même !

Elle était injuste. Dans le SMS qu'il lui avait envoyé avant qu'elle passe le prendre chez lui, il disait qu'il n'avait pas dormi de la nuit. Ou du moins, il avait été réveillé vers minuit par les battements intempestifs de sa paupière. Il avait de bonnes raisons d'être fatigué.

Elle aussi, elle l'était, mais c'était de sa faute. Son esprit n'avait cessé de ressasser tout ce que Preston avait dit et fait le jour où Marjorie était tombée. Sans compter l'ambiance bizarre qu'avait provoquée son invitation à venir se doucher avec elle, invitation qu'il avait plutôt fraîchement accueillie.

La liste des personnes avec lesquelles elle pouvait parler en toute confiance se réduisait comme peau de chagrin. Marjorie était mourante, Jason malade, Bill dévasté par le chagrin. Les personnes les plus importantes de sa vie n'étaient pas disponibles. Certes, elle était bien entourée à l'hôpital, mais ce n'était pas avec ses collègues qu'elle allait évoquer ses problèmes personnels.

Il fallait qu'elle se débrouille toute seule.

Peut-être qu'elle s'inscrive à un cours de patchwork ou à n'importe quelle autre activité, et qu'elle mette définitivement de côté sa libido.

Tandis que Preston allait rencontrer le médecin, elle s'installa à la cafétéria de l'hôpital.

Il était tôt, les gens n'affluaient pas encore pour le déjeuner. Elle put occuper une table entière et s'étaler pour travailler.

Vingt minutes plus tard, son portable se mit à vibrer.

Il a les ongles sales.

Elle se figea. Elle comprenait que Preston râle pour évacuer son stress, mais de là à préparer lâchement sa fuite !

Ça part au lavage.

Elle ne pouvait pas être complice.

Ses lacets sont défaits.

La panique monta en elle.

Attends de parler avec lui.

Elle n'avait pas fait ce deuxième voyage pour rien !

Rejoins-moi à la voiture.

Comment pouvait-il ?

NON !

Mais en l'absence de réponse au bout de quelques minutes, elle comprit qu'il avait quitté le bureau du médecin.

Elle ramassa ses affaires en fulminant et retourna au parking tout en cherchant ce qu'elle pourrait dire de cinglant pour blesser Preston.

Il l'attendait, appuyé contre le capot, les bras croisés.

— Tu le fais exprès ?

— Comment pourrais-je mettre mes yeux entre les mains d'un homme qui ne sait pas nouer correctement ses lacets ?

Elle ouvrit les portières et monta dans la voiture.

— Il avait pourtant une bonne formation, celui-là. Mais tu trouveras toujours quelque chose qui ne va pas. Tu es un perpétuel insatisfait.

Preston posa sa tête sur l'appui-tête.

— Je me passe de ton sermon, Hardin.

Pourquoi l'appelait-il par son nom de famille, depuis quelques jours ?

— J'aurais dû venir avec toi.

— Tu es venue pour conduire.

— Ah, je ne suis que ton chauffeur ? Tu fais bien de me le dire ! Les gens comme toi ne peuvent ni parler ni sympathiser avec les domestiques.

Elle démarra et sortit du parking.

— Pour ta prochaine sortie, tu te trouveras un autre chauffeur.

J'en ai ma claque. Et puisque de toute façon nous ne sommes pas amis...

— Je t'ai dit depuis le début que nous ne serions pas amis.

— Il me semble pourtant que j'ai été plus qu'amicale avec toi en acceptant de te couvrir et de te conduire tantôt à Atlanta, tantôt à Knoxville. Et toi, quand tu m'as emmenée jouer au basket et m'as proposé d'être mon cavalier au bal de Noël. C'était quoi, si ce n'était pas de l'amitié ?

— C'était un règlement de dette. Tu remarqueras que je ne t'ai même pas demandé quelle était l'occasion de porter l'autre robe.

Et il alluma la radio.

Elle cessa de parler, ruminant sa colère.

Tout ça à cause de cette histoire de douche. Les choses n'avaient pas pris une telle tournure quand il l'avait embrassée ! D'ailleurs, il avait de nouveau posé ses lèvres sur sa peau après le basket. Et elle le sentait plus proche d'elle depuis que l'on avait découvert l'existence des métastases de Marjorie. Il était évident que Preston avait envie d'elle, sans quoi il ne réagirait pas de cette manière.

Cette pensée la réconforta.

Elle pouvait aussi lui rappeler qu'il était en période d'essai et que rien n'était encore gagné pour lui, surtout s'il ne supportait pas d'être gentil avec elle.

— Je me passerai de toi au bal de Noël, dit-elle après avoir ressassé ses pensées sur quelques kilomètres.

— C'est une dette. Je tiens à m'en acquitter.

Dans la voiture, elle ne pouvait ni le frapper ni le mordre. De son côté, il ne pouvait pas non plus s'échapper.

Elle éteignit la radio.

— Non, ce n'est pas une dette ! T'acquitter d'une dette envers moi serait censé me rendre service. Or, je n'ai pas du tout envie que tu viennes. Tu en es donc dispensé, à moins que tu cherches à me punir par ta présence. Je préférerais engager un gigolo et me rendre toute nue à ce stupide bal que de t'y emmener.

— Ce que tu es théâtrale !

Preston ne ralluma pas la radio, mais elle eut l'intuition qu'il y pensait très fort.

— Je suis juste pragmatique. J'irai seule.

Après tout, elle était indépendante, elle n'avait pas besoin d'un cavalier pour aller au bal.

— Tu ne peux pas demander à Jason. Dans ce cas, je t'emmène. Considère cela comme une mission de travail.

— C'est *moi* qui ai les billets et qui décide qui j'emmène.

— Je vais dormir. Fais-moi signe quand tu auras recouvré la raison. Ou quand nous serons à Nashville. Ce qui arrivera probablement plus vite.

Quel abruti !

Il se cala sur son siège et ferma les yeux, la laissant conduire seule, une fois de plus.

Mais dans le fond, c'était aussi bien.

Elle ralluma la radio. Et monta le volume.

8

Preston tourna dans la grande allée et aperçut la maison en brique de deux étages dans laquelle vivait Jason Frist.

C'était une grande première pour lui. Jamais il n'avait encore rendu visite à un collègue chez lui, sauf s'il s'agissait d'une soirée à laquelle étaient conviées d'autres personnes, ce qui ne s'était produit qu'en de rares occasions.

Une petite blonde avenante lui ouvrit.

— Jason est dans le salon, il se repose.

— Il dort ?

— Non, non. Il est allongé sur le canapé, répondit-elle en lui faisant signe de la suivre.

Puis elle disparut dans la cuisine.

Jason lui montra un fauteuil.

— *Beurre de pomme ?* articula Preston en silence.

Jason opina.

La jeune femme réapparut avec un grand verre de thé froid et le déposa devant lui.

— Merci. Je commence à comprendre pourquoi tu grimpes dans les pommiers, plaisanta-t-il.

Lui-même avait fait des choses plus ridicules pour plaire à une femme. Et pris des décisions plus stupides.

— J'ai essayé de te joindre hier, dit Jason une fois que son amie fut de nouveau sortie de la pièce.

— Hier ? Ah oui, j'étais à Knoxville, il n'y avait pas de réseau tout le temps.

— A Knoxville ? Tiens, Dasha y est allée hier aussi.

— Elle te l'a dit ?

— Elle m'a appelé hier pour prendre de mes nouvelles. On a parlé de choses et d'autres, mais elle ne m'a pas dit ce qu'elle allait y faire.

— Ah.

L'un des avantages de ne pas avoir d'amis, c'était qu'on n'était pas obligé d'entendre leur opinion sur des problèmes personnels. Cela dit, en cet instant précis, il aurait bien aimé avoir l'avis de Jason. Mais comment le lui demander ?

Il avait envie de lui parler de Dasha et souhaitait lui demander un service. Jason accepterait sans doute de le lui rendre, mais il ne voulait pas avoir l'air de quémander.

Il préféra changer de sujet.

— Comment ça va, avec Davis P. ?

— Toujours pareil.

— Veux-tu que je lui demande de te laisser un peu tranquille ?

S'il aidait Jason au sujet de Davis P., peut-être que Jason l'aiderait à propos de Dasha ?

— Non merci, répondit Jason avant d'exhaler un long soupir.

Davis P. avait vraiment le don de crisper les personnes dont il prétendait être proche.

— Pourquoi l'appelles-tu Davis P. ? demanda Jason.

— C'est lui qui ajoute toujours l'initiale quand il se présente. Pourtant, il n'y a pas d'autre Davis Monroe avec lequel on pourrait le confondre, encore moins de Dr Davis Monroe. Mais il y tient. Cela m'a toujours agacé.

A l'époque où il était un adolescent en colère toujours prêt à remettre l'autorité de son père en cause, Davis P. ne supportait pas qu'il le lui fasse remarquer. Et maintenant…

— Au départ, c'était sans doute un moyen de se faire remarquer. Puis on en a pris l'habitude. Aujourd'hui, il ne me viendrait pas à l'idée de l'appeler autrement.

— Que signifie ce *P* ?

Preston sourit en coin.

— Preston.

— Quelle chance tu as !

— Je ne te le fais pas dire.

— Tu ne l'as jamais appelé papa ?

— Je crois qu'il en ferait une attaque.

Jason rit puis le regarda.

— Et toi, qu'est-ce qui t'amène, ce matin ?

— Il faut que je me débarrasse de ma maladresse.

Il n'avait pas envie de paraître protecteur envers Dasha. Mieux valait avoir l'air de faire son autocritique.

Mais Jason le regarda d'un air perplexe. De toute évidence, son autocritique n'avait aucun sens pour lui.

— Est-ce que Dasha t'a parlé de la femme de Saunders ? demanda-t-il plus directement.

— Oui, bien sûr.

— Ah, je suis content qu'elle ait quelqu'un à qui parler, dit-il d'un air faussement rassuré.

— En plus de toi ?

Preston déglutit.

— Euh... Oui. La situation est un peu délicate en ce moment.

— Je vois. Je ne sais pas tout, mais j'ai cru comprendre que vous vous étiez connus il y a quelques années.

— Oui, et aujourd'hui j'ai du mal à garder mes distances.

— Pourquoi veux-tu absolument garder tes distances vis-à-vis d'elle ?

— Je ne sais pas. J'ai l'impression que ce n'est jamais le bon moment ni les bonnes circonstances.

Il but une grande gorgée de thé, la gorge soudain sèche — ce qui se produisait toujours lorsqu'il pensait à Dasha.

— Est-ce que tu voudrais bien tâter le terrain pour moi ?

— Je veux bien, dit Jason, mais je ne sais pas si elle va avoir envie de me parler de ça.

Preston sourit, soulagé.

Il était parvenu à lui demander un service. Maintenant, il voulait faire avec Jason ce qu'il n'avait jamais fait avec personne : lui poser des questions sur lui et sur sa vie. A commencer par le vrai prénom de Beurre de pomme.

— C'est l'histoire d'un cyclope qui va chez le médecin et qui lui dit : « Docteur, il faut que vous m'aidiez. Je ne vois que d'un œil. »

Dasha leva les yeux de son bureau et regarda Preston refermer la porte.

Il ôta ses lunettes. Son œil gauche était fermé, comme s'il s'était figé au beau milieu d'un battement de cils.

— C'est quoi, la chute ? demanda-t-elle froidement.

D'habitude, quand quelqu'un était occupé dans son bureau, on frappait et on attendait la réponse avant d'entrer et de le déranger. Manifestement, c'était trop demander à Preston Monroe. Son envie de plaisanter avait pris le dessus sur ses bonnes manières. A sa décharge, pendant les dix jours qui s'étaient écoulés depuis leur voyage à Knoxville, ils n'avaient fait que travailler du matin au soir.

— Si tu cherches de l'aide pour améliorer tes blagues, tu t'es trompé d'adresse, murmura-t-elle.

— Qu'est-ce qui ne va pas, Dasha ? demanda Preston en s'approchant du bureau.

Elle secoua la tête.

— Rien… Tout.

Elle n'avait pas envie d'une conversation avec lui maintenant. D'autant qu'il avait envoyé Jason lui parler, comme si elle avait besoin d'un thérapeute.

— Je dois partir tôt, aujourd'hui. Ce qui est plutôt une bonne nouvelle, vu l'état de ton œil.

— Pas d'interventions ?

— Non. Rien de programmé, en tout cas. Il n'y a que des opérations de chirurgie générale, et il y a déjà un chirurgien pour me remplacer. Tu peux rentrer chez toi, ou rester travailler avec lui si tu veux.

Preston opina sans trancher.

Elle se leva et rangea sa tablette.

En réalité, son sac était prêt depuis trente-sept minutes. Trente-huit minutes plus tôt, le frère de Bill l'avait appelée pour lui annoncer la mort de Marjorie.

Mais elle ne ressentait rien. Rien du tout. Elle aurait dû éprouver quelque chose, mais curieusement elle était moins émue que la dernière fois qu'elle avait perdu un patient.

— Si tu rentres chez toi, ne prends pas le volant dans cet état, dit-elle machinalement.

— Dasha ?

— Hmm ? dit-elle en se retournant, la main sur la poignée de la porte.

— Qu'est-ce qui ne va pas ? répéta-t-il.

— Je suis en retard, il faut que j'y aille.

Elle n'avait pas envie de le lui dire. En serait-elle seulement capable ? Annoncer la nouvelle, ce serait comme poser le doigt sur le premier domino de la chaîne. Elle préférait rester dans la torpeur que se briser en mille morceaux.

Elle referma la porte et se rendit aux pompes funèbres.

Bill avait besoin d'aide. C'était le genre de chose qu'une fille se devait de faire pour ses parents. Même si elle n'était pas tout à fait leur fille.

Quand, à 21 h 30, Dasha rentra chez elle, la Jaguar de Preston était garée devant sa petite maison, et il attendait, les bras croisés.

— Que fais-tu ici ? demanda-t-elle après avoir garé sa voiture au garage.

— Jason m'a dit, pour Marjorie.

Elle passa devant lui et entra.

— L'enterrement a lieu demain, ce qui laisse le temps à certains membres de sa famille de faire le voyage.

— Ils viennent de loin ? demanda Preston, comme s'il ne savait pas quoi dire d'autre.

Ils n'avaient jamais été très doués pour la conversation. Preston n'était pas du genre à poser des questions. Il était clair qu'il ne tenait pas à connaître les réponses. Ce bavardage ne rimait à rien.

— Je crois, oui.

Elle posa ses affaires sur la table du salon et envoya promener ses chaussures. Même l'ordre avait perdu son attrait.

— Je suis fatiguée, et il est tard. Dis-moi ce qui t'amène, afin que je puisse aller me coucher.

— Je n'ai pas vraiment préparé de discours.

— Dépêche-toi, dit-elle en s'asseyant sur l'accoudoir du canapé.

Quel drôle d'effet de voir Preston chez elle !

Son œil semblait aller mieux, c'était déjà ça. Il allait pouvoir observer son petit intérieur et le comparer avec le sien, qui devait être tout de verre et de chrome, avec une boule disco et un Jacuzzi. Les néons clignotants du Wild Horse Saloon, juste au-dessous de chez lui, devaient projeter leur lumière multicolore jusque dans son salon.

Sa maison à elle n'avait rien de particulier. Elle était simple. Chaque meuble, chaque objet, avait été choisi en fonction du bien-être qu'il procurait. C'était confortable, joli, chaleureux... Encore que rien ne semblait pouvoir lui réchauffer le cœur en cet instant précis.

— Je reste ici, dit-il, la ramenant à la réalité.

— Pardon ?

— Ce soir, je reste ici.

Elle se massa le front.

Elle n'avait pas le courage de discuter, encore moins de lutter. Il voulait passer la nuit chez elle ? Soit.

— Si tu veux. Il y a probablement de quoi manger dans le réfrigérateur. Je vais ouvrir le canapé.

Elle se leva, mais il l'interrompit.

— Non, attends, dit-il en se rapprochant d'elle.

— Preston, j'ai besoin de rester un peu seule.

Elle avait besoin d'y voir clair. Or, rien dans la situation présente ne l'était. Preston passait son temps à osciller entre deux extrêmes : il ne voulait pas entendre parler d'amitié, mais il agissait comme le ferait un ami. Elle n'avait même plus la force de lui faire remarquer la contradiction.

— Reste ici un moment. Dis-moi comment tu vas.

— Pouvons-nous rester silencieux ? demanda-t-elle.

— Pour ça, je suis plus doué que toi, répondit-il en esquissant un léger sourire.

Elle revint vers le canapé et s'assit en silence.

Le salon était plongé dans l'obscurité, la télévision éteinte. Ses pensées se bousculaient dans sa tête, mais elle n'y trouverait pas de solution le soir même. Ni le lendemain, qui serait une journée terrible.

Preston s'assit sur l'accoudoir, et ils demeurèrent un moment en silence, à quelques centimètres l'un de l'autre.

Pour l'instant, rien n'indiquait que Dasha allait bien. Le silence devenait pesant, et il dut faire des efforts surhumains pour ne pas le briser. D'ailleurs, que dire, à part des platitudes ou des inepties, lui proposer de sortir la poubelle ou de tondre la pelouse ?

Rester assis près d'elle sans la toucher était tout aussi difficile. D'autant que sa souffrance lui était insupportable.

Ignorant la voix de sa raison, il tendit la main et prit la sienne, comme Dasha elle-même l'avait fait pour le réconforter dans l'obscurité de son bureau.

Sa main paraissait minuscule dans les siennes. Elle était douce et fragile, comme elle.

Comment l'aider à surmonter son chagrin ?

Il glissa sur le canapé.

Au cours de sa vie, quand il avait été confronté à des émotions désagréables ou bouleversantes, la seule solution qu'il avait trouvée avait été le sarcasme. Il faisait comprendre aux gens qu'il partageait leur peine par le biais de l'humour noir. Il était tout à fait conscient qu'il s'agissait d'un mécanisme de défense, mais il n'avait pas pour autant le recul suffisant pour observer sa douleur et la regarder s'estomper d'elle-même. Peut-être était-ce la raison pour laquelle Dasha n'avait jamais évoqué avec lui les épisodes douloureux de sa vie. Elle avait dû le sentir.

— Tu peux me parler, ce soir, si tu veux, proposa-t-il, incapable de garder le silence plus longtemps. Comme à un ami.

Il scruta son visage.

La douleur et la peur se livraient bataille au fond de ses grands yeux noisette, les larmes perlaient au bord de ses paupières. Elle ne répondit pas, mais sa respiration se fit saccadée. Elle se pencha contre lui, déposant sa tête dans le creux de son cou.

Elle pleurait.

Le choc lui coupa le souffle. Il n'avait jamais vu les défenses de quelqu'un s'effondrer de la sorte. Il n'avait pas de mots pour la consoler, faire cesser ces larmes qui le terrorisaient.

Il lui passa le bras autour des épaules et l'attira à lui. Quand les sanglots de Dasha redoublèrent, il la serra plus fort. Il sentit qu'elle s'apaisait, se laissait aller peu à peu contre lui. Puis, au rythme lent de sa respiration, il comprit soudain qu'elle s'était endormie.

Jamais il ne s'était senti aussi heureux en dépit de son bras ankylosé.

Il ferma les yeux et essaya de se détendre. Mais il ne pouvait pas dormir dans cette position.

La maison n'était pas immense, il ne devrait pas avoir trop de mal à trouver sa chambre.

Il se leva doucement tout en soutenant la tête de Dasha, glissa l'autre bras sous ses genoux et la souleva. Il la déposa sur le lit, retira ses chaussures.

C'était une situation inédite. Telle qu'il l'avait connue, Dasha ne se serait jamais endormie dans ses bras. Du moins, pas avant d'avoir passé des heures à faire l'amour, jusqu'à n'avoir plus le choix qu'entre dormir ou s'évanouir. A son réveil, elle serait peut-être furieuse de constater qu'il l'avait déshabillée ?

Mais qu'importe !

Il lui ôta simplement son pantalon et remonta les draps. Puis il se déshabilla et s'allongea à côté d'elle.

L'enterrement avait lieu le lendemain. Il aurait d'autres occasions de lui témoigner son... amitié. Après quoi, il remettrait de la distance entre elle et lui et reprendrait le cours normal de sa vie.

Il éteignit la lampe de chevet et, après un temps d'indécision, se blottit contre elle.

Décidément, il avait du mal à prendre de bonnes décisions quand elles concernaient sa relation avec Dasha.

Dasha cligna des paupières. Lorsqu'une odeur de santal vint lui chatouiller les narines, elle inspira doucement, revenant progressivement à la réalité.

Cette odeur… Preston avait un parfum boisé, avec une note très légère de santal.

Ses autres sens s'éveillèrent peu à peu : la chaleur dans son dos, le poids rassurant de son bras sur elle, la douceur de son souffle dans ses cheveux.

Elle n'avait pas le souvenir de s'être couchée. Seulement le battement régulier de sa veine jugulaire contre son nez, et ce matin cette odeur de santal à chacune de ses inspirations.

Lentement, elle se retourna pour le regarder.

Son visage endormi ne portait aucun signe d'orgueil. Ni le froncement de sourcils, ni l'air renfrogné. Ni le regard noir, ni le pli espiègle qu'elle aimait tant voir sur ses lèvres.

Tout cela lui manquait. Lorsque leur collaboration hasardeuse cesserait, il faudrait qu'elle trouve quelqu'un avec qui partager ce genre d'intimité. Au diable les activités manuelles ! Lorsque tout cela serait terminé, lorsqu'elle aurait réparé ses erreurs, elle pourrait peut-être se pardonner et accepter que les autres lui trouvent des qualités. Marjorie lui en avait trouvé. Bill et Jason aussi.

Le bras posé sur elle la serra plus fort. Elle vit une ride creuser le front de Preston entre ses sourcils, ses lèvres remuer. Il ouvrit les yeux. Des yeux magnifiques dont l'iris bleu acier s'entourait d'une ligne bleu foncé.

— Tu es réveillée, murmura-t-il.

Il leva la tête pour regarder le réveil.

— 8 heures ! Mais à quelle heure…

— C'est cet après-midi. Ça laisse aux gens le temps d'arriver.

— Il faut quand même se lever.

Mais il reposa sa tête, referma les yeux, et elle sentit sa main glisser sur la peau nue de sa hanche.

— Comment te sens-tu ?

Comment elle se sentait ? Elle n'en avait pas la moindre idée. Lui en revanche, il était adorable avec son visage ensommeillé et ses cheveux en bataille.

— Ça peut aller, répondit-elle machinalement.

En fait, cette réponse correspondait à peu près à la réalité. Elle se sentait plutôt bien, en effet. Mieux que la veille et que tous les jours qui avaient suivi le terrible diagnostic de Marjorie. Elle se sentait en paix. Elle était toujours triste, mais la noirceur s'était légèrement estompée.

— Crois-tu en Dieu, Preston ?

Il plissa encore un peu le front mais n'ouvrit pas les yeux.

— Mmm... Je ne suis pas sûr de croire en la version du catéchisme, mais je suis convaincu qu'il existe quelque chose qui nous relie. J'aime bien l'idée que l'âme est une étincelle du divin et qu'à la fin elle retourne à sa source.

Elle sourit à sa réponse évasive, avant de dégoupiller sa grenade.

— Je t'ai menti, dit-elle.

Il ouvrit les yeux.

— Enfin, pas vraiment menti, mais j'ai changé d'avis.

— A quel sujet ?

— Je voudrais que tu me pardonnes, dit-elle simplement, sans se sentir coupable de l'admettre. Je t'ai dit que jamais je ne te le demanderais, mais aujourd'hui j'en ressens le besoin. Tu n'as pas à me répondre tout de suite. Et si tu estimes que ce n'est pas possible, je comprendrai.

Preston observa Dasha, les yeux ronds de surprise.

Elle venait de lui demander son pardon. Etait-ce un effet secondaire du deuil ?

Il avait simplement proposé de lui parler, pensant qu'elle lui dirait comment elle se sentait, qu'il répondrait qu'il était désolé pour elle... Bref, qu'ils échangeraient les mots que les gens normaux échangent lorsque l'un d'entre eux perd un être cher. Mais les paroles de Dasha débordaient largement le cadre d'une conversation de circonstance.

La douleur de Dasha s'ajoutait au besoin qu'il éprouvait de lui apporter son soutien, le risque étant qu'il finisse par lui accorder tout ce qu'elle demanderait. Il fallait que sa confiance en elle soit totale, sans quoi il pourrait regretter plus tard de lui avoir tout pardonné. Si ses yeux ne pouvaient pas être soignés, si sa carrière était fichue, il n'en serait que plus frustré.

— Je ne peux pas te répondre pour l'instant, dit-il.

Elle lui sourit.

— D'accord.

La fatigue sur son visage s'était quelque peu dissipée, et en dépit de sa tristesse elle semblait aller mieux. Mieux que ce à quoi il s'attendait après l'avoir tenue dans ses bras la veille, secouée de sanglots.

— Je n'ai pas envie d'aller à l'enterrement, dit-elle. Je suis affreuse.

— Personne n'a envie d'assister à des funérailles.

— As-tu déjà perdu quelqu'un de proche ? demanda-t-elle.

« Je t'ai perdue, toi », eut-il envie de répondre.

— Non, répondit-il en scrutant son visage.

En fait, elle avait à peine changé depuis la dernière fois qu'ils avaient passé la nuit ensemble, cinq ans auparavant. Elle paraissait encore plus belle. Oui, elle était magnifique.

— Tu as toujours ta mère ? Tu t'entends bien avec elle ?

— Oui, je l'adore. Et toi, tu vois ton père ?

— Non, je ne l'ai jamais revu. Quand maman est morte, le tribunal m'a demandé son identité, mais comme maman ne l'avait jamais inscrit sur mon acte de naissance, je n'ai rien dit.

— Pourquoi ? C'est ta famille.

— Il nous a abandonnées. Il ne méritait même pas de savoir qu'elle était morte. Et peut-être que je n'ai pas voulu prendre le risque de savoir s'il s'en fichait vraiment ou non. J'ai préféré imaginer qu'il apprendrait un jour son décès et qu'il en souffrirait. Ce qui n'a jamais dû se produire, cela dit.

Dasha prit une grande inspiration.

— Il était marié. En fait, il ne venait chez nous que quand sa femme partait en voyage.

— Ce n'est pas Davis P., au moins ? demanda-t-il avec un sourire en coin, espérant qu'elle saisirait l'humour de sa question. Mon père trompait régulièrement ma mère avec celle qui est devenue sa femme numéro deux. C'est pour cette raison que ma mère l'a quitté.

— Quel âge avais-tu ?

— Seize ans.

— Tu vivais chez elle ?

— Non, parce qu'elle a déménagé dans la foulée à cent kilomètres.

— Tu n'as pas eu envie de partir avec elle ?

— Si je l'avais suivie, je n'aurais pas pu punir mon père de lui avoir fait autant de mal. J'aurais été trop loin pour pouvoir me venger sur ma belle-mère !

Dasha éclata de rire.

— Je n'ose pas imaginer.

— J'étais un vrai monstre.

— Ça ne date donc pas d'hier...

Ses yeux avaient recouvré leur éclat. Sans prévenir, elle s'échappa de ses bras et se leva, révélant un petit postérieur parfait dans sa culotte en coton blanc.

Il détourna le regard.

Ce serait si simple de faire comme si tout allait bien entre eux, de l'attirer de nouveau contre lui...

Du coin de l'œil, il vit le chemisier de Dasha valser sur le lit. Puis son soutien-gorge.

Mieux valait ne pas regarder !

Mais il tourna la tête, incapable de résister.

Lorsque Dasha fut certaine d'avoir toute son attention, elle fit glisser sa culotte le long de ses cuisses.

Il la regarda, pétrifié.

Elle était magnifique. Le jogging lui réussissait à merveille.

— Je vais prendre ma douche, dit-elle. Mais je laisse la porte ouverte.

Il n'y avait plus aucune vulnérabilité dans sa voix. Cette fois, elle ne lui en voudrait pas s'il déclinait l'invitation. En revanche, c'est lui qui ne survivrait pas.

Dasha avait besoin de réconfort. C'était d'ailleurs le but premier de sa visite. Il était venu pour la réconforter jusqu'à l'enterrement, après quoi la vie reprendrait son cours. Cela n'incluait pas nécessairement de coucher ensemble, mais après tout, s'ils étaient décidés à ce que tout rentre dans l'ordre après les funérailles, le sexe ne changerait pas grand-chose...

Il la regarda disparaître dans la salle de bains, puis il revint à lui.

Au diable les conventions ! Elle en avait envie autant que lui.

Autant céder à leur désir. Ce serait une belle façon de se dire au revoir, ce qu'ils n'avaient pas pu faire lorsqu'elle s'était enfuie en le menottant.

Et peut-être même de lui pardonner ?

Au son de l'eau coulant dans la douche, il se leva et ôta son caleçon. Elle avait besoin de lui comme lui d'elle. Demain serait un autre jour.

Demain, et les jours suivants.

Dasha ajustait la température de l'eau lorsque la porte de la salle de bains s'ouvrit.

Enfin !

— Ça ne nous engage à rien, dit Preston en attrapant le préservatif qu'elle avait posé sur l'étagère.

Il passa un bras autour de sa taille et l'attira à lui.

— A rien du tout, confirma-t-elle en faisant glisser ses mains mouillées sur sa nuque, ses épaules larges, ses bras musclés.

Il se pencha et l'embrassa à pleine bouche, frottant sa barbe naissante contre sa peau.

Elle aurait probablement le menton irrité, mais peu importait. Pour la première fois depuis des années, son corps entier vibrait. La dernière fois qu'elle avait aimé coucher avec un homme, c'était avec lui, déjà. Avec cet homme magnifique et exaspérant.

Elle sentit les mains de Preston descendre le long de son dos, et la détermination avec laquelle il lui empoigna les fesses dit son désir mieux que n'importe quels mots.

En cet instant précis, il avait visiblement tout oublié du passé. Il lui montrait la réalité présente de son désir. Elle se doutait bien qu'elle n'était pas la dernière femme avec laquelle il avait fait l'amour, mais l'urgence de ses baisers, la vigueur de sa langue dans sa bouche, de son sexe pressant contre son bas-ventre, de ses mains sur son corps hurlaient qu'il avait envie d'elle autant qu'elle de lui. Ce matin, ils étaient à égalité.

Une petite voix grondeuse s'éleva en elle. La voix qui se manifestait chaque fois qu'elle tentait d'approcher un homme et qui gagnait la partie à tous les coups : ce n'était pas bien, elle se servait de lui pour se sentir mieux. Et lui, il pourrait désirer n'importe quelle autre femme à sa place...

Mais elle savait que Preston n'était pas dupe. Il était conscient de l'état dans lequel elle se trouvait et des raisons pour lesquelles elle s'était déshabillée devant lui.

Il l'empoigna par les fesses et la souleva jusqu'à l'asseoir sur le petit rebord.

Tandis qu'elle sentait la fraîcheur du carrelage dans son dos, la petite voix s'éleva de plus belle.

Elle pourrait glisser, se faire mal...

Mais l'eau chaude sur leurs corps enlacés, leurs langues emmêlées, le désir, tout cela parlait plus fort, pour une fois.

Elle tendit la main et s'agrippa à la poignée tandis que, sans cesser de l'embrasser, Preston enfilait le préservatif.

Quand il entra en elle, elle le serra entre ses jambes, envahie par une sensation de familiarité, de reconnaissance.

Les corps pouvaient-ils se reconnaître après des années de séparation ?

Dès qu'il se mit à bouger en elle, les cinq ans qui venaient de s'écouler se diluèrent aussitôt, en réponse à sa question. Elle s'accorda à son rythme autant qu'elle le pouvait dans sa position, mais sa peur la rendait maladroite.

— Je glisse, chuchota-t-elle en s'agrippant plus fort.

— Non, tu ne glisses pas, je te tiens, répondit Preston avant de l'embrasser de plus belle.

Mais sa main glissait sur la barre.

Il allait la lâcher, c'était certain ! Elle glissait et se ferait mal s'ils continuaient à bouger.

— Je glisse ! gémit-elle.

Elle eut l'impression que la buée amplifiait sa voix, lui donnant des accents désespérés et fatalistes.

— Dasha, dit Preston en s'immobilisant, comme s'il lisait dans ses pensées. Je ne te lâcherai pas. Je te tiens.

Comment pouvait-il en être si sûr ? Les gens passaient leur temps à commettre des erreurs, à prendre de mauvaises décisions. Ils faisaient n'importe quoi avec les gens qu'ils aimaient. Et elle n'était même pas son amie, tout au plus son amante, depuis cinq minutes. Rien de plus.

— Fais-moi confiance, dit-il en reprenant le mouvement.

Il avait raison. Comment pourrait-il lui faire confiance si elle n'avait pas confiance en lui ? Elle pouvait au moins essayer de le croire. Juste en ce moment. Pas nécessairement en ce qui concernait l'avenir — qui sait ce qu'il adviendrait de leur relation à l'avenir ? Mais elle pouvait essayer de lui faire confiance maintenant.

Elle lâcha la barre et s'accrocha à ses épaules.

C'est alors que la vague de plaisir la submergea. Le plaisir qu'elle s'était refusé pendant toutes ces années envahissait à présent chacune de ses cellules. Et à sa façon de bouger, à son souffle qui s'accélérait, elle sut que Preston était en train de la rejoindre.

Preston sentit le désir monter en lui jusqu'à atteindre son paroxysme. Puis son corps se raidit tandis que les vagues de plaisir se succédaient.

Ensuite, il s'appuya contre Dasha pour l'empêcher de glisser et posa son menton sur son épaule, goûtant le plaisir d'être encore en elle.

Il n'avait aucune envie de se détacher d'elle.

C'était sans doute le moment de dire quelque chose, mais cela impliquait d'analyser la situation, et il n'en avait pas envie non plus. Il préférait savourer l'instant, retarder le retour à la réalité. Le plus tard serait le mieux.

Comme si elle percevait son agitation intérieure, Dasha lui passa les mains dans les cheveux.

— Ça n'engage à rien, murmura-t-elle.

Par ces mots, elle cherchait à le libérer. Ou à se libérer.

Au prix d'un gros effort de volonté, il se détacha d'elle et l'aida à se remettre debout. Puis il la lâcha et attrapa le shampoing.

Ils n'avaient toujours pas pris leur douche. Mais cela n'engageait à rien.

9

Dasha ne pouvait pas se permettre de partir en congé en même temps que Bill, encore moins pour le même motif que lui. Les hôpitaux ne cessaient pas de fonctionner à cause d'un deuil, et quoi qu'il en soit elle était plus à même d'aller travailler que lui.

Preston avait appelé une fois après l'enterrement pour prendre des nouvelles, puis plus rien. Elle appréhendait un peu de le revoir.

Physiquement, le souvenir de leur douche commune s'était atténué, mais d'un point de vue émotionnel il restait très présent, ce qui se manifestait principalement chez elle par une envie irrépressible de recommencer. Aussi stupide que cela puisse paraître, elle avait envie de lui, elle aurait difficilement pu prétendre le contraire.

Cela dit, mieux valait ignorer ce désir si elle voulait aller de l'avant. Cet épisode lui avait rappelé qu'elle était une personne sexuée, qui aimait faire l'amour, très bien. Elle n'était ni malade ni coincée. Sans doute n'avait-elle simplement pas rencontré les dernières années les partenaires à même de le lui révéler.

Preston voyait l'état de ses yeux empirer.

Il ne pouvait s'administrer des injections que selon un planning extrêmement précis. Le problème résidait dans le fait que l'effet de chaque dose ne durait pas suffisamment longtemps pour tenir jusqu'à l'injection suivante. Si l'on ajoutait à cela le fait que les crises étaient souvent déclenchées par le stress, comme par exemple la perspective de passer des heures à table devant une dinde morte, on obtenait la recette d'un désastre de Thanksgiving.

Il ne pouvait décemment pas aller déjeuner chez son père avec des lunettes de soleil !

Le jour J, il envisagea sérieusement de demander par SMS à Dasha de le convoquer à l'hôpital pour une urgence.

Ce serait plausible, étant donné la météo et les routes verglacées. Mais les choses étaient déjà suffisamment compliquées entre eux pour qu'il ait envie de lui demander encore un service.

Bon dieu, pourquoi continuait-il à penser constamment à elle ?

Il renversa la tête et fit tomber quelques gouttes de sérum dans ses yeux pour les humidifier. Puis il ouvrit la porte, prit la tarte au potiron qu'il avait achetée chez le meilleur pâtissier de Nashville et sortit.

Il se dépêcherait de manger, il s'endormirait devant le match de foot et s'arrangerait pour que Dasha l'appelle. C'était un plan tout à fait viable.

La femme numéro trois de son père ouvrit la porte.

— Bonjour, Sandra, dit-il en tendant la boîte.

— Merci Preston, tu es pile à l'heure.

— Ce n'est pas mon genre d'être en retard.

Elle sourit.

Il devait admettre qu'il préférait Sandra à la femme numéro deux. Sandra avait harcelé son père jusqu'à ce que le divorce soit prononcé. Une simple séparation ne lui suffisait pas. Ce genre d'attitude forçait le respect, même s'il fallait admettre qu'elle ait un goût déplorable en matière d'hommes.

— Preston !

Il cessa de suivre Sandra pour se diriger vers la personne qui venait de hurler son prénom.

— Joyeux Thanksgiving !

— Joyeux Thanksgiving à toi aussi, dit Davis P. en l'invitant à s'asseoir. Tu es allé voir Jason ?

— Oui, répondit-il, sur la défensive.

— Les comptes rendus sur son état de santé sont préoccupants.

— Il fait de son mieux, dit Preston, s'efforçant d'être diplomate.

On ne se remet pas d'une mauvaise chute en deux semaines. Cela va prendre du temps.

— Je sais..., acquiesça Davis P.

Le froncement de ses sourcils annonçait un « mais » imminent.

— Tu lui mets peut-être un peu trop la pression ? lâcha Preston.

— Loin de moi l'idée de lui mettre la pression !

— Sa guérison le stresse déjà suffisamment, son avenir est en jeu. L'avenir de ton service aussi, j'en conviens. Mais, au pire, quand tu partiras à la retraite, tes patients s'adresseront à un autre médecin que celui que tu avais choisi pour prendre la relève.

Son œil gauche cligna deux fois puis se ferma.

— Preston ?

— Ce n'est rien, répondit-il promptement en se frottant l'œil.

Cela n'allait pas résoudre le problème, mais d'instinct il avait besoin de masser le muscle contracté.

— On ne dirait pas ! Est-ce la raison pour laquelle tu portes des lunettes de soleil à l'intérieur ?

— Oui. Mais ne t'inquiète pas. De toute façon, même s'il y avait de quoi s'inquiéter, je ne te...

Son téléphone se mit à sonner.

Tous les chirurgiens traumatologues étaient appelés en urgence à St-Vincent.

Pourquoi ne lui avait-on pas envoyé ce message deux minutes plus tôt ? Il aurait pu faire l'économie d'une énième conversation pénible avec Davis P. !

— Désolé, il faut que j'y aille.

— Tu ne peux pas opérer avec un œil dans cet état, dit Davis P.

— J'ai des gouttes dans la voiture.

Et il se pourrait que tout rentre dans l'ordre dès qu'il ne serait plus soumis au regard réprobateur de son père.

Sandra apparut et le suivit jusqu'à la porte avec un sac en papier kraft dans les mains.

— Tiens, prends ça.

Au prix d'un énorme effort, il parvint à entrouvrir son œil. Il jeta un coup d'œil dans le sac.

— Tu t'attendais à ce que je parte avant le déjeuner ?

Elle lui tapota le bras en souriant.

— J'ai l'impression que c'est une tradition familiale.

Elle n'avait pas tort.

— Je suis désolé.

Preston roula prudemment jusqu'à ce que la voiture soit hors de vue depuis la maison de son père. Puis il se gara sur le bas-côté et sortit son téléphone.

Je n'ai qu'un œil. Je viens quand même ?

Le téléphone sonna aussitôt.

— Viens dès que possible, répondit Dasha d'une voix étouffée. Sois prudent, ça glisse.

— J'ai remarqué. Que se passe-t-il ?

— Un bus de location a fait une embardée après avoir dérapé sur le verglas. Je suis au bloc 5, viens quand tu pourras.

Davis P. était au courant pour son œil. Serait-ce grave que le personnel de l'hôpital le soit aussi ?

Cela pourrait compromettre son embauche. Il était en période d'essai. Les membres du conseil seraient peut-être encore plus réticents à approuver sa candidature s'il s'absentait un jour sur deux à cause de tics incontrôlables.

Il prit une grande inspiration et reprit la route.

Avec un peu de chance, son œil se rouvrirait le temps qu'il arrive à l'hôpital. Sinon, il lui faudrait prendre un certain nombre de décisions. Mais la première chose à faire était d'emprunter le trajet comportant le moins possible de ponts et de passerelles. Et de rouler lentement.

Entre son œil et le verglas, il lui fallut une heure pour parcourir un trajet qui durait habituellement vingt minutes. Mais il préférait jouer la carte de la sécurité, d'autant que son œil refusait toujours de coopérer.

Une fois à l'hôpital, il alla se garer, prit ses affaires et se hâta de gagner le bloc pour se changer.

Les blessés étaient nombreux, et tous les chirurgiens étaient sollicités. Il pourrait se rendre utile même avec un seul œil, en attendant que le spasme disparaisse. Il prenait le risque que le conseil d'administration découvre son problème et que cela conduise à son renvoi, mais tant pis.

Lorsqu'il entra dans le bloc, son œil toujours fermé, Dasha eut l'air surpris derrière le masque qui lui couvrait une partie du visage, mais elle ne fit pas de commentaire.

Le technicien qui lui enfila sa blouse et ses gants le regarda d'un drôle d'air, mais il ne dit rien non plus.

— Alors ? demanda-t-il.

— Voilà Sara. Intestin perforé.

Il passa de l'autre côté de la table d'opération et découvrit le corps d'une toute jeune fille à peine pubère. Il scruta le champ opératoire afin de fournir des indications visibles de son point de vue et qui pouvaient s'avérer utiles à Dasha.

Au bout d'une vingtaine de minutes, il sentit son œil s'entrouvrir, puis se détendre et s'ouvrir tout à fait.

— C'est passé, murmura-t-il en levant à peine la tête vers Dasha.

— Bien, dit-elle avec un soulagement manifeste. Aide-moi à terminer ici, puis tu prendras un bloc. Il y a beaucoup à faire. La petite Sara était la plus gravement touchée, mais la liste des blessés est longue.

Une heure et demie plus tard, Dasha s'adressa à une infirmière.

— Emmenez le Dr Monroe dans une salle libre et envoyez-lui une équipe avec le patient suivant.

Preston sourit sous son masque.

Dasha le surprenait encore une fois : elle plaçait les besoins des patients au-dessus des attentes du conseil d'administration.

Il ne pouvait pas la décevoir.

Il y avait des divans dans la salle de repos, mais Dasha était trop fatiguée pour marcher jusque-là. Elle s'assit sur le banc des vestiaires, les yeux rivés sur la porte métallique de son casier.

Dès qu'elle en aurait le courage, elle irait s'allonger dans son bureau.

Combien de minutes s'écoulèrent avant qu'elle ne sorte de sa torpeur ? Elle finit par se lever et se traîna tant bien que mal jusqu'à son bureau, où elle s'effondra de tout son long sur le canapé.

— Dasha ?

Une grande main chaude était posée sur son bras.

— *Dasha !*

Il fallait se réveiller.

Elle regarda autour d'elle et reconnut son bureau. Puis elle s'étira et jeta un coup d'œil par-dessus son épaule à l'horloge.

Son petit somme réparateur avait tout de même duré une heure et demie.

— Preston. Il y a un problème ?

— Non, je voulais juste te dire que l'intervention sur le dernier patient est terminée.

Il s'assit sur le canapé, un gros sac entre les mains.

— Tu as faim ?

— Je pourrais manger n'importe quoi.

Mais elle était trop fatiguée à la sortie du bloc pour s'en soucier.

— J'ai le plus gros sandwich à la dinde et aux canneberges du monde. Tu en veux la moitié ?

— Fait maison ?

— Je pense. C'est la femme de mon père, Sandra, qui me l'a mis dans la main quand je suis parti. Mais elle l'avait peut-être commandé chez le traiteur.

— De toute façon, je crois que j'en mangerais même si tu me disais qu'il était périmé depuis trois jours.

Elle croqua dans le sandwich et soupira de contentement.

— Hmm ! Je ne connais pas Sandra, mais je l'aime déjà, dit-elle en souriant. Comment s'est passée la dernière intervention ?

— Bien. Il ne devrait pas y avoir de complications. Quelle idée de voyager en bus le jour de Thanksgiving ! Ils devaient probablement se rendre à un repas de famille. Il y a eu des morts ?

— Deux.

Preston secoua la tête.

— Ça relativise ma fête de famille pourrie.

Elle le regarda en mâchant.

— J'ai eu une petite discussion avec Davis P., expliqua-t-il. Je lui ai dit qu'il mettait trop la pression à Jason. Mais mon œil s'est fermé à ce moment-là, et il l'a vu.

— Alors il est au courant, maintenant.

— Je ne suis pas entré dans les détails. Et je ne veux pas de son aide, quoi qu'il en soit.

— En tout cas, merci d'être venu nous prêter main-forte. Tu as pris des risques en te présentant à l'hôpital avec un œil fermé !

Elle était contente de partager ce moment de détente avec Preston. Autant en profiter avant qu'ils sachent clairement quelle orientation donner à leur relation. Allaient-ils rester amis ? De toute façon, que pouvait-elle attendre d'autre ?

— Jusqu'à quand es-tu en service ? demanda-t-il après avoir englouti la dernière bouchée du sandwich.

— Jusqu'à 7 heures.

— Tu fais un service ininterrompu de vingt-quatre heures ?

— Ça ne me dérange pas. Je trouve ça moins fatiguant en général, même si aujourd'hui la journée était chargée. Il y a toujours des accidents à déplorer pour Thanksgiving, mais c'est la première fois que j'ai dû appeler du renfort.

— Je peux rester avec toi jusqu'à 7 heures ?

Elle écarquilla les yeux.

— Tu n'as pas envie d'aller te coucher ?

— Si, j'ai *très* envie d'aller me coucher, répondit-il d'un air entendu.

Il était presque 2 heures. Il ne restait que quelques heures. Ils risquaient d'être dérangés, mais...

Elle se leva d'un bond et alla fermer la porte à clé. Puis elle éteignit la lampe et revint s'allonger sur le canapé.

Preston la regarda en souriant et l'attira à lui.

— J'espère qu'on ne va pas nous déranger, sinon je vais être de mauvaise humeur.

— Je prends le risque, dit-elle en l'entourant de ses bras.

Elle n'avait jamais pensé qu'un baiser au goût de canneberge pouvait être aussi sexy. C'était incroyable de pouvoir changer de point de vue grâce à un sandwich partagé avec l'homme qu'elle aimait.

Quelle idiote ! Si elle s'arrêtait de gamberger et se concentrait plutôt sur les sensations que ses lèvres et ses mains faisaient naître en elle ?

Quand Preston parla d'un nouveau rendez-vous chez le médecin, Dasha se demanda s'il n'avait pas fait l'amour avec elle avec une idée derrière la tête.

En quoi ce rendez-vous serait-il différent des autres ? Rien ne la mettait davantage de mauvaise humeur que se déplacer pour rien. Le seul point positif était que le médecin en question se trouvait à Louisville : le voyage serait plus court.

— Je ne comprends pas pourquoi tu ne demandes pas à ton père de t'aider ! Avec tous les contacts qu'il a, il te trouverait en trois coups de téléphone quelqu'un disposé à venir dans les soixante-douze heures.

— Je ne veux rien lui demander.

— As-tu conscience que la fin de ta période d'essai approche à grands pas ? Si tu penses que je vais te laisser opérer sans filet après cette date, tu te trompes.

— Si tu penses que j'ai l'intention d'opérer sans filet, tu te trompes toi aussi. Crois-tu que l'éventualité de blesser ou de tuer un patient sur la table d'opération ne m'a jamais effleuré l'esprit ? Que cela ne m'a jamais réveillé la nuit ?

— Comment veux-tu que je le sache ? Tu fais comme si rien ne pouvait t'atteindre, comme si tu étais invincible ! Tu ne dis jamais ce que tu ressens !

— Je viens de te le dire : j'ai peur. Peur de faire des bêtises, de passer à côté de ce poste, de te décevoir. Je suis conscient de ce que tu fais pour moi, même si tu le considères comme un moyen de t'acquitter d'une dette envers moi. Je veux ce poste, et je veux tenir jusqu'à ce que le conseil me l'accorde. Sans quoi je me ficherais complètement de ce que les gens peuvent penser. Mais tant que je suis en période d'essai, je n'ai pas envie qu'ils s'en mêlent.

Elle tendit la main et la posa brièvement sur la sienne.

Preston lui adressa un sourire crispé, puis il rejeta la tête en arrière et ferma les yeux.

Fin de la discussion.

Pour quelles raisons refusait-il l'aide de Davis P. ? Il était évident que le conseil d'administration n'avait rien à voir dans cette histoire. Il était plutôt question des sentiments complexes et ambivalents que Preston éprouvait à l'égard de son père. Il avait beau détester son caractère et sa façon d'être, il recherchait son approbation comme le ferait n'importe quel fils.

Peut-être la visite chez le médecin de Louisville apporterait-elle des réponses ?

Une vaste limousine venait de se garer devant la maison de Dasha, obstruant l'allée devant sa boîte aux lettres.

Elle inspira profondément et regarda encore une fois, perplexe, l'abondance de tissu ondoyant autour de son corps.

Le coiffeur avait suivi ses instructions à la lettre, le résultat était probant. Le problème ne résidait pas dans sa tenue. Non. Le problème était qu'elle n'avait pas du tout envie d'aller à ce bal de Noël.

Elle prit ses clés, sa pochette et son invitation, et quitta la maison.

Le chauffeur ouvrit la portière, et elle rassembla les kilomètres de tissu de sa robe avant de s'engouffrer aussi gracieusement que possible dans le véhicule.

Elle n'avait pas besoin d'un cavalier à son bras pour faire bonne figure. Encore moins d'un type qui l'avait embarquée jusqu'à Louisville pour rien — une fois de plus. Si Preston Monroe était aussi exigeant, comment pourrait-il vouloir d'elle ? De toute façon, elle pouvait très bien l'aimer sans avoir besoin de lui pour autant.

En revanche, si jamais elle venait à tomber avec cette robe ridicule, elle aurait besoin d'un système sophistiqué de cordes et de poulies pour se remettre sur ses pieds.

De sa chaise, Preston voyait l'entrée de la grande salle de bal aménagée au rez-de-chaussée du splendide hôtel Cumberland.

Sauf cas exceptionnel, Dasha était ponctuelle. Elle faisait la tête depuis le retour de Louisville, mais elle n'était pas du genre à se défiler. Par ailleurs, il mourait d'envie de la voir en robe de soirée.

Que fabriquait-elle ?

Où es-tu ?

Au bal de Noël.

Menteuse. J'y suis, je ne te vois pas.

Je t'ai dit que je ne voulais pas que tu viennes.

Il ne pouvait pas lui écrire qu'il était là pour la voir porter une robe.

Dommage. Dépêche-toi avant que je ne fasse une scène devant tout l'hôpital.

Je suis au bar.

Il regarda en direction du bar, mais il ne vit personne à part trois femmes inconnues et quelques hommes.

Il s'approcha, et...

— Bonsoir, dit l'une des femmes, aux cheveux courts et très bruns, dans une robe-bustier rouge qui mettait particulièrement en valeur sa poitrine. J'aime bien ton smoking.

— Tes... Tes cheveux...

— C'est leur couleur naturelle, dit Dasha, presque méconnaissable mais toujours aussi magnifique. Tu m'as conseillé d'être moi-même, non ?

— Si, et c'était un excellent conseil ! Veux-tu danser ?

C'était la première fois qu'il avait envie d'inviter une femme à danser dans ce genre de soirée stupide.

Elle sourit.

Il posa sa main sur sa taille pour l'emmener sur la piste.

— Tu es resplendissante, lui susurra-t-il au creux de l'oreille.

Elle secoua légèrement la tête, d'un air incrédule, toujours incapable d'accepter simplement un compliment.

Il eut envie de l'embrasser sur-le-champ.

Ils trouvèrent un petit espace libre sur la piste, et Dasha se tourna vers lui, les mains suspendues en l'air comme si elle ne savait pas où les poser.

Il lui prit une main, guida l'autre sur son épaule et entama une valse tranquille.

Elle se laissait guider, magnifique et gracieuse, quoi qu'elle en pense.

— Veux-tu que nous allions marcher un peu ? proposa-t-il

après quelques danses. Il fait assez bon, dehors. On peut aller s'asseoir sur un belvédère et admirer le jardin.

— Mais il vaut peut-être mieux que je reste ici si je suis censée représenter l'hôpital, dit-elle en jetant un coup d'œil inquiet autour d'elle.

— Personne ne va faire l'appel, Cendrillon. Il reste du temps, d'ici minuit.

Il la fit tournoyer une dernière fois puis, la tenant par la taille, la conduisit jusqu'au somptueux jardin.

Dasha n'avait pas de grandes références en matière de couple. Son seul modèle avait été sa mère, devenue la maîtresse d'un homme qui avait disparu du jour au lendemain.

Sa relation avec Preston avait été beaucoup plus saine. Ils étaient allés à l'école ensemble, avaient étudié ensemble, préparé les concours ensemble. Et ils couchaient ensemble. Dès qu'ils pouvaient. A l'époque, ils avaient peu d'autres sujets de conversation, et ils n'étaient jamais allés danser.

Ce soir, ils avaient dansé ensemble, et maintenant ils parlaient. Des endroits qu'ils avaient visités, où ils avaient vécu, de leur carrière, des endroits où ils aimeraient partir en vacances. De tout.

Enfin, presque. Ils se gardaient d'évoquer certains sujets, toujours tabous : que se passerait-il si les tics de Preston étaient incurables ? Pouvait-il lui pardonner pour ce qu'elle avait fait ? Seraient-ils capables de laisser de côté l'aspect physique de leur relation et de n'être *que* des amis ?

D'un commun accord, ils s'octroyaient une parenthèse hors de la réalité.

Mais ils ne pourraient pas toujours se promener en smoking et robe longue au milieu d'un parc magnifiquement illuminé pour Noël. N'était-elle pas en train de vivre une illusion d'amour, auprès d'un homme qui ne serait jamais sien ? Pendant ce temps, la réalité n'était-elle pas en train de lui couler entre les doigts ?

Chaque jour, elle se disait que leur accord tacite ne durerait qu'une journée, que dès le lendemain elle reprendrait le cours normal de sa vie sans penser à lui, sans s'inquiéter pour lui, sans faire l'amour avec lui. Mais lorsque arrivait le jour suivant, rien n'avait fait cesser le cours insensé des choses.

C'était tellement bon ! Et cela paraissait tellement naturel !

— J'ai envie de rentrer, avoua-t-elle, quelques heures, beaucoup de petits fours, de conversations et de danses plus tard.

— Tu lis dans mes pensées, dit Preston en déposant un baiser sur son épaule dénudée.

Ils sortirent de l'hôtel, et Preston se dirigea vers l'arrêt des taxis et des limousines. Mais il était temps d'être honnête.

Elle l'arrêta.

— Nous ne pouvons pas rentrer ensemble.

Un froncement apparut entre les sourcils de Preston.

— Preston, on couche ensemble pour ne pas penser à tout ce qui pose problème. Ça ne me va plus. Je t'aime, et je crois que nous méritons mieux qu'une sexualité vide de sens.

Il ouvrit la bouche, mais elle le fit taire d'un geste.

— Je sais que tu ne m'aimeras jamais comme je t'aime, et je n'ai pas l'intention de suivre l'exemple de ma mère en vivant une relation bancale vouée à l'échec.

— Dasha...

— Tout va bien, Preston, ne t'inquiète pas pour moi, dit-elle en lui déposant un baiser fugace sur les lèvres. Merci pour cette magnifique soirée.

— Non, Dasha, tout ne va pas bien ! Que se passe-t-il, tout à coup ? Qu'est-ce que j'ai fait ?

— Rien, Preston, au contraire. Tu as été fantastique. Mais comment pourrais-tu me faire confiance après ce que je t'ai fait subir il y a cinq ans ? Même si tu as l'intention de me pardonner. Car qui te dit que je ne vais pas recommencer ? Faire un choix égoïste et te planter là une fois encore ?

En effet, comment réagirait-elle s'il ne se faisait pas soigner avant la fin de sa période d'essai et mettait en péril leurs carrières respectives ?

Aussi fort que soit son amour pour lui, en toute honnêteté, elle l'ignorait.

10

Preston dévisagea Dasha.

Elle venait de dire qu'elle l'aimait. Puis elle avait dit un tas d'autres choses, qu'il n'avait pas vraiment enregistrées.

Mais pourquoi lui avoir avoué son amour pour ensuite faire marche arrière ?

— Nous devrions rentrer pour parler tranquillement, suggéra-t-il.

— Il n'y a rien à dire de plus, dit-elle avant de partir vers la file de limousines.

Il la regarda s'éloigner, hagard. Tandis qu'un vide abyssal s'ouvrait sous ses pieds, il sentit un frémissement se manifester dans sa paupière gauche. Cela eut le mérite de le sortir de sa torpeur. Il se dirigea vers les taxis.

Il fallait rester calme, rationnel. Depuis la mort de Marjorie, Dasha était ébranlée et vulnérable. Peut-être vaudrait-il mieux s'éloigner un peu d'elle, la laisser respirer. Si elle ne l'aimait pas comme elle venait de le prétendre, leur relation se déliterait d'elle-même.

Mais si elle l'aimait...

De toute façon, il avait intérêt à faire soigner son œil avant d'envisager de nouveau quoi que ce soit avec elle.

— Bonjour, Gemma. Est-ce que Jason est là ? demanda Preston, toujours en smoking bien que le jour soit levé.

— Oui, mais il est encore couché. Viens l'attendre dans le salon, si tu veux. Que se passe-t-il ?

— Rien de grave, mais il faut que je lui parle. Merci, répondit-il en enfonçant les mains dans ses poches.

Jason apparut en claudiquant.

Sa jambe guérissait plus vite que sa main.

— Tu t'es bien amusé, au bal ? demanda-t-il en voyant son costume.

— Non. Enfin, si. En fait, j'ai un problème.

Il en avait plus d'un, en réalité, mais il commencerait par le plus important. Il exposa à Jason les sales tours que lui jouaient ses yeux, les cachets, les injections, les rendez-vous avortés chez les spécialistes.

— Je sais que tu n'es pas en mesure de m'opérer toi-même, mais est-ce que par hasard tu connaîtrais un autre bon chirurgien ? Je ne veux pas que mon père soit au courant.

— Mais pourquoi as-tu caché tes tics depuis que tu es parti de Davidson West ?

— C'est une longue histoire que je ne vais pas te raconter maintenant.

— Elle est en rapport avec Davis P. ? demanda Jason en se frottant les yeux.

— Oui, et cela ne date pas d'hier. A propos, je lui ai suggéré de te lâcher un peu.

— Il est un peu moins présent, en effet. Tiens, peux-tu me passer le téléphone ?

— Tu ne vas pas l'appeler, au moins ?

— Non, rassure-toi. J'appelle un ami médecin à Chicago.

— Mais il n'est pas un peu tôt ?

Jason éclata de rire.

— Tu débarques un dimanche matin à l'aube, et c'est maintenant que tu te poses la question ? Je l'appelle au cabinet. Il trouvera le message lundi matin.

Gemma entra dans le salon avec des tasses de café.

— Merci, dit Preston en lui souriant. Je suis désolé pour le remue-ménage.

Jason raccrocha et se cala dans un fauteuil.

— Tu veux me parler de Dasha ? dit-il.

— Je vais essayer, soupira Preston, priant pour que la conversation ne le conduise pas au désastre, comme avec Dasha.

Lorsque Dasha arriva à l'hôpital le lundi matin, une surprise l'attendait : son bureau était ouvert et éclairé, et Bill était assis à sa table.

— Bonjour, dit-elle avec un grand sourire, comme je suis contente de te voir !

— Tout s'est bien passé en mon absence ? Pas de problèmes avec Preston Monroe ?

— Non, il a fait des efforts pour s'entendre avec tout le monde. Enfin, Nettle mis à part.

— Personne n'a déposé de plainte contre lui ?

— Non. Jason était un peu inquiet au départ, mais Preston et lui sont devenus amis.

— Bien. Dans ce cas, je vais soutenir sa candidature pour le poste à plein temps, dit Bill en griffonnant quelques mots sur son agenda.

— Bill... Il y a juste un problème. Il ne va pas pouvoir opérer pour le moment.

— Cela a-t-il un lien avec son absence, ce matin ?

— Peut-être, répondit-elle, espérant que Preston avait pris sa matinée pour aller consulter un autre médecin. J'ai un service à te demander. J'ai une intervention au bloc ce matin, mais j'aimerais partir dès qu'elle sera terminée et prendre quelques heures.

Deux heures et un coup de téléphone plus tard, elle prit place face à Davis P. Monroe.

L'heure était venue de clarifier une fois pour toutes la situation.

— Docteur Monroe, merci de me recevoir. Je voudrais vous parler d'un certain nombre de choses, à commencer par ce qu'il s'est passé le jour où vous avez retrouvé Preston menotté au lit...

Vingt minutes plus tard, alors que l'entretien se terminait, elle tourna la tête vers la porte qui s'ouvrait.

Preston entra, poussant Jason dans sa chaise roulante, l'air bizarre.

Lorsqu'il l'aperçut dans le bureau de son père, son regard s'emplit de méfiance.

— Qu'est-ce que tu fais ici ? demanda-t-il.

Elle se leva, s'efforçant de paraître calme, et elle s'apprêtait à justifier sa présence lorsque Davis P. prit la parole.

— Le Dr Hardin est venue me solliciter pour que je l'aide à trouver un...

— Tu lui as dit ?

Elle eut un haut-le-cœur. Elle avait envie de fuir. Une fois de plus.

— Oui, répondit-elle.

— Je ne pourrai jamais te faire confiance, c'est ce que tu disais, non ?

— Ça n'a plus d'importance, maintenant.

— Tu as raison, parce que je ne veux plus jamais te voir !

Toutes sortes d'émotions contradictoires se bousculaient dans son esprit, mais la seule chose qu'elle pouvait faire était de respirer calmement et de sortir aussi dignement que possible.

— Merci, docteur Monroe, dit-elle doucement.

Elle se leva, prit son sac, passa devant Jason et lui pressa l'épaule en faisant son possible pour ne pas croiser le regard de Preston.

Jason et Davis P. prendraient soin de Preston, désormais. Ou du moins essaieraient-ils de lui faire entendre raison.

Tout irait bien pour lui, à présent. Elle avait fait tout ce qu'il fallait pour ça.

Preston se frotta le front, priant pour que le stress qui montait en lui ne se répercute pas instantanément sur les muscles de ses paupières.

Il avait bien fait de couper court. Dasha avait trahi sa confiance — ce qui, après tout, n'avait rien de surprenant.

— Etait-ce bien nécessaire ? demanda Davis P.

— Oui.

— C'est une fille bien, Preston.

— Je suis sûr qu'elle a voulu bien faire, renchérit Jason, manifestement dans le camp de Davis P. et de Dasha.

— Vous ne savez pas de quoi on parle, rétorqua Preston en prenant une chaise.

— Si, justement. Elle m'a tout raconté : elle t'a menotté pour pouvoir obtenir la bourse d'études à St-Vincent. Et, à sa décharge, c'était effectivement le seul moyen pour t'empêcher de l'avoir.

Il regarda son père, surpris.

— Tu penses vraiment que j'avais mes chances ?

— Non, mais j'avais pris les devants, répondit Davis P. sans aucune vergogne. Tu es un bon chirurgien, Preston, mais sorti du bloc opératoire, tu prends de mauvaises décisions. Comme pour ton problème à l'œil.

— Si elle t'a tout raconté, tu dois savoir que j'ai besoin d'être opéré.

— Je connais quelqu'un.

— Je n'ai pas besoin de toi. Jason a déjà trouvé un médecin.

— C'est Leeson, de Chicago, précisa Jason. Il peut être ici jeudi soir, mais il va avoir besoin d'une autorisation. Pourriez-vous régler cela avec le conseil ?

— Oui. Vous auriez pu m'appeler. Je présume qu'il va aussi vous falloir une salle d'opération pour vendredi ?

— Oui, si c'est possible, dit Jason, toujours courtois.

Davis hocha la tête puis fit le tour de son bureau pour prendre son téléphone.

— Preston, dit-il en attendant la communication, ne t'approche pas du Dr Hardin. Ce sera mieux pour tout le monde.

Comme s'il avait besoin que son père le lui dise ! C'était ce qu'il se répétait en boucle depuis des années.

Cela dit, cela faisait deux mois que le mantra n'avait plus aucun effet.

Preston, assis sur le lit, attendait que les infirmières finissent le protocole de préparation préopératoire.

Du moins, qu'elles le recommencent, étant donné qu'elles n'avaient rien conclu d'autre, jusqu'à présent, que lui enfiler sa chemise d'hôpital ! Elles n'avaient même pas réussi à poser le cathéter ! Premier manquement sur la liste.

Davis P. apparut.

— Tu as besoin de quelque chose avant d'entrer au bloc ?

— Pour commencer, d'une infirmière qui sache poser un cathéter. A moins qu'il n'y ait que des incapables, dans ton hôpital ?

Il aurait voulu par-dessus tout que Dasha soit là. Il aurait pu plaisanter avec elle sur les incapables en question, ou au moins échanger des regards et des sourires complices.

— Tu peux peut-être prendre un calmant, suggéra Davis P. en posant lui-même le cathéter. Voilà, c'est fait.

Preston regarda le dos de sa main et plissa le front.

— Autre chose ?

Il hésita.

— Je voudrais que… que Dasha soit là.

— Es-tu sûr que c'est une bonne idée ? demanda Davis sur un ton qui l'agaça.

— Oui, grommela-t-il.

— Je vais voir ce que je peux faire. Mais elle doit être occupée.

— Merci, *papa*, dit-il sans regarder Davis P., de peur de voir le mépris s'afficher sur son visage.

Peut-être que leur relation pourrait s'améliorer s'il en prenait l'initiative ? Le résultat était incertain, mais il pouvait toujours essayer.

La veille, Dasha avait vidé son casier et fait le tour de l'hôpital pour saluer ses futurs ex-collègues.

Dès lundi, elle travaillerait dans un nouvel hôpital, sous les ordres d'un nouveau chef. Preston avait obtenu le poste qu'il convoitait à St-Vincent, et cette fois Davis P. ne s'en était pas mêlé. De toute façon, Preston était le meilleur chirurgien qu'elle connaissait. Il aurait sans doute eu le poste auparavant si son père avait un tant soit peu cru en lui. Aujourd'hui, la boucle était bouclée.

Officiellement, elle ne commençait pas à travailler avant la semaine suivante. Elle avait donc un peu de temps devant elle pour suivre discrètement les événements.

Davis P. entra dans la salle d'attente et vint s'asseoir à côté d'elle.

— Il vous a demandée, dit-il.

— Comment cela se fait-il ? s'étonna-t-elle. Il sait que je suis là ?

— Non. Mais si vous y allez, apportez-lui ce sédatif et essayez de le lui faire prendre. Ça fera du bien à tout le monde.

— Mais si j'y vais maintenant, il comprendra que j'étais déjà ici !

— Il finira par le savoir, de toute façon.

Davis P. savait qu'elle aimait Preston, et il avait assisté à leur dernier échange dans son bureau. Même s'il était souvent imbuvable et dominateur, il avait de bons côtés. Il ne lui mettait aucune pression et avait soutenu sa candidature pour son nouveau poste.

Elle se dirigea vers la chambre de Preston et frappa.

— Tu m'as demandée ?

— Dasha... Tu as fait vite.

— J'étais déjà là, dit-elle en s'approchant du lit.

— Comment ça ?

— Je travaille ici, dorénavant.

— Tu as quitté St-Vincent ?

— Oui. Mais dis-moi plutôt pourquoi tu m'as fait venir.

— Voudrais-tu superviser l'opération ? J'espère que ce Leeson n'est pas un bras cassé.

— Veux-tu prendre cela ? demanda-t-elle en lui tendant le flacon de sédatif. N'as-tu pas confiance en Jason ?

Preston hésita puis tendit son bras pour qu'elle injecte le produit. Elle nota l'instant précis où la substance commença à faire de l'effet.

— Si, mais... Je ne l'ai jamais vu opérer. Et si ça se trouve...

Il se mit à hésiter et à estropier les mots.

— D'accord, coupa-t-elle, j'observerai le chirurgien pendant l'opération.

— Erchi...

— Je t'en prie.

Peut-être ne la détestait-il pas tant que ça, après tout ?

Cette pensée rendait la situation moins désagréable, même s'ils étaient destinés à ne jamais être ensemble.

Elle sortit de la chambre et retourna voir Davis P.

— Il veut que j'assiste à l'intervention. Pourriez-vous en toucher deux mots à Leeson ? Il faut que j'aille me changer.

— Ce sera fait.

Elle eut l'impression d'avoir des ailes et vola jusqu'au bloc.

Il fallait qu'elle se concentre et ne laisse pas les sentiments interférer avec sa détermination à ne pas suivre les traces de sa mère en tombant amoureuse d'un homme indisponible, qui la quitterait de toute façon un jour ou l'autre.

Dasha frappa à la grande porte de bois ouvragé de l'appartement de Preston.

Pourquoi ne cessait-il pas de l'appeler ? Et pourquoi continuait-elle d'accourir dès qu'il le lui demandait ?

Il ouvrit, un bandage lui encerclant la tête et les yeux.

— Tu es seul ? demanda-t-elle en jetant un coup d'œil derrière lui. Tu n'as personne pour s'occuper de toi ?

— Non, pourquoi ? Tu veux postuler ?

— Ce n'est pas drôle ! s'exclama-t-elle. De quoi as-tu besoin, à part d'une baby-sitter ?

— Il faut que je te parle.

Elle poussa un soupir.

— Cache ta joie, Dasha, dit Preston en refermant la porte.

Elle le suivit dans le salon et s'assit dans son grand canapé moelleux.

— Comment vas-tu ? demanda-t-il.

— Bien, répondit-elle sans enthousiasme.

— Je pensais qu'il serait plus facile de parler sans te regarder dans les yeux, mais je me trompais. Avec ces pansements, je ne vois pas ce que tu penses.

— Je me demande simplement pourquoi tu m'as fait venir.

— Je pensais que tu serais là à mon réveil.

— Cela ne me semblait pas une bonne idée. Et, pour être honnête, je dois avouer que c'est difficile pour moi de te voir.

— C'est difficile pour moi de *ne pas* te voir, dit-il doucement. Je n'ai pas envie que tu cesses de m'aimer parce que je me comporte comme un crétin.

Elle sursauta.

Elle n'avait pas imaginé que la conversation prendrait une

telle tournure. Preston ne pouvait pas l'aimer. Il ne voulait même pas qu'ils soient amis, il avait été clair là-dessus. Il ne lui avait pas pardonné et n'avait jamais manifesté l'intention de le faire.

— Tu as pris tes médicaments ? demanda-t-elle, dans une tentative de revenir à des choses plus terre à terre.

— Oui, répondit-il. Dasha, tu sais, je ne suis pas comme lui.

— Comme qui ?

— Je ne suis pas comme mon père. J'étais comme lui quand nous étions ensemble. Mais j'ai changé.

A tâtons, il trouva sa main et la prit.

— J'étais égoïste, superficiel. Au point que je ne t'ai jamais laissée me parler de toi, de ton passé. Je ne savais même pas que tu n'avais plus tes parents.

Elle secoua la tête.

— Je ne te l'ai pas dit non plus. D'ailleurs, si tu m'avais posé des questions, je t'aurais probablement menti. Je n'en parlais à personne, je ne voulais pas que les gens aient pitié de moi. Et ça, ça n'a rien à voir avec ton égoïsme.

— Dasha... Tu m'as demandé pardon. Je te pardonne.

Elle croisa les jambes, soudain effrayée et mal à l'aise.

— Merci, murmura-t-elle.

— Tu n'as pas à me remercier. Si j'avais été une meilleure personne, tu n'aurais pas eu à agir comme tu l'as fait. Tu m'aurais parlé. Tu avais de meilleures raisons que moi d'obtenir cette bourse. Tu la méritais. Et si tu ne m'avais pas coincé chez moi, c'est moi qui l'aurais obtenue. Davis P... mon père... Il avait magouillé. C'est bien que tu l'aies eue.

Elle l'écoutait, la gorge serrée, incapable de prononcer un mot.

— Tu ne dis rien ?

— Je...

Elle déglutit, priant pour ne pas éclater en sanglots.

— Oh ! Dasha ! s'écria Preston en tendant les bras vers elle.

Il l'attira à lui, et elle s'assit sur ses genoux. Il passa ses bras autour d'elle et la serra fort. Puis il posa son front dans le creux de son épaule.

— Tu es fatigué, dit-elle en lui caressant les cheveux. Il faut que tu te reposes.

— Je n'ai jamais oublié l'odeur de ta peau, dit-il, ignorant sa remarque. Ni tes baisers. Pas un jour ne s'est écoulé sans que je pense à toi. Et quand la vie devenait trop dure, je fermais les yeux pour pouvoir te retrouver en rêve.

Il desserra son étreinte et prit son visage dans ses mains, essuyant du pouce les larmes qu'elle ne pouvait plus retenir.

— Ne pleure pas, Dasha. Je t'en prie. Je n'ai plus envie d'être avec toi seulement dans mes rêves.

— Qu'est-ce que tu veux, alors ? parvint-elle enfin à articuler.

— Je veux être avec toi *tout le temps*. Et t'épouser, répondit-il sans ambages.

— Mais... Tu m'aimes ?

— Evidemment que je t'aime, Dasha. Je t'aime, je te pardonne et te demande de me pardonner.

Elle le regarda, incrédule.

Etait-elle en train de rêver à son tour ?

— Tu ne dis rien ? Aurais-je enfin trouvé le moyen de te faire taire ? dit-il en riant. Ne t'inquiète pas, je ne vais pas te demander en mariage très souvent.

Elle sourit en essuyant ses larmes.

— Au fait, à quelle heure dois-tu prendre tes médicaments ?

— Il y a environ une heure, répondit-il.

— Mais... Tu m'as dit que tu les avais pris !

— Ce n'est pas faux. Je les ai pris... il y a sept heures. Mais je voulais avoir toute ma tête pour te parler.

Elle soupira et alla chercher la boîte de comprimés en secouant la tête.

— Qu'est-ce que je vais faire de toi ? demanda-t-elle.

Mais elle connaissait la réponse : elle allait prendre soin de lui et l'épouser.

[illegible]

[illegible] vous offre un large choix [illegible]

[illegible]

[illegible]

[illegible] DECOUVERTE [illegible]

[illegible] 77058 EVRY CEDEX

[illegible]